泰州文学史简编

钱 成 —— 编著

·南京·

图书在版编目(CIP)数据

泰州文学史简编 / 钱成编著. — 南京：东南大学出版社，2024.2
 ISBN 978-7-5766-0565-5

Ⅰ.①泰… Ⅱ.①钱… Ⅲ.①地方文学史－泰州 Ⅳ.①I209.953.3

中国版本图书馆 CIP 数据核字(2022)第 242891 号

| 策划编辑:张丽萍 | 责任编辑:陈 佳 | 责任校对:张万莹 |
| 封面设计:毕 真 | 责任印制:周荣虎 | |

泰州文学史简编
Taizhou Wenxueshi Jianbian

编 著	钱 成
出版发行	东南大学出版社
出 版 人	白云飞
社 址	南京市四牌楼 2 号(邮编:210096 电话:025 - 83793330)
经 销	全国各地新华书店
印 刷	广东虎彩云印刷有限公司
开 本	700 mm×1000 mm 1/16
印 张	18.25
字 数	348 千字
版 次	2024 年 2 月第 1 版
印 次	2024 年 2 月第 1 次印刷
书 号	ISBN 978-7-5766-0565-5
定 价	59.00 元

本社图书若有印装质量问题,请直接与营销部联系,电话:025 - 83791830。

建设阶段性成果

江苏高校哲学社会科学优秀创新团队("江苏文脉·泰州文学史"教学与研究团队)

江苏省社科基金重点项目"江苏地方文化史(泰州卷)"

江苏省一流专业(汉语言文学、秘书学)

江苏省"十三五"、泰州学院"十四五"重点建设学科(中国语言文学)

江苏省本科高校一流课程"中国古代文学(四)"

泰州学院新编重点教材项目

泰州学院课程思政项目"古代戏曲研究""中国现当代文学"

泰州学院校级教改重点课题、党建与思政课题

序言

地域本为地理学名词,是相对于整体区域概念而言的。但如从空间和时间的维度来看,地域最主要的特点并非地理区域,而是文化内涵。众所周知,地域文化对文学创作、文学流派形成的影响是十分明显而深刻的。

对于人类而言,地域并不只是一块休养生息的地盘而已,而是一个民族在大地上的"根";地域也不仅是有个地名而已,而且构成了"人的一种存在方式"(海德格尔),是人的经验与自然位置相结合的产物。众所周知,诞生在特定地域范围内的文学,必然会天然地带有地域特色。而这种依托一定地域形成和发展起来的文学,我们可以称之为"地域文学"。地域文学是客观存在的。只要有作家,只要有文学,文学作品都会或多或少、或深或浅地打上地域的印记,古往今来,概莫能外。有地域文学存在,就必然有地域(区域)文学史的存在价值。所以,严家炎在"二十世纪中国文学与区域文化丛书"的总序中强调,地域文化首先影响了区域文化的发展,进而对区域文学产生影响。地域对文学的这种影响"是一种综合性的影响,决不仅止于地形、气候等自然条件,更包括历史形成的人文环境的种种因素,例如该地区特定的历史沿革、民族关系、人口迁徙、教育状况、风俗民情、语言乡音等;而且越到后来,人文因素所起的作用也越大"[①]。

---

① 严家炎:《总序》,载费振钟:《江南士风与江苏文学》,湖南教育出版社,1995。

作为中国文学创作与批评的重要范畴之一,地域文学概念由来已久。如广为人知的刘勰的《文心雕龙》、刘师培的《南北文学不同论》、梁启超的《中国地理大势论》等,均专门谈论了地域对文学的影响,以及文学的地域区别。20世纪80年代以来,伴随着西方现代主义思潮冲击下"自我"与"寻根"意识的觉醒,学术界开始逐步深入思索文学、民族文化与世界之间的关系,关于地域文学的研究也全面兴起。当前,伴随着全球一体化进程的加速,地域文学研究正成为学术界与文坛研究的焦点之一。

文学史,原是一种来自欧洲的"新的著述体裁",在日本登陆后,传入中国。清末东吴大学汉文教习黄人所著的《中国文学史》,称得上是中国第一部文学史。中国文学史编撰在20世纪30年代形成一个高峰,在60年代形成第二个高峰,80年代至90年代形成第三个高峰。总体而言,20世纪文学史撰著风气遵循着一个从通史至断代史、文体史、区域史的发展演变历程。区域文学史作为撰著风光的末端,成为进入20世纪以来文学史研究的新高潮,至今仍方兴未艾。

如前所言,中国文学的地域性从《诗经》时代就已形成,数千年来文学史上的文学思潮与流派群体作家作品,都与地域文学有着千丝万缕的联系。地域文学批评研究风气亦源远流长。现代学者以地域文学作为研究重心,撰著区域性文学史,大抵是继承了古代文学批评的优良传统。地域文学史作为一种"新的著述体裁",近年来,先后出现了诸如《福建文学发展史》《湖南文学史》《上海文学通史》等数十种论著,考镜源流,探析地域文学发展流变及其区域作家作品,成为区域文学研究中的一道风景线。

丹纳在其《艺术哲学》中指出,文学艺术是"文化的最早最优秀的成果"[①]。正如雷达先生曾指出的:"世界越来越一体化,人类精神生活趋同化是显见的事实,于是坚守文化的地域性,文学的本土化,致力中国经验的深刻表达,包括小到研究'作家群现象',无疑具有深刻意义,这也是保持世界文学的多元性和丰富性的重要途径。"[②]

作为国家级历史文化名城,泰州历史悠久,积淀着厚重而富有个性的地方

---

① [法]丹纳:《艺术哲学》,傅雷译,重庆出版社,2018,第60页。
② 胡颖峰:《地域作家群现象的空间批评》,《光明日报》2013年12月17日。

文化。《读史方舆纪要》云:"州面江枕淮,川原沃衍,鱼盐繁殖,称为奥区。若夫风帆便利,跨越吴会,联络青齐,则海舟之利也。绝南北之津梁,扼江淮之襟要,孰谓一州斗大,不足以有为也欤?"[①]

由此可见,自远古以来,泰州地区地理位置独特,物产丰饶,有着积淀深厚的地域文化,其文化特征独特鲜明。这也为泰州地域文学的产生和形成提供了基础。而随着作为行政区划泰州的形成,其文学更是进一步走向繁荣。

《泰州文学史简编》与其说是地方高校的中国语言文学相关专业与课程的建设成果,毋宁说是地方文学与文化演进史的初步总结。它勾勒了从远古到唐,从宋元到明清,从近现代到新中国改革开放时期泰州文学的脉络、渊源,介绍和评述了泰州历代作家在地域视野下所形成的共同文化趋向、审美风格和乡园特色,探索了泰州文学与时俱进的历史文化渊源,揭示了文学与时代变迁、文学与社会风貌、文学与百姓世俗生活等诸多方面的关系和规律。

《泰州文学史简编》的问世,不仅能推动和促进地方高校对所在地域文学与文化的研究向更深入、更广泛、更审美的方面发展,而且必定能填补地方文学研究与教学的空白,能够培养广大读者特别是当代大中小学生对地方文化、地域文学的亲切感和认同感,将地方高校的"立德树人"目标落到实处,培养对泰州地域文化有高度了解和认同的新时代泰州人,使他们立足泰州、服务泰州。

《泰州文学史简编》遵循历史发展脉络,以泰州文学发展演变为线索,将"横剖"式解构与"纵析"式建构结合,与文学通史、断代史、文体史及相关的文学史论著相辅相成,相得益彰。

作为泰州地区唯一的省属公办本科高校,泰州学院从建校之初就清醒地认识到,挖掘、整理、继承并弘扬优秀的地方文化,助力打造新型区域文化,是地方高校发挥自身人才培养、社会服务、文化传承与创新等职能的一项重要使命。

本书编写团队所依托的"江苏文脉·泰州文学史"教学与研究团队是江苏高校哲学社会科学优秀创新团队,中国语言文学学科是省"十三五"重点建设学科,汉语言文学专业为省高校品牌专业、秘书学为省一流建设专业。上述这些

[①] [清]顾祖禹:《读史方舆纪要》卷二十三,中华书局,2005,第1144页。

学科与专业的建设成果,为本书的编撰提供了坚实的基础。

基于此,本书的编写出版,一定意义上表明,作为地方高校的泰州学院,正进一步落实习近平总书记"扎根中国大地,办好人民满意的高等教育"的时代要求,充分发挥自身的学科优势,主动融入泰州历史文化研究中,全力为地方文化事业发展提供强有力的智力支持与人才支撑。

本书作为泰州学院人文学院专业与学科建设成果,具体编写分工如下:钱成执笔完成绪论、第一章、第二章、第三章和第四章,钱成、范秀君执笔完成第五章,钱成执笔完成第六章,钱成、耿庆伟执笔完成第七章,钱成负责全书统稿,贾荣圣、仲宁、韩元参加资料收集,夏志凤、张泽如参加审校。特作说明。

2023 年夏记于海陵城东之双桂园

目录

绪论·泰州文学概述 …………………………………… 001

第一章　泰州文学产生和发展的时空背景 …………… 009
　第一节　泰州的地理变迁与文学基因的形成 ………… 010
　第二节　泰州的建制沿革与文学区域的移易 ………… 012
　第三节　泰州地区的古代遗存及文化风貌 …………… 014

第二章　先秦两汉魏晋南北朝泰州文学 ……………… 022
　第一节　秦汉以来泰州文化与文学的中心区域 ……… 023
　第二节　古运盐河对文学繁荣的独特影响 …………… 028
　第三节　汉魏六朝时期外来作家的文学创作 ………… 030

第三章　隋唐两宋泰州文学 ……………………………… 033
　第一节　隋唐名家与泰州文学 ………………………… 033
　第二节　五代宋初徐铉的诗文唱和 …………………… 037
　第三节　胡瑗的儒学思想及对泰州文学的影响 ……… 040
　第四节　北宋文学名家的文采风流 …………………… 043
　第五节　南宋尤袤与文天祥的旅泰诗文 ……………… 051
　第六节　两宋泰州世家的文学创作 …………………… 054

第四章　元明泰州文学 …………………………………… 062
　第一节　马玉麟及其《东皋诗集》 …………………… 062
　第二节　朱经的戏曲创作与批评 ……………………… 065
　第三节　宗臣的"复古"文学观及创作 ……………… 067
　第四节　泰州学派的文艺美学思想 …………………… 069
　第五节　施耐庵与《水浒传》的创作 ………………… 075
　第六节　陆西星与《封神演义》的创作 ……………… 078

1

第七节	李春芳与《西游记》的渊源	081
第八节	李清与《梼杌闲评》的创作	084
第九节	其他泰州作家的诗文创作	087

第五章 清代泰州文学 … 098

- 第一节 宫伟镠及其家族的俗文学活动 … 098
- 第二节 "明末四公子"之一冒辟疆的诗文创作 … 108
- 第三节 吴嘉纪的平民"诗史" … 112
- 第四节 龚鼎孳、周亮工、费密、丁耀亢、邓汉仪等人旅泰诗文 … 118
- 第五节 郑板桥的诗词成就 … 128
- 第六节 仲振奎及其家族文人文学成就 … 135
- 第七节 "四氏才女"与泰州女性诗词创作 … 153
- 第八节 清代兴化昭阳诗派 … 157
- 第九节 蒋春霖与晚清"淮海词人群" … 167

第六章 现代泰州文学 … 176

- 第一节 刘韵琴及其诗文创作 … 177
- 第二节 现代白话诗的先驱刘延陵 … 183
- 第三节 "南社"中的"泰州四侯" … 188
- 第四节 丁西林的戏剧创作 … 191
- 第五节 缪崇群的散文创作 … 200
- 第六节 朱东润的传记文学与文学批评 … 206

第七章 当代泰州文学 … 215

- 第一节 石言与《秋雪湖之恋》 … 216
- 第二节 陆文夫的小巷风情小说 … 219
- 第三节 章力挥、刘鹏春的戏曲创作 … 224
- 第四节 高行健的小说与戏剧创作 … 234
- 第五节 毕飞宇的乡土小说创作 … 238
- 第六节 黄蓓佳、祁智的儿童文学创作 … 245
- 第七节 刘仁前、庞余亮等与兴化文学现象 … 250
- 第八节 王干、费振钟的文学批评 … 260
- 第九节 "紫金山文学奖"作家群 … 264

绪论·泰州文学概述

【阅读提示】

1. 了解泰州文学的发展历程。
2. 了解泰州文学的基本特征。
3. 分析"江、淮、海三水文化"与泰州文学的关系。

一方水土育一方人,一方人铸就一方文。优秀的地域文化,是我们的祖先数千年来创造的极其丰富和宝贵的文化财富,是中华民族精神情感、道德传统、个性特征以及凝聚力与亲和力的载体,是发展先进文化的精神资源和民族根基,也是综合国力中不可或缺的坚实的精神内涵。

万历《泰州志》云:

> 泰州介乎维扬(今扬州)、崇川(今南通)之间,平原爽垲,众水萦回,东濒海,北距淮,大江映乎前,巨湖环于后,有鼓角门戟之雄,实江海门户之要。至于山睇金焦,台峙凤凰,长堤捍海,雉堞连云。与夫!冈峦坡起,如天马南驰,皆一郡杰特之观,其淮南形胜之区乎。①

泰州文化的发端,并不是直接依凭大海、淮河、长江,但一定与江淮海有关。泰州原为长江汇入黄海处的一片陆地。古长江口在镇江与扬州之间,

---

① 《(万历)〈泰州志〉》,收入《泰州文献》编纂委员会编:《泰州文献》第一辑,凤凰出版社,2014,第10页。

泰州这一带是一片茫茫海域。因长江每年携带四亿多吨泥沙入海，入海口流速减慢，加之受海潮顶托，泥沙不断沉淀，先后在浅滩处出现墩、沙洲，逐步在长江北岸今泰州与海安一线形成一条长达数十公里的沙嘴。后来，淮河以南的岸外沙堤与长江北岸的沙岸合拢，把今高宝湖及其以东地区原来的大海湾封闭成一个与外海隔开的潟湖。

因此，三水激荡不但激荡出悠久的泰州历史，也激荡出泰州独特的历史文化。泰州人一边从黄海、长江、淮河获得丰富的特产资源，一边又从黄海、长江、淮河获得无穷的智慧与力量。如果说江淮海的三水激荡，为世代泰州人民提供了优越的生存环境和物质食粮，那么，积淀深厚、独具特色的泰州地域文化，则为泰州人民提供了凝重的历练环境和精神食粮。

地域文化是在特定的区域出现的复合文化，它往往形成若干文学文化板块，而每个文学文化板块都包括了不同的文学文化区域，但其中某些区域在该文学文化发展过程中所起的作用及产生的影响占据了相对重要的位置，对其他区域的文学文化有着引领和辐射作用，这就形成文学文化的中心区域。中心区域的文学文化进程深深影响着文化区的文学文化发展，决定了其基本特征和发展走向。

泰州文学是在特定的地域出现的复合文学，依托着深厚的历史积淀和文化底蕴。泰州区域性文学与较大规模的居民迁徙、本土与外来作家艺人的交流有着千丝万缕的联系。移民和作家艺人的迁徙，实际上是一种文学文化的流动，更是文学文化的融合：呈现在唐宋文人笔下的诗风词韵之中，存在于施耐庵《水浒传》的水乡沼泽之中；表现了吴嘉纪眼中的盐丁灶户，描绘出郑板桥画中的水乡船民，更氤氲着泰州"江淮海"的三水激荡，彰显着"汉唐古郡、淮海名区"海纳百川的气度与胸襟，传递出泰州这座古老而又年轻的地级中心城市的独特文化魅力。

泰州文学史，可上溯至汉代。汉代以后，随着泰州经济文化的发展，史籍中有关泰州的内容开始变得详细起来。汉代，泰州人口繁衍，居民渐多。西汉著名文学家枚乘曾说：

> 夫汉并二十四郡，十七诸侯，方输错出，运行数千里不绝于道，其珍怪不如东山之府。转粟西乡，陆行不绝，水行满河，不如海陵之仓。……

西晋著名文学家左思在《吴都赋》中写道：

> 窥东山之府，则瑰宝溢目。观海陵之仓，则红粟流衍。

唐宋时期，泰州作为"汉唐古郡、淮海名区"，经济富裕、政治清明、文化繁荣、教育发达，加之安定祥和，素有"儒风之盛，冠冕淮南"之誉，是苏中地区公认的人文荟萃、学风昌盛之地，泰州文学迎来了第一次真正意义上的蓬勃发展。

元代立国不足百年，蒙古统治者实行民族压迫和民族歧视政策，科举时兴时废，开科时间很短，汉族知识分子的仕进之路被堵，传统诗文的创作受到一定影响，再加上文献记载阙如，这一时期的泰州文学创作甚至可以说是一片空白。直到元末，才出现了值得一提的诗人马玉麟。其人著有《东皋诗集》，后人评价其诗"婉丽畅达"。

明代的泰州，在政治、经济、文化上都达到空前的繁荣状态。该地区既是中国哲学史上"泰州学派"思想的产生和主要传播地区，也是明初以来淮南盐场的"中十场"所在地，在明清思想文化史和经济史等方面，有着极为重要的独特地位。文学上更是产生了以施耐庵《水浒传》为发端，包括《西游记》《封神演义》《梼杌闲评》等多部具有开创意义的长篇小说，成为后世泰州赢得"小说之乡"美誉的源头所在。

延至清代，因盐业和漕运，清代泰州地区地域文化得到了前所未有的发展。这种以盐业和漕运经济为基础的地域文化，孕育形成了泰州地区除传统经史外，诗赋、词曲、散文、小说和戏曲等文化与文学形态前所未有的繁兴。如宫伟镠《庭闻州世说》、冒辟疆《影梅庵忆语》、仲振奎《红楼梦传奇》，分别可称为泰州文人在笔记、散文和戏曲创作方面的代表。

新文化运动兴起后，泰州文学更是百花齐放、佳作纷呈，涌现出白话诗先驱刘延陵、散文大家缪崇群、文学传记家和批评史家朱东润等。特别是如今享誉全国的里下河文学流派，更成为泰州最具城市特色的文化名片之一。

正如王国维先生承清扬州大儒焦循所见，提出"凡一代有一代之文学……唐之诗，宋之词，元之曲，皆所谓一代之文学"[1]，泰州文学史上，无

---

[1] 王国维：《宋元戏曲史》，上海人民出版社，2014，自序。

论是唐诗宋词，还是明清小说，乃至近代白话文诗歌、散文，都代有名家名篇，蔚然大观。叶嘉莹先生曾言，中国向来被称为"诗词的国度"。仅以诗词而言，历代诗词，描写泰州或与泰州有关者不胜枚举。其中，最脍炙人口的，是引起"洛阳纸贵"的《吴都赋》中的"觐海陵之仓，则红粟流衍"，使得"海陵红粟"从此成为泰州之代名词。唐代王维、刘商、张祜等，或亲至泰州，或诗咏泰州。宋代徐铉有"吴州林外近，隋苑雾中迷"之句。范仲淹、苏轼、陆游、贺铸等诗词大家，也均有佳句吟咏泰州。民族英雄文天祥在泰州写下《泰州》《发海陵》等名篇。《全宋词》中收入泰州词人王观的《卜算子》，其中"水是眼波横，山是眉峰聚"为千古名句。明代储巏描写泰州水乡风情的"北望江乡水国中，帆悬十里满湖风。白苹无数依红蓼，惟有逍遥一钓翁"一诗，泰州人耳熟能详。

清代泰州诗坛十分繁荣，先后涌现出与杜甫并称为"伟大平民诗人"的吴嘉纪、遗民诗人黄云、学者诗人费密和吕潜、《全唐诗》参编者俞梅、《伯山诗话》作者康发祥等；邓汉仪在此编选《诗观》，陈维崧寓泰初谱《迦陵词》，蒋春霖蹴居溱潼著《水云楼词》，陈廷焯寓泰作《白雨斋词话》。清乾隆五十七年（1792年），泰州人宫国苞与叶兆兰等，效仿清初邓汉仪、吴嘉纪等前贤之举，发起成立"芸香诗社"。成员有宫国苞、叶兆兰、邹熊、王辅、康发祥以及仲振奎、仲振履等地方名流和黄文旸、王豫等当时诗坛名宿。芸香诗社诗人辈出，诗作众多，从清中期一直延续至民国时期，影响深远，故被严迪昌先生评价为清中后期"规模第一"，与扬州冶春诗社并立于清代江苏诗史。

清代的泰州，还出现了一大批女性诗人和家族诗人群，以及芸香诗社、罗浮诗社、昭阳诗社等多个延续时间长、参与者多的诗社。清"扬州八怪"代表人物、"诗书画三绝"的郑板桥，主张诗歌直抒胸臆，"道着民间痛痒"，其《七歌》《孤儿行》《逃荒行》《还家行》等，继承"南宋四家"之一尤袤、明"后七子"之一宗臣、清吴嘉纪等人诗歌的现实主义传统，关注百姓生活，反映民间疾苦。郑板桥在创作时不甘于落入俗套，艺术上努力创新，表现出一种新的审美风格和美学追求。清初健实诗文风格影响了郑板桥的文风，除去抒发个人志趣和艺术价值观的文章，他的诗文用语清新，直抒胸臆，很少用典，大多是忧国忧民、道尽民生疾苦的"令人痛心入骨"之作，如"官刑不敌私刑恶,掾吏搏人如豕搏;斩筋抉髓剔毛发,督盗搜赃例苛虐。吼声突地无人色,忽漫无声四肢直;游魂荡漾不得死,婉转回苏天地黑。"(《私刑恶》)《逃荒行》《还家行》《思归行》描写人民生活的痛苦和贪官酷吏的丑恶,对黑暗现实的摹写也直追杜甫的"三吏""三别",撼动人心。如《题竹石》:"咬定青山不放松,立根原在破岩中。千磨万击还坚劲,任尔东西南北风。"清新自然,朗朗上口,读后令人豪迈之气油然而生。《潍县署中画竹呈年伯包大中丞括》:"衙斋卧听萧萧竹,疑是民间疾苦声。些小吾曹州县吏,一枝一叶总关情。"寄予了作者对老百姓命运的深切的关注和同情,曾多次被习近平总书记引用。他的词也能"歌咏百姓之勤劳"。郑板桥自定《词钞》收词凡73首(含陆种园《吊史阁部墓》《赠王正子》2首),其中触及民间疾苦的多达30余首。

清代中后期,泰州的文学创作更是蔚为大观,出现了以蒋鹿潭(名春霖)为首的"淮海词人群"词学成就、刘熙载的文艺理论研究、康发祥的诗话创作、陈廷焯的词学批评等,特别是泰州地域的戏曲文学创作,更是显赫一时。

蒋春霖与淮海词人群。"淮海词人群"的提法,首见宗源瀚(字湘文)《水云楼词续·序》,云:"同治壬戌(1862年)以后,予居泰州数年,兵戈方盛,人士流离,渡江而来,率多才杰。一时往还如王雨岚、杨柳门、姚西农、黄琴川、钱揆初、黄子湘,皆以诗名,而蒋鹿潭之词尤著。"① 而后,冯煦《蕶月词序》亦说:"咸、同之交,淮海间多词人。若江阴蒋春霖鹿潭、江都丁至和葆庵、甘泉李肇增冰叔、郭麎尧卿,并为倚声家泰斗。"20世纪90年代,严迪昌明确提出:咸、同年间的确存在着一个以蒋春霖为盟主的淮海词人群体。

淮海词人群在形式上讲求声律之美,在内容上则推重沉郁忧怨之美,他们的创作或抒漂泊沦落之感,或状羁旅行役之苦,或感时局世事之乱,总体上有一种凄怨幽咽的审美特征,反映出在咸丰、同治之际中下层知识分子遭遇乱世时的真实心态和生活情状。其代表作家蒋春霖(1818—1868),字鹿潭,江苏江阴人,与纳兰性德、项鸿祚有"清代三大词人"之称,所作集为《水云楼词》。同治末年,蒋春霖在东台、泰州一带浪游,词作多有与泰州相关者,如《满庭芳·黄叶人家》等。他的词讲究律度,又工造境,注意炼字

---

① 宗源瀚:《水云楼词续》,清同治十二年(1873年)合刻本。

炼句，在清末颇受称誉。谭献称其"流别甚正，家数颇大，与成容若、项莲生，二百年中，分鼎三足"①。

受蒋春霖等人的影响，这一时期，泰州本土作家的词创作也迎来丰收。如黄荔有《皱春词》、程宇光著《柏影轩词》、姚正镛有《江上维舟词》、乔松年著《萝摩亭词》等，其中值得一提的是黄荔。

黄荔（1831—?），字荻生，亦作笛生、篴生、芀生，号荔裳、俪裳、存仙、鹤缘、玉清、梦帚仙吏等，泰州姜堰人，岁贡生，光绪十年（1884年）任候补训导。著有《荻生诗稿》《隐囊诗稿》《心退听堂诗集》《黄荻生先生词稿》《皱春词》等。散曲现存《新水令》套数一套，内容为揭露吸食鸦片的危害，见顾名编《曲选》，有民国上海光华书局刊本。《（民国）续纂泰州志》称黄荔"工诗，尤善倚声"，潘祖荫评其词"清而婉，曲而徵，绮而不缛，丽而不佻"。同治年间与蒋春霖、金安清等人多有唱和，代表作《诉衷情》：

倚阑心影夜茫茫，招燕语空房。东风帘外吹雪，薰冷被池香。

携玉笛，坐回廊，好春光。淡黄明月，淡白梨花，淡碧垂杨。

因"淡黄明月，淡白梨花，淡碧垂杨"句脍炙人口，黄荔被称为"黄三淡"。

刘熙载（1813—1881），字伯简，又字熙哉，号融斋，晚号寤崖子，世多以"融斋先生"称之，江苏兴化人。道光二十四年（1844年）进士，官至左春坊左中允、广东学政，后主讲上海龙门书院多年。19世纪杰出的文艺理论家、文学家、语言学家、教育家。著有《艺概》《昨非集》《四音定切》《说文双声》《古桐书屋六种》《古桐书屋续刻三种》等。

与扬州学派博通诸经、尤擅考据不同，刘熙载治学无汉、宋门户之见，"自六经、子、史外，凡天文、算术、字学、韵学及仙释家言，靡不通晓。而尤以躬行为重"（俞樾《左春坊左中允刘君墓碑》）。《持志塾言》《读书朴记》诸书，既宗程、朱，又兼取陆、王，博采程朱理学和陆王心学之长，以"慎独""主敬"为要义，以"格物致知""明心见性"为纲，阐示立志、为学、洁身修行以至立事处世等方面的经验教训、目标要求、方法途径。刘熙载在

---

① 谭献：《复堂词话》，1925年刻本。

音韵学上也有研究。

《艺概》是近代一部重要的文学批评论著，共6卷，分为《文概》《诗概》《赋概》《词曲概》《书概》《经义概》，通过"举此以概乎彼，举少以概乎多"的方法，分别论述了古典诗、词、曲、赋、散文、八股，以及书法等的历史流变、创作理论和鉴赏方法，并评论重要作家作品。《艺概》是刘熙载学术著作中的代表之作，也是我国文学理论批评史上继南朝梁刘勰《文心雕龙》之后又一部通论各种文体的杰作。他因此赢得"东方黑格尔"的美誉，从而奠定了他在中国学术和古典文艺批评以及传统美学等方面的独特地位。

陈廷焯（1853—1892），清代著名词人。原名世焜，字亦峰，又字耀先、伯与，室名白雨斋。镇江丹徒人，同治初年（1862年）即随父迁居泰州，一生编撰之著都完成于泰州。少为诗歌，宗奉杜甫；年岁三十，尤邃于词，光绪十七年（1891年）撰成《白雨斋词话》十卷，后经其父陈铁峰审定成八卷，于光绪二十年（1894年）由其门人许正诗、王宗炎等刊行于泰州。另著有《云韶集》《词则》《骚坛精选录》。

《白雨斋词话》是常州词派后期的重要论著。陈廷焯论词，强调"沉郁"，即措语以"沉郁顿挫"为正，使"意在笔先，神余言外，写怨夫思妇之怀，寓孽子孤臣之感。凡交情之冷淡，身世之飘零，皆可于一草一木发之。而发之又必若隐若现，欲露不露，反复缠绵，终不许一语道破"。强调"感兴""寄托"，认为"寄托不厚，感人不深""托喻不深，树义不厚，不足以言兴"；强调"忠厚"，即词"以温厚和平为本"。而比兴寄托、忠厚、沉郁三者是贯串为一，"诚能本诸忠厚，而出以沉郁，豪放亦可，婉约亦可"。虽不反对豪放派词，对苏（轼）辛（弃疾）亦有推崇，但过于强调风格沉郁，以温（庭筠）韦（庄）为宗，称赞温庭筠为"古今之极轨"、韦庄词"最为词中胜境"。[①]

延至民国时期，泰州地域文学在白话文小说和诗歌、戏剧、散文以及传记文学等领域，都曾引领文坛风气之先，刘韵琴、丁西林、刘延陵、朱东润以及泰州的南社作家群、鸳鸯蝴蝶派作家群，都在地域文学史上留下了自己的足迹。

新中国成立以后，特别是新时期以来，泰州地区的文学名家更是灿若群

---

① 陈廷焯：《白雨斋词话》，清光绪二十年（1894）海宁许正诗等校刻本。

星,先后走出了老一辈作家代表之一陆文夫、诺贝尔文学奖获得者高行健、茅盾文学奖和鲁迅文学奖获得者毕飞宇、鲁迅文学奖获得者朱辉以及著名文学评论家王干等。以兴化为地域文学中心的"里下河文学流派"更是得到了国内外文坛的公认,目前泰州已连续举办多届里下河文学流派国际学术研讨会,在国内外产生了广泛的影响,兴化更是荣获全国唯一的"中国小说之乡"称号,并成为施耐庵文学奖的永久颁奖地。该奖项以《水浒传》作者、被誉为"中国长篇小说之父"的兴化籍文学家施耐庵的名字命名,旨在鼓励当代汉语长篇叙事艺术的深度探索与发展。文学奖每两年评选一次,逢单年评奖并颁奖,每届评出 4 部作品,其中海外作品 1 部。

【阅读思考】

1. 怎样理解地域文学与地域文化的关系?
2. 评述泰州地域文学在江南文化文学、江淮文学板块中的地位与影响。

【拓展资源】

1. 央视纪录片:《何处是江南》。
2. 历届施耐庵文学奖颁奖典礼视频。

【实践体验】

1. 参观泰州望海楼景区历代名人咏泰州诗碑。
2. 参观兴化刘熙载故居。

第一章　泰州文学产生和发展的时空背景

【阅读提示】

1. 了解泰州的历代地理变迁。
2. 了解泰州的历代行政区域。
3. 思考泰州地域文学的特殊基因及形成过程。
4. 归纳列举泰州文学中表现"水文化"的代表作品。

泰州文学是在特定地域出现的复合文学，必然依托着深厚的历史积淀和文化底蕴。泰州区域性文学与较大规模的居民迁徙、本土与外来作家艺人的交流有着千丝万缕的联系。移民和作家艺人的迁徙实际上是一种文学文化的流动，更是文学文化的融合，因而，泰州文学的时空界定往往是相对宽泛的、审美的，它更多着眼于联系和影响，着眼于渊源和流变的客观而理性的直觉判断和审视。

今天的泰州，下辖海陵区、医药高新区（高港区）、姜堰区等3个区及靖江市、泰兴市、兴化市等3个县级市，南临长江，西邻扬州，北接盐城，东与南通接壤。这种状况是在长期的历史发展中形成的。在历史上的大多数时间里，除曾短时间升格为郡外，泰州都作为州一级的行政单位隶属于扬州府。今天已经划归南通管辖的如皋、海安，划归盐城管辖的东台、大丰等地，都曾是泰州的重要组成部分。在历史上，这些地区对泰州文化和泰州文学的发展作出了重大贡献，也是泰州文学的重要组成部分。

第一节　泰州的地理变迁与文学基因的形成

泰州地处江淮平原，北濒淮河，南控长江，东临大海。

远古时代，古海陵地区是一片汪洋大海。在漫长的地质变化进程中，曾有过多次海陆变迁。地质考古研究表明，约在 8 000 年前，古泰州地区发生了最大的一次海侵。距今 7 000～6 500 年间，长江每年携带约 4 亿吨泥沙入海，在江流与海浪的激荡下，南北两侧各形成一条沙嘴，北岸沙嘴从扬州向东经泰州、海安逐渐延伸到如皋、如东一带，这就是古扬泰岗地。古扬泰岗地的形成，表明古泰州地区正式成陆。古泰州位于长江三角洲冲积平原与里下河沉积平原的交接处，南为长江三角洲冲积平原，北为里下河沉积平原。这一区域是长江、淮河所携带的泥沙逐渐沉积，长江北岸沙嘴边与江淮平原东侧的岸外沙堤会合，封闭长江与淮河间的浅海而形成的。

1986 年 5 月，泰州西北郊热电站工地开挖地基时，在距地表 4.2 米的地下出土了 4 处麋鹿角的化石，对与化石同一地层出土的炭化树木标本进行碳-14 年代测定，确认化石距今为 6 930±95 年，这表明泰州地区在距今 7 000 年左右已经成陆。同济大学海洋地质系孢粉分析室对靠近炭化树木的泥土进行分析，发现其中有 197 粒 24 种植物的孢粉，其中有喜温喜湿的龙骨科蕨类植物，有喜光的松属，有暖温带、亚热带生长较多的麻栎，有生长于热带、亚热带的青冈，还有常绿的木兰属等，反映了泰州成陆之初曾长有热带、亚热带的参天大树，又有四季常青的树木。但孢粉内没有稻谷，或许那时尚未有人类种植活动。

泰州是麋鹿的故乡，在泰州境内桥头镇（今属泰州市姜堰区三水街道）、天目山商周遗址、寺巷镇（今泰州市寺巷街道、明珠街道）、昭阳镇（今泰州市昭阳街道、临城街道）、溪桥镇（今并入泰兴市黄桥镇）等处，也陆续发掘出麋鹿的化石。最为珍贵的是现陈列在泰州博物馆内的一尊化石标本，出土于泰州城南，骨架完整，被称为"全世界独一无二的最完整麋鹿化石"。考古学家经过研究，认为古里下河地区气候湿润，有大片沼泽滩涂，水草丰茂，是麋鹿最为理想的家园。海陵县"多麋，千千为群，掘食草根，其处成泥，名曰麋畯,民人随此畯种稻,不耕而获,其收百倍"①。海陵多麋,这也是形成海陵仓的原因之一,早期开发海陵时,麋鹿也曾作出过贡献。

古海陵地区最初的名称为"海阳","水之北为阳",先秦时期的古海陵地区,东面和南面临海。

> 据地理学家对全新世江苏海岸线的考察,大约在 7 500 年前,海浸范围达到最大值,苏北赣榆、沭阳、泗洪、江都一线以东,除去高岗、山丘,均淹没在海水中,一片汪洋。至距今 6 500 年前后,随着海浸的逐渐东退,今长江三角洲成为一个大海湾,其北侧由西向东沉沙逐渐堆积成岗地,而在东北边的海边,由于海潮的顶托,也逐渐形成大体南北向的沿海沙堤,在此岗地和沙堤以内围成了大片的潟湖,即沼泽地带,这就是后来终成陆地的苏北里下河洼地。而这一东西走向的岗地的东部,既有东西流向的江水夹带泥沙的堆积,又有黄河、淮河带来的泥沙堆积,年久日深,形成了更为突出的高阜。海陵应缘于地形地貌而得名。陵,即是高阜,此高阜在海中,即陵在海中。②

《汉书·地理志》中,开始有海陵县的记载,并注"有江海会祠"。估计这时大海已从海陵南面渐渐东退,长江水已在这里开始与海水汇合。

泰州市属平原地区,地势平坦,仅靖江市境内有一座山峰——孤山。孤山海拔虽然只有 55.6 米,却是南通狼山以西、连云港云台山以南苏北平原唯一的一座山丘,故而颇具盛名。孤山给泰州文化增添了更多的色彩和底蕴。

泰州文化从地理本质形貌特征上看,属于中国平原农耕文化的一部分;然而海、江、淮"三水"交汇激荡,孕育了古老的泰州。自此,泰州文学便与"三水"结下了不解之缘。它别有一种风味,蕴蓄着水的柔美和刚健。

---

① 张华:《博物志》,转引自范晔《后汉书》卷三十一《郡国志三》。
② 徐治亚:《上古海陵》,《文史知识》2003 年第 8 期,第 115 - 118 页。

第二节 泰州的建制沿革与文学区域的移易

先秦时期，有关泰州的文献记载还比较稀少。泰州大部分地区成陆都较晚，当时水网密布，人口稀少。

根据地方志记载，秦时海陵地区属九江郡。西汉初年，汉高祖刘邦分封从兄刘贾为荆王，统治淮东，海陵地区属荆国。刘贾死后无子，国废。高祖十二年（前195年），分封兄子刘濞为吴王，建都广陵，海陵地区归属吴国。吴楚七国之乱平定后，海陵地区由汉中央政府直接统治。

汉武帝元狩六年（前117年）置临淮郡，领县二十九，海陵县是其中之一，可见西汉时已置海陵县。武帝元封五年（前106年）置十二州刺史，临淮郡属徐州刺史部。

王莽时，改称海陵为亭间。

东汉光武帝刘秀时期，大规模撤销县级行政单位，海陵县于建武六年（30年）并入东阳，属广陵郡，仍属徐州刺史部。

东汉末，建安十八年（213年），曹操担心滨江郡县被孙权攻占，下令全部迁走郡县百姓。海陵百姓尽皆东渡，一段时间内成为文化空地。直到吴孙亮时，海陵人吕岱担任大司马。吕岱大量招募流亡人员，重新恢复海陵县。这是海陵文化的一次换血与新生，这次的人口迁徙，使地处苏中的泰州文化有了外来文化的因子，泰州文学也因之有了多元文学的底色。

西晋短暂统一之后，海陵县隶属广陵郡。

晋安帝义熙七年（411年），置海陵郡，管辖建陵、宁海、如皋、蒲涛及临江五县，隶属徐州。南北朝时期，宋、齐、梁、陈都沿袭了晋代的建制，但改属南兖州。南北朝时期，刘宋以江北为南兖州，置广陵太守，统辖广陵、海陵、高邮、江都四县；南齐建元四年（482年）分南兖州为五郡，广陵为郡治，统辖五个县，后把郡治迁到海陵；梁因袭了这种建制。北齐改南兖州为东广州，置广陵、江阳二郡，广陵领有广陵、江阳、海陵、神农。北周时海陵改隶吴州；至隋文帝开皇三年（583年），郡制被废。

唐高祖武德三年（620年）改海陵县为吴陵县，建制吴州。武德七年

(624年），吴州被废，海陵县仍复旧称，属邗州。武德九年（626年），邗州改称扬州。

南唐升元元年（937年），海陵以少经兵火、民生祥泰而建置"泰州"，下辖海陵、盐城、兴化、泰兴4县。后又于保大十年（952年）升如皋场为如皋县，属泰州。

周世宗显德四年（957年），泰州被后周夺取。显德五年（958年）三月世宗亲临泰州，升泰州为团练州。至此，泰州的文化血脉中多了一份雄健和激越，这对于其文学的发展也有着重要的影响。

宋太祖乾德五年（967年），改泰州为军事州。太平兴国二年（977年），盐城归属楚州，泰州管辖海陵、如皋、兴化、泰兴四县。绍兴十二年（1142年），泰兴县改属扬州府；淳熙四年（1177年），兴化县改属高邮军。于是，泰州仅下辖海陵、如皋二县。

元代泰州建制沿袭宋代旧制，没有发生变化。元末，张士诚在泰州起事，反抗元的统治，并很快占据了泰州。其改朝易纲的事迹在泰州百姓中广为流传，剽悍的英雄气息颇具传奇色彩，某种意义上可以说催生了《水浒传》等小说的诞生。

明洪武年间，海陵县被废，并入泰州，泰州仅下辖如皋县。

清雍正三年（1725年），如皋县划属通州，泰州于是成为散州。

清乾隆三十三年（1768年），泰州东北境九场四乡设东台县，隶属扬州府。民国年间，东台又曾划归泰州管辖，隶属关系几经变迁，最后改隶盐城。

从所辖地域看，泰州所管辖的地域渐渐变小。"汉代海陵县东濒黄海、南枕长江、西界江都、北接盐渎，幅员广阔。"[①] 如此广袤的地域，仅设一县，可见当时地广人稀。后来随着人口迁徙繁衍，区划设置渐多。泰州疆域及其隶属关系的变迁历程漫长而繁复的情形，使得泰州文化呈现出多元化的特征；泰州地区的人口迁徙，使得泰州文化形成了南北交汇、东西相融的特色；泰州人依海而生、煮海为盐，使其文学文化自兹有了海盐的咸涩与生活气息。

[①] 陆镇余：《概述》，载陈社主编：《泰州特色文化》，苏州大学出版社，2006，第1页。

第三节　泰州地区的古代遗存及文化风貌

考古发现证明，泰州地区很早就有人类活动的痕迹。现代地理学研究表明，距今约6 000年前后，海安—姜堰一线以北已经成陆，随后动物繁衍，先民生息。目前，在泰州地区发现了海安吉家墩、东台开庄、兴化南荡、姜堰单塘河等新石器时代的文化遗址，为我们了解上古时期泰州的地理状况、先民的生活及泰州文化发展的源头提供了宝贵的材料。

青墩遗址与吉家墩遗址

1973年发现的青墩遗址，是泰州地区重要的考古发现。青墩遗址跨越数个文化层，距今至少有5 000年。

青墩位于旧属泰州的海安沙岗（今南通市海安市南莫镇）青墩村，在海安市区西北约28千米处。1973年开挖青墩新河时发现了发现大量的陶、石、骨器和鹿角、兽骨等古代遗物。南京博物院于1978年4—5月和1979年4—5月，先后对该遗址进行了两次发掘。

在青墩遗址中，出土了大量陶片，早期陶片与南京北阴阳营第四期和常州市圩墩中期墓葬的遗存很接近；中期陶片特征基本上与崧泽中期遗存相似；晚期陶片的特征，大体与江南一带良渚文化遗存相似。

海安青墩遗址出土了6件用麋鹿犄角制成的回旋镖。青墩遗址文化层内出土了大量的鹿骨、鹿牙、鹿角和鹿角制作的镞、匕首等武器，证明狩猎仍是当时青墩人重要的经济生活来源。

遗址中发现了纺轮十三件，表明纺织文化已经开始形成。

值得一提的是，青墩遗址中文化层出土有柄穿孔陶斧一件，体形较小，泥质红陶制成，分柄和穿孔斧两部分，柄为椭圆形棒状，前粗后细，前端翘起，有浅槽可嵌入穿孔斧。槽后有三孔，可穿绳缚住穿孔斧使其固定在槽内。柄后端作半月形，并有三角形穿孔。这件有柄陶斧并非实用工具，而是按照实物仿制的，用当代眼光来看，是一件供人赏玩的工艺品。这也许表明在远古时期泰州先民已经萌生了一定的审美追求，并进行了卓有成效的审美实践。这应该是泰州文艺美学发展的源头。

在青墩遗址中还发现了炭化稻谷，在一些已经硬结了的人畜粪便中也发现有未被消化掉的稻壳。这表明青墩古人早在5 000年前就开始种植水稻（且是偏粳型稻），其久远的历史与浙江河姆渡遗址比肩。

青墩先民的住房采用了干栏式的建筑形式，这在长江北岸也是首次发现。

尽管此遗址地处长江北岸，但从总的文化面貌特征来看，基本上和江南地区的新石器时代遗存相类似，而与徐海地区的同时期遗存相去稍远。[①]

此外，青墩遗址还出土了一些契刻了花纹的麋鹿角枝，引发了国内考古界的关注，考古专家张政烺认为："（这些符号）在易卦发展史上应属早期形式，可以据以探寻易卦起源地点问题。"[②] 有专家认为，麋鹿角枝上的刻纹是"一、二、三、四、五、六"等十以内的数字，它虽然简单，但很有可能是中文数字符号的源头。如果是，我国数字符号的发明史就向前推进了1 500年。而从文化的角度看，这些刻文也是泰州先民文化思维与艺术想象的生动体现。

吉家墩遗址位于今海安市隆政街道，东距黄海约1千米，西与青墩遗址相邻，相距约15千米，更接近大海。该遗址的发掘资料尚未发表，就文化遗存考察，大体与青墩遗存相似。如果以青墩遗址作为典型，代表江淮地区的一种考古学文化，那么吉家墩遗址理所当然地是青墩文化的一个组成部分。

影头山遗址

影山头位于兴化市林湖乡魏庄东南约1千米的白涂河北岸，东接东塘港河，北依古鲫鱼湖，西靠魏庄港，占地面积约15万平方米。河岸的断面可以清晰地看到文化层，农田里也经常有文化遗物出土，整体保存情况良好。

影山头遗址水面以上部分可以见到两个文化层，文化遗物丰富，在遗址上采集的陶器残片可见器形有釜、鼎、豆、钵、罐、盉、三足盘、纺轮等，骨角器有凿、镞、叉等，石器有穿孔石斧，动物骨骸有麋鹿、野牛、野猪、飞鸟等。影山头遗址的夹砂陶器主要有釜、鼎、三足盘、器座和器盖，陶质粗疏，夹砂或夹蚌，呈灰黄色，纹饰有刻划纹、戳点纹和捺窝纹；泥质陶火候也较低，器形有豆、罐、盆、钵、匜、三足盘等；骨器和动物骨骸发现较多，除骨角器外，许多骨骸都经过人工切割而成为半成品或废弃物。考古工

---

① 纪仲庆：《江苏海安青墩遗址》，《考古学报》1983第2期，第147页。
② 张政烺：《试释周初青铜器铭文中的易卦》，《考古学报》1980年第4期，第414页。

作者经过研究认为，影山头遗址距今约 5 500～6 300 年，是江淮地区面积最大的一处新石器时代遗址，也是江苏省江淮地区最重要的新石器时代遗址之一。从其发掘的文物来看，经过"艺术"加工的制品种类明显增多，工艺水平有所提高。

蒋庄遗址

蒋庄遗址，是在位于泰州兴化市和盐城东台市交界的新石器时代遗址，也是首次在长江以北发现的一处大型良渚文化遗址。

2016 年 5 月 16 日下午，"2015 年度中国十大考古新发现"公布，江苏兴化、东台蒋庄遗址名列其中。2019 年 10 月，蒋庄遗址列入第八批全国重点文物保护单位名单。

蒋庄遗址分属兴化市张郭镇蒋庄村及东台市时堰镇五星村、双溪村。遗址起初由当地文物爱好者发现，因泰东河水利拓宽工程需要，2010 年南京博物院江苏省考古研究所派员对其进行调查确认，遗址位于兴化境内区域被当地人称为"野城"。

以泰东河为界，可将遗址分为东西两区，东区（Ⅱ区）以唐宋时期堆积为主，面积达 45 万平方米；西区（Ⅰ区）以新石器时代良渚文化堆积为主，面积近 2 万平方米。因地处平均海拔约 3 米的里下河地区，遗址所在区域地下水位高、水网密布。遗址北侧沿河西岸局部剖面显示，该区域良渚文化层之上叠压着一层厚约 0.8～1 米的纯黄土，为水成间歇层，间歇层之上为唐宋时期文化堆积。这表明良渚时期，该遗址西区呈中部高、四周渐低的台形，数千年的自然淤积及后期人类活动，使得遗址地势现与周边持平。2011 年 10 月至 2015 年 12 月，南京博物院考古研究所对其进行了抢救性考古发掘及后续以学术导向为目的的主动性发掘。发掘工作主要集中于西区，总共发掘面积 3 500 平方米，揭露良渚文化聚落一处。已清理该时期墓葬 280 座，房址 8 座、灰坑 110 余座以及水井、灰沟等其他一批重要遗迹。出土玉、石、陶、骨等不同材质遗物近 1 200 件。发掘工作仍在继续。

西区发掘揭露的良渚文化墓地，是蒋庄遗址良渚文化聚落最为重要的内容。墓地位于聚落东北部，整体呈南北走向，其东、南、西界已明确，北侧未完全揭露。墓葬分布十分密集，叠压打破关系复杂，其中一组打破关系涉及墓葬达 80 余座。这样的墓葬密集程度与层位关系，显示出其作为一处公共墓地，有着持续而稳定的使用过程。随葬玉璧、玉琮的较高等级墓葬主要集中于墓地南部，而平民墓主要位于墓地中北部。这种不同等级墓葬间随葬品的差异，体现了对应的社会分层现象。

墓地所在的良渚文化聚落布局也得到初步揭示，聚落周边水系发达，聚落外围水网与泰东河相连，并通达长江。所发现的8座良渚时期房址，均为挖基埋柱的平地起建式，平面形状有圆形及长方形两种，并见多间联排式房址。通过对地层堆积进行的分析，发现房址在修建之前常有大范围的浅黄色人工垫土，垫土多取自遗址附近，局部呈明显的团块状。

蒋庄良渚文化遗存的发现具有重要意义：

（1）蒋庄遗址是长江以北地区首次发现的大型良渚文化聚落；蒋庄良渚文化墓地是在长江以北首次发现随葬琮、璧等玉质礼器的高等级良渚文化墓地。突破了以往学术界认为良渚文化分布范围北不过长江的传统观点。对全面、深入研究良渚文明与良渚社会提供了新资料，填补了长江以北地区良渚文化考古发现的空白。

（2）蒋庄遗址良渚文化墓地迄今为止共清理墓葬280座，时代涵盖良渚早中晚期，为良渚文化核心区之外已知发现数量最多、埋葬最为密集的良渚文化墓地。葬式葬俗丰富多样，部分人骨及葬具保存情况较好，是良渚文化迄今为止发现保存骨骸最为完整和丰富的墓地资料。对研究良渚文化的埋葬习俗、社会组织关系与人种属性提供了极其宝贵的实物资料。

（3）蒋庄遗址地处长江以北水网密布的里下河地区，是良渚文化北上的重要通道。其远离良渚文化核心区，出土的各类陶鼎的鼎足各异，其截面有的呈"十"字形，有的呈外"T"形，有的近跟部穿圆孔等，具有鲜明的自身特点，显示出这类遗存可能属于良渚文化的又一地方类型，是良渚文化与当地文化因素融合后的产物。与该区域同时期、文化面貌相近的遗址还有海安青墩遗址、东台开庄遗址等，该遗址的发掘对于构建江淮东部史前考古学文化谱系、研究良渚文化与本地土著文化以及北方大汶口文化的关系都具有重要意义。

（4）江淮之间，自东向西，依次有海安青墩遗址、蒋庄遗址、阜宁陆庄遗址、涟水三里墩遗址、安徽定远山根许遗址出土了琮、璧以及其他良渚文化玉器、陶器。显示出良渚文化在长江以北的江淮地区存在着一条宽阔的战略缓冲地带。墓地中所发现的无首、独臂、无掌或首身分离以及随葬头颅的现象可能与战争或戍边相关,换言之,这些死者是捍卫良渚王国的英雄。蒋庄墓地的发现对良渚文明边缘区域的聚落、社会形态的研究提供了新材料,从而对研究良渚文明都邑聚三重社会结构、国家形态具有重要意义。蒋庄墓地早期墓葬较少,葬式单一,中晚期二次葬与大量的烧骨葬流行,墓地的兴衰投射出核心区良渚社会的文明化进程。

(5) 蒋庄遗址出土了丰富的良渚文化石器、骨器和陶器。带有猪形刻画符号的黑陶壶以其上其他刻画符号,反映了良渚先民的生产生活与艺术创意;而刻画有"凸"字形祭台符号的玉璧,首次在有明确地层关系和共存关系的墓葬中出土,对于良渚先民精神信仰的研究,弥足珍贵。良渚文化为中国新石器时期晚期文化,主要分布于长江下游的环太湖地区。在蒋庄泰东河畔的那座失落的"野城"下,出土了一处良渚部落的巨大墓葬群。

东古遗址

东古遗址位于兴化市戴窑镇东古村。东古遗址四周环水,面积约 2 万平方米。主要发现了单纯的呈片状分布的良渚文化遗存,显然是一处临时性居住遗址。采集物主要为石器,器形有穿孔石钺、穿孔残石斧和有段石锛等。石钺平面为"风"字形,还有打制成形而未经磨光的石钺;石锛多为长条形,通体磨光。器形与常州武进寺墩、无锡邱承墩遗址出土的石钺、石锛相同,年代应为良渚文化晚期。

戴窑镇位于兴化东部,4 000 年前东临南黄海。在江淮东部射阳河流域的宝应水泗、阜宁停翅港和陆庄等地曾多次发现良渚文化遗存,在阜宁陆庄遗址被发掘后,该类文化遗存被命名为"陆庄文化遗存"。陆庄文化遗存的重要特征之一——在太湖地区之外的江淮东部发现的良渚文化晚期遗存,反映了新石器时代晚期的特殊的文化现象——"移民文化",对于研究良渚文化的北上和探讨华夏国家文明的起源有着积极的意义。而东临南黄海的东古遗址正位于太湖地区和射阳河流域之间,这对于研究良渚文化的迁徙路线同样有着积极的意义。

单塘河遗址

单塘河遗址位于姜堰区三水大道与新通扬运河交会处西南角单塘河北岸,目前尚未发掘,但已发现草木灰坑,并采集到带柄石刀、石镞、骨镞、骨针、玉坠及一些陶片,推测为新石器时代晚期至商周中后期遗存。

兴化南荡遗址

南荡位于兴化市林湖乡戴家舍村南面。1990年冬,在南荡遗址出土了麋鹿角、麋鹿骨亚化石,陶鼎、陶壶、陶瓮、陶鬲、陶盆等生活器皿和石刀、石锛、石镞、石凿及骨笄、骨锥等生产用具。据碳-14测定,南荡遗址年代约为公元前2600—前2000年的龙山时代末至夏初的新石器文化晚期。据考证,南荡文化在江淮东部地区无渊源可寻,但与龙山文化晚期的文化遗物基本一致。根据兴化南荡遗址的发掘,分布于豫东一带的龙山文化是有虞氏部族创造的文化,在进入夏代国家文明之时,有虞氏部族在豫东突然消失,而南荡遗存在江淮东部突然出现,表明有虞氏部族与夏后氏部族在中原地区发生文化碰撞后,向长江流域移民或扩张。南荡遗址是古代先民跨地域迁徙路上文化交流的要冲,南荡文化是一种"移民文化",是古老泰州文化对外来文化的一次接纳与碰撞。

天目山遗址

天目山遗址位于姜堰区北部新通扬河南侧,西邻姜溱河,为先秦时期的古城遗址。经中国科学院考古研究所碳-14实验室与北京大学考古文博学院科技考古与文物保护实验室测定,天目山遗址距今时间约3 100~2 700年,为西周至春秋早期遗址。这说明天目山遗址为春秋时期的古城,是江淮地区发现的最早城址。

天目山古城址分为内城和外城,其中外城的外侧有环城的古河道,西侧的古河道现已湮埋。包括古河道在内的古城址范围东西长约220米、南北宽约200米,外城的城墙沿河道内侧分布,平面呈长圆形,东西长170米、南北宽160米,面积约2.7万平方米;内城位于外城内的东北部,以西城墙、南城墙与外城相隔离,内城的边长约70米,面积约4 000平方米。天目山古城址规模虽小,但其内外城结构和水道环绕的特点,明显具有南部水网地区古代城市的风格,初具今天泰州"水城"文化的雏形。

天目山古城出土了大量陶器、铜器、石器、骨器、蚌器和牙器等。其器物以陶器为主,陶质有夹砂陶、泥质陶、硬陶等,器类有鬲、甗、豆、盆、罐、坛、钵、瓿、缸等,陶器表面多有纹饰,除绳纹、弦纹、附加堆纹外,主要为几何印纹,纹饰有席纹、回纹、云雷纹、方格纹、折线纹等。这些丰富的造型和装饰，体现了泰州先民的审美意识和审美文化，是泰州文化的滥觞。而这种审美追求代代相传，必然会潜移默化地影响泰州文学的美学风范。

通过考古可以发现，古泰州地区的气候温暖湿润，动植物繁盛。在动物中，除野猪、麂、梅花鹿、獐、牛、犬等外，最多的是四不像——麋鹿，与古代史书中"海陵多麋"的记载非常吻合。此外，海生动物除了鱼、龟、鳖之外，蚬子（蓝湖蚬）也特别多。而草、木本植物则有荨麻科、豆科、香蒲科、禾本科、莎草科、松、柏、榆、柳、椴等。

上古海陵人除从事狩猎、捕捞和家畜、家禽饲养外，已有了原始农耕业。燕麦、大麦和稻米为当时种植的主要粮食品种。他们已改变了"茹毛饮血"的生活状态，懂得了制陶技术，造出了一些初具艺术形制的烹饪器、贮藏器、盛器，诸如陶鼎、陶豆、陶钵、陶缸、陶壶、陶杯、陶盆、陶鬶等。在器形上不独便于使用，而且讲究美观，尤其是那些彩绘和镂孔图案花纹，也反映了他们的审美观念和工艺技术水平。

上古海陵人采用苎麻属的植物纤维，用纺轮捻成线，再织成布，已具备一定的编织技术。此外，值得一提的是他们的骨器制作技能和所反映的文化思想。他们能利用粗糙骨料，制成比较精细的骨器，制成品都有一定的规格。他们还在成品上刻画符号，有些刻画符号甚至与我国古代的易卦吻合。更引人注目的是，上古海陵人创造了自己的玉文化。距今 5 500—4 500 年间，他们所琢的玉器有玉璧、玉琮、玉瑷、玉玦、玉镯、玉坠和玉花形环等，种类丰富，制作工巧，选用玉材精细，与我国其他地方同时代的玉制品比较，有过之而无不及，充分展现了泰州地域原生态的文化特征。

总之，这一时期的泰州文化已经从原初状态走向了生活化状态。不仅历史遗存呈现出活生生的泰州文化发展史，而且，先秦典籍中也开始出现关于泰州的记载。如《左传》记载鲁哀公十二年（前 483 年），鲁哀公会卫侯于郧，郧即位于今海安境内，春秋战国时期属吴，后属越，后楚又灭越，遂属楚。这段古老的历史也似乎正是对泰州文化的隐喻：泰州文化既受到吴文化的影响，又浸润于楚文化之中，在吴文化和楚文化的交汇融合中形成区域文化的特色。就文学而言，楚文学的浑厚浪漫与吴文学的清秀飘逸，以及海陵江、淮、海"三水"的气质风韵共同造就了独具魅力的泰州文学。

【思考与练习】

1. 分析"江海文化"在泰州历史文化中的地位与影响。
2. 历代以泰州"水文化"为题材的文学作品有哪些，举例说明。

【拓展资源】

1. 在线视频：中央电视台《探索·发现：兴化蒋庄遗骨之谜》。
2. 50集大型电视系列片：《祥泰之州》。
3. 在线视频：《泰州水文化宣传视频》[①]。

【实践体验】

参观泰州凤城河景区和宋代古城池遗址。

---

① 《泰州水文化宣传视频》，https：//v.qq.com/x/page/q3012sqft4y.html。

第二章　先秦两汉魏晋南北朝泰州文学

【阅读提示】

1. 了解先秦两汉魏晋南北朝泰州文学发展历程。
2. 了解吴王刘濞与古运盐河的历史地位。
3. 背诵汉代辞赋家枚乘《七发》。

地域文化是在特定的区域出现的复合文化，它往往形成若干文化板块，而文化板块包括了不同的文学文化区域，但其中某些区域在该文学文化发展过程中所起的作用及产生的影响占据了相对重要的位置，对其他区域的文学文化有着引领和辐射作用，这就形成文学文化的中心区域。中心区域的文学文化进程深深影响着该文化区的文学文化发展，决定了其基本特征和发展走向。

众所周知，任何区域文学文化的发展都有其历史的进程。今天，当我们提起泰州文学文化的时候，无法不提及已从泰州行政版图上划出的东台和如皋地区，泰州历史上最著名的三位文化名人就分别出自这两个地区。泰州历史上第一位文化名人胡瑗出生在如皋，而东台地区的东淘（即安丰场，今东台市安丰镇）则贡献了最具有泰州文化特色的泰州学派代表人物王艮，以及泰州文学史上最为重要的诗人吴嘉纪。泰州地区的文学文化特色，从某种意义上说正是发端于这一地区。在泰州文学文化的历史版图上，这些地区是不可或缺的部分。

此外，今天地级泰州市所辖三区三市中，泰兴、靖江虽然在历史上和泰州的隶属关系时断时存，但这些地区地近泰州，关系密切，人员往来和文化交流都很密切，今天，我们理应将其文学文化视作古今泰州文学版块的重要组成部分。

第一节　秦汉以来泰州文化与文学的中心区域

从泰州地域文化的历史发展来看，它的中心区域应该是明清时期泰州及明初所属海陵县所辖的区域，包括今天已经从泰州划归其他县市的部分地区，大致包括今天的泰州市海陵区、兴化市、姜堰市以及现属盐城市管辖的东台市大部分地区、南通市管辖之海安县。

汉代设立的海陵县，亦即苏中地域公认的"维扬、海陵、通海三大文化圈"之一"海陵文化圈"所对应的地区。在地理方位上是指位于江苏中部南至长江，北至今盐城和泰州交界大纵湖、串场河，西至扬州江都城东三江营、宜陵和邵伯一线，东至如皋西部与通州接壤处并延伸至今黄海大丰港。该地区在地域文化史上被称为"古海陵地域"，具体包括今地级泰州市城区海陵、

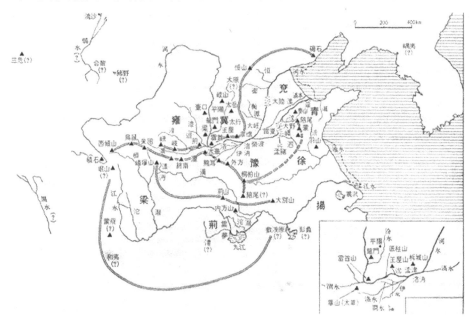

图2-1　禹贡图

高港和姜堰区，所辖靖江市北部，泰兴市和兴化市全境，以及今分属于南通的海安市、如皋市、如东县，盐城的大丰区、东台市，扬州的江都区东部。该地区既是中国哲学史上"泰州学派"的思想产生地和主要传播地区，也是明初以来淮南盐场的"中十场"所在地，在明清思想文化史和经济史等方面，有着极为重要的独特地位。

"海陵地区"历史悠久。1973年和1978年，南京博物院考古专家先后在古海陵地域的今南通市海安市、泰州市姜堰区等地发现属于新石器时期的文化遗址。2016年，经过考古挖掘，确认位于泰州兴化市和盐城东台市交界处的蒋庄遗址为江淮地区首次发现的大型良渚文化遗址，后成功入选"2015年全国十大考古新发现"。

据文献记载，本地区最早称"海陵"见诸《左传》，以其傍海地高而得名。在今传本《左传》中，《哀公十二年》载："秋，卫侯会吴于郧，公及卫侯、宋皇瑗盟，而卒辞吴盟。吴人藩卫侯之舍。"对此，晋杜预注曰："郧，发阳也。广陵海陵县东南有发繇亭。"[①] 发阳，即今之泰州东部的如皋立发桥。该地现存明嘉靖十六年（1537年）泰州同知怀干[②]所立《如皋立发桥碑》云："曰惟立发，古称发阳，鲁卫今郧，云是斯地，春秋时有也。"

而作为行政区划的海陵县，则始建于汉武帝元狩六年（前117年）。东晋时期，海陵县曾一度改名海阳县，后升为海陵郡。隋开皇三年（583年）海陵郡废，复称海陵县。唐初曾改称吴陵县，以县置吴州。唐武德七年（624年）吴州废，吴陵县复为海陵县，属邗州。武德九年（626年），邗州改称扬州，海陵县属扬州。南唐升元元年（937年），升海陵县为泰州，下辖海陵、泰兴、兴化和盐城四县。两宋和元代，除盐城自成疆域外，该地区行政区划变化不大。明洪武元年（1368年），废海陵县，"海陵地区"整体为南直隶泰州。清代中期以后，如皋改属于通州府，东台独立建县。明清时期靖江南部曾隶属于常州府，北部则长期为泰兴所管辖。晚清民国时期，除如皋、泰兴、大丰外，该地区又均隶属于泰州。新中国成立前后，该地区统一归属于当时以泰

---

① 《左传·哀公十二年》，收入阮元：《十三经注疏》，清同治十三年（1874年）刻本，泰州图书馆藏。

② 怀干，字守正，湖州府归安县（今浙江吴兴县）人。嘉靖十一年（1532年）进士，授刑部主事，以议皇亲张延龄狱，谪泰州同知。嘉靖二十年（1541年）任扬州知府。

州为中心的苏中行署。其后,因苏中行署迁至扬州,海安、如东等地分别划出或独立建县。1996年,地级泰州市恢复建制,形成今天苏中地区扬州、泰州、南通三市并立的局面。

今"海陵"之名为地级泰州市下辖的一个区沿用,即泰州市海陵区。但如皋、海安等"海陵县"所辖旧地,仍留有海陵乡、海陵街道等具有鲜明海陵地域文化特征的地名。

《旧唐书》卷七《中宗睿宗本纪》有崔玄暐与海陵的记载:

> 癸巳,侍中敬晖封为平阳郡王;侍中桓彦范扶阳郡王,赐姓韦氏;中书令张柬之汉阳郡王;中书令袁恕己南阳郡王;特进崔玄暐海陵郡王,并加授特进,罢知政事。①

由此可见,曾参与武则天晚年一系列重大政治事件的崔玄暐,曾被封为海陵郡王。②

此外,《江苏建置志》则提出了"秦置晦(海)陵县"一说,认为秦始皇二十四年(前223年):"秦攻取楚淮南地并灭楚,今泰州市境归秦。其后,秦分广陵县地置晦陵县(治所位于今泰州市海陵区),此系今江苏省泰州市境内出现县级政区之始。'晦''海'二字古通,晦陵县即海陵县。"③

"秦置晦(海)陵县"一说的依据是近年出土的秦封泥"晦陵丞印"④。北京师范大学历史系教授周晓陆《秦封泥所见江苏史料考》一文称:"援'东晦司马'之例,可知此印可读作:'海陵丞印'。《汉志》临淮郡领县有'海陵,有江海会祠,莽曰亭间'。《读史方舆纪要》记:海陵县在秦属九江郡,此说恐未安,原因待考。晦陵县在秦应属东晦郡,县治及领地在今江苏省泰州市。"⑤

所以,海陵地区(以今泰州为中心)拥2 100多年的建城史,夏、商时,为滨海临江地区,属《尚书·禹贡》所称"九州"之一的扬州。西周时期,称

---

① 刘昫等:《旧唐书》卷七《中宗本纪》,中华书局,1975,第139页。
② 郭正军:《江苏泰州唐代佛教石经幢考释》,《中国国家博物馆馆刊》2018年第1期,第19-25页。
③ 江苏省地方志编纂委员会:《江苏建置志》,江苏人民出版社,2013,第58页。
④ 傅嘉仪:《秦封泥汇考》,上海书店出版社,2007,第235页。
⑤ 周晓陆:《秦封泥所见江苏史料考》,《江苏社会科学》2003年第2期,第192-196页。

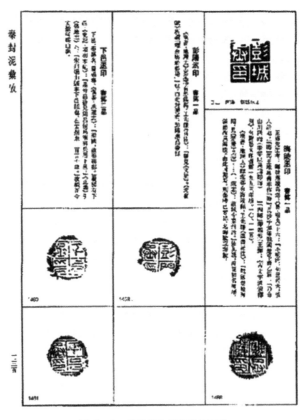

图 2-2 秦封泥"晦陵丞印"

海阳,属吴国。《旧唐书》中有多处关于海陵的记载:"乾元元年,复为扬州。自后置淮南节度使,亲王为都督,领使;长史为节度副大使,知节度事。恒以此为治所。旧领县四:江都、六合、海陵、高邮。"① 唐武德九年(626年),"冬十月癸丑朔。丁巳,罢扬州海陵监牧"②。"海陵汉县,属临淮郡。至隋,属南兖州。武德二年,属扬州。"③ "海陵是扬州大县,土田饶沃,人户众多,自置监牧已来,或闻有所妨废。又计每年马数甚少,若以所用钱收市,则必有余。"④ 马令《南唐书》中认为海陵县"供亿公费,不知限极,烈祖喜

---

① 刘昫等:《旧唐书》卷四十《地理志三》,中华书局,1975,第530页。
② 刘昫等:《旧唐书》卷四二《职官志一》,中华书局,1975,第1571页。
③ 刘昫等:《旧唐书》卷四十《地理志三》,中华书局,1975,第536页。
④ 董诰等:《全唐文》卷七十四《罢海陵监牧敕》,中华书局,1983,第772页。

之,及以海陵为泰州","(升元元年十一月)乙未,升东都海陵县为泰州,割盐城、泰兴、如皋、兴化县属焉"①。

1955年,泰州出土的《泰州重展筑子城记(碑)》云:

> 盖闻乾列星曦,斡运三皇之力;坤浮岳渎,镇流九禹之功。是知福地会时,神州有主,其为盛矣,可略言乎?窃以当州即汉朝旧海陵制邑也。自丁酉岁仲冬月奉敕旨改为是郡,莫不天文焕举,光数百载之镃基;地利显分,富一千里之黔庶。咸盐赡溢,职赋殷繁,可谓水陆要津,咽喉剧郡。以兹升建,为属勋贤。②

明、清两代,泰州地区的建制发生了五次重大变化。第一次是明初,明洪武元年(1368年),撤销海陵县,其辖区由泰州直接管辖。海陵县自元狩六年(前117年)设置到洪武元年(1368年)取消,共存在1 485年,与泰州同时存在也达431年。所以,"海陵"已成为本地区公认的地理、政治和文化概念,直至今日,仍被视为一个完整的地理和文化概念而存在。第二次是清朝雍正三年(1725年),如皋县改属通州,从此泰州成为下无辖县的散州。但此时的泰州,仍基本保持了南唐后期以来的海陵县境域。第三次是乾隆三十三年(1768年),泰州东北境划出,设置东台县。第四次则是抗日战争结束(1945年)至1996年,泰州东部的如东、海安独立成县,西部部分地域划归江都。县级泰州市与泰兴、兴化、泰县(今姜堰)、靖江等共同隶属于地级扬州市。第五次则是1996年,恢复地级泰州市建制,辖靖江、泰兴、姜堰(泰县)、兴化、高港、海陵等区域,恢复了历史上海陵县行政建制的大致面貌。

中国古代郡县州府的设置,往往客观地反映了所在地域的开发和经济繁盛情况。南唐升元元年(937年),海陵因经济繁盛而由"县"升格为"州",辖海陵、如皋和新增设的兴化、泰兴诸县。泰州州名的由来,宋王象之《舆地纪胜》卷四十云:"相传以为取通泰之义。"③

---

① 周在浚:《南唐书注》卷一,吴兴刘氏嘉业堂刊民国七年(1918年)版,第345页。
② 《泰州重展筑子城记碑》,1955年在泰州地区出土。
③ 王象之:《舆地纪胜》卷四十,清四库全书本。

第二节　古运盐河对文学繁荣的独特影响

泰州地区最重要的地域特产和经济命脉，是被唐骆宾王赞为"海陵红粟"的"桃花米"和被李白誉为"吴盐如花皎白雪"的淮盐。西汉初年，为囤积盐粮，吴王刘濞在此修建了海陵仓，并开挖古运盐河。

西汉元狩六年（前117年）——在七国之乱被平息37年后，汉武帝开始食盐官营的第三年，正式设置海陵县。从此，江淮地区黄海边的第一个建制县——海陵县登上历史舞台。不难看出，吴王刘濞在海陵海边煮盐，以及从广陵开挖运盐河到海陵盐场，为海陵县奠定了重要的经济基础，成为海陵县得以诞生的重要因素。东晋义熙七年（411年），海陵县升格为郡，背后的经济原因也应是当地发达的粮食和盐业生产。

唐天宝十四年（755年）安史之乱后，唐王朝开始实施榷盐法（食盐国家专卖），将全国分为盐业生产和销售的"十监四场"。十监是"嘉兴、海陵、盐城、新亭、临平、兰亭、永嘉、大昌、侯官、富都"。监设在产盐之乡，十监之中，海陵监居于前列。

宋王象之引唐《元和郡县志》称，海陵监岁"煮盐六十万石"[①]，盐城监每岁煮盐四十五万石。所以，唐人贾至说："鱼盐之殷，舳舻之富，海陵所入也。"[②]

唐以后五代十国分裂时期，海陵因其盐业和粮食的丰饶，成为南唐税赋的重要来源。海陵升泰州时，治所设在海陵（今泰州市海陵区），同时在海陵南五乡设置泰兴县，又将盐城、兴化划属泰州。所以，今黄海以西，淮河以南，长江以北，京杭大运河以东地域基本隶属于泰州（海陵）。直至清雍正三年（1725年），如皋改属通州。今泰州东北面的盐城东台市与大丰区，在清乾隆三十三年（1768年）设立东台县之前，也为古海陵县、海陵郡的属地，大丰则为晚清自东台所析出。

[①] 李志甫：《元和郡县志》，清乾隆四年（1739年）武英殿本（殿本），福建师范大学图书馆藏。
[②] 周绍良主编：《全唐文新编·第2部·第3册》，吉林文史出版社，2000，第4256页。

第二章　先秦两汉魏晋南北朝泰州文学

南唐海陵升格而来的泰州，北至盐城，东到海，南临江，西接江都，管辖海陵、盐城、兴化和泰兴，后如皋场升为如皋县，又重置如皋县辖域，几乎管辖了整个淮南的盐场，因而被誉为"东南盐仓"。

北宋初，再次设置海陵监，管盐场八，南四场、北四场，有亭户718家，亭丁1 220名。海陵监先在海陵县，后来因为海陵县治距海较远，海陵监移到其东部靠海的如皋县，但仍称为"海陵监"。此时的海陵县与如皋县都属泰州。海陵监也隶属于泰州，相当于县邑的级别，管理盐场。

《宋史·食货志》载：

> 唐乾元初，第五琦为盐铁使，变盐法，刘晏代之。当时举天下盐利岁才四十万缗，至大历增至六百余万缗，天下之赋，盐利居半。元祐淮盐与解池等岁四百万缗，比唐举天下之赋已三分之二。绍兴末年以来，泰州海宁一盐，支盐三十余万席，为钱六七百万缗，则是一州之数，过唐举天下之数矣。①

明朝立国后，明太祖朱元璋极为重视淮南盐场中海陵监对于国家赋税的重要地位，于洪武元年（1368年），将两淮都转运盐使司设立在泰州，下辖泰州、通州、淮安三个分司。泰州分司下有富安、安丰、东台、草堰等十监课司（即清代的淮南中十场）。由此可见，海陵盐业的发展，作为主要的动力推动着以泰州为中心的海陵地区行政建制的诞生和经济文化的前进。

明代泰州地区因临近海边，曾屡遭倭寇蹂躏。明隆庆朝后，海陵地区战乱逐渐减少，社会相对安定，经济逐渐恢复。苏南、皖南等地客商与资金不断涌入，刺激了商业的发展。

特别是在清咸丰三年（1853年）后，江宁、扬州等地被太平军攻占，藩、臬、道、运司等衙署，先后移驻当时附近的政治经济文化中心泰州，江南、皖南、扬州一带居民及大批文人学者也纷纷迁至此地定居，使得泰州继扬州后，曾一度成为长江以北两淮区域性的政治、经济和文化中心。

---

① 脱脱等：《宋史》卷一百三十五《食货下四》，清乾隆四年（1739年）武英殿本，福建师范大学图书馆藏。

第三节　汉魏六朝时期外来作家的文学创作

秦以前，有关海陵地区的文献既少且略。究其缘由，盖因当时政治经济中心均在中原地区，江淮流域的经济相对落后，人口稀少，文化后进。

司马迁在《史记·货殖列传》中记载说：

> 楚越之地，地广人希，饭稻羹鱼，或火耕而水耨，果隋蠃蛤，不待贾而足，地势饶食，无饥馑之患，以故呰窳偷生，无积聚而多贫，是故江淮以南，无冻饿之人，亦无千金之家。

司马迁所说的是整个江南地区的情形，泰州的情形也不例外。落后的经济也限制了文化的发展。相对于先进的中原文化，南方广大地区的文化总体处于比较落后的状况。泰州地理位置相对偏僻，广大的地域尚未完全成陆，汉时江都以东、盐渎以南、大江之北、大海之西的广大地域只设置了一个海陵县，可见当时地广人稀，政治经济地位都无足轻重，文化、文学发展更无从谈起。

汉时，海陵地属徐州刺史部。当时徐淮地区的农业发展水平远在淮南之上，先进的铁制农具和牛耕技术在徐淮平原已普遍使用，大大提高了农业生产力。徐州一带利用汴水、泗水发展灌溉，种植稻（粳稻），农业丰盛。但江淮之间以及太湖平原大部仍为沮洳沼泽，耕作制度仍停留在"伐木而树谷，燔莱而播粟，火耕而水耨"（《盐铁论·通有》）的原始农业阶段。[①]

汉代以后，随着泰州经济文化的发展，史籍中有关泰州的内容开始变得详细起来。

汉代，泰州人口繁衍，居民渐多。泰州东城河中央有一处汉代遗迹，考古人员从中挖出20多只较为完整的陶罐及大量的缺损陶片，其中一釉陶鸟食器高约3厘米，口径1.5厘米左右，小巧玲珑，釉质光亮。出土文物中还包括秦代半两钱、汉代五铢钱、王莽新朝的大泉五十等钱币，井砖碎片中还发

---

① 单树模、文朋陵：《论苏北古代文化地理——先秦至唐》，《南京师大学报（社会科学版）》1990年第4期，第26-31页。

现了汉代稻壳。附近与之位置大致平行的汉代遗迹多达 8 处以上。这表明，泰州东城河一带，在汉代应该已是人烟稠密的居住区。而根据文学文献资料，的确可以看出当时泰州经济文化的相对繁盛。

汉代著名文学家枚乘（？—前140），字叔，淮阴人。枚乘的家乡淮阴，和海陵相去不远，故对海陵的情况比较熟悉。他曾说："夫汉并二十四郡，十七诸侯，方输错出，运行数千里不绝于道，其珍怪不如东山之府。转粟西乡，陆行不绝，水行满河，不如海陵之仓……"① 这是现存较早的有关海陵的文字记载，表明当时海陵有诸侯国吴国的粮仓，此时泰州地区农业已经比较发达。枚乘最著名的作品《七发》，写的是广陵观潮的情形，虽然没有出现海陵之名，但应该也和海陵地区有着密切联系。

此外，《汉书》中也有相关记载："吴有海陵之仓，仓为吴王濞所建。"分封在广陵的吴王刘濞除了在海陵建仓（其遗址在今泰州城北）之外，为了将海陵的粮食运输到广陵，"开邗沟，自茱萸湾通海陵仓及如皋蟠溪"②。

当然，刘濞所开的邗沟是东西走向的，与春秋末期吴王夫差所开的南北走向的邗沟同名而异指，是两条完全不同的运河，但由此也可见当年海陵的盛况。然而，由于时代久远，文献阙如，我们却没有发现更多有关泰州文学的记载，这不能不说是一种遗憾。

汉末，群雄并起，泰州成为曹操和孙权相争的前线。泰州地区在曹操的控制之下，但因这一地区远离曹操的政治中心，为了对付东吴，曹操将泰州居民全数迁出，海陵变成了一片无人的隙地，泰州地区的文学文化进程实际上发生了中断。

其时担任孙权部将的海陵人吕岱看到家乡残破，于是向孙权建议招募流民，重建海陵，并于吴赤乌四年（241年）招抚乡民回归。而这也是泰州历史上有文字记载的第一次移民，尽管是出于经济发展的需要，但不可否认的是，客观上的确引进了外来文化甚至文学。

南北朝时期至隋唐，随着江南地区的开发，泰州地区的文化得到进一步发展。

---

① 班固：《汉书》卷五十一《贾邹枚路传》，中华书局，1962，第2363页。
② 乾隆《淮安府志》卷六《运河》。

今天，对于江南地区的经济文化发展状况，学界仍然存在争议。有的学者认为江南地区的经济发展至隋唐时期已经超过了北方；有的学者则相对保守，认为这一进程到北宋时期才完成。但基本可以确定的是，泰州地区由于偏处长江以北，位置相对偏僻，交通又不太便利，故经济文化发展相对江南地区发展滞后。

这一时期，泰州文学发展的基本特点是：在泰州区域活动的主要是外来作家，他们或因仕宦或因羁旅而来到泰州，并在这片土地上留下了足以让后人传诵的文学作品，但泰州只是他们人生中的一座驿站，泰州的风土人情、文化风貌虽然也影响到他们的创作，但他们留给泰州文学的东西显然更多；这一时期，本土作家也开始出现，但尚未成为泰州文学创作的主要力量，当然，随着时间的推移，他们在泰州文学史上的地位和作用日渐加强。

东晋义熙七年（411年），晋安帝分广陵郡设海陵郡，辖建陵、临江、如皋、宁海、蒲涛五县。海陵的建制此时已由县升格为郡，可见经济文化发展的迅速。

西晋著名文学家左思在《吴都赋》中写道：

> 窥东山之府，则瑰宝溢目；
> 观海陵之仓，则红粟流衍。

左思赋中说的就是海陵仓，可见当时泰州地区农业生产已得到很大提高，成为著名的产粮地区，"红粟"是泰州地区特有的粮食品种，也有人认为红粟是由于粟米产量多，储藏过久而变为暗红色的陈米。但不管哪种理解，都可看出当时泰州地区农业经济的发达，这为今后泰州的文学文化发展提供了基础。

【拓展资源】

1. "微泰州"微信公众号有关泰州历史文化介绍的短视频。
2. "泰州网"中泰州特色文化板块资源。

【实践体验】

1. 参观位于海陵区的江苏盐税博物馆和古盐宗庙。
2. 上网查询世界文化遗产"中国大运河"相关知识。
3. 了解泰州的"江海文化"资源。

第三章　隋唐两宋泰州文学

【阅读提示】

1. 了解隋唐时期泰州文学发展历程。
2. 了解隋唐时期游历、仕宦泰州的著名作家。
3. 了解两宋时期泰州文学发展历程。
4. 了解两宋时期游历、仕宦泰州的著名作家及其代表作品。

第一节　隋唐名家与泰州文学

隋炀帝大业元年（605年），朝廷将海陵的富商大贾统统迁去了洛阳。隋末，天下大乱，群雄逐鹿，山东起义军首领李子通率2万余人占据了海陵，并在此自称"楚王"。几年后，李子通从海陵向西攻占江都，在江都正式称帝，国号为吴，不久兵败被杀。

唐高祖武德三年（620年），海陵县改称为吴陵县，并设置了吴州。

唐代海陵除了粮食闻名全国以外，更为著名的是海盐生产。海陵东边面海，这里的海水含盐量高，海边地势平坦，又有茂盛的芦苇作煮盐燃料，是天成地就的产盐盐场。海陵的盐场在汉初就开始煮盐，到唐代时盐场已很具规模。当时全国设有十大盐监，海陵为十监之首。唐开成三年（838年）日本僧人圆仁来中国求法取经，在海陵县白潮镇桑田乡东梁丰村登陆，后沿汉吴王刘濞开挖的运盐河西行，途中见到"盐官船积盐，或三四船，或四五船，双结续编，不绝数十里，相随而行。乍见难记，甚为大奇"①。圆仁看到的场景，正是盐商从各盐场收盐后从运盐河外运的实况。运盐船之多，竟使圆仁为之目眩，可以想见当时海陵盐场产盐之多。

684年，徐敬业在扬州起兵，反对武则天。著名诗人骆宾王（约638—约687，字观光，婺州义乌人）为之写下了著名的《为徐敬业讨武曌檄》，其中"海陵红粟，仓储之积靡穷"，其意上承左思《吴都赋》，而由于其檄文广为流传，所以，这也成为历史上对泰州较有影响的一次文学书写。

海陵（泰州）屡屡出现在诗文之中，这是唐代政治、经济和文化交流的结果。而王维、张祜等著名诗人对泰州的书写，也必然推动泰州文学的飞跃发展。

值得一提的是，唐代海陵出现了一位本土的艺术家——书法家与书法理论家张怀瓘。

张怀瓘（生卒年不详），本名怀素，玄宗敕改今名，主要活动时间约在唐玄宗和唐肃宗时。开元十五年（727年）九月以善书自举应制，召入翰苑，为待诏，迁右率府兵曹参军，后外放为升州司马，改鄂州司马，除长史。

张怀瓘是一位众体兼擅的书法家，擅长真、行、小篆、八分。"怀瓘高自矜饰，谓真、行可比虞、褚，草欲独步于数百年间。"（《墨池编》）惜书作今已不传。张怀瓘是唐代书法理论大家，有《书断》《评书药石论》《书估》《书议》《玉堂禁经》《论用笔十法》《书诀》《六体书论》《文字论》等著作行世，其书法理论代表作《书断》阐述了文字的产生与发展历程以及书法的美学价值和社会功用，对后来书法评论影响极大。尤其值得注意的是，其书法理论的审美眼光对泰州文学的影响是潜移默化的。张怀瓘说："深识书者，惟观神采，不见字形。若精意玄鉴，则物无遗照，何有不通。"（《文字论》）对书法有深邃认识的人，不是只注重字形，更重要的是如何审视书之内在精神，即由书之点线、间架、布白和章法，给予人的厚重感、力度感、节奏感和生命感等，感悟它的神采、风韵、意境。这种审美的眼光、尺度，犹如一面特别精良、具有灵性的镜子一样，有什么照不到、照不出和照不透的呢？对书法

---

① 圆仁：《入唐求法巡礼行记》，上海古籍出版社，1986，第7页。

作品的品评，怎么会不"圆通"（《书估》）呢？他认为点线的运动是书者掌握毛笔施加于纸上的运动，都是书者意旨所使，是书者的思想、情感、学识、修养等综合素质的迹化。只有"深识书者"才能透过凝结在纸上的墨的点线，以及字里行间的分墨布白，感悟到作者的精神力量。对书体美的感受过程，是衡"理"动"情"的过程。"理"可以有一个约定俗成的标准，但"情"往往是不完全一致的。评者之情与作者之情会不一致，评者与评者之间的情也不会一致。总之，其书法理论充分重视创作者的文化积淀、艺术修养和思想情感，体现了天人合一的哲学思想和审美情趣，这与文学创作的要求是基本一致的。而其文笔如行云流水，述评精当，堪称独领风骚的文化散文。

张怀瓘的父亲张绍先（一作绍宗）也是一位书家，官至邵州武岗令，卒赠宜春郡太守，著有《蓬山事苑》30卷，苏颋为之序。

弟弟张怀瓌有文名，同样也是书法家，以善大小篆及隶书著称。和兄长张怀瓘应制入第，召入翰林院待诏，后来官至盛王府司马。曾出使岭南摹勒圣碑，杜甫、司空曙都有诗记载其事。

应该说，张氏一门书香，是唐代海陵文化繁盛的表现。

唐高祖武德三年（620年），海陵县改称为吴陵县，并设置了吴州。

唐时的县城一般只有一个坊，但从唐代墓志上可知当时海陵城内至少有常乐坊和社父坊两个坊，应该是一座比较大的县城。许多著名诗人笔下都写到了海陵，如大诗人王维就写有《送从弟惟祥宰海陵》：

> 旧有令闻，克奉成宪。
> 往践乃职，无恫于人。
> 狱货非宝，农食滋硕。
> 浮于淮泗，浩然天波。
> 海潮喷于乾坤，江城入于泱漭。
> 彼有美锦，尔尝操刀。
> 学古入官，倚法为吏。
> 上官奏课，国将大选尔劳，勉哉行乎。
> 唱予和汝。①

---

① 王维：《王维集校注》，陈铁民校注，中华书局，1997，第1071页。

在诗人的眼中中，唐代的泰州地区是一座"江城"，他用少见的宏大气度描摹了海陵壮景：浩然之波远接天际，放眼望去，海潮澎湃于天地之间。这是泰州的水，也是水的泰州。

比较著名的作品还有刘商的《送豆卢郎赴海陵》：

> 烟波极目已沾襟，路出东塘水更深。
> 看取海头秋草色，一如江上别离心。①

唐玄宗时任江阴县令的李嘉祐写有《仲夏江阴官舍寄裴明府》，重点描写了古海陵地区坐江临海的地理位置，对海陵的"水城"特色描摹极为细腻：

> 万室边江次，孤城对海安。
> 朝霞晴作雨，湿气晚生寒。
> 苔色浸衣桁，潮痕上井栏。
> 题诗招茂宰，思尔欲辞官。

中唐著名诗人张祜曾到过海陵，写下了《题海陵监李端公后亭十韵》②：

> 古城连废地，规画自初心。
> 眺出红亭址，栽成绿树林。
> 竹欹丛岸势，池满到檐阴。
> 暗草通溪远，闲花落院深。
> 上帘新燕入，抛叶小鱼沉。
> 晚景移樽惜，残芳秉烛寻。
> 风兰曳衣绣，露柳拂头簪。
> 属咏聊题极，垂竿旋屈针。
> 短桥多凭看，高堞几登临。
> 漫厕宾阶末，无因和至音。

中唐诗人鲍溶也写有《寄海陵县韩长官》③：

---

① 《全唐诗》第 6 册，收入周振甫主编：《唐诗宋词元曲全集》，黄山书社，1999，第 2274 页。
② 《全唐诗》第 10 册，收入周振甫主编：《唐诗宋词元曲全集》，黄山书社，1999，第 3814 页。
③ 《中国地方志荟萃》编委会：《中国地方志荟萃·华东卷·第三辑》第 6 册，九州出版社，2017，第 106 页。

> 吏散重门却不开，玉琴招鹤舞徘徊。
> 野人为此多东望，云雨仍从海上来。

晚唐诗人崔鲁曾任职海陵，惜无关于泰州的作品传世。

总体来说，唐代泰州地区的文学活动，还很少看到本土作家的创作，更多是外地作家与泰州地区有关的创作。这些外来作家，用他们的诗文给泰州文学添色，也给泰州文学增添了多元化特征的因子。

第二节　五代宋初徐铉的诗文唱和

两宋时期，泰州涌现出了一批有影响的本土作家。泰州本土作家的成长，标志着泰州文学文化步入了相当成熟的发展期。宋代以前的文学文化活动，大多呈现为文人之间或外来作家与泰州本土文化人士的唱和形式，直接表现泰州人文风貌、体现泰州本土文化特色的文学文化典型作品不是很多。而到了宋元时期，这种文学格局有了很大改观，泰州本土文学逐渐登上了文艺舞台的中心，并受到人们的关注。

徐铉（916—991），字鼎臣，广陵（今江苏扬州）人，五代宋初著名文字学家、文学家。徐铉精通文字学，与弟徐锴齐名，号"大小二徐"。

南唐中主李璟时，徐铉知制诰，因得罪权贵，贬泰州司户掾。这个曾经是后主李煜宠臣的诗人掀起了泰州"文昌北宋"的面纱。

徐铉贬官泰州时，留下了不少佳作。

如《泰州道中却寄东京故人》：

> 风紧雨凄凄，川回岸渐低。
> 吴州林外近，隋苑雾中迷。
> 聚散纷如此，悲欢岂易齐。
> 料君残酒醒，还听子规啼。[①]

又如《陈觉放还至泰州，以诗见寄，作此答之》：

[①] 中华书局编辑部：《全唐诗》卷七百五十三，中华书局，1999，第8653页。

> 朱云曾为汉家忧，不怕交亲作世仇。
> 壮气未平空咄咄，狂言无验信悠悠。
> 今朝我作伤弓鸟，却羡君为不系舟。
> 劳寄新诗平宿憾，此生心气贯清秋。①

来到泰州后，公事淡漠，徐铉在城中暮春桥畔辟庐闲居，寄情于田园酒乐。他甚至还写诗托故友钟谟转京中名妓越宾，表达对她的思念。作《附书与钟郎中因寄京妓越宾》诗寄钟谟。

> 暮春桥下手封书，寄向江南问越姑。
> 不道诸郎少欢笑，经年相别忆侬无。

首句末自注：

> 暮春，海陵桥名也。②

从《附书与钟郎中因寄京妓越宾》可见，五代十国时暮春桥已存在。暮春桥，又称丰利桥、高草桥、里高桥，是泰州古中市河上仅存的古桥。东临海陵南路，西接暮春街。暮春桥原为砖桥，2002年泰州中市河整治工程中被改建为平桥。桥身钢筋混凝土结构，配以白石栏杆。

钟谟作《代京妓越宾答徐铉》的回信写道：

> 一幅轻绡寄海滨，越姑长感昔时恩。
> 欲知别后情多少，点点凭君看泪痕。③

知州陶敬宣面对老上级，自然是格外地照顾。徐铉诗中说"海陵郡中陶太守，相逢本是随行旧"，故人相遇，两自惺惺，陶敬宣经常邀徐铉到州衙游宴叙旧，他乡遇故知，徐铉在诗中记录当时的情景：

> 精庐水榭最清幽，一税征车聊驻留；
> 闭门思过谢来客，知恩省分宽离忧。
> 郡斋胜境有后池，山亭菌阁互参差；

---

① 中华书局编辑部：《全唐诗》卷七百五十三，中华书局，1999，第8654页。
② 中华书局编辑部：《全唐诗》卷七百五十三，中华书局，1999，第8656页。
③ 中华书局编辑部：《全唐诗》卷七百五十七，中华书局，1999，第8695页。

> 有时虚左来相召,举白飞觞任所为。
> 多才太守能挝鼓,醉送金船间歌舞;
> 酒酣耳热眼生花,暂似京华欢会处。
> 归来旅馆还端居,清风朗月夜窗虚;
> 骎骎流景岁云暮,天涯望断故人书。

在铺排的细节回忆中,诗人仿佛重回现场,一字一句地述说着友情的珍贵。在《陶使君挽歌二首》中他写道:

> 始忆花前宴,笙歌醉夕阳;
> 那堪城外送,哀挽逐归艎。
> 铃阁朝犹闭,风亭日已荒;
> 唯余迁客泪,沾洒后池傍。

闲暇时,诗人徐铉在暮春桥畔欣赏天光云影,登上城楼,远望海头的青青春色:

> 海陵城里春正月,海畔朝阳照残雪;
> 城中有客独登楼,遥望天边白银阙。

他送客至海陵城西,天气晴好,遥眺大江,西望图山,作诗云:

> 枚叟邹生笑语同,莫嗟江上听秋风。
> 君看逐客思乡处,犹在图山更向东。

泰州给了诗人太多的感动,大多的诗兴,对徐铉而诗,未尝不是一种诗意的栖息。

此外,包颖(徐铉表弟,《全唐诗》仅收得其诗一首)则作有《和徐鼎臣见寄》:

> 平生中表最情亲,浮世那堪聚散频。
> 谢朓却吟归省阁,刘桢犹自卧漳滨。
> 旧游半似前生事,要路多逢后进人。
> 且喜新吟报强健,明年相望杏园春。①

---

① 中华书局编辑部:《全唐诗》卷七百五十七,中华书局,1999,第8695页。

第三节　胡瑗的儒学思想及对泰州文学的影响

宋代泰州的经济文化得到进一步发展，文学上本土作家也开始崭露头角。

作为泰州文化史上第一个具有重大影响的杰出人物，思想家、教育家胡瑗就生活在宋代。胡瑗的出现，标志着泰州文化的发展进入了成熟时期。他的文化观对泰州文学也有着重要的推动作用。

胡瑗（993—1059）字翼之，泰州海陵人，"宋初三先生"之一，宋代义理学的先驱，著名教育家。

胡氏世居陕西路安定堡（今陕西省子长市安定镇），故世称胡瑗为"安定先生"。胡瑗祖父胡修己任泰州司寇参军，遂举家迁居泰州海陵。父亲胡讷，曾任宁海军节度推官。胡瑗"七岁善属文"，十三岁通《诗》《书》《礼》《易》《春秋》等儒家经典。二十岁北上泰山，与孙复、石介同学，含辛茹苦，发奋攻读。

后来胡瑗回到家乡，在泰州城内华佗庙旁的经武祠讲学。景祐元年（1034年），胡瑗开始到苏州一带传授经术。二年，苏州知事范仲淹奏请创建苏州郡学，聘请胡瑗担任郡学教授。三年二月，朝廷特诏校定钟律，经范仲淹推荐，胡瑗以白衣对崇政殿，授秘书省校书郎，参与更定雅乐，撰写《景祐乐府奏议》。胡瑗在任苏州府学教授期间，严立学规，"苏学为诸郡倡"①。

康定元年（1040年）八月，范仲淹任陕西经略安抚招讨副使，推荐胡瑗任陕西丹州（今陕西宜川县）军事推官，参与幕府军事谋划，并撰《武学规矩》。庆历元年（1041年），胡瑗父亲去世，遂辞密州（今山东诸城）观察推官，回家乡奔丧。二年，他又出任保宁（今浙江金华）节度推官。同年，又应湖州知州滕宗谅聘请，主持湖州州学。

欧阳修《胡先生墓表》云："庆历四年，天子开天章阁，与大臣讲天下事，始慨然诏州县皆立学。于是建太学于京师，而有司请下湖州取先生之法

---

① 脱脱等：《宋史》卷三百一十四，中华书局，1977，第10276页。

以为太学法,至今为著令。"①

皇祐三年(1051年)十一月,朝廷更定雅乐,仍诏胡瑗参与其事。他与阮逸等同心协力,在司马光和范景仁的支持下,花三年时间完成。皇祐五年(1053年),他和阮逸合作撰就《皇祐新乐图记》三卷。在此期间,胡瑗又被朝廷任命为光禄寺丞、国子监直讲,主持太学讲坛。

嘉祐元年(1056年),64岁的胡瑗晋升为太子中允、天章阁侍学,并任管理太学之职。四年(1059年),胡瑗虽年事已高,但仍坚持刻苦读书,勤奋教学。他不仅主持太学教务,兼任国子监直讲,还辅导皇帝"日侍,启沃万言"②,终因积劳成疾,卧床不起,难以上朝,经仁宗皇帝恩准,以太常博士官衔东归,赴长子胡康任所杭州养病。临行时送行队伍百里不绝,"时以为荣"。嘉祐四年(1059年)六月六日病逝于杭州,享年67岁;次年十月五日,葬于浙江湖州何山墓地。南宋嘉定十一年(1218年)宁宗赵扩赐胡瑗谥号"文昭"。

胡瑗提倡"明体达用"之学,名重天下。他非常重视教育的作用,指出普及教育的重要意义:"致天下之治者在人材,成天下之材者在教化,职教化者在师儒,弘教化而致之民者在郡邑之任,而教化之所本者在学校。"③从这一点出发,胡瑗以毕生精力致身于教育。四方士子慕名向胡瑗学习者数以千计,致使学舍都容纳不下:"四方之士归之,至庠序不能容,旁拓军居以广之。"④礼部岁考所得学子,他的弟子就占了四五成。他们学成后,又各以所学传授,产生很大影响。胡瑗的学生刘彝更是概括了老师一生的教学活动,说先生"夙夜勤瘁,二十余年,专切学校,始于苏湖,终于太学,出其门者,无虑数千余人。故今学者明夫圣人体用,以为政教之本,皆臣师之功"。可以肯定地说,胡瑗一生不以仕宦为目的,而是以教师作为自己的职业,为国家社会培养了大批人才,是宋代泰州教育平民化的潮流杰出代表。

胡瑗设教二十余年,教学之处主要在南、北两地:一是在苏州和湖州,创立了著名的"苏湖教法";二是在河南开封,除奉命制作乐器及从政外,主

---

① 杨镜如:《苏州府学志》上册,苏州大学出版社,2013,第338页。
② 黄宗羲:《宋元学案》卷一《安定学案》,中华书局,1986,第29页。
③ 胡瑗:《松滋儒学记》,载《湖广通志》卷一百零六《艺文志》。
④ 黄宗羲:《宋元学案》卷一《安定学案》,中华书局,1986,第25页。

要是掌管太学，培养了一大批治国人才。在教育讲台上，胡瑗始终坚持正人正己的信条，躬行实践，率先垂范，注意利用自身高尚的道德行为来教育学生、感染学生，取得了潜移默化的教育效果。

作为泰州文化史上最早的杰出代表，胡瑗出生贫穷，"家贫无以自给，往泰山，与孙明复、石守道同学，攻苦食淡，终夜不寐，一坐十年不归。得家书，见上有'平安'二字，即投之涧中，不复展，恐扰心也"①。这段记载也许具有夸张成份，但还是能够说明胡瑗刻苦的学习精神。胡瑗有过自己的努力，最终成为著名学者，弟子众多，对宋代文化发展起到了重要作用。

胡瑗富于使命感和创新精神，他以"我注六经"的勇气，一反世风，率先举起了不信汉唐儒者注疏、大胆质疑、自立新解的大旗。他大胆疑经，自立新解，突破了宋代初年仍然承袭汉唐儒者治经只讲训诂，而不探求道理的旧传统，其敢于创新的精神，解放了士子们久被禁锢的思想。在这股创新之风吹拂下，刘敞、司马光、欧阳修、苏轼、苏辙等人随潮流而出，都成了风采独具的杰出人物。

胡瑗还十分重视游历考察在教育中的作用，认为游历考察对于开阔人的眼界、不断获得新知是非常有益的。他曾说："学者只守一乡，则滞于一曲，隘吝卑陋。必游四方，尽见人情物态，南北风俗，山川气象，以广其闻见，则为有益于学者矣。"（《安定言行录》卷上）引导着知识分子走出书斋，从而去感受鲜活的生活，熟悉"人情物态"。

清代著名学者全祖望曾将胡瑗和宋代另一学者孙复放在一起进行比较论述："宋世学术之盛，安定、泰山为之先河，程、朱二先生皆以为然。安定沈潜，泰山高明，安定笃实，泰山刚健，各得其性禀之所近。要其力肩斯道之传，则一也。"②

"沈潜""笃实"是全祖望对胡瑗学术个性的概括，这也正是泰州文化精神的所在；而"力肩斯道之传"则说明了胡瑗学术的根本目的就是传承儒家之道，而以天下苍生为怀，正是儒家思想的出发点。尽管胡瑗并没有刻意追求实现"修身齐家治国平天下"的政治理想，但作为一名"师儒"，

---

① 黄宗羲：《宋元学案》卷一《安定学案》，中华书局，1986，第24页。
② 黄宗羲：《宋元学案》卷一《安定学案》，中华书局，1986，第23页。

他从事教育的根本目的与此殊途同归,他以自己的行为完成了儒者的最高抱负。

毋庸置疑,胡瑗首先是个教育家,但其倡导的教育文化理念尤其是创新精神、"笃实"的个性,影响必然是全方位的,对于宋代泰州文学祛除流弊、写出自我、亮出个性,有着潜移默化的熏染、引导与推动之功。

第四节　北宋文学名家的文采风流

虽然宋代泰州本土作家已经开始占据泰州文学的中心舞台,然而这一时期仕宦和寓居作家的重要性仍然是不可忽视的。

随着泰州地区经济文化的发展,更多外地作家由于种种原因来到泰州,他们或仕宦,或逆旅,在泰州留下了不少佳篇妙构,记述了泰州的历史与风物,为泰州文学增光添彩。

北宋时期,不少著名文人都曾游宦泰州,其中有好几位后来仕至宰辅。他们在公务之余吟诗作文,泰州文学呈现出空前繁荣的景象。另有一些旅寓士人不曾在泰州当过官,但在泰州生活、游历过,也可作为地方文化的一部分。如欧阳修、富弼、曾巩,幼年、青年时期随长辈在泰州生活游学过。如李纲、晁说之,为了躲避战乱暂时徙居泰州。如贺铸、韩驹等曾在泰州或游学,或做客,留下文学痕迹。

天禧五年(1021年),范仲淹任西溪盐仓监官,掌管盐税。

范仲淹在泰州不仅民生上的事功让百姓铭记,其倡领文学之风也被历史记忆。天圣年间,滕子京任泰州军事通判,建文会堂,与范仲淹等人诗歌唱和。《(道光)泰州志》载:"文会堂,宋天圣间滕子京为郡从事建。与范希文、富彦国、胡翼之、周孟阳唱和其中。"《(崇祯)泰州志·艺文志》保存了范仲淹《文会堂》(又名《书海陵滕从事文会堂》),犹可仰见当年诸贤高远的风怀。范仲淹在此作中写道:

> 东南沧海郡,幕府清风堂。
> 诗书对周孔,琴瑟视羲皇。
> 君子不独乐,我朋来远方。

> 一学许周查，三迁徐陈唐。
> 芝兰一相接，岂徒十步香。
> 德星相聚会，千载有余光。
> 道味清可挹，文思高若翔。
> 笙磬得同声，精色俱激扬。
> 栽培尽桃李，栖止俱鸾凰。
> 琢玉作镇圭，铸金为干将。
> 猗哉滕子京，此意久而芳。①

范仲淹、滕宗谅为同榜进士，又同时在泰州任职，对滕宗谅的行为非常赞赏。诗文中提及文会堂的建设对孔孟之道的宣传，亦可以培养后学，还提及文会堂具有与众同乐的文化属性。

诗中所提到的许元、周孟阳、查道、徐守信、陈豆豆、唐甘粥，都是泰州本籍的名人，可以窥见当时泰州文学创作的繁荣。而诗中"君子不独乐"的情怀也被视为"先天下之忧而忧，后天下之乐而乐"的精神先导，为此后泰州文学中的悲悯情结和忧民色彩开了先河。

刘攽（1023—1089），字贡父，号公非，刘敞弟，宋仁宗庆历进士。他因反对王安石新法、言语无忌被贬为泰州通判时，写有《自校书郎出倅泰州作》，表达自己的心情：

> 璧门金阙倚天开，五见宫花落井槐。
> 明日扁舟沧海去，却将云气望蓬莱。②

苏轼曾作《送刘攽倅海陵》为别：

> 君不见，阮嗣宗，臧否不挂口，莫夸舌在牙齿牢，是中惟可饮醇酒。读书不用多，作诗不须工。海边无事日日醉，梦魂不到蓬莱宫。秋风昨夜入庭树，莼丝未老君先去。君先去，几时回？刘郎应白发，桃花开不开。③

---

① 崇祯《泰州志》卷十，泰州市图书馆藏明崇祯刻本。
② 刘攽：《彭城集》卷十八，清《四部丛刊》本。
③ 邓立勋编校：《苏东坡全集》（上），黄山书社，1997，第42页。

到泰州后,刘攽写下了不少诗作,《海陵》一诗描写了当日泰州的风景与诗人的心境:

> 楚江葭苇带青枫,小市鱼盐一水通。
> 度日冥茫吹冻雨,欲晴撩乱起凉风。
> 秋花舞蝶苍烟里,古木啼鸡返照中。
> 扶杖阶除搔白首,可怜卑湿负衰翁。①

另有《次韵和王泰州》(王泰州:即王彭年):

> 粒食由来不愿余,云飞自愧羽翰孤。
> 已同白首滞三署,却羡青郊授一夫。
> 出守故人犹虎竹,相忘吾道亦江湖。
> 秋来卧阁知何事,铃索生尘狱有芜。②

吕夷简(978—1044)、范仲淹俱为北宋名臣,他们曾先后到海陵西溪盐场任职。前者任职期间曾种过牡丹,并写下了一首《西溪看牡丹》;后者来此地任职,恰逢牡丹盛开,因而写下《西溪见牡丹》。

西溪看牡丹

吕夷简

> 异香秾艳压群葩,何事栽培近海涯。
> 开向东风应有恨,凭谁移入五侯家。

西溪见牡丹

范仲淹

> 阳和不择地,海角亦逢春。
> 忆得上林色,相看如故人。③

以牡丹为题材的这两首诗,同是以花自喻,都表达了对京城的思念和向往,却对比鲜明。吕诗基调悲观,充满了贬谪海角的颓废之感;而范诗语调隐含乐观,谓西溪牡丹不择地生长,饱含自信。这与两人的处境有关,吕夷

---

① 刘攽:《彭城集》卷十三,清四部丛刊本。
② 刘攽:《彭城集》卷十四,清四部丛刊本。
③ 范仲淹:《范文正集》卷三,清文渊阁四库全书本。

简贬职西溪时,已经渐趋暮年;而范仲淹任职西溪时,正值青壮,前途光明。此则故事,在宋代笔记小说中也有记载:

> 海陵西溪盐场,初,吕文靖公尝官于此,手植牡丹一本,有诗刻石。后范文正公亦尝临莅,复题一绝……后人以二公诗笔,故题咏极多;而花亦为人贵重,护栏,岁久盛茂,每岁花开百朵,为海滨之奇观。①

曾致尧(947—1012),字正臣,著名文人曾巩、曾布之祖父。北宋真宗咸平六年(1003年),曾致尧以吏部员外郎知泰州,留下了不少诗作。

积翠亭
曾致尧

高高积翠亭,积翠不虚名。
路小莓苔合,墙低薜荔生。
当轩攒竹柏,绕槛列杉桱。
公退时来此,吟情转觉清。

曾致尧在泰期间,以州府内六座建筑物为题,题诗六首,合称《山亭六咏》。《积翠亭》一诗表现了作者对积翠亭清幽环境的欣赏及其为官泰州的闲适心情。

望京楼
曾致尧

望京楼上望,望久思踌躇。
境土连江徼,人家匝海隅。
隔山川隐映,负阁水萦纡。
雨过风生槛,潮来岸浸芦。
云昏迷候馆,树缺辨溪湖。
烟溟藏汀鹭,林繁失庙乌。
浦遥帆片小,村迥笛声孤。
展转观风部,徘徊想世途。

---

① 江少虞:《事实类苑》,清文渊阁四库全书本。

身为州郡主,心在帝王都。
际会逢尧历,欢荣荷禹谟。
使当思栗栗,敢不尽区区。
苒苒年华至,悠悠夕照徂。
常时思玉阙,每夜梦金炉,
欲坐晚衙去,重檐知矣夫。

清风楼
曾致尧

楼号清风颇觉清,玉壶冰室漫传名。
并无尘土当轩起,只有松萝绕槛生。
秋似玉霜凝户牖,夜宜素月照檐楹。
我来涤虑搜吟坐,惟恐冬冬暮鼓声。

池上二桥
曾致尧

最爱碧池好,平桥西与东。
烟中两飞鹄,波上二长虹。
偃蹇形相照,侵淫路尽通。
晚来吟咏处,遍历思无穷。

曾肇,字子开,曾巩、曾布之弟。哲宗绍圣四年(1097年)知泰州,以其祖(曾致尧)、父(曾易占)并肇三世均官泰州,于州治内建"三至堂"以为纪念。又专为纪念祖父建了一座"六咏亭"。他作有《海陵春雨日》:

公事无多使客稀,雨时衙退吏人归。
沉烟一炷春阴重,画角三声晚照微。
桑雉未驯惭报政,海鸥相近信忘机。
只将宴坐收心念,懒向人间问是非。①

贺铸(1052—1125),字方回,自号庆湖遗老,有《庆湖遗老诗集》九卷。元祐八年(1093年)十月,贺铸携家东归山阴未果,遂改道海陵探亲。

---

① 方回:《瀛奎律髓》卷六,清四部丛刊本。

于十二月抵海陵。此后一年，一直寓居海陵，至绍圣二年（1095年）正月才回京师。写有《题海陵开元寺栖云庵》：

> 道人犹浮云，发彼王屋岑。
> 朝见肤寸合，暮为四海霖。
> 造物一戏耳，浮云本无心。
> 永谢应龙召，深栖双树林。
> 苍生热恼地，千载仰慈阴。
> 皎月示弦晦，清风何古今。
> 谁举甘露颂，轰然海潮音。
> 支离病居士，和以无弦琴。①

六年后，贺铸流寓海陵时，东归山阴的愿望依然萦绕于胸中，时时不得释怀，甚至与日弥坚，《寄金陵和上人》进一步表达了这种愿望：

> 旧年问米欲东流，先赋新诗寄石头。
> 赤鯶久沉江上信，杂悬误落海边州。
> 想君道眼遥相识，顾我官身可自由。
> 香火因缘知有在，草庵蔬粥不他求。②

寓居海陵期间，贺铸写下了不少诗篇。因看透世情，其诗由前期的愤怒、悲慨转向淡漠的精神状态。如《题海陵寓舍四首》描写了诗人所处环境之恶劣和生活之凄苦。而《海陵西楼寓目》抒发了自己的家园之思、归去之心：

> 天涯尊酒与谁开，风外徂春挽不回。
> 扫地可怜花更落，卷帘无奈燕还来。
> 王孙莫顾漳滨卧，渔父何知楚客才。
> 强策驽筋怀故国，浮云千里思悠哉。③

诗中春去花落，英雄迟暮，没有壮怀激烈，只有一种无可奈何的失落与绝望。

---

① 贺铸：《庆湖遗老诗集》卷四，清四部丛刊本。
② 贺铸：《庆湖遗老诗集·拾遗》，清四部丛刊本。
③ 贺铸：《庆湖遗老诗集·拾遗》，清四部丛刊本。

绍圣元年（1094年）正月所赋《题海陵寓舍二首》：

（一）
池上千条柳，依依解占春。
自怜衰飒鬓，不与物争新。

（二）
池上雪初消，春鸦已占巢。
自怜流寓迹，无地可诛茅。①

此外，北宋元丰年间，福建人黄子理任海陵司法参军，思乡情发，写了一首建溪梅花诗，寄给好友秦观唱和。秦观作诗之后，又寄给道潜（别号参寥子）、黄庭坚等好友，苏轼、苏辙、道潜等人又先后和诗。黄子理原诗已经散轶不存，秦观等四人的和诗留存了下来，成为宋代泰州诗歌史上的杰作。兹举秦观《和黄法曹忆建溪梅花》：

海陵参军不枯槁，醉忆梅花愁绝倒。
为怜一树傍寒溪，花水多情自相恼。
清泪班班知有恨，恨春相逢苦不早。
甘心结子待君来，洗雨梳风为谁好。
谁云广平心似铁，不惜珠玑与挥扫。
月没参横画角哀，暗香销尽令人老。
天分四时不相贷，孤芳转盼同衰草。
要须健步远移归，乱插繁华向晴昊。②

全诗以人拟梅，借梅的"恨春""不早"和"甘心结子"来暗寓诗人心中的怀才不遇之感和悲岁月之流逝，成为咏梅的名篇。南宋时，泰州州守陈垓又于藕花洲上修起浮香亭，将苏轼、苏辙、秦观、道潜等四人和梅花原韵诗刻于石壁，称"四贤诗"。

此外，陆佃、晁说之绍圣唱和，李纲避乱泰州唱和也是比较重要的文学活动。值得注意的是，相对于先秦至唐代而言，北宋泰州地域文学进入了空

---

① 贺铸：《庆湖遗老诗集》卷八，清四部丛刊本。
② 秦观：《淮海集》卷四，清文渊阁四库全书本。

前繁荣的状态,以至于被后世称为"文昌北宋"。

一是出现以泰州为题材的传世名篇佳作。宋代以前,有关泰州的文学作品不过是断简残章、弥足珍贵,最常见的是海陵红粟的典故。如晋代左思《吴都赋》有"觌海陵之仓,则红粟流衍"句,唐代骆宾王在《为徐敬业讨武曌檄》有"海陵红粟,仓储之积糜穷"名句。现存唐代的有关泰州的诗文,不超过10篇,佳作罕见。而宋代范仲淹、欧阳修、王安石等人,却佳作频出,在文学史上有一定影响。如范仲淹《泰州张侯祠堂颂》、欧阳修《海陵许氏南园记》、王安石《泰州海陵县主簿许君墓志铭》等。王安石《泰州海陵县主簿许君墓志铭》围绕许平遭遇议论,情调慷慨悲凉,流传极广,是古文名篇。

二是创作了一批水平较高的记叙散文。如刘敞《泰州玩芳亭记》、范仲淹的《泰州张侯祠堂颂》、欧阳修的《海陵许氏南园记》、王安石的《泰州海陵县主簿许君墓志铭》、蔡骃的《泰州城隍庙记》等十多篇散文。虽然风格不尽相同,有的骈散结合,有的纯粹古体,但都夹叙夹议,叙事简明,文字简练,兼具文献价值和艺术美感。

三是生动描摹了宋代泰州的地方风物。宋代诗歌创作,题材比较广泛,有送别、怀友、记游、田园等多种,即便是特产蛤蜊,皆可入诗。如梅尧臣有《泰州王学士寄车螯蛤蜊》。描摹泰州风景的诗歌,也多有佳作,如梅尧臣《送张正臣赴泰州幕》:

> 敲冰冰未泮,塞河流玉段。
> 轻舸莫言迟,古城沧海畔。
> 春皋兰蕙苗,晚井鱼虾乱。
> 时平无羽书,此乐异王粲。①

这是一首送别诗,诗中想象泰州春天水边的高地,兰草、蕙草苗壮成长。夜间井里鱼虾乱跳,又在诗的末尾称"此乐异王粲",可以说"赴泰州"在当时士人眼中已经是一件乐事了。

此外,还有曾致尧《山亭六咏》(存5首)、吕本中《雨后至城外》等。从诗歌意象来看,宋代泰州诗歌的文学意象也逐渐丰富,不再只有"海陵红

---

① 梅尧臣:《梅尧臣编年校注》卷二十一,朱东润校注,上海古籍出版社,2006,第587页。

粟"的反复用典。比较常见的是两个意象：一是把海陵跟蓬莱联系起来，结合泰州崇仙的地方风气，创造出缥缈的仙境。如刘攽《自校书郎出倅泰州作》、晁说之《泰州人自徐神翁后多以奉道为事即今有周高唐三先生皆足以动众得名因作长句》、陈师道《寄泰州曾侍郎》等。二是极力表现泰州海曲边隅的偏僻，表达屈居海滨的落寞。这种类型的诗歌，在宋代泰州诗歌中数量最多，描摹景物清新可爱，成就也较高。如陆游的《对食戏作》也写出泰州的富庶，其中"香粳炊熟泰州红，苣甲蓴丝放箸空。"① 之句可见物资之繁盛。最后值得一提的是南宋史学家王象之在其《舆地纪胜》中说："海陵幽邃而地肥美，故民惟事耕桑樵渔。俗务儒雅，虽穷巷茅茨之下，往往闻弦诵声。"② 一方面当地资源富足，另一方面人们崇尚儒雅，可以说是一片政通人和之象。

其他还有刘攽《海陵》、刘弇《志雁》、吕本中《海陵杂兴》、孙应时《海陵岁暮》、贺铸《题海陵寓舍四首》、韦骧《海陵逢春》等。

海陵逢春

韦 骧

海角春初至，林樊气未和。

天寒梅发晚，沙近雁飞多。

窗纸疏明玉，帘旌荡翠波。

旅怀随日长，索莫不胜歌。

第五节 南宋尤袤与文天祥的旅泰诗文

两宋之际，金兵入侵，时局动荡。许多爱国诗人把目光转向民生的艰难、战争的残酷，如尤袤《淮民谣》，采用古乐府形式，模仿杜甫《三吏》《三别》等诗的问答结构，反映淮民生活的艰难，语言质朴，格调苍凉。又如文天祥的《泰州》等泰州纪行诗一共十余首，反映了战争的残酷，表达了坚定的爱国情操，感染力很强。

---

① 陆游著，钱仲联、马亚中主编：《陆游全集校注：8》，浙江古籍出版社，2015，第269页。
② 王象之：《舆地纪胜》卷四十《风俗形胜》，赵一生点校，浙江古籍出版社，2013，第1241页。

尤袤（1127—1194），字延之，曾任泰兴县令，与范成大、杨万里、陆游并称为"中兴四大诗人"。元代文学家方回在《瀛奎律髓》中说："乾、淳以来，尤、杨、范、陆为四大诗家。"又说："乾、淳间，诗巨擘称尤杨范陆。"方回在《跋遂初尤先生尚书诗》中说："宋中兴以来，言治必曰乾淳，言诗必曰尤杨范陆。"

尤袤任泰兴县令时，率众修筑外城，金兵南渡，扬州失陷，泰兴因为外城坚固，得以保全，吏民为立生祠。淮南乱后，官吏不思安抚，反置山水寨，百姓深以为苦，尤袤窃悲哀之，作《淮民谣》为民请命。

> 东府买舟船，西府买器械。
> 问侬欲何为，团结山水寨。
> 寨长过我庐，意气甚雄粗。
> 青衫两承局，暮夜连勾呼。
> 勾呼且未已，催剥到鸡豕。
> 供应稍不如，前向受笞箠。
> 驱东复驱西，弃却锄与犁。
> 无钱买刀剑，典尽浑家衣。
> 去年江南荒，趁熟过江北。
> 江北不可往，江南归未得。
> 父母生我时，教我学耕桑。
> 不识官府严，安能事戎行。
> 执枪不解刺，执弓不能射。
> 团结我何为，徒劳定无益。
> 流离重流离，忍冻复忍饥。
> 谁谓天地宽，一身无所依。
> 淮南丧乱后，安集亦未久。
> 死者积如麻，生者能几口。
> 荒村日西斜，破屋两三家。
> 抚摩力不足，将奈此扰何。①

---

① 徐梦莘：《三朝北盟会编》卷二百四十，清四部丛刊本。

诗人通过描写淮民生活的艰难辛酸,深切地表达了其上悯国难、下痛民困的忧虑之情。应该说这种忧世忧民情怀上溯范仲淹,下启吴嘉纪、郑板桥等泰州文人。

南宋末年,民族英雄文天祥在逃避元军追捕的时候行经泰州,写下了多首纪行诗,也为泰州文学增添了浓墨重彩的一笔。

在逃难过程中,他写下了很多诗篇记载自己的经历,结集为《指南录》。其中,逃离真州后,辗转于南宋德祐二年(1276年)三月十一日抵泰州,他写下了《泰州》:

> 羁臣家万里,天日鉴孤忠。
> 心在坤维外,身游坎窞中。
> 长淮行不断,苦海望无穷。
> 晚鹊传佳耗,通州路已通。①

离开泰州的时候又写下了《发海陵》:

> 自海陵来向海安,分明如度鬼门关。
> 若将九折回车看,倦鸟何年可得还。②

和泰州有关的作品还有:

发 高 沙

> 一日经行白骨堆,中流失柂为心摧。
> 海陵樟子长狼顾,水有船来步马来。③

旅 怀

> 北去通州号畏途,固应孝子为回车。
> 海陵若也容羁客,剩买菰蒲且寄居。④

这两诗为文天祥离开泰州途中之作,写得悲壮、凄凉。一国之臣受尽凌辱之苦,逃亡之途,前有堵截,后有追兵,令人胆战心惊。经历了惊涛骇浪

---

① 文天祥:《文山集》卷十八,清四部丛刊本。
② 文天祥:《文山集》卷十八,清四部丛刊本。
③ 文天祥:《文山集》卷十八,清四部丛刊本。
④ 文天祥:《文山集》卷十八,清四部丛刊本。

的文天祥，明知征途有艰险，却越是艰险越向前。"海陵若也容羁客，剩买菰蒲且寄居。"作者虽写到此处。发问泰州能否收容他这漂泊的客人，实际上他已决心南奔救亡，无丝毫留恋。文天祥的民族气节和爱国主义精神洋溢在诗中，成为泰州文学刚健壮烈的一页，也成为泰州人民宝贵的文化精神。

第六节　两宋泰州世家的文学创作

两宋时期，泰州地区先后涌现出多个"诗文传家"的文学世家，其中以如皋王氏、胡氏，海陵周氏、查氏等为代表。

王观（约1035—1100），字通叟（一作字达史），号逐客，如皋（时属泰州）人。

王氏祖先不显，至王观的祖父王载，"倜傥负气节，少以财雄于乡"，"乡之亲旧有无急难，必周之，惟恐小有不至"。"爱其子，常厚礼延致士之贤者，以为友师，而成就其才，士亦乐游其门"①。

在这样的背景下，王观叔父王惟熙、从兄王觌、侄王俊义与王观本人等相继登第。乡人荣之，遂称其故里曰"集贤里"。王观在科举功名上获得成功，与这种家族文化背景无疑有着很大的关系。而他本人"天资英迈，洽闻强记，善属文，下笔累百千言，不复润色，而华藻粲然"，应该说颇具文学天赋。

北宋仁宗至和、嘉祐年间（1054—1057年），王观入太学，师从同乡前辈胡瑗。嘉祐二年（1057年），登进士第，授单州团练推官。熙宁（1068—1077年）末，王观历任大理寺丞、江都县令，作《扬州赋》。元丰二年（1079年），王观任大理寺丞。元丰三年（1080年）十二月，做知江都县时受贿而遭除名，编管永州（又说曾官翰林学士，应制作《清平乐》词，高太后以为亵渎神宗，翌日即罢职）。元丰六年（1083年）七月，其母李氏卒，王观尚在贬所，其后事迹无考。

---

① 《王载墓志铭》，载嘉庆《如皋县志》。

王观工于词，有词集《冠柳集》，"序者称其高于柳词"①。《全宋词》收归王观名下的有 16 首词，孔凡礼《全宋词补辑》又据《诗渊》补辑王观祝寿词 12 首。其词内容丰富，大约有景物、恋情、羁旅行役、咏物、应酬赠答等五类。

这些词作中影响最大的是《卜算子·送鲍浩然之浙东》

> 水是眼波横，山是眉峰聚。
> 欲问行人去那边？眉眼盈盈处。
> 才始送春归，又送君归去。
> 若到江南赶上春，千万和春住。

此词以新巧的构思和轻快的笔调，在送别之作中别具一格。开篇"水是眼波横，山是眉峰聚"二句匠心独运：前人惯以"眉如春山""眼如秋水"之类的譬喻来形容女子容颜之美，而作者反用其意，说水是眼波横流、山是眉峰攒聚。其妙处不仅在于推陈出新、想象奇绝，而且在于运用移情手法，化无情为有情，使原本不通人情的山水也介入送别的场面，为友人的离去而动容。顺此笔势而下，那词客的两大愁事——送春、送友，也全没了往常的缠绵徘徊，变得轻轻巧巧，全不费力。送春也没什么愁，江南还留得一段春；送人也不用伤怀，友人还兴许赶得上春呢，倒不如叮咛一声"千万和春住"吧。真是一首意趣盎然、别有一番风情的送别诗。他的《庆清朝慢·踏青》颇具柳词风范：

> 调雨为酥，催冰做水，东君分付春还。何人便将轻暖，点破残寒。结伴踏青去好，平头鞋子小双鸾。烟郊外，望中秀色，如有无间。
>
> 晴则个，阴则个，饁饤得天气，有许多般。须教镂花拨柳，争要先看。不道吴绫绣袜，香泥斜沁几行斑。东风巧，尽收翠绿，吹在眉山。②

这首词以工丽、清新的笔触，从春日里天气的变化和姑娘们的踏青活动两方面入手来描绘春景，将两者和谐地组合成一幅风流楚楚、生机盎然的春

---

① 黄升：《花庵词选》，辽宁教育出版社，1997，第 79 页。
② 黄升：《唐宋诸贤绝妙词选》卷五，清四部丛刊景明本。

景图。全词铺叙与描写的技巧、手法继承和发展了柳永的艺术表现方法,而内容上又富有生活气息,读来令人耳目一新。所以清代徐釚评曰:"风流楚楚,世以为高于屯田(柳永)。"①

而《高阳台》(一题《春思》)则是一首韵味十足的慢词:

> 红入桃腮,青回柳眼,韶华已破三分。人不归来,空教草怨王孙。平明几点催花雨,梦半阑、欹枕初闻。问东君,因甚将春,老却闲人。
>
> 东郊十里香尘,旋安排玉勒,整顿雕轮。趁取芳时,共寻岛上红云。朱衣引马黄金带,算到头、总是虚名。莫闲愁,一半悲秋,一半伤春。②

全词在结构上体现了慢词初创时期时空错杂变换、回环往复的特点,并在对未来的想象中将情感力量推向了高潮。全词语言清丽流畅,与柳永的《定风波·自春来》在结构布置、情感表达、语言等方面极为相似。陈振孙《直斋书录解题》卷二十一中评《冠柳集》曾说王观以"冠柳"自名③,这似乎说明了王观创作有与柳永争胜的意味,而从效果看,其词虽不能说超越柳永,却也的确有所独创。

总体而言,王观的词内容不出传统格调,但构思新颖,以雅为主,又不乏俗韵俗味,语言清丽平易,能以俗字俗语入词,故活泼有致,常有谐趣。贺裳在《皱水轩词筌》中评王观词曾说:"词之最丑者,为酸腐,为怪诞,为粗莽。然险丽贵矣,须泯其镂划之痕乃佳。……如王通叟《春游》(即《庆清朝慢·踏青》,此词一题"春游")曰'晴则个,阴则个,饧饤得天气,有许多般。……东风巧,尽收翠绿,吹在眉山。'则痕迹都无,真犹石尉香尘,汉皇掌上也。两'个'字,尤弄姿无限。"④ 这个评价应该说确实抓住了王观词语言的整体特征。

周氏为海陵望族,宋初以来,世代簪缨不绝,在泰州文化发展过程中作

---

① 徐釚:《词苑丛谈》卷三,清海山仙馆丛书本。
② 何士信:《增修笺注妙选群英草堂诗余》前集卷上,载顾廷龙:《续修四库全书》第1728册,上海古籍出版社,1995,第28页。
③ 陈振孙:《直斋书录解题》,明永乐大典本。
④ 贺裳:《皱水轩词筌》,清赖古堂集本。

第三章　隋唐两宋泰州文学

出了重要贡献。

周氏原籍四川，定居海陵，始于周敬述。

周敬述曾出仕后蜀，入宋后，担任寿州下蔡令、太子中允、江州知州，曾为宋初庐山白鹿洞书院的重建作出过贡献。① 后以秘书丞知泰州，时间约在雍熙二年至三年（985—986 年），卒于任所，周氏自此定居泰州。现在一般认为，周敬述是《将进酒（昔时曾从汉梁王）》的作者，其中"踏花归去马蹄香"是脍炙人口的名句②：

> 昔时曾从汉梁王，濯锦江边醉几场。
> 拂石坐来衫袖冷，踏花归去马蹄香。
> 当初酒贱宁辞醉，今日愁来不易当。
> 暗想旧游浑似梦，芙蓉城下水茫茫。

周氏后人中，周麟之及周煇在文学上的成就值得重视。

周麟之（约 1118—1164），字茂振，海陵人。绍兴十五年（1145 年）进士，治《春秋》，调武进尉。十八年（1148 年），又举博学宏词科，授太学录兼秘书省校勘、敕令所删定官，改秘书省正字，后迁中书舍人，召为著作佐郎，试起居舍人，后试实录院同修撰，后又兼直学士院，拜兵部侍郎，试给事中，二十九年（1159 年）为翰林学士，兼修国史，权刑部侍郎。其并于绍兴三十一年（1161 年）为大金奉表起居称贺使，贺金主迁都。③

周麟之四十七岁即逝，遗著由其子周准辑为《海陵集》二十三卷，另有外集一卷。《四库全书总目提要》称其"文章娴雅，亦犹有北宋馆阁之余风，非南渡诸家日趋新巧者比，未可以专工俪偶轻也"④。但又批评"前后凯歌三十首，虚张虞允文瓜洲采石侥幸之功，殊为过实。词句亦多鄙俚，不类麟之他诗"。其在出使金国途中创作的《中原民谣》可视为代表作，一方面记写了沿途所见及风土人情，另一方面也洋溢着爱国主义热情，如《中原民谣·任契丹》：

---

① 王安石：《临川文集》卷九十六《尚书刑部郎中周公墓志铭》。
② 周麟之：《海陵集》卷一《呈郸人李签判》诗自注，载［宋］李焘《续资治通鉴长编》卷十八。
③ 陆心源：《宋史翼·周麟之传》，中华书局，1991，第 134 页。
④ 永瑢等：《四库全书总目》，中华书局，1965，第 1367 页。

> 任契丹，太行为家千叠山。
> 此山阻绝天下脊，中有义旅蛟蛇蟠。
> 任君本是良家子，身长七尺风姿伟。
> 心怀忠义欲擒胡，誓与群豪揭竿起。
> 时从数骑出郊垌，所向万人皆披靡。
> 不驱丁口不攫金，只取馈粮事储偫。
> 道遮天使夺牌归，佩牌夜易人不知。
> 往来燕赵数百里，徒手不假寸铁持。
> 夜半相逢沃州北，问知南使宁相扼。
> 倡言我辈抱雄图，郎主打围曾狙击。
> 时来左袒奋臂呼，十万儿郎一朝得。
> 劝君努力雪国雠，为我斩取月氏头。
> 功成好爵皆君有，金印垂腰大如斗。

全诗不追求音律的和谐，明白晓畅，英雄之气跃然纸上。

周麟之《海陵集》中有文，亦有诗。今存诗不足二百首。其中有大量的帖子词。周麟之春、端帖子词写作时间在绍兴二十九年立春、端午前，为翰林学士之时。《建炎以来系年要录》："癸酉，给事中、修国史兼直学士院周麟之为翰林学士，修国史"[1]。周麟之的帖子，包括皇太后阁、皇帝阁与皇后阁三类。其帖子多程式化的歌功颂德和应时祈祝。有个别诗较有新意，如《春贴子词·皇太后阁六首》其五："日照蟠桃万点丹，花前仙佩响珊珊。他年采实供金母，会见飞琼捧玉盘。"[2] 以鲜艳的桃花的美丽盛开，想象他日结出蟠桃，然后采摘下来，为皇太后祝寿的热烈场面，全诗想象丰富而切合时景，用意吉祥而构思奇特，不愧为祝福佳作。还有描写皇宫节日习俗和生活的一些诗，显得清新自然。如《春贴子词·皇后阁五首》其三"胜里金葩喜占新，红酥细字点宜春。内庭也作人间戏，自是时康乐事频"[3]；周麟之的帖子也有寓含讽谏之意者。总体来说，周麟之帖子风格雅丽，用词华美典雅，讲究对

---

[1] 李心传：《建炎以来系年要录》卷一百八十二，中华书局，1956，第3037页。

[2] 周麟之：《海陵集》卷十二，收入《四库全书》第1142册，台湾商务印书馆，1986，第93页上。

[3] 周麟之：《海陵集》卷十二，收入《四库全书》第1142册，第93页下。

仕。四库馆臣认为周麟之诗"多不关军国大计,盖其珥笔禁庭,坐跻通显,与王珪约略相似,而文章娴雅,亦犹有北宋馆阁之余风,非南渡诸家日趋新巧者比"①。

除了运用于官方的应制方面的诗作,周麟之私下的诗作具有明显的学习唐人的痕迹。李白、杜甫都喜欢在诗歌中用"君不见"为起始,阐发一些不常见的现象,如李白《将进酒》"君不见黄河之水天上来"②。杜甫《兵车行》"君不见青海头,古来白骨无人收"③。周麟之模仿之,在他笔下以"君不见"为引的诗歌既有李白式的豪放飘逸,又有杜甫的沉郁顿挫,如《和陈大监》:"君不见汉业已定犹勒兵,白登坐困师无名。"④ 又如《苦热行》:"君不见浣花老翁初作橡,触热簿书尘满案。"⑤ 还有《双投酒》:"君不见白玉壶中琼液白,避暑一杯冰雪敌。"⑥ 在周麟之诗中数字的运用颇多,如"二卿双戟贵,七叶一门光"⑦"德望三朝老,才华一代宗"⑧"九关留管钥,千骑按屯营"⑨,数字的运用使诗歌有一泻千里之势头,这也是诗风偏向李白的重要原因。此外,周麟之对战争的态度也反映在诗作中,从他的诗中可以看出他对敌军的愤慨,所作的送别诗具有豪迈之气,如《送王时亨舍人帅蜀诗二首·其一》:

  煌煌大笔照坤维,忽见文星下紫微。
  万里江山浑改观,九重绅笏更争辉。
  占松不假刀形梦,换马端期鹄趁飞。
  试问郫筒故乡酒,路人应唱踏花归。⑩

诗中,光彩夺目貌"坤维"指的是西南方、南方,也指大地之中央、正中。绅笏指的是大带与笏板,古仕宦者所服用,指做官。此外,周麟之创作

---

① 永瑢等:《四库全书总目》卷一百五十九《海陵集》提要,中华书局,1965,第1367页。
② 《李太白全集》卷三《将进酒》,中华书局,1977,第179页。
③ 杜甫:《杜诗详注》卷二,仇兆鳌注,中华书局,1979,第115-116页。
④ 周麟之:《海陵集》卷一,收入《四库全书》第1142册,第9页下。
⑤ 周麟之:《海陵集》卷一,收入《四库全书》第1142册,第5页上。
⑥ 周麟之:《海陵集》卷一,收入《四库全书》第1142册,第6页上。
⑦ 周麟之:《海陵集》卷二,收入《四库全书》第1142册,第16页上。
⑧ 周麟之:《海陵集》卷二,收入《四库全书》第1142册,第16页上。
⑨ 周麟之:《海陵集》卷二,收入《四库全书》第1142册,第16页上。
⑩ 周麟之:《海陵集》卷一,收入《四库全书》第1142册,第9页下。

了《破虏凯歌二十四首》，这是一组酣畅淋漓的组诗。其中"千七百艘山日尽，始知飞将有奇谋""天遣百灵争助顺，神兵遍野拂云长""胜负端从曲直分，我军屡捷气凌云"显示出南宋将领的大国气派，为将士增添气势，激励战士凯旋。

关于学习杜甫，周麟之有《忧旱》一诗，这首诗从题目便可看到周麟之的忧患意识。全诗如下：

> 老农病旱如膏肓，汲井灌秧秧已黄。
> 湖田半作龟兆坼，河渠断道不可航。
> 救旱不必焚巫尪，当去民害烹弘羊。
> 嗟哉销变此不务，龙川佛舍徒祈禳。
> 中兴天子食不遑，侧身感天天与祥。
> 霈然坐待三尺雨，拟赋云汉歌宣王。①

这首诗以一个老农的视角入手。在天旱之际，忧心的老农用水灌溉秧苗，却发现秧苗已经黄了。湖田之上呈现出龟背的裂纹状。周麟之感慨当地对于灾害方面，只关注以巫神趋之。皇帝作为中兴天子，心忧天旱而"食不遑"，只能等待大雨的降临。这首诗既有悲天悯人的情怀，又顾忌到朝廷的威严。可以从中窥视出周麟之的为官之道。

周煇，字昭礼，泰州人，生于宋钦宗靖康二年（1127年），卒年不可考。但据其作品《清波杂志》中龚颐正跋文，"庆元戊午"时即1198年，昭礼仍"寿祉方增"，可知周煇七十余岁时仍健在。

周煇之父周邦，字德友，号松峦，颇有文才，尝从诗人苏庠、陈序游，经常互相唱和。《清波杂志》载有周邦次韵陈序的绝句二首，组织精工，颇有韵味，可惜诗集不传。周邦平时还留心掌故，著有《松峦杂志》二十卷和《政和大理入贡录》一卷，但均已亡佚。

周煇生活在"家藏故书几万卷，平时父子自相师友"（《清波杂志》张贵谟序）的家族环境中，具有较高的文化修养；加上他自幼就跟父亲到过不少地方，成年后行役各处，扬州、饶州、建康、池阳、信州、无锡等地都留下

---

① 周麟之：《海陵集》卷一，收入《四库全书》第1142册，第5页下。

过他的足迹，五十岁那年还作为使节的下属到过金国。

周煇晚年定居在杭州，"往来湖山间，把酒赋诗，悠然自得其乐"（《清波杂志》龚颐正跋），在这里，他写下了著名的笔记《清波杂志》。书前自序署年"绍熙壬子"（1192年），写作时已经六十五岁，以"寓居中都清波门之南，故因以名其集"。他写这部书很可能是无形中受了父亲的影响，张訢跋就称许此书"实追继于前作"，并称赞作者"涉历久而见闻该，阅习工而语意贴"。统观全书，可以说这样的评价是并不过分的。

《清波杂志》是宋人笔记中较为著名的一种，书中记载了宋代的一些名人轶事；保留了不少宋人的佚文、佚诗和佚词；记载了当时的一些典章制度、风俗、物产等。《清波杂志》系用笔记题材多记载自己亲历、亲见、亲闻之事。虽然周煇布衣终生，但由于其出身官宦之家，故交遍及天下，且友朋辈多为官绅名士，朝野掌故、轶闻琐事为其撰述《清波杂志》提供了丰富的材料来源。书中"纪前言往行及耳目所接，虽寻常细事，多有益风教，及可补野史所阙遗者。"元代诗人方回读此书读至五更，并写下《十月二十二夜三更读清波杂志至五更》诗："再卧卧不成，灯膏幸犹有。坐至五更转，读过一寸厚。是书必有益，但当审去取。"表达自己对此书的喜爱。

周煇的著作，除了《清波杂志》十二卷外，现存的还有《清波别志》三卷、《北辕录》一卷。据说周煇诗文都很精采，但现均已失传，这不能不说是泰州文学史上的一件憾事。

【阅读拓展】

1. 比较范仲淹《书海陵滕从事文会堂记》与《岳阳楼记》中的"忧乐观"。
2. 网上观看淮剧《范公堤》。

【阅读实践】

1. 参观安定书院、凤城河景区文会堂与范仲淹纪念馆。
2. 联系泰州学院校训，深入了解胡瑗"明体达用"思想。

第四章　元明泰州文学

【阅读提示】

1. 了解元代泰州文学整体状况。
2. 了解《青楼集》在元代戏曲史上的地位。
3. 了解明代泰州文学发展历程。
4. 讨论明代泰州在中国通俗小说发展史上的独特地位与影响。

第一节　马玉麟①及其《东皋诗集》

元代立国不足百年,蒙古统治者实行民族压迫和民族歧视,科举时兴时废,开科时间很短,汉族知识分子的仕进之路被堵,传统诗文的创作受到一定影响,再加上文献记载阙如,这一时期的泰州文学创作甚至可以说是一片空白。直到元末,才出现了诗人马玉麟。

马玉麟(? —1367),字谷璲,号东皋先生,泰州樊川(今扬州市江都区樊川镇),但后来移居苏州。幼有诗才,被称为"奇童",早年"昼经夜史、枕藉不厌"(王逊《东皋先生传》)。荐授儒学教谕,不久因母丧去职。张士诚

---

① 在《苏州通史:人物卷(上)先秦至宋元时期》(苏州大学出版社 2019 年版)中马玉麟被写作"马玉麐"。

到达苏州后,聘为太尉府掾史,曾任松江推官,后升长洲县尹,累官至江浙行中书省分省员外郎,擢郎中,改平江路总管,再为参知政事。

马玉麟在政治上忠于元王朝,他为张士诚所用,虽然未始不是因为同乡(张为东台白驹场亭人,时属泰州)的缘故,但很重要的一点是这时张士诚已经投降元王朝。据《扬州府志》载:"初,府义贡米二十万石,至是朝廷以皋期督运。左右欲罢之,先生曰:'苟此食言,则太尉失臣节矣。'左右色沮,遽如数以运。"马玉麟曾进言数千言,张士诚未加理会,他忧愤成疾。

周伯琦《东皋先生诗序》云:每次相逢,问到诗,马玉麟"未尝不扬眉舒气,历历为予诵之。语及时事,辄抚掌太息,其中有深忧者,则又托为歌咏,以自鸣其不平。辞不迫切,而意极恳至"①。

元至正二十七年(1367年),明军下平江(苏州),马玉麟饮药而卒,并赋诗见志:

> 囊中短疏成遗恨,身后佳名愧昔贤。
> 玉石俱焚嗟此日,中原消息尚茫然。

又云:

> 不见吾兄已四年,江南江北各风烟。
> 归来若欲相寻处,朽骨如霜落照边。②

马玉麟在元末与王逢、倪瓒交往密切,且早有诗名,有《东皋诗集》五卷,传本少见,顾嗣立编《元诗选》,未收入马玉麟诗。

席世臣在清代嘉庆年间补辑《元诗选·癸集》,曾辑录马玉麟诗三首。

《四库全书》未收入《东皋诗集》,阮元等收《东皋诗集》于《四库未收书目提要》,并说:"玉麟当元之末季,仕宦显要,乃能耽工吟咏,时出清言。且又惕事感时,借抒经济。今阅其古今体诗,率皆婉丽畅达,可谓有关于名教,有裨于讽谏者矣。"③ 这大概是对马玉麟诗文较为中肯的评价了。

此外,元代的泰州诗人还有:

丁泯(一为珉),字汝霖,号沧洲,元靖江人。端方坦易,为一乡之表,

---

① 阮元:《四库未收书提要》卷五《东皋先生诗集五卷提要》,上海古籍出版社,2002。
② 马玉麟:《东皋诗集》卷五,清嘉庆(宛委别藏)本。
③ 阮元等:《揅经室外集》,清道光三年(1823)文选楼刻本。

经其品藻者，皆以为荣。工诗。著有《沧洲集》。丁泯为靖江本地诗人之祖。

缪思恭，字德谦，居泰州拼茶场。元代曾任嘉兴通守、淮阳路总管，编有《至正庚辛唱和诗》，存诗一首。

顾逖，字均仁，号思邈，元末明初江苏兴化人。至正进士。张士诚割据东南时，历任松江府同知、嘉兴路同知、嘉兴路转运使司副使，封奉政大夫。

陈基（1314—1370），字敬初，元临海（今浙江临海）人。黄缙弟子，至京师，授经筵检讨。尝为人草谏章，力陈顺帝并后之失，几获罪，引避归。元末张士诚据吴，引为学士，书檄皆出其手。明初，太祖召修《元史》，赐金而还。著有《夷白斋稿》。陈基有泰州诗数首，慷慨悲凉，富英雄气概。

成廷珪，字原常，一字元章，又字礼执，兴化人。好学不求仕进，唯以吟咏自娱。奉母居市廛，植竹庭院间，颇有山林意趣，因匾其燕息之所曰"居竹轩"。晚遭世乱，避地吴中，踪迹多在松江。与张翥为忘年交，其诗音律体制，多得法于翥。又与杨维桢、危素、杨基、倪瓒等相酬答。成廷珪诗歌"五言务自然，不事雕刻。七言律最为工，深合唐人之体"，"其七言古诗，亦颇遒丽。"其摹景抒情之作，如《江南曲》《夜宿青浦村》等作，皆清新可喜。而题画诗，亦能发言外之意，如《徽庙御画栀子白头翁》：

栀子红时人正愁，故宫衰草不胜秋。

西风吹落青城月，啼得山禽也白头。

开首一句写花红人愁，后两句暗指宋徽宗、钦宗在青城降金，似已离画，而"啼得山禽也白头"一句极为巧妙，既连上句，写山禽也为二帝降金悲白了头，又点出画中的白头翁，可谓双关妙语。全诗于精巧中显出苍凉之意。

清兴化人李福祚尊成廷珪为兴化"诗家鼻祖"，并在《昭阳述旧编》中赞之曰："三百年前，已有居竹幽人，独立不惧，始终自守，作江汉之岷嶓、黄河之星宿海耶。后之谈艺者，慎毋数典而忘其祖也。"[①]

此外，意大利商人马可波罗在中国游历17年，甚至做了元朝的官员，回国之后，以自己的经历口述成一本书，即《马可波罗行纪》（又译《马可波罗游记》）。在书中，他描述了元代泰州的情形，留下了珍贵的历史和文学资料：

---

① 李福祚辑：《昭阳述旧编》，收入《泰州文献》第二辑（地方史料文献）第4册，凤凰出版社，2014。

从高邮城发足，向东南骑行一日，沿途在在皆见有村庄、农舍与夫垦治之田亩，然后抵泰州（Tiguy），城不甚大，然百物皆丰。居民是偶像教徒，使用纸币，臣属大汗，恃商工为活，盖其地贸易繁盛，来自上述大河之船舶甚众，皆辐辏于此。应知其地左延向东方日出处，距海洋有三日程。自海至于此城，在在制盐甚夥，盖其地有最良之盐池也。①

元朝是一个以纸币为主要货币的朝代，这一方面是继承宋代的政策，另一方面也是因为商业大兴。农业税之外，盐赋是元代主要的财税来源，"国之所资，其利最广莫如盐"②。《马可波罗游记》表明泰州作为全国海盐最重要的产地之一，受到朝廷的极大重视。元廷当时在泰州专设两淮都转盐运使司，专门负责淮盐的生产销售，后移置扬州。当时的两淮盐司，管理的盐场达二十九所，数量较以前大大增加。元代实行盐钞法，政府全面控制盐的专卖，盐商必须现钱买引。政府还不断增发盐引，提高盐价，扩大盐课收入。官府、盐商从中赚取了丰厚的利润。作为国家淮盐的主产地，泰州的城市经济因此非常繁荣。

第二节　朱经的戏曲创作与批评

泰州姜堰区天目山商周古城遗址中出土的陶器上，刻有原始歌舞图案。1986年泰州西郊出土的东晋墓葬，内有歌舞俑。

北宋海陵人周煇《清波别志》记载，北宋时期泰州城，以及兴化、如皋等地，已经出现了"瓦肆"。《清波别志》载："世说州郡交符燕集，次伶官至口号，有灾星去后福星来之句……"③可见此时泰州地区与开封、洛阳等地一样，伶人表演已经较为常见。

北宋海陵人、大教育家胡瑗善音韵，曾编《皇祐新乐图记》三卷传世，

---

① 沙海昂注：《马可波罗行纪》，冯承钧译，上海古籍出版社，2014，第282-283页。
② 宋濂等：《元史》卷九十四《食货志二》，中华书局，2008，第2368页。
③ 王有庆修：《道光泰州志》卷二十四，陈世镕纂，清光绪三十四年（1908）补刻本，第526页。

间接催发了宋元南戏的诞生。

南宋时期，泰兴城隍庙就建有戏台，为宋高宗赵构敕封泰兴城隍为"忠佑伯"重修庙宇时所建，旧称"对神台"，明清时期曾多次修缮，直至民国时期仍进行演出。

元代的泰州，出现了被收入《录鬼簿》的杂剧大家朱经。兴化人黄元瑞则作有《南北曲二十一套》。①

朱经，亦作邾经，字仲谊，号观梦道士，又号西清居士，元末海陵人（祖籍陇右），一说浙江仁和（今杭州）人。至正间进士。少时学明经，善持论，主华亭邵氏义塾。至正初，以《毛诗》举乡贡进士，任苏州儒学正。张士诚据吴，辟其为承德郎行元帅府经历，辞不就。明洪武四年（1371年）为浙江考试官。侨居吴山下，往来苏、松间。博闻强记，工诗文，擅八分书，能隐语，人称奇士。诗文有《观梦集》《玩斋集》行于世。作杂剧四种，其中《玉娇春》仅存残曲一支；《死葬鸳鸯冢》存残曲二套；《西湖三塔记》《胭脂女子鬼推门》二种皆佚。散曲仅存小令一首如下

【双调】蟾宫曲·题《录鬼簿》

可人千古风骚，如意珊瑚，苍水鲸鳌。纸上功名，曲中情思，话里渔樵。叹雾阁云窗梦窅，想风魂月魄谁招。裹骊珠泪冷鲛绡，续冰弦指冻鸾胶。传芳名玉兔挥毫，谱遗音彩凤衔箫。

在为《青楼集》所写序言中，朱经提出元代因"士失其业，故多以曲纾其愁"等是元代文人曲家集中涌现的原因，认为戏曲发展深受时代和政治等方面因素的影响，体现了其"知人论世"的戏曲文艺观，标志着泰州戏曲文化在表演、创作肇端的同时，戏曲批评也已发声。

元之世运中否，士失其业，故多以曲纾其愁。君子之于斯世也，孰不欲才加诸人，行足诸己，其肯甘于自弃乎哉！盖时有否泰，分有穷达，故才或不羁，行或不掩焉。当其泰而达也，园林钟鼓，乐且未央，君子宜之；当其否而穷也，江湖诗酒，迷而不复，君子非获已者焉。我皇元初并海宇，而金之遗民若杜散人、白兰谷、关已

---

① 徐金城：《泰州文化概论》，凤凰出版社，2015，第221页。

斋辈，皆不屑仕进，乃嘲风弄月，留连光景，庸俗易之，用世者嗤之。三君之心，固难识也。百年未几，世运中否，士失其业，志则郁矣，酤酒载严，诗祸叵测，何以纾其愁乎？小轩居寂，维梦是观。……今雪蓑之为是集也，殆亦梦之觉也。不然，历历青楼歌舞之妓，而成一代之艳史传之也。①

第三节　宗臣的"复古"文学观及创作

宗臣（1525—1560），字子相，自称方城山人，兴化人。明嘉靖二十九年（1550年）进士，授刑部主事，调任考功郎。后托病归兴化。两年后，由迁稽勋员外郎，后为严嵩所恶，出为福建布政参议，迁福建提学副使，卒于任所，年仅三十六岁，归葬于兴化百花洲。

宗臣中进士后，与李攀龙、王世贞、徐中行、梁有誉结成诗社，有"五子"之称。后又增谢榛、吴国伦，这就是明代文学史上著名的"后七子"。"后七子"在文学创作中存在着复古主义倾向。在这个群体中，宗臣是除王世贞以外最具有才华的作家。

作为明代复古主义运动的重要人物，宗臣在文学思想上虽然和"后七子"中的其他人物有一致的地方，但作为一位富有才华和个性的作家，他也有着自己的文学主张。由于英年早逝，其文学理论并没有完全形成系统，《谈艺第六》可以其看作是他文学思想的总结。他认为"古之言文者，得之心而发之文"。

> 夫六经而下，文岂胜谈哉！左、马之古也，董、贾之浑也，班、扬之严也，韩、柳之粹也，苏、曾之畅也，咸炳炳朗朗，千载之所共嗟也。然其文，马不袭左，而班不袭扬也；柳不袭韩，而曾不袭苏也。何也？不得不同者，文之精也；不得不异者，文之迹也。②

宗臣十分重视文学的社会功能以及文学创作的自得性，他坚决反对文学拟古主义，反对抄袭、摹仿以及剽窃古人语句为文的腐朽文风，认为文

---

① 隗芾、吴毓华：《古典戏曲美学资料集》，文化艺术出版社，1992，第66页。
② 宗臣：《宗子相集》卷十三《总约八篇·谈艺第六》，明嘉靖三十九年（1560）序刊本。

章的创作必须有创造性，要有充实的内容，能够反映作者自己真实的思想感情，并且主张文学创作在追求宏富典丽的同时，要能注重其社会功能及价值。在当时摹拟风气极盛，而"后七子"又普遍存在剿袭之弊的情况下，宗臣敢于提出这种理论，表现了他的勇气和卓识，这一观点无疑具有一定的进步意义。

宗臣在文学创作方面的成绩以散文最为突出。《报刘一丈书》是散文史上的名篇，直抒胸臆、有感而作，形象而深刻地抨击了当时官场"上下相孚"的不良风气。这篇为人们所争相传诵的文章对严嵩当政时官场的丑恶现象作了深刻的揭露，对权臣贪污受贿的丑态，干谒者趋炎附势、卑躬屈膝的秽行都刻画得惟妙惟肖，不啻为当时官场的一幅百丑图。而其斗争的锋芒直指严嵩父子，颇具胆量，文章的战斗意义至今仍有其价值。钱基博先生在其《中国文学史》一书中，对此文大加赞赏，认为此文"淋漓喷薄，无复摹秦仿汉之习；而感慨中出恢诡，乃极似太史公《游侠列传叙》、杨恽《报孙会宗书》"[①]。

文章首先由感谢而引出来信的内容，对于来信中长者所提到的"上下相孚，才德称位"，宗臣用"夫才德不称，固自知之矣"一言避开，单单提出"至于不孚之病，则尤不才为甚"，明确了行文的重点，接下来运用了《史记》笔法，为读者描绘了一幅连环画，逼真地再现出干谒求进之人的种种丑态，以及宰相及其门人的骄横虚伪。

"宾主尽欢"是文章的主要内容，读来类似于小说中的故事情节，叙事十分曲折。谒者"日夕策马，候权者之门"，却备受门者刁难，于是"甘言媚词，作妇人状，袖金以私之"，才终于入得相公门，此谓一波折。然而"主者又不即出见"，在马厩中受苦多时，相公却倦而谢客，此谓二波折。经历了一宿夜不能寐的焦急等待后，"走马抵门"，又遭门者怒斥："何客之勤也！"又赠金，此谓三波折。终得面见相公，此处是求见行贿的最具戏剧性的场面，作者用了"故""固"二字，巧妙地刻画出了相公的虚伪、傲慢和谒者的摇尾乞怜。且通篇描写干谒者细入毫发，写相公却惜字如金，然而就这几字，却将相公的嘴脸刻画得深入内心，足见其行文之妙。

---

① 钱基博：《中国文学史》（全 2 册），东方出版中心，2008，第 701 页。

宗臣的诗歌题材广泛，内容丰富，有的反映社稷苍生在外敌入侵下所遭受的痛苦，谴责祸国殃民、贪生怕死的宵小奸佞，歌颂临危受命、忠心报国的有为循良，有的表达个人在社会变动面前的出处行藏，结盟词苑、振兴诗文的雄心壮志，以及对友情、亲情的珍惜，等等。其诗众体兼备，风格多样，在七律方面用力甚勤，但摹拟杜甫的痕迹比较明显，真正体现其创作个性和风格的是他的七言歌行。宗臣诗歌地域特色鲜明，突出表现为喜用芙蓉、薜荔、杨柳等富有江南水乡特色的意象，表现其泰州文化的主体意识很强。应该说，他是泰州文学史上比较突出的具有本土文化的危机感和参与本土文化建设自豪感的作家，对泰州文学的发展和影响较为深远。

第四节　泰州学派的文艺美学思想

泰州学派的平民儒学思想，从根本上突破了传统儒家追求共性，强调全社会上下一致，以封建礼乐来规范塑造所谓"文质彬彬，然后君子"之"圭臬"，第一次通过提倡"百姓日用"，注重凸显自我个体。泰州学派高举"个体意识"和"个性解放"旗帜，呼唤自然、个性、通俗、大众，反对程朱理学所提倡的"存天理，灭人欲"，在中国思想史上大幅度地推动了"平民儒学"的形成与流行。

更需要指出的是，泰州学派强调"百姓日用"为这一时期通俗文艺思潮的最高追求目标，在这一目标指引下，戏曲美学之"俗"、小说美学之"情"和园林建筑美学之"宜"等明清文艺美学中诸多具有强烈平民色彩和通俗思潮的美学范畴，伴随着晚明和清代中前期的文艺实践，得到了全面确立并影响深远。

明中后期阳明学说形成和盛行之际，正是明代正德、嘉靖时期。这一时期，昆山腔形成并开启了随后的六百年繁荣。作为"格物良知"说的开创者，受时代风气之影响，王阳明与宋代二程等理学家的观点大相径庭。他不仅不否定戏曲作为文学艺术的重要载体之一，更是提出：如合理改造运用戏曲，将起到"致良知、易风俗之功"，甚至提出，"今要民俗返璞还淳，取今之戏子，将妖词淫调俱去了，只取忠臣孝子故事，使愚俗百姓，人人易晓，无意中感激他良知起来，却于风化有益。"①

在泰州学派创始人王艮的表述中，"百姓日用"是儒家哲学最高范畴"道"的显现，它的内在核心是"中"。"中"是与"妄"相对的真理，是人们固有的原初而自然的心理状态。王艮的弟子们丰富了他的阐述。在王襞（王艮次子）的论述中，"百姓日用"的核心是具有"真"之特性的"良知"。在颜钧（号山农）、何心隐那里，"百姓日用"的本质则是具有"仁"之特性的"心性"。罗汝芳凝定了"百姓日用"的内容，将其归纳为有着"善"这一特征的、平常真实的原初心理状态和根本生存境界。为了践行"百姓日用"，引导百姓回归"善"，王艮家族对慈善活动高度关注并积极实施。

如明嘉靖二年（1523年）夏四月，淮扬大饥，王艮先向商人借贷稻米赈济乡人。此后，又拜访驻节泰州的凤阳巡抚等官员，促使"抚公悟，大发赈行，将树牌坊表扬先生，先生固谢之"。嘉靖十四年（1535年），地方灾荒，王艮再次成功地劝说官府发赈救灾。隆庆三年（1569年），泰州再受水灾，王艮三子王襝"鬻产捐赈，暂止里民之饥。复曰：'吾资有限，此不过济燃眉，非常策。且灾地甚广，不能仅救一隅耳。'故作《水灾吟》二百余言，赴南直都城，且歌且劝，以动四方殷实士大夫出赀助赈，活者无算"。王艮四子王补与其兄配合，"作《洪水赋》以导乡人，一守一行，上下劝导，助赈多多，活饥民者无算，远近士夫咸赞：'淮南善士，尽出王氏一家'"②。

作为出身盐丁的平民哲学家，王艮思想的一切出发点都围绕着盐民的日常生活和新兴市民阶层的要求，高举"百姓日用即道"，这使得他和他开创的泰州学派的哲学底色更为亲民，更接地气。王艮的"百姓日用"思想，正由于简化平实、通俗易懂，"直指人心"，因而在下层社会极易推广发展、广为传播，成为晚明王学诸派中影响最大者。所以，泰州学派具有早期资本主义启蒙性质，对16世纪的晚明社会形成了强大的冲击，为日益增长的平民社会的个人主义、自由主义提供了强有力的思想基础和道德庇护。

身为王学左派之中坚，泰州学派代表性人物王艮、颜钧、何心隐等人，

---

① 隗芾、吴毓华：《古典戏曲美学资料集》，文化艺术出版社，1992，第89页。
② 《崇祯泰州志》。

将阳明"心学"改造并发展成为百姓日用之学，不再将"道"视为维系封建统治阶级秩序的特权，而是加以通俗化、平民化，提倡"自心作主宰，凡事只依本心而行"，这种思想重视个体的地位，与强调"存天理，灭人欲"的程朱理学全然背道而驰，呼唤着人的自然理性的真实。

泰州学派以"百姓日用"为美，其新颖的美学理论所体现出的强调平等、张扬主体、重视实践的主导思想直接影响了明代甚至清代美学中一系列范畴的建立，这在与百姓生活息息相关的美学领域表现得尤为突出，如戏曲美学之"俗"、小说美学之"情"和园林建筑美学之"宜"等。

随着泰州学派思想的不断兴起，王学左派对戏曲创作和传播的影响也越来越明显。受泰州学派思想之影响，戏曲、小说等通俗的民间文学样式，被上升到古代载道之文、传世之史的重要地位。

在丰富多彩的文艺作品中，以舞台表演为载体的戏曲作品是最贴近下层百姓的里耳，平民大众最为喜闻乐见的文艺样式，可谓俗之又俗的典范。明清时期，中国古典戏曲迎来了前所未有的发展高峰，产生了大量平民大众喜闻乐见的传世之作；与之相应的"俗"范畴在戏曲理论中的地位也举足轻重，得到美学家、艺术家们透彻新颖的阐发。

作为王学左派的泰州学派，特别是王艮之后的再传与三传弟子如李贽、罗汝芳、汤显祖等，对小说、戏曲等通俗文学的功用更是给予了前无古人的高度重视。他们或评点《西厢》《水浒》，或积极创作"临川四梦"，借戏曲传播泰州学派的思想理论，影响深远，对于晚明通俗文学中的小说、戏曲创作和表演的繁荣，在主客观上都起到了积极的作用。

以李贽、公安三袁、汤显祖等为代表，泰州学派诸儒的行事方式与思想特征，对晚明的文化变革产生了决定性的影响。汤显祖就认为民间俗曲和庙堂清音是并行不悖的："然则稗官小说，奚害于经传子史？游戏墨花，又奚害于涵养性情耶？"[①]

李贽则走得更远，直接强调如今视为正统经典的文艺样式在古代实际上是世俗常人抒发真心挚情之作，而如今通俗的民间的文艺样式就是这些古代

---

① 曾祖荫、黄清泉、周伟民、王先霈：《中国历代小说序跋选注》，长江文艺出版社，1982，第58页。

真情至文的延续："诗何必古选，文何必先秦。降而为六朝，变而为近体；又变而为传奇，变而为院本，为杂剧，为《西厢曲》，为《水浒传》。"① 他将《西厢记》和《水浒传》这样的通俗文学样式和盛唐之诗、先秦之文相提并论，强调它们同样是发自民间之人的真心中；同时这段论述也从另一个侧面指出文艺作品的形式是随着时代发展而变化的，新的时代要有新的文艺样式，不能拘泥于传统而故步自封，否则最终只会导致僵化而失去文学的生命力。这也正说明了文艺形式的发展变化并不是毫无规律可循的，归根结底，主宰其间使其万变不离其宗的核心只有一个，那就是通俗："大抵唐人选言，入于文心；宋人通俗，谐于里耳。天下之文心少而里耳多，则小说之资于选言者少，而资于通俗者多。……噫！不通俗而能之乎？"②

从王艮开始，泰州学派的传承出现了"一代高似一代"的豪侠气概，其文艺思想，也越来越强调平民化，强调文艺作品本质上当以"百姓日用"为内容素材，以生民大众为接受对象，这就决定了它不得不采取与内容相应、并能在最大程度上被人们所理解和喜爱的通俗表现形式。

综上所述，泰州学派虽然并没有直接关于文艺美学的论述，但他们重视人的天性，欣赏体现在日用常行中的无处不在的美，打破了天理的外在束缚，落实了良知的虚玄难测，真正从人们的生存需要、物质需求和情感渴望入手，第一次真正将百姓常人推到了宇宙本体的地位，赋予下层大众的生存实践以前所未有的主体地位，从而使极具民间性和日常性的"俗"文、"俗"趣获得前所未有的重视。

明清时期美学家、艺术家的理论与创作可谓百花齐放，世俗化的内容和通俗化的形式使得当时的文艺作品呈现出全新的面貌，而对"俗"范畴的推崇使得当时的美学理论显现出鲜活的生气，而这些都与泰州学派美学思想潜移默化的影响息息相关。

泰州学派的思想，对晚明剧坛产生了极为重大的影响。如李贽师从王艮、颜山农，进一步将崇尚自然、真情的观点推向极端。他提出，"盖声色之来，发于情性，由乎自然，是可以牵合矫强而致乎？故自然发于情性，则自然止

---

① 齐豫生、夏于全：《焚书》，北方妇女儿童出版社，2006，第81页。
② 冯梦龙编：《古今小说》（共两册），人民文学出版社，1958，叙第1页。

乎礼义，非情性之外复有礼义可止也。惟矫强乃失之，故以自然之为美耳，又非于情性之外复有所谓自然而然也"①。他反对将"礼义"作为束缚人的工具，主张以自主自发自然的情感为"礼义"。他提倡"童心说"，从童心、真心和真人的相互联系对当时出现的《拜月亭》《西厢记》《琵琶记》等戏曲作品进行评析。

李贽《焚书》卷三《杂述·杂说》云："《拜月》《西厢》，化工也；《琵琶》，画工也。"② 提出了中国古代戏曲批评史上影响巨大的"化工与画工说"。他认为："化工"——造化所出，指真实而自然的至高境界；"画工"——画出表现，指雕琢而刻画的矫揉造作。

再如汤显祖，其人深受泰州学派思想影响，故被后世列为泰州学派重要成员。据《汤显祖年表》载："嘉靖四十一年（1562年），从泰州王艮三传弟子罗汝芳游。""万历十四年（1586年），罗汝芳至南京讲学，汤显祖日往讨论。"汤显祖在《宜黄县戏神清源师庙记》中，一开始就提到"人生而有情"的主情说，显然与左派王学的泰州学派有联系和继承关系。

汤显祖与罗汝芳、李贽等同宗王艮，他曾多次表示："师讲性，某讲情。"所谓"讲性"，似可理解为运用逻辑思维，坦陈胸臆。"讲情"则是运用形象思维、演奏心曲，而汤显祖所言讲性之"师"，则当是李贽、罗汝芳等无疑。汤显祖的心曲，就是"临川四梦"中所充分表达的泰州学派哲学思想的轨迹。汤显祖直接受学于罗汝芳，在哲学思想上受泰州诸儒熏染颇深。在文学创作上，他将来自泰州学者的启示化为具体行动，对于"举业之耗，道学之牵，不得一意横绝，流畅于文赋律吕之事"表示遗憾，又在《张元长嘘云轩文字序》中对于"今之为士者，习为试墨之文，久之，无往而非墨也"表示鄙薄。故汤显祖在诗坛和文坛上，反对模拟古人，拘守格律，独钟爱于"情"。他认为"情"是艺术作品的生命泉源，包含着人的一切自然的情感和欲望，无情亦无生命。在三教混同之风的熏染之下，身为泰州学者的汤显祖不仅在反传统的思想上受卓吾（即李贽）之影响，其三教合一思想亦受卓吾所启发，然而他绝非简单地继承因袭，而是在儒、佛、道三家中有所突破。在与人性有

---

① 《焚书注（上）》，张建业、张岱注，社会科学文献出版社，2013，第365页。
② 《焚书注（上）》，张建业、张岱注，社会科学文献出版社，2013，第272页。

关的"情"的问题上,汤显祖有颇为杰出的论述,但坎坷的人生际遇令他试图从佛、道两家寻觅慰藉,这使他常沉湎于道、佛二家典籍以及与僧道的往来,正因如此,有人称他的思想"倾向道佛而非纯儒",可说是言有所本。

总之,汤显祖的思想观点根源于泰州学派,并通过戏曲的文学表现形式寄托其思想。所以,概括说来,汤显祖戏曲作品中显著的"三教合一观"和"唯情"思想可以说是撮合泰州学派的精神从内容到形式都使儒学宗教化及佛道世俗人伦化的一个典型形态。

在自身的创作实践中,汤显祖从人性观出发,对"情"特别重视。他自己曾说过:"诸公所讲者,性;仆所言者,情也。"这个"情"所指何物?侯外庐《论汤显祖剧作四种》认为是指"伟大的思想";游国恩认为是"一般人情";而周贻白认为指"现实生活"。汤显祖说:"词以立意为宗,其所立者常,若非经生之常。"(《序丘毛伯稿》)① 由此可见泰州学派思想主旨"百姓日用即道"对汤显祖的深刻影响。

汤显祖还曾亲到泰州参拜明耿定向、李春芳、凌儒等人于万历四年(1576年)为纪念王艮而修建的崇儒祠,他还与明代泰州地区文化家族的多位文人有着直接交往,曾在如皋观看、指导了时属泰州的陈完昆曲家乐的演出,为兴化人袁文谷作《扬州袁文谷思亲》诗。

出生于时属泰州地区如皋的李渔,正是在吸收了泰州学派思想积淀的基础上,大胆地将戏曲直说为圣人之木铎、教化之工具,处处以百姓大众的审美趣味和戏曲艺术本身的特性为优先。他重视下层百姓生活日用中显现出来的美好天性,和亲切通俗言行举止中所包含的舞台活力,极力主张戏曲就应当以百姓浅言说家常俗事,字字句句不出"百姓日用",这样才算得上"意深词浅,全无一毫书本气",才能在愉悦人心的同时如春风化雨般达到润物无声。

泰州学派"百姓日用"美学对李渔戏曲理论潜移默化的影响固然是不容忽视的,但更应当注意到,李渔的戏曲美学离不开泰州学派成员李贽、公安三袁、汤显祖和冯梦龙等人在创作上和理论上的铺垫。所以,泰州学派思想对明清剧坛的作用和影响是极为重大而深远的。

---

① 《汤显祖集》,钱南扬校点,中华书局,1962,第1080页。

第四章 元明泰州文学

第五节 施耐庵与《水浒传》的创作

明代以来,泰州文学的叙事性显著增强,尤其是在小说创作方面。以施耐庵创作《水浒传》为代表,《西游记》《封神演义》《梼杌闲评》等明清时期诸多通俗小说,与泰州有着非常深厚的关系。

中国四大古典名著之一的《水浒传》,是中国历史上最早用古白话文写成的章回体小说,流传极广,脍炙人口。被公认为是汉语文学中最具史诗特征的作品,对中国乃至东亚的叙事文学都有极深远的影响。

《水浒传》是中国历史上第一部用古白话文写成的歌颂农民起义的长篇章回体版块结构小说,以宋江领导的起义军为主要题材,通过一系列梁山英雄反抗压迫、英勇斗争的生动故事,暴露了北宋末年统治阶级的腐朽和残暴,揭露了当时尖锐对立的社会矛盾和"官逼民反"的残酷现实。

《水浒传》书中出现的人物共数百之多,是世界文学史描写上人物最多的小说。该书问世后,在社会上产生了巨大的影响,成了后世中国小说创作的典范。

《水浒传》现存有简本和繁本两大系统。具体有文简事简本、文简事繁本、文繁事简本、文繁事繁本、简繁综合本。按一百二十回本计,前七十回讲述各个好汉上梁山,后五十回主要讲述宋江全伙受招安为朝廷效力,以及被奸臣所害。其他现存版本中,起源较早的百回本内无征田虎、王庆部分,简本(文简事繁本)系统中的征田虎、王庆部分与《水浒全传》不同(一般认为"全传"本是根据简本改编的),金圣叹评本(七十回本)无大聚义后情节。

《水浒传》历来多版本之乱和作者之争,它的作者到底是谁?尽管从明清以来,一般学者都认为是施耐庵,但也一直伴有争议。1949年以来随着一批文物的出土、专家的考证,问题的答案逐步明朗。今天我们基本可以确定,《水浒传》的作者就是元末明初兴化人施耐庵。

基于目前兴化地区所发现的相关文物资料,学术界初步形成以下共识:施耐庵,名肇瑞,字彦端,耐庵为其又字或别号。元末明初兴化白驹场人。

兴化又称阳山，号称"水泊阳山八百里"，施耐庵从小就熟知水上生活，这为他后来构想出"水浒"提供了原型。他经历过元末农民大起义，目睹了同乡张士诚的兴亡成败。后为避朝廷征召，他蛰居淮安。社会的动荡、民族的矛盾、农民起义的风起云涌激荡着他的心胸，早年在江南游历耳闻目睹的"水浒"说话、"水浒"戏曲使他拿起了如椽巨笔，用十多年时间，潜心创作出了长篇章回体小说《水浒传》。最后他病逝于淮安，享年七十五岁。几十年后他的孙子施文昱（述元）把他的遗骨迁葬于白驹场西落湖（今兴化市新垛镇施家桥村），其后世子孙在兴化一带生活。因《水浒传》是中国历史上第一部赞扬农民起义的长篇章回体古白话小说，在中国文学和世界文学史上具有重要意义，故施耐庵被誉为"中国长篇小说之父"。

《水浒传》被明末清初著名文艺理论家金圣叹称为"第五才子书"，它展示了广阔的社会生活图景，揭露出封建社会的黑暗和封建统治阶级的罪恶，塑造和歌颂反抗封建压迫的一系列英雄人物，以梁山起义的悲惨结局，揭示起义失败的内在原因及封建社会的基本矛盾——"乱自上作""奸逼民反"，谱写了一曲关于"忠义"的悲歌。这是一部富有审美意义、哲学意义和社会意义的优秀长篇小说，自问世以来倍受人们的喜爱和称赞。关于《水浒传》的主题，数百年来一直有着不同角度、不同语境的解读："农民起义说""忠奸斗争说""为市井细民写心说""伦理反省说""封建时代的爱国主义说""讽谏皇帝说""复仇说""军事人才悲剧说""反腐败说""游民说""综合主题说""投降主义说"……每种说法都有各自的理由，都能凭一定的考辨和论证得以成立。从文本的不确定性、主题释义的开放性、接受者的介入性、文化语境的历史变迁等因素考虑，《水浒传》的主题是多义性的。阅读《水浒传》，不光是起义英雄可以读到自己所需要的精神养料，就是市井小民也可以宣泄自己压抑的痛苦并看到希望；不光是帝王将相可以读到自己所需要的御乱谋略与政治平衡术，就是贪官污吏、嫖客娼妓也可以发现自己所需的作恶"宝典"与混世"良方"……

因此，《水浒传》绝不是表现某一方面或单一主题，也并不一定站在某一特定的立场说话。也许作家在创作时有一定的语境和立场，但只要创作完成，文本也就独立于作家，所有读者都可以对小说进行个性化的解读。而且，从接受学角度来看，越是具有多义性，越是容易被更广泛的读者接受，也越能凸显文本的价值,《水浒传》向我们展现出的正是无限广阔的接受空间。

《水浒传》历来深受读者重视和赞誉的艺术成就是人物刻画。金圣叹曾赞叹说:"别一部书,看过一遍即休。独有《水浒传》,只是看不厌,无非为他把一百八个人性格都写出来。"《水浒传》所叙,"叙一百八人,人有其性情,人有其气质,人有其形状,人有其声口"①。

刘上生《中国古代小说艺术史》中称赞《水浒传》:"标志着小说人物艺术新阶段的到来……以其现实化的性格创造实现了对特征化人物艺术的突破。"②和人们的阅读趣味相适应。中国古典小说历来很重视情节设置,当然,好的情节会引人入胜,但只有成功地塑造出典型性格,深刻反映社会生活、社会关系,才能叫人百读不厌。从这个角度看,《水浒传》是四大名著里最早也是比较成功地刻画出不同人物典型性格的作品。

金圣叹在《水浒传·序三》中说:"施耐庵以一心所运,而一百八人各自入妙者,无他,十年格物而一朝物格,斯以一笔而写百千万人,固不以为难也。"③所谓"格物",就是推究事物的原理,具体到小说创作中的人物塑造,就是对社会生活和人物进行长期深入的观察、体验、分析和研究,了然于心之后,才能"物格",即掌握人情物理的来龙去脉和事物的发展规律。的确,施耐庵正是在丰富的生活阅历基础上,经过了十年的潜心揣摩,才成功刻画出形神兼备的英雄群像。

《水浒传》创造了英雄传奇美,不但对我国的英雄传奇小说的创作以及国民精神提振产生了积极的影响,而且在世界范围内广泛流传并得到了高度的评价。《大英百科全书》说:"元末明初的小说《水浒》因以通俗的口语形式出现于历史杰作的行列而获得普遍的喝彩,它被认为是最有意义的一部文学作品。"④

目前,《水浒传》已有英、法、德、日、俄、拉丁、意大利、匈牙利、捷克、斯洛伐克、波兰、朝鲜、越南、泰国等十多种文字的数十种译本。《水浒

---

① 蒋广学:《中国学术思想史纵览——〈中国思想家评传丛书〉论稿》,南京大学出版社,2014,第586页。
② 刘上生:《中国古代小说艺术史》,湖南师范大学出版社,1993,第121页。
③ 吕玉华:《中国古代小说理论发展研究》,山东教育出版社,2016,第200页。
④ 张国风:《慷慨悲壮的江湖传奇》,国家图书馆出版社,2014,第144页。

传》是世界文学宝库中的一颗明珠，是泰州文学的骄傲，它的问世标志着泰州现实主义文学的成熟。

第六节　陆西星与《封神演义》的创作

今署名为许仲琳的《封神演义》，一说作者为明代泰州兴化人陆西星。尽管对《封神演义》的真实作者有争议，但学术界广泛认可陆西星一说更加确凿。

《封神演义》，俗称《封神榜》，又名《商周列国全传》《武王伐纣外史》《封神传》。全书共一百回。成书年代不可确考，一般认为在明穆宗隆庆至明神宗万历之间。

现存最早本子为明代舒载阳刊本，二十卷一百回，作者以宋元讲史话本《武王伐纣平话》为基础，博采民间传说演绎而成长篇神魔小说。小说通过周武王伐纣灭商的故事，肯定文王、武王的仁政，鞭挞商纣王的荒淫残暴，表现了作者称扬王道、仁政，反对暴君、暴政的思想倾向，同时说明了人心向背的重要性，并同时托古讽今，曲折地反映了明代的社会现实。《封神演义》以篇幅巨大、幻想奇特而闻名于世。其内容依托商灭周兴的历史背景，用武王伐纣作为时空线索，从女娲降香开书，到姜子牙封三百六十五位正神结束。

陆西星（1520—1606），字长庚，号潜虚子，一号方壶外史。兴化人。明代著名的内丹学家、文学家，道家内丹东派祖师。

陆西星早年从儒，后自称遇到神仙吕洞宾点化，从此放弃功名，一心学道。他著作了大批道家论文，隆庆年间集编成《方壶外史》。此后又潜心庄子《南华经》，著成《南华真经副墨》，以"虚静恬淡寂寞无为"八字分标八卷，每篇逐节论述诠译，篇末以韵语总论该篇主旨。方志评价该书是明代所有"注庄者所不及"，《四库提要》则指出其主要思想是"盖欲合老、释为一家"。为阐发自己引佛入道、三教合一的思想，他在话本《武王伐纣平话》的基础上，结合前人的传说、传奇，放逸想象，创作出神魔小说《封神演义》。

明正德十五年（1520年），陆西星出生于兴化。自小陆西星就天资聪颖，博闻强记，小小年纪就能明白经书的深义。因为家庭十分贫寒，所以立志考取功名，改善生活，照顾自己的母亲。然而，也许是上天的考验，抑或是上天的玩笑，他前前后后考了九次都不中，一怒之下，对天喊道："嗟乎！余豪士，岂困一第哉！"随即放弃科举考试，从此一心求道。

陆西星从小的挚友宗臣曾形容陆西星的贫困：

> 余贫，长庚更大贫，至不能张烛启涂，往往错足沟秽，不恨也。①

嘉靖二十六年（1547年），正当陆西星无立锥之地、求道茫然不知所往之时，吕洞宾出现在他面前。

> 嘉靖丁未，偶以因缘遭际，得遇法祖吕公于北海之草堂，弥留款洽，赐以玄醴，慰以甘言。②

吕洞宾深深地肯定了陆西星的灵性和为人，循循善诱，谆谆教诲，授予了陆西星金丹性命之学，勉励陆西星要做大丈夫，修金丹大道，出生死轮回。至于人世间富贵名利，如电光石火，像露珠水泡，转瞬即逝，为神仙所不取。陆西星闻言大悟，遂即彻底断了功名之心，更加坚定此生以修行证道为人生目标。

> 星谫劣，于道罔闻，爰自丁未之秋，偶以因缘遭际，得与四溟姚君同被师眷，谆谆诲教，多历年所，援毫纪事，要领则书，积有岁时，溢乎简帙。③

陆西星自称领受了吕祖的秘传，潜修秘炼，终于明心见性（道家也叫作开玄关），这之后他觉得自己身心畅快、思维敏捷，再回头翻看圣贤书的时候，发现自己能领会经书背后的深义。于是，他一边修炼，一边著书立说，先后注解了道家的根本经典《道德经》《阴符经》《庄子》（又称《南华真经》）以及《参同契》《入药镜》《金丹四百字》等关于金丹修炼的重要著作。

陆西星在《金丹就正篇》中云：

---

① 宗臣：《宗子相集》，清四库全书本。
② 陆西星：《金丹就正篇》，载《方壶外史——道教东派陆西星内丹修炼典籍》，盛克琦编校，宗教文化出版社，2010，第373页。
③ 陆西星：《方壶外史——道教东派陆西星内丹修炼典籍》，盛克琦编校，宗教文化出版社，2010，第395页。

> 复感恩师示梦，去彼挂此，遂大感悟，追忆曩所授语，十得八九。参以契论经歌，反复紬绎，寤寐之间，性灵豁畅，恍若有得。①

"顿悟"之后的陆西星，此后出乎意料地顺利，留下了丰富的著述。其中最值得称道的是他的《南华真经副墨》，使他成为学术界公认的"解庄第一人"。因为他不仅有文学基础，更是道家修炼的实践者和成就者。因此，放眼整个中国历史，这本对《庄子》的阐释之作，理解之高远深明、解释之不落俗套，与学者和文学家的见解有云泥之别，可以称之为"解《庄子》第一书"。

晚年的陆西星，乘舟北上，来到京师，在潞河之上，写下了《楞严述旨》的开篇。作为吕祖弟子，他的宗教思想继承了吕祖的"三教合一"观点，认为儒、释、道三家本是一家。所谓"儒以立身，释以参性，道以了命"。因此，他晚年参禅，著述集中于佛家经典，特别是被誉为"一本经可以抵得上佛教所有经书三藏十二部之和"的《楞严经》，释迦牟尼曾说过，末法时期，佛经将会一部部灭绝。最先灭的是《楞严经》，因为这部经书是群经之首，因此末法时期最先失传。而陆西星先学儒，后悟道，最后归佛门，这也为他创作《封神演义》创造了客观的认知基础，因为《封神演义》是融合了佛道两家仙佛体系和思想的一部作品，与《西游记》一样，其核心理念都是三教合一。

《封神演义》大约成书于明隆庆、万历年间，正值明朝由盛转衰的历史时期。陆西星大概亲身经历过这种转变，无能为力地看着明王朝一步步走向衰落，于是只能寄希望于一个不存在的世界。正如鲁迅所说，"侈谈神怪，十九虚造，实不过假商、周之争自写幻想"（《中国小说史略》）②。

《封神演义》以商末政治纷乱和武王伐纣的故事为基本框架，由姜子牙领封神榜下山引出神魔大战，最后分封诸神作结。全书贯穿了陆西星独特的道家思想。另外，最后三教合一又明显反映了陆西星引佛入道的思想主张。因而鲁迅先生在《中国小说史略》中论述《封神演义》时说："其根柢，则方士之见而已。"此说不无道理，但忽视了小说外道内儒的精神实质。无论是对西

---

① 陆西星：《方壶外史——道教东派陆西星内丹修炼典籍》，盛克琦编校，宗教文化出版社，2010，第374页。

② 马良春、李福田：《中国文学大辞典》第六卷，天津人民出版社，1991，第4198页。

岐百姓安居乐业的仁政景象描写，对纣王昏庸误政的刻画，还是对邓九公、黄飞虎乃至比干、闻仲"忠"的赞颂等，都表现了儒家的君臣伦理、民本思想、仁政思想等。小说对暴君的批判非常有力度，这在古典文学作品中，几乎是独一无二的。在形象塑造方面，对悲剧型的人物如商容、闻太师等的刻画比较成功，妲己使"狐狸精""名垂千古"；此外，哪吒、土行孙、黄氏父子等都能留给读者深刻的印象。小说最值得注意的是它的艺术想象力。

第七节 李春芳与《西游记》的渊源

《西游记》的作者自从胡适、鲁迅先生认定为是明代淮安人吴承恩以来，一直存有纷争，但至今仍无定论。

在这些论争中，对"华阳洞天主人校"的关注与研讨值得注意，因为可见最早的版本《新刻出像官版大字西游记》是金陵世德堂刊行于世的，扉页上没有作者姓名，只有"华阳洞天主人校，金陵世德堂梓行"的字样，评论界普遍认为这个校对者其实就应该是该书的最终定稿者甚至是作者。故有学者提出《西游记》的作者不是吴承恩，而是明嘉靖的"青词宰相"李春芳。这也为该书作者认定研究提供了一条新的思路——兴化城里原有一处道观叫华阳洞天别业，又叫开元观，唐大历年间建，宋、明两代都重修过，李春芳出生成长在兴化，其好友吴承恩在诗文中也称之为"华阳洞天主人"，应该说，李春芳极有可能是《西游记》的真正作者。

李春芳（1511—1585），初名果，后改名春芳，字子实，号石麓，祖籍宜兴，曾祖迁居兴化。李果生而俊爽颖异，深得其父永怀公李镗雅重。垂髫之年参加邑试，邑令陈公一见奇之，惊叹曰："子当以芳名震天下！"遂为之改名"春芳"。此后，春芳文誉日起，为邑诸生之首。嘉靖十年（1531年），李春芳以诗举应天乡试。次年至邻邑海陵，请益于泰州学派王艮、壬辰科进士林春等，不久又入南京国子监，师事当时的两位大儒，即增城湛若水、吉水欧阳德。湛若水曾与心学宗师王守仁同时讲学，王守仁主讲"致良知"，湛若水主讲"随处体认天理"，二者各立门户、相互辩论；欧阳德则为王守仁的嫡传弟子。不久，湛公去，春芳"徐以单辞折衷"，在与学友的辩难中胜出。欧阳公大为器重，夸赞曰："吾不如李君，李君大器当晚成耳！"因家境贫寒，春芳随后辗转江淮间教授子弟，其间五举进士不第，越发致力于学。嘉靖二十六年（1547年）春试南宫，所作《禹稷忧民篇》获主考官翟景淳击节叹赏："此生当以天下为己任者！"首荐举之。廷对所射策雅称帝意，遂擢为一甲第一名进士。至此，三十六岁的李春芳登上了他人生的第一座高峰。①

李春芳高中状元后，授翰林院修撰。以善写青词得明世宗赏识，升翰林学士。历官太常少卿、礼部右侍郎、礼部左侍郎、吏部侍郎、礼部尚书等职，并加太子太保。嘉靖四十四年（1565年），兼武英殿大学士，入阁与严讷共参机务。隆庆二年（1568年），代徐阶为首辅，累官至少师兼太子太师、吏部尚书、中极殿大学士。其后屡疏请辞，终于隆庆五年（1571年）致仕。还乡之后，父母仍健在，他奉亲养老，受乡人艳羡。万历十三年（1585年），李春芳去世，追赠太师，谥号"文定"。

李春芳性恭谨，治谕平恕，被时人比作李时。才虽不及，而清廉过之。与严讷、郭朴、袁炜同有"青词宰相"之称。著有《贻安堂集》十卷。

从李春芳的人生履历看，其思想构成比较复杂。他以文士的身份接触到心学的不同流派，其《崇儒祠碑记》中回忆云：

> 予初不知学。嘉靖壬辰，海陵铨郎林君春导予谒文简湛公、文庄欧阳公而论学。后数年于留都始晤先生于徐氏东园。时文成、文简二公门人各持师说以求胜。②

这里的先生即王艮，文简即湛若水，文庄即欧阳德，文成是心学宗师王守仁。

李春芳同时与道教有着不解之缘，对道家亦有研究和心得，这从他的名言"汝子贵不若吾子安"及其为人处事的方式态度都可以揣度。再参以他的著述以及时人的描述、后辈的追忆，不难发现：他最终归入了大道——传统士大夫式的儒道互补。一方面，他是主张积极进取的。儒者讲进取，往往称"穷则独善其身，达则兼济天下"，李春芳的进取观则更胜一筹："君子修其身，穷则俗易而乡人化，达则纪饬而国人正。"（《业师养晦丁公六十寿序》）

---

① 王向东：《明清昭阳李氏家族文化文学研究》，上海三联书店，2014，第63-64页。
② 李春芳：《贻安堂集》卷九《崇儒碑记》。

无论穷达,他的理想都不仅止于自身。可贵的是,他言出必行,真正将这种进取观落实到了自己的仕宦生涯和此后的退隐生活中。另一方面,他深谙道家精髓,懂得知足常乐、适可而止。从首辅的巅峰位置上急流勇退,安享乡居生活,便是一次"道"的实践。

李春芳自幼聪慧异常,勤学不倦,读书过目不忘。其人"文宗瞿唐,典雅充澹,不为记诵词章之习,一言一句皆性真流出"①。尽管其位极人臣,文学创作大多体现很强的政治意味:纵观《贻安堂集》十卷,奏章尺牍、书表列传、志铭碑记等居多,且多是受人之邀,应酬奉和之作,然在字里行间能看出状元之才,用语不加润色,但彰显奇巧,即使用典不受规矩,也多纯正之语,亦如其为人深沉温厚,博大端方。

《贻安堂集》中诗不及一卷,其余为文。李春芳现存的诗,以七言为主,五言为辅,且大多是赠别、应酬制作,很多诗题直接加上"赠""送""寄""寿"等字,如《赠别潘象安》《送徐石潭之任西华》《寄讯沈四丈雨田》《寿同年高南州父母诗》,其中"送"最多,"寿"次之。李春芳还用诗来写挽歌,如《挽潘母因唁象安》《挽歌》《穆庙哀挽》等,应该说李春芳把诗的功能进一步扩大,诗不仅可以用来写景抒情,还可以用来交际应酬。嘉靖二十六年(1547年),李春芳高中状元,欢喜之余,写下了《及第志喜》:

> 忆昨宾兴诣帝京,海滨烂烂庆云生。
> 自怜才谢无双士,敢听胪传第一声。
> 丹陛导归移卤簿,玉堂步入即蓬瀛。
> 从来温饱非吾志,喜际清朝翊圣明。②

此诗道出了李春芳志不在温饱,而是有朝一日能面见圣上,陈言国事,实现治国安邦的理想。对朝廷的更迭和时政的敏感,可见李春芳作为一个政治家的特别之处,万历改元时,写下《题金山有感》《孝烈皇后鼓吹词》等。相比应酬之作,李春芳的题画诗明显少了一些功利的色彩,真性情得以自然流露。尽管这类诗不多,但具个性:题山水诗有《题怡椿轩》《题西滨》等,题人物诗有《寄题陈判州隐所》,题动物诗有《题画鹊》。对于这些既反映人

---

① 扬州博物馆:《江淮文化论丛·第二辑》,文物出版社,2013,第183页。
② 李春芳:《贻安堂集》卷二,明万历十七年(1589)李戴刻本。

意,也反映画意的题画诗,我们不仅要看清诗中之画,也要读懂画中之诗。

李春芳虽被称为"青词宰相",但现在难以见到他所写的青词,所以很难对其做出客观、公正的评价,"青词宰相"之讥肯定失之偏颇。从现存的诗作,笔者发现李春芳确与许多道士交往密切,例如《与古陵沈道长》《与李鹑野道长》《答庞惺庵道长》等,现存唯一与青词有点联系的,就是《送洞虚顾真人还山》,从诗中不难发现李春芳厌恶官场的生活,羡慕同烟霞结盟、与日月同心的清静生活,与专写青词、哗众取宠有本质区别。

李春芳今存的《贻安堂集》《明隽》等著作,均被列入《明史·艺文志》,李戴、于慎行、朱赓、李维桢等为《贻安堂集》作序,《四库全书总目提要·贻安堂集》评价说:"春芳不规规,以文墨见长,是以其存草仅如此云。"此外,2000 年北京图书馆出版社出版的沈承庆遗作《话说吴承恩——〈西游记〉作者问题揭秘》,提出了《西游记》的作者就是李春芳。有论者就认为像《西游记》这样的隐喻体小说,非熟悉佛道经典的大手笔不能为。

李春芳的后代繁衍成兴化望族。自李春芳开始,兴化昭阳李氏家族俊彦迭出、人才济济、簪缨联翩。明代共出进士 6 名;经历了明末清初的战乱和遗民对新朝科举考试的有意识抵制,李氏科第经短暂停顿,依然绵延不绝,有清一代,李氏再出进士 5 名(含武进士 1 名)。明清两代共出举人 27 名,贡生、廪生更是不计其数。不仅如此,李氏众多在科举考试中摘桂取第者中出现了史学大师李清、影响江淮诗风的"淮南三李"(李沂、李骥、李国宋),还涌现出诸如"祖孙宗伯"(李春芳、李思诚祖孙先后任明朝尚书)、"兄弟进士"(李嗣京、李乔兄弟)、"母女并妍"(季娴、李婧母女皆负诗名,且母女同选《闺秀集》)、"叔侄书画"(李鱓师承族兄李炳旦及兄嫂王媛)等佳话美谈。

第八节 李清与《梼杌闲评》的创作

《梼杌闲评》又名《明珠缘》,五卷五十回,卷首有总论一卷。小说写了魏忠贤如何由混迹江湖的无赖做到篡权乱政的大阉,以至最后被判罪而投缳的故事。

原书不题作者姓名,近代有学者认为是明末史学名家李清所作。

关于《梼杌闲评》的作者历来存在很大争议。近人缪荃孙、邓之诚曾推测其为李清所作,当代研究者欧阳健、陈麟德在缪、邓研究的基础上,分别在《〈梼杌闲评〉作者为李清考》《〈梼杌闲评〉作者为李清证说》等文章中给出了更多合理的证据。

《梼杌闲评》是一部在中国小说史上占有不可忽视地位的作品。《梼杌闲评》因其"所载侯、魏封爵制辞,皆不类虚构;述忠贤乱政,多足与史相参"①,故研究者大都将其作为时事小说或历史小说来研究。

李清,字心水,号映碧,李春芳之玄孙,明末清初的著名史学家、法学家、文学家,被奉为当时全国明遗民领袖。明亡归乡,闭门著书,隐居达三十八年之久。其学识渊博,一生著述宏丰,著有《南北史合注》《折狱新语》《澹宁斋集》等数十种,尤以《三垣笔记》《南渡录》和长篇小说《梼杌闲评》最为著名。

《梼杌闲评》以魏忠贤的一生经历为主要线索,通过遇珠、还珠、赠珠、当珠、献珠的虚构故事,既写出魏、客二人由微贱到发迹的曲折经历,反映了万历后期至崇祯初年朝中一系列重大事件,又为我们展现了社会各方面的世情世相。从人情世态的角度说,小说显然受《金瓶梅》的影响,写出了晚明这个封建末世的病态文化。作为一部时事小说,其内容还具有一定的真实性,许多有关魏忠贤进宫后弄权的描写,都可以从史料中得到印证。

《梼杌闲评》从明嘉靖年间工部侍郎朱衡治水患写起,治水成功后,在临清的庆功宴上,艺人魏丑驴与妻子侯一娘表演杂技,遇上昆腔旦角魏云卿,侯、魏私通,数月后生一子,取名辰生。后在赴泰安途中,魏丑驴被强盗杀死,侯一娘为保辰生屈身于强盗。十年后一娘携辰生逃至蓟州石林庄。庄主客老收留一娘母子,并将孙女印月许配于辰生。此时辰生已改名魏进忠。半年后,侯一娘带进忠进京寻魏云卿,不遇。故人吏科给事王公子举荐魏进忠给中书程士宏当长随。程士宏赴湖广清查矿税钱粮时,搜刮敲诈,被民众打碎船只,魏进忠随波漂到沙市,巧遇魏云卿。魏进忠又投在鲁太监门下。在为鲁太监赴山东送礼途中,偶遇被坏人所掳女子傅如玉,被招赘为婿。后魏

---

① 朱一玄:《明清小说资料选编(上)》,南开大学出版社,2006,第202页。

进忠到蓟州贩布，住布行侯少野家，重逢已是侯家媳妇的客印月，二人成奸，为侯少野窥破，魏进忠不得已又走京城。在京吃喝嫖赌，不日花光所有积蓄，只好回家找妻子傅如玉。途中被盗，又被一群花子扔入河中，漂到岸边未死，却被野狗咬去阳物，得一老僧相救，到京城入宫当了太监。因救驾皇太孙有功，升为尚衣局管事。在宫中偶遇已为皇太孙乳母的客印月，旧情复燃。皇太孙天启帝继位后，在客印月的帮助下，魏进忠受到重用，委以管理东厂的职务，赐名"忠贤"。自此，二人狼狈为奸，在其干儿义子的帮助下造出无穷罪恶。一时间，整个朝廷成为"魏家"天下，残害忠良、卖官鬻爵、搜刮民脂民膏、建生祠，恶贯满盈。后天启皇帝驾崩，崇祯皇帝继位，群臣上本弹劾阉党。魏忠贤自缢而亡、客印月被乱棍打死，其党羽也都得到严惩。"天下人民欢欣鼓舞"。

《梼杌闲评》在人物塑造方面有独特之处，对于魏忠贤这个臭名昭彰的阉宦，小说跳出了他作为一个大奸大恶之徒的局限，从内在的心理机制以及整个社会大环境的角度去挖掘人物性格生成的原因，这在同时期的许多时事小说中是难能可贵的。此外，小说中相当一部分次要人物的描写也很出彩。

《梼杌闲评》的叙事结构也是这部小说的一大特色，以明珠贯穿全文，以赤蛇祸乱作为框架，以冰糖葫芦式的结构来组织情节，使整部小说显得严谨缜密，有条不紊。《梼杌闲评》的另一个特点是全书带有比较明显的奇幻色彩。由于种种条件的限制，《梼杌闲评》的作者无法解释魏、客二人祸乱朝政的根本原因，因此作者虚构了一些神奇怪诞的情节。这在传统小说中并不罕见，是传统文化心理的不自觉投射，但也正是这样的一些"神来之笔"，使得这部具有浓厚现实主义色彩的作品增添了魔幻的艺术表现力。

对于小说的定性问题，评论历来有不同的看法，多数学者将这部小说定位为新型的历史小说，历史、神魔、世情多种元素融合在一起，开创了历史小说的新局面。总之，《梼杌闲评》是一部在中国小说史上占有不可忽视地位的作品，尽管在清代就曾三次遭到禁毁，但正由于具有特殊的文学、史学价值，其生命力也愈发顽强。晚清的王钟麒就曾在《中国历代小说史论》中写道："《金瓶梅》之写淫，《红楼梦》之写侈，《儒林外史》《梼杌闲评》之写卑劣……皆深极哀痛，血透纸背而成者也。"[①] 的确，整部小说将历史与世情、

---

① 舒诚：《中外名书奇书趣书禁书博览》，燕山出版社，1992，第483页。

神魔水乳交融在一起，打破了旧有的文化心理结构，体现出明末清初中国文学的审美趋向，开创了时事小说的新局面，当为清末四大谴责小说的先导。

第九节　其他泰州作家的诗文创作

明代泰州文坛上，除上述文学家的诗文、小说创作外，还有许多本土作家的诗文创作也卓有成就。如泰州的储巏，泰兴的何南金、张京元并称"淮南三俊"。他们颇负盛名，诗文各有特色而流传较广。

一、储巏诗文创作

储巏（1457—1513），字静夫，号柴墟，明南直隶泰州人。先世居毗陵（今常州），元时迁至泰州。储巏自幼聪颖过人，读书勤奋，《明史·储巏传》言其"九岁能属文""夜读书不辍"[①]。明成化年间，乡、会试均获第一，廷试二甲第一，授南京吏部考功主事，历任考功郎中、太仆少卿、都察院左佥都御史、南京户部右侍郎、南京吏部左侍郎等职。明正德八年（1513年）七月，储巏病故于南京吏部任上，享年57岁。临终，友人往问后事，已不能言，犹举笔书"国恩未报，亲养未终"八字，无一语及家事。死后奉旨归葬于泰州西郊九龙桥，明世宗赐谥"文懿"，追赠礼部尚书，赐祭葬，敕建储文懿祠、储文懿公解元坊、储文懿公会元坊等。

储巏一生著述甚丰，传世文献有《储文懿公奏疏》、《坰野集》、《储巏制艺》、《柴墟集》十五卷、《新刊皇明政要》二十卷、《七言杂字诗》一卷；其中仅《柴墟集》就有明嘉靖四年储洵沔阳补刻本、明万历二十五年储耀刻本、明万历四十二年储耀刻本、康熙十九年刻本、《海陵丛刻》本、《四库全书存目丛书》本等多个版本流传。此外，储巏辑录前人著述，辑注金代元好问所撰《遗山先生文集》四十卷，宋代谢翱所撰《晞发集》十卷、《晞发遗集》二卷、《遗集补》一卷、《天地间集》一卷以及明代张丁所撰《登西台恸哭记注》《冬青树引注》各一卷。

储巏一生为官清正，疾恶如仇，考核官吏功过，是非分明，善于推荐和

[①] 张廷玉等：《明史》卷二百八十六《文苑二》。

选拔人才；博览群书，精通诗文，为时人推崇。《明史》赞其："淳行清修，介然自守。工诗文。好推引知名士，辟远非类，不恶而严。进士顾璘尝谒尚书邵宝，宝语曰：'子立身，当以柴墟为法。'柴墟者，罐别号也。"①

储罐不仅立朝有声，还是明代中期的复古文化与文学运动中的士林领袖，更是弘治朝推动"古学渐兴"重要环节和先行者。顾璘指出："弘治丙辰间，朝廷上下无事，文治蔚兴，二三名公方导率于上，于时若今大宗伯白岩乔公宇、少司徒二泉邵公宝、前少宰柴墟储公罐、中丞虎谷王公云凤，皆翱翔郎署，为士林之领袖，砥砺乎节义，刮磨乎文章，学者师从焉。"② 文学复古运动本质上是一场道德与文化的自救运动，旨在从三代汉魏的诗文里汲取振奋士气的文化因子，以拯救靡然委顿的士风，其根源深植于明代社会的道德危机之中。③ 储罐被认为是"前七子"复古文学运动中"开启门户"的关键人物："皇朝文尚淳厚，自成化、弘治间质文始备，翰苑专门，不可一二数。其在台省，初有无锡邵公宝、海陵储公罐等开启门户，自是关西李梦阳、河南何景明、姑苏徐祯卿，维扬则先生，岳立宇内，发愤覃精，力绍正宗。其文刊脱近习，卓然以秦汉为法。"④ 储罐大力批评八股文，"科举行而古文废非一日矣"⑤，并提倡古文词，是复古派坚定的支持者和庇护者，"时李梦阳、何景明等倡古文辞，执政者嫉才欲摈斥之。罐以文章复古为国家元气，故于李、何极其扶植，得不倾陷"⑥。同时他还以奖掖后进，大力荐举人才为己任，"前七子"领袖李梦阳亲切称其为"文雅师"⑦，"海陵先生雅爱士，晚得徐郎道气伸"⑧。

---

① 张廷玉等：《明史》卷二百八十六《文苑二》。
② 顾璘：《顾华玉集·息园存稿文》卷一《关西纪行诗序》，收入《文渊阁四库全书》第1263册，台湾商务印书馆，1986，第458页。
③ 杨遇青：《论"古学渐兴"与复古诗学的原初意义》，《文学遗产》，2019年第3期，第118-131页。
④ 顾璘：《凌溪先生墓碑》，载朱应登《凌溪先生集》卷一八，收入《四库全书存目丛书》集部第51册，齐鲁书社，1997，第497页。
⑤ 储罐：《柴墟文集》卷九《徐元定墓志铭》，收入《四库全书存目丛书》集部第42册，第494页。
⑥ 王兆云：《皇明词林人物考》卷三《储文懿》，收入《四库全书存目丛书》史部第111册，第654页。
⑦ 李梦阳：《空同集》卷三十《答太仆储公见赠》，吉林出版集团有限责任公司，2005，第261页。
⑧ 李梦阳：《空同集》卷二《徐子将适湖湘余实恋恋难别走笔长句述一代文人之盛兼寓祝望焉耳》，第156页。

储罐为官二十多年，多在金陵度过，南京特有的人文环境和大量空闲的时间，为其诗文创作和交友唱和提供了必要的条件。在《爱直联句》和《赠舒君桓玉擢广东佥宪序》中，储罐描绘了自己参加南京诗社的文学活动和南都文学创作的繁荣景象。其文学主张对李梦阳、何景明复古流派的发展，起了很大作用，可以说在"前七子"之前，储罐已"翱翔郎署，为士林之领袖"，试图扭转当时靡弱软沓的文坛风气，积极倡导刚健向上的诗风。

储罐的诗歌创作虽然不能说是独树一帜，但在艺术上有着自己的特点。陈田《明诗纪事》中说："柴墟以西涯为师，空同为友，故诗力雄厚，迥异台阁之体。"[①] 他的诗兼有茶陵派与七子派的特点，既清婉又雄浑。

对于储罐的诗风，前人曾评价说，"其为诗，或恬淡平雅，或浑雄跌宕，或洒落清远"[②]。如《春晦连日风雨赠别》是赠别之作，风格淡远而不失雄厚之气：

> 残春犹两日，欲去且相留。
> 脉脉难为别，匆匆不自由。
> 天涯芳草路，花外夕阳楼。
> 谁道文园客，新来赋倦游。

此诗为送别赠诗，但诗中不见离愁别绪的伤感，倒有一股洒脱之气。《有怀》写个人感受，风格与此相近：

> 独坐谁为伴，清谣夜不眠。
> 怀人千里共，看月几回圆。
> 秦塞连云戍，荆门下峡船。
> 归程那可料，依旧析津年。

该诗为述怀之作，虽归程无定，但有豁达之怀。

上面两首诗都有冲淡清远的特点，有陶、韦遗风。诗句"天涯芳草路，花外夕阳楼"和"秦塞连云戍，荆门下峡船"，可谓意境开阔、雄浑，有气势，两首诗看上去既有淡远之志又不失雄厚之气。

---

① 陈田：《明诗纪事》卷八，上海古籍出版社，1993，第1059页。
② 邵宝：《储文懿公集序》，清四库全书本。

《大房金源诸陵》多了对历史的沉思，显得沉郁浑雄：

> 奉先西下乱山侵，涧道回旋入茭林。
> 翁仲半存行殿迹，莓苔尽蚀古碑阴。
> 秋山春水风流远，大定明昌德泽深。
> 却是宣和解亡国，穹庐黄屋恐非心。

《屡卜居未遂》缘于生活中的小事，爽朗而清雅：

> 僦屋都城已十年，移从东陌复西廛。
> 傍人门户终低首，老我风尘未息肩。
> 江海故墟三亩宅，歌钟甲第万缗钱。
> 一枝应被林鸠笑，今在长安若个边？

储巏作品的内容也是多样的，下面这首描写故乡风光的《自柴墟归海陵》，充满了对故乡的深情：

> 北望江乡水国中，帆悬十里满湖风。
> 白苹无数依红蓼，惟有逍遥一钓翁。

《柴墟闲行》则表现的是田园风光，闲适之情扑面而来：

> 临流聊寄傲，信步到花村。
> 蜡屐惊眠犬，田家多闭门。
> 款茶谈稼墙，按筇数寒温。
> 不觉垂杨外，烟沉日已昏。

但他的诗也有忧国忧民的一面，如《宝坻郊行》：

> 四月麦陇焦，灵雨苦不早。
> 田家能几日，租食不相保。
> 我从淳阴来，风暵颜色老。
> 闲愁填肺腑，诗思净如扫。
> 写得肤寸云，救此千里槁。
> 傅岩谅已求，桑林尚须祷。

总之，储巏的诗颇具生活气息，有纯正闲远之风，有汉唐之韵而胜茶陵张扬之势，其"清雅淡远"在泰州文学史上屈指可数。

二、何南金、张羽的诗歌创作

何南金（1561—1609），字许卿，号丽泉，泰兴黄桥人。何南金出身书香门第，其祖父何樟是黄桥有据可查的第一位举子，曾任应天府推官。父亲没有功名，但以读书自娱。在这样的家庭背景下，何南金十六岁时就考中了秀才，得到了府、县官员的赏识。但直到万历丁酉（1597年）三十六岁时才考中举人。又隔了10年，他赴京城参加会试，廷试得中三甲第十名进士，谒选为福建省莆田县知县，到任才一年，即沉疴不起，病逝于官舍。

何南金诗文均佳。其乡试之作朱一冯评为"用心良苦，独辟蹊径"，"不欲使肉眼知，肉眼亦不能知"；其会试之作，如"有仙乐之妙，非人间所得有"。可惜这些文章在光绪初年已散佚无存。南金擅长律诗，诗风近于杜甫，风格沉郁悲壮。著有《十笏斋集》和《悲华馆集》，《十笏斋集》也已失传，现仅存《悲华馆集》。《悲华馆集》是根据明版《悲华馆初刻》于光绪年间重刻。全书计诗168首，其中古风、律诗各半。内容包括山川游历、友朋赠答、国事民生等方面。大多为秀才时所作，也有少数中举以后的作品。如皋黄理为《悲华馆集》作序，序中评价他的诗"春容大雅，古艳非常"。试举二首为例。

倭　　警

本朝海戍郁相望，辽左闽南万里长。
遂有天吴来岛屿，未闻太白扫欃枪。
腥风撼海鲸波赤，白日迷空蜃雾黄。
赖得我军弧矢利，不难长剑挂扶桑。

冬日侍孙先生游庆云寺晚归祇公送过桥东

野服青鞋问给孤，济人争识醉尧夫。
日融冰地成金色，月出霜林堪玉壶。
不为广文歌首蓿，何来香积供伊蒲。
若教送客溪东去，法戒曾将虎伏无。

《倭警》为诗人任莆田县知县时所作，音韵协律，气势大开大阖，"腥风撼海鲸波赤，白日迷空蜃雾黄"两句雄浑，"赖得我军弧矢利，不难长剑挂扶桑"两句逸宕。后一首诗用语平实,不求格律谨严,颔联"日融冰地成金色,月出霜林堪玉壶"出语颇奇。

张羽(1467—1536),字凤举,号东田,明泰兴县城(今泰兴市泰兴镇)人。明弘治八年(1495年),张羽领南畿乡荐,次年(1496年)连第丙辰进士,初授淳安(今浙江淳安县)知县。张羽后任海宁知县,再升江西道监察御史。正德年间,张羽因弹劾刘瑾而下锦衣卫狱,清《四库全书》主编纪昀称他:"抗疏劾刘瑾,直声震朝野。"① 他不久被释放,调任云南巡按。正德十三年(1518年)至十五年(1520年),张羽任邵武(今福建邵武市)知府,再升河南按察使,直至左布政使,从二品衔。

张羽直亮高洁,尤工于诗,著有《东田遗稿》二卷。《东田遗稿》现存有《四库全书》本和《四库明人文集丛刊》本,共二卷,诗、文各一卷。卷一为诗,编排没有进行细分,五、七言交错,绝句、律诗并行,内容以奉答、赠别、应和为主。卷二为文,主要有奏疏、序文、寿文等。储灏称其"旷远峭直","读其诗琅琅有遗音"。

张羽的诗"喜仿盛唐风格",但不为旧调束缚,亦不为新声之涂饰,而是写目之所见、心之所感,读起来十分清新可诵,一些绝句别有风致,自成一格。陈田在《明诗纪事》中评论说:"其诗专讲音节,字句不尽入格,录其合作,固彬彬乎唐人之雅音也。"② 《四库全书总目提要》评价其作品:"规摹盛唐,不落纤巧之习","澹静峭直……肖心而出,务达所见而止,在诸作者中,亦可以自为一队矣"③。弘治、正德年间,明初诗坛风流余韵犹在,张羽以澹静峭直又出天性的诗风独树一帜。

三、张京元的小品文创作

晚明性灵游记创作情况空前繁荣,就风格特征而言,它既有整体性又有多样性。其总体风貌表现出非常鲜明的时代特色。与传统游记作品相比,晚明性灵游记主要有三大特征:第一,在外在形式上,晚明性灵游记以短篇为主,形成游记小品化特征;第二,在主题内容上,晚明性灵游记注重表现山

---

① 永瑢、纪昀等:《四库全书总目》卷一百七十一,清乾隆武英殿本。
② 陈田:《明诗纪事》,上海古籍出版社,1993,第1230页。
③ 永瑢等:《四库全书总目提要(三十三)》,清乾隆武英殿本。

水之风貌品鉴与山水游赏之乐趣，同时也描写世俗生活和世俗情趣，形成品评化和世俗化特征；第三，在精神特质上，性灵游记突出创作主体的性情和在山水中的感受，注重主体世界的性灵追求，在山水中追求一种个人的生活情趣，关注主观的精神境界，形成精神内向化的特征。

较之前人，晚明文人有了极大的游的自觉，他们将山水之游作为一种必不可少的生活方式，甚至认为不游则有愧于天地之生，他们从文人的特性要求和审美观念出发，形成独特的具有时代特征的山水游观：崇尚真游，批判假游；崇尚雅游，不好俗游。在游记的创作中，有真正抒写自我感受的性灵之作，也有无真情实感的应景之作。文人之游显得更为清雅，更加注重心灵与山水的契合和精神的审美享受。世俗之游有"身处山而目不见山者，有目见山而心不见山者"，而文人以其独特的精神特质，更能与山水之精神相通，他们追求一种精神相通的审美之游，对不能发现山水精神的世俗之游，往往不屑一顾。张京元的游记小品文就是这样的作品。

张京元（1534—?），字思德，号无始，泰兴人，万历三十二年（1604年）进士，授户部主事，后任江西参议金事，累官至江西提学副使。著有《寒灯随笔》《湖上小记》等。

张京元的作品今天多已散佚，《湖上小记》十则是其仅存的名篇，为古代山水游记中的精品。这组文章与一般描述西湖山水的游记不同，作者从自己的感受和审美趣味出发，选取西湖的若干风景点，以白描的手法作简洁传神的勾绘。而对各个景点的描述，不是全面、客观的，而是只摘取其中某点某面加以渲染。记叙随意，不受时间和空间的约束，景与评紧密结合，边记边发表评论和感慨。而这些景点，不限于美景，"不甚丽"或"荒落"之处亦可入画，皆随作者兴之所至，以抒写其审美感受为中心，或点出景物的特色，或穿插对山水的评论，或议论民俗之短长。所以从接连展现出的情致各异的画面中，不仅可以领略西湖的自然风光，感受晚明的时代气息，而且可以品味作者的人品和审美观。在短小的尺幅中，包含有丰富的意味，充分体现了晚明小品特有的魅力。

断　　桥

西湖之胜，在近；湖之易穷，亦在近。朝车暮舫，徒行缓步，人人可游，时时可游。而酒多于水，肉高于山。春时肩摩趾错，男女杂沓，以挨簇为乐。无论意不在山水，即桃容柳眼，自与东风相倚，游者何曾一着眸子也。

《断桥》以简洁的笔墨记写了西湖的景色特征和游客游玩之状。文章开门见山地点明西湖山水的特点，即西湖之胜"在近""易穷"，人人可游，时时可游。因此游客众多，"肩摩趾错，男女杂沓"。但他们是在欣赏山水之美吗？不是。他们之意不在山水，而是"以挨簇为乐"，对断桥一带的"桃容柳眼"，不曾"一着眸子"。作者言浅意深，不动声色地讽刺了这种庸俗的游乐之风。因此，其文不以描写景色见长，而以揭批世情世态为胜。这与整个晚明的游记小品文风格基本是一致的。

四、朱得之与朱正初的诗文创作

靖江在泰州地区较为特殊，其主要方言为吴方言，与其他地区的江淮方言不同。这一地区历史上和江南的联系更为密切，所以晚明的文学创作思潮对这一地区的影响最为明显。

朱得之，字本思，号近斋，世居靖江城西长安团（今靖江马桥镇）。朱得之的生卒年不详，但根据他是王阳明晚年客越时所收弟子，以及他参修与撰修《新修靖江县志》的时间，特别是明张衮的《望孤山祝近斋姑丈》诗中"近斋先生七十强"等信息来推断，其人应该生于弘治末年或正德初年，即1500年前后，卒年当在万历初。

朱得之自幼一眼失明，但是他身残志坚。据《靖江县志》记载：得之"少负大志，闻王文成公致良知说，心契之"。他拜王阳明为师后，专心致志，起居饮食、一言一行，都以真心自我检点，即使独处也不懈怠。王阳明曾称赞他"入道最勇，可与任重致远"。朱得之后来以贡生的身份出任浙江桐庐县丞，《明儒学案》则说是江西新城县丞。

朱得之的著作很多，列入《明史·艺文志》的有《老子通义》二卷、《庄子通义》十卷、《列子通义》八卷、《印古诗集》一卷。《靖江县志》还载其著有《四书诗经忠告》《正蒙通义》《杜律阐义》《心经注》《炼宵匦参元三语》等。他的"三子通义"，保存至今的是明嘉靖四十四年（1565年）朱氏浩然斋刊本。浩然斋当是朱得之的书斋名，也是朱家刻书坊的名称。《炼宵匦参元三语》和《印古诗》则是隆庆年间刻百陵学山本。

靖江朱氏家族中文学成就更高的则是朱得之的侄儿朱正初。据《靖江县志》载：

> 朱正初，字在明。援例仕鸿胪署丞，意落落不治生产，好古玩，多蓄法帖名画及汉晋间彝器，性尤爱客，辟园亭台榭，选声命酒，日挥千缗，海内名流无不知有正初者。能诗，书法亦遒俊。与王世贞兄弟、李维桢诸公往来酬和，诗卷成帙。

朱正初家境富有，他沾染晚明习气，以声色自娱，家中蓄有家班，广招宾客。他交游广泛，不乏当世知名文人，其中著名的有：王世贞，"后七子"领袖；王世懋，王世贞弟，文学家、收藏家；欧大任，岭南诗人，"广五子之一"；王穉登，文学家、书法家；李维桢、屠隆，均列"末五子"。在广泛的文人书信往来、诗文唱和后，朱正初将信札汇编为《谋野集》，"谋野"之名出于《左传》："裨谌能谋，谋于野则获，谋于邑则否。"《谋野集》共十卷，存明代江阴郁氏王树堂刻本。其内容既有与友人交往的真实记录，也有对世情风物的描摹与书写，文笔质朴，情感自然流露，是明代书信散文的典范之作。更为重要的是，它还记载着泰州文学与其他地区的文学间发生的交流、碰撞，辐射着泰州文学的影响力。

五、兴化的"三宰相"文学创作

有明一代，因高谷、李春芳、吴甡先后担任内阁学士，故有兴化"三宰相"之称。他们以辅臣之尊从事文学创作，在当时的文坛上产生了一定的影响。

明朝内阁大学士、"五朝元老"高谷所著的《育斋文集》、"状元宰相"李春芳所著的《贻安堂集》、东阁大学士吴甡所著的《安危注》和《柴庵疏稿》等都具有较高的史料和文学价值。

高谷（1390—1460），字世用，江苏兴化人。永乐年间中进士，仁宗时，迁翰林侍读学士。正统中进工部右侍郎，入内阁典机务。景泰元年（1450年）为工部尚书兼翰林院学士，掌阁务。次年赐少保、东阁大学士加太子太傅，享双俸，代皇帝祭祀三陵。七年（1456年）与陈循等总裁编修《寰宇通志》，晋少保、谨身殿大学士兼东阁大学士。

高谷学问渊博，一生著作甚丰，除《育斋文集》十卷收入《明史·艺文志》外，其他著作大半散佚。其后，清代著名诗文家李绂曾从其姻娅郭羽、门生陆碛处搜罗二十余卷，其中《诗集》十七卷、《归田》三卷、《拾遗》一卷。于明弘治年间付梓行世。近年其后裔又搜得散佚诗文五十余篇，如《隋堤二绝》《盐城观海》《咏昭阳十景》等。他的《送倪廷用致政归嘉兴》一诗同被《明诗综》《列朝诗集小传》《御选明诗》收录，可见此诗颇能代表他的诗风：

> 青云遗宦辙，白首赋归田。
> 旧着官袍卸，新裁野服便。
> 草堂留月色，花径隔尘缘。
> 陶令门前柳，春来好系船。①

此诗从诗题、内容看皆为送别诗，好友致仕归，作者临别寄诗，勉励好友功成圆满，虽脱去官袍，但换来一身轻松，闲居草堂，自得其乐。

高谷还有许多歌咏家乡山水的诗歌，《咏昭阳十景》就是其中的代表。"昭阳十景"是兴化十处风景名胜。明洪熙元年（1425年），高谷回归故里，乘机游玩了家乡的风景，在欣赏沧浪亭亭柱上楹联"短艇得鱼撑月去，小轩临水为花开"和濯缨亭亭柱上楹联"清风明月本无价，近水远山皆有情"后，眼前的田园风光似有"曲尽而韵未了，景止而情不尽"的感觉，欣然赋诗曰：

> 沧浪亭子枕幽溪，溪上行人入望迷。
> 钓艇尽依青草岸，酒帘高控绿杨堤。
> 尘缨可许当时濯，胜迹重烦此日题。
> 风景满前看不足，野花如绣水禽啼。

兴化历代文人墨客在游览、瞻仰、歌咏"昭阳墓""山子庙"时，发现傍晚红日即将西沉时的阳山景色最为迷人壮观，残阳余辉映衬着古墓，四周林木参天茂密，加之高大楼宇，浑然一体，简直就是一幅绚丽无比的彩色水印木刻画，故在人们心中逐渐形成共识，称此美景为"阳山夕照"。高谷在观赏此景时，咏叹道"树头鸟雀参差集，草际牛羊次第归"，很显然诗人陶醉

---

① 朱彝尊：《明诗综》卷二十一，清文渊阁四库全书本。

在这迷人景色中，流连忘返。兴化曾建造三闾遗庙，纪念屈原，但是庙宇因年久失修而显得破败不堪，高谷看到眼前的三闾大夫庙，想到屈原的不屈身世，景仰与惋惜之情油然而生，留下"孤忠一片委清波，留得芳名永不磨"诗句。

总之，高谷终究以仕宦为主，诗文终属余事，相对于其政治声望而言，文学成就并不那样引人注目。

【阅读思考】

1. 了解《东皋诗集》《青楼集》的作者与主要内容。
2. 何为明代"四大奇书"？
3. 《报刘一丈书》的主题思想是什么？

【阅读体验】

1. 考察泰州市区有关古代戏曲文化的遗存：海陵都天行宫、姜堰东岳庙古戏台。
2. 考察兴化施耐庵陵园、东岳庙与李春芳状元坊，撰写游记散文。

【拓展阅读】

1. 从泰州学院图书馆"泰州学派"特色资源库了解王艮生平、著作与思想。
2. 视频：《汤显祖与"临川派"》。

第五章　清代泰州文学

【阅读提示】

1. 了解清代泰州文学史发展脉络。
2. 了解清初泰州遗民诗学、清代泰州戏曲文学成就、清代泰州女性文学成就。

第一节　宫伟镠及其家族的俗文学活动

因深受泰州学派思想影响，明末清初泰州地区文化家族中代表人物多为泰州学派后学，其中尤以林春、凌儒、袁懋贞、徐耀、冒起宗、李春芳、宫伟镠等为代表。这些世家文人，既是明末清初泰州地区文学艺术界的领军人物，又都是泰州学派后期骨干。他们因受王襞、王栋等人的直接影响，高度重视家族文化的传承。

泰州宫氏宫伟镠妻子的祖父袁懋贞，乃泰州学派后期中坚，袁懋贞岳父则是王艮嫡传弟子林春。外祖父凌儒（1518—1598），字真卿，号海楼，泰州人，曾从王襞游，明嘉靖三十二年（1553年）癸丑科进士，有《旧业堂集》十卷。王艮之学，传至林春，林春传袁懋贞，袁懋贞传冒起宗和宫伟镠。所以，清末东台安丰袁承业（字伯勤）作《明儒王心斋先生弟子师承表》，将宫伟镠列入心斋直系弟子之列。

第五章　清代泰州文学

宫伟镠（1611—1680），字紫阳，号紫玄，一作紫悬，别号桃都漫士。崇祯十六年（1643年）进士，官翰林院检讨，入清不就荐举。著《春雨草堂集》五十卷。

其父宫继兰（1579—1658），原名大壮，字贞吉，号鹭邻。明崇祯十年（1637年）进士，授工部主事，知兖州府，崇祀名宦。

关于宫伟镠与泰州学派的关系，从其所作《重修安定讲堂序》可见他以"心斋"后学自居。他在序中云："如安定则崇祀孔子庙庭者也，先时惟薛文清、陈白沙、胡敬斋、王阳明诸公得与，贤如心斋尚有俟论，定此一祀也，乡贤崇祀乡先哲固矣，然非文学不与。"① 在详细论述泰州学派道统传承的同时，着重提出泰州学派的成就兼顾"心学"与"文学"两方面，要崇祀乡贤，就必须要大力提倡文学，以文学传播泰州学派思想。

今存《宫氏族谱》前载宫伟镠拟定的《族训》："论理要精详，论事要剀切，论人须带二三分浑厚，若切中人情，人必难堪，故君子不尽人之情，不尽人之过，非直远怨，亦以留人掩饰之端，触人悔悟之机，养人体面之余，亦天地涵蓄之气也。"②

民国韩国钧编《海陵丛刻》收入宫伟镠编写的《微尚录存》。韩国钧在所作《跋》中称宫氏："于乡土、形胜、风俗、水利、钱粮、秩官、人物极为注念，举平日胸臆之所欲发者，悉取而论次之，而一本于忠厚之意。其于远也，多准之宋志，故其言核；其于近也，又皆出于耳闻目见，故其义深。……虽残珪断璧，要与导谀贡媚、不关性情学术者异矣。"

从宫伟镠所作《族训》与《微尚录存》可见其深受泰州学派"以道觉民"教育思想的影响。特别是他立足"百姓日用之道"，"其于近也，又皆出于耳闻目见，故其义深"，力求通过文学实现王艮所倡导的"愚夫愚妇，与知能行"。

作为明崇祯十六年（1643年）的进士，宫伟镠在明亡后被视为江淮地区遗民领袖之一。他与兴化李清、如皋冒襄、江都宗元鼎等著名遗民相交游，坚决不仕清廷，以终养为理由两次辞却荐举，以布衣遗民终老。

---

① 宫伟镠：《重修安定讲堂序》，载王有庆等《（道光）泰州志》卷二十三，清光绪三十四年（1908年）补刻本。

② 宫本昂等：《宫氏族谱》，光绪五年（1879年）木刻本，存于泰州市博物馆。

宫伟镠工于诗文，清顺治四年（1647年），时任泰州知州的刘孔中选当地诗人诗作而成《吴陵国风》八卷，凡十八人，宫伟镠入选："宫鹭邻继兰、沈林公复曾、潘晓春乾驹、刘愚公懋贤、宫紫元伟镠、童蝉孙希舜、王骢马孙骢、张词臣幼学、吴七超家驹、杜吕公维甫、王子隅砺品、丁汉公日乾、邓孝威汉仪、方白英苞、陆元升舜、刘仅三懋贽、黄仙裳云、宗定九元鼎诸公也。"①

在传统诗文著述之外，宫伟镠还在小说、戏曲方面用力颇深，取得了一定的成就。清康熙三年（1664年），他将闻于庭训的泰州杂事，模仿《世说新语》，以语录体小说的特殊形式，纂成《庭闻州世说》，着力通过身边平凡人物的平凡事迹，引导"愚夫愚妇，与知能行"。

明代中后期，《世说新语》在文人士大夫中广泛传播。特别是因李贽于万历十四年（1586年）由太仓王氏刊刻，题《李卓吾批点世说新语补》的评点专著影响甚广，版本甚至远传日本，对后来"世说体"小说的大量出现起了积极的推动作用。

在"世说体"小说中，泰州学派中坚人物焦竑的《焦氏类林》以及泰州世家代表宫伟镠的《庭闻州世说》和李清的《女世说》，都是较为出色的《世说新语》续仿佳品。宫伟镠和李清作为"负一时之望"的泰州世家文人代表和江淮地区遗民领袖，深受徐渭、李贽、何心隐等影响，继承泰州学派个性解放、男女平等的主张，借《世说新语》的仿续作品来表现对人的重视、对平民和女性的肯定，创作了《庭闻州世说》《女世说》等俗文学作品。

《庭闻州世说》相对明清仿续《世说新语》的其他作品而言，在题材内容和体例上都有创新。书前还附有《序一则》，说例二则。

其中，《序》说明了宫氏编辑此书的目的：

> 而今乃以余为文献也，何以处夫？今之人且所贵乎？贤豪间非多闻见，效簪笔之用而已。余愧焉。而及余不为言，儿辈罔或知，遑论其他。顾欲遍焉，则有遗。以兹所及，半是中宪公晨昏桥衡共绪论，又念明《世说》未有集成者，称"庭闻"而系以"州"，既以备流传，又俾予后人知所励，亦当世得失之林也。

---

① 夏荃：《退庵笔记》卷六，收入韩国钧《海陵丛刻》，泰州图书馆藏。

这段话交代了书中内容来源"半是中宪公（指其父）晨昏桥衡共绪论"，也就是说，主要来自自己亲耳听闻的父辈们的教诲，是真实可信的。"既以备流传，又俾予后人知所励，亦当世得失之林也"则表明了作书的目的是希望使前辈先贤的事迹得以流传，并以此激励后人。由此可见，《庭闻州世说》与一般小说创作的宗旨完全不同，是将"倡俗""言情""传道""功用"合而为一，其教化意义非常鲜明。

在说例二则中，宫伟镠表明了《庭闻州世说》的编纂主张与原则。

其一《人事》云：

> 人皆详于近而略于远。略远则湮，详近则袭，人事皆然。兹亦不能多溯于人，则首纪查周，自科目者以为学。子观感他，如吕定公督军封番禺侯，胡安定布衣对崇政殿，志载彰彰，不必更赘，于事亦然。

其二《查周》云：

> 查周世德，国史州乘亦已备载，而一二事迹，为余幼时中宪指述笔之简端者，必欲辑缀存之，其有关政治，史乘所详，兹或略焉。何则？存乎其人，虽不免重复遗漏之讥，要非欲高下其人，亦各从所好焉，云尔。

其一主要说明了史载关于人、事的特征：对近前的事理解详尽而对稍远的事就知晓得比较粗疏；对名人大事记载比较细致。其二则明确表示自己编辑的《庭闻州世说》与史乘的不同：史乘详载的，自己就可能略写；不是出于对人物的评价高低分歧，而是出于各自选材的喜好不同。

宫伟镠没有采取《世说新语》以门类划分的方式进行叙事，而是专注于泰州一地相关人物体例，目的是"称'庭闻'而系以'州'，既以备流传，又俾予后人知所励，亦当世得失之林也"。这样的创作体例，既有利于深入刻画和描写人物形象与事迹，文章短小精湛便于世人阅读和传播；同时也有助于"非欲高下其人，亦各从所好焉"，能够通过笔下的人物宣扬泰州学派"百姓日用即道"的平民价值观。

在内容方面，《庭闻州世说》与《世说新语》一样，为吸引读者兴趣和便于在民间传播，以小说家的笔法选取不少奇人异事，具有鲜明的夸张、虚构成分。

在人物刻画上,《庭闻州世说》也善于以简约的语言,隽永传神地描绘人物的言谈、笑貌、心理、性格,塑造形象。例如"查湛然"(名道,字湛然)一条在刻画主人公形象时,先写"性至孝",隆冬之时为母破冰取鱼。再写他的胆气,游五台山的时候,"雷震破柱,道坐其下,了无怖",十一个字,就把他泰山崩于前而色不变的镇定自若表现了出来。尤其精彩的是描写查湛然任泉州知府以仁义平王均之乱的故事:

> 贼至城下,继而相语曰:"查泉州以仁义抚此境,得众心,未可攻也。"竟宵遁。道追谕之。于是散遣数千人皆还农亩。史又称:知泉州时,寇党尚有伏岩谷、依险为栅者,其酋何彦忠集其徒二百余止西充之大木槽,彀弓露刃。诏书招谕未下,咸请发兵殄之。道曰:"彼愚人也。以惧罪,欲延命须臾尔,其党岂无诖误邪?"遂微服、单马、数仆,不持尺刃,间关林壑百里许,直趋贼所。初,悉惊畏,持满外向。道神色自若,踞胡床而坐,谕以诏意。或识之曰:"郡守也!常闻其仁,是宁害我者?"即相率投兵,罗拜,号呼请罪。悉给券归农。

这段文字先略述其事,从"贼"的角度写查湛然以"仁义"不战而屈人之兵,再从"史"的视角直面写查湛然,通过语言描写、动作描写、神态描写——"微服、单马、数仆,不持尺刃""神色自若,踞胡床而坐"极为传神地刻画出其沉着果敢的性格特征。事实上,从作品中查湛然人物的塑造来看,明写查湛然,实写王阳明、王艮师徒的事迹,特别是对王阳明平定宸濠之乱军功的推崇,可见其在文学创作时,念念不忘泰州学派传道之业。

与《世说新语》以人物品评为目的,选取人物形象多较飘逸,见生命之率性不同,《庭闻州世说》以思想教化为目的,故多写品行端正、符合礼教的忠孝节义之人,人物的面貌有些单调且有些无趣,如查湛然"平居多茹蔬,或止一食。默坐终日,服玩极于卑俭"。一天只吃一顿,整日默坐。其事迹与世传王阳明"穷竹之理""格物致知"的行为如出一炉。再如笔记中蒋科和陈应芳(号兰台)两人的故事,基本都是突出人物勤学不倦、心无旁骛、读书成癖等,可见王艮、王襞、韩乐吾等泰州学派先贤的影子。

作为泰州后学,宫伟镠在《庭闻州世说》中确定了十分明显的"教化"思想。如在"查湛然"一条中有"竹林拾金"的故事:

> 初,道未第时,夜坐读书,忽窗外光彩非恒,于竹间见麟蹄金。道曰:"天悯我贫而赐我耶?然取之无名。"亟掩之。

这样的事迹,已经突破了传统的小说人物塑造手法,而是处处强调阳明之学"知善知恶是良知,为善去恶是格物"。查湛然、蒋科、陈兰台这些泰州地区先贤的言行举止,真正体现了泰州学派所提倡的"即事是学,即事是道"。

《庭闻州世说》与一般笔记小说的不同之处在于其选取的事例,是从宋代至清初泰州乡贤的言谈事迹,特别是其中明清之际的人物事迹,大多为宫氏父辈或自己直接经历并加以精选的,所以对世人具有十分典型和真实的教育意义。特别是该书并非简单地说教,而是采用《世说新语》的体例,用小说笔法,借助生动形象的故事来说明深刻的道理,使全书具有较强的可读性,便于面向下层人民宣传泰州(王艮)、龙溪(王畿)之学。在《庭闻州世说》中,宫伟镠高度关注俗文学,学习继承李贽文学评点手法,对戏曲《西厢记》《牡丹亭》、小说《水浒传》《金瓶梅》等作深入点评。

值得注意的是,自宫伟镠关注《世说新语》始,《世说新语》成为泰州世家的"家学"之一,寓家训家教于《世说》。如清嘉庆年间泰州世家子弟吴会、储梦熊所作的《吴储合稿》中载有吴会所作《念奴娇·读〈世说新语〉有作》:

> 至须痛饮,把《离骚》熟读,便称名士。历落嵚崎殊可笑,何似雀台之妓。石虎如鸥,羊公有鹤,数百容卿辈。拂衣而去,西山致有爽气。
>
> 为问垒块填胸,书空作字,卿复何为尔?柴棘自来三斗许,强欲预人家事。大也罗罗,小殊了了,故是常奴耳。百端交集,琅琊终为情死。①

康熙十二年(1673年),宫伟镠在兴化陆廷抡、姜堰黄云、海安张麇等人襄助下,参与纂修《泰州志》,写成志稿6卷,名为《微尚录存》,后收入其

---

① 储梦熊:《吴储合稿》,南京图书馆藏清道光三年(1823)刻本。

《春雨草堂全集》，内有列传五十篇。

据夏荃所云，《微尚录存》单行本与全集本文字有异："今《春雨草堂全集》有州志稿六卷，才百页。初名《微尚录存》。其单行本，余曾见之。有序、有例言、有圈点。国朝人物如俞公铎、李公嘉允、张公幼学、董公大用皆有传；外传有淮张刘夫人两传。与《春雨草堂集》中所刊志稿小异。惜其书不全，上诸传皆阙，无从采录。"① 从夏荃的描述，可知宫伟镠十分注重平凡人物事迹的采录、评点与流传，在他的眼中和笔下，始终遵循王艮所强调的"格物"必先"正己"，"本治而末治，正己而物正"，人人如此，以致"人人君子"。众所周知，清初的史籍修撰主要致力于搜辑史料、补苴史事，体例一般为"以年系月，以月系日"的编年史形式，内容主要来自邸报奏疏。因此黄宗羲云："予观当世，不论何人皆好言作史，岂真有三长，足掩前哲？亦不过此因彼袭，攘袂公行，苟足以记名姓，辄不难办。"② 顾炎武云："尝谓今人纂辑之书，正如今人之铸钱。古人采铜于山，今人则买旧钱，名之曰废铜，以充铸而已。"③

在清初的史传文创作中，《微尚录存》可谓独树一帜，既重视传统史志之功能，又采用小说家之笔法，故人物刻画生动传神，颇具教育意义，不仅是史事叙述形式的演进，而且实现了从史事敷演到文学创作的跃迁。

《微尚录存》有《柳逢春（柳敬亭）列传》，说明宫伟镠作为两榜进士，却充分肯定地位低下的戏曲艺人柳敬亭在晚明政治和艺术上的独特贡献，表现了他对柳敬亭等社会底层戏曲艺人的亲近与重视。在《柳逢春列传》中，宫伟镠云："柳逢春，字敬亭……偶闻街市说弹词，遂以说闻。"

康熙三年（1664年），身为江淮地区遗民领袖的宫伟镠，以"愚夫愚妇"为接受对象，与兴化李清合作改编明状元杨慎原著《历代史略十段锦》弹词，最终形成《史略词话》二卷。目的就是要借助通俗的戏曲形式，将"历代兴亡存废之事"披之管弦，传之后世，"以道觉民"④。

据李清所言，宫伟镠、宫梦仁父子在改编过程中发挥了主体作用。

---

① 夏荃：《退庵笔记》卷六，收入韩国钧《海陵丛刻》，泰州图书馆藏。
② 黄宗羲：《谈孺木墓表》，载《黄宗羲全集》第10册，浙江古籍出版社，2012，第269页。
③ 顾炎武：《与人书十》，载《顾亭林诗文集》，中华书局，1983，第93页。
④ 李清、宫伟镠等：《史略词话》，清道光五年（1825年）修补本，泰州图书馆藏。

第五章　清代泰州文学

《史略词话》后附康熙三年（1664年）夏至日李清所撰《史略词话正误序》：

> 予以甲辰早春，忽感重疾，呻吟半载，它书皆不能读，独取杨升庵《史略词话》，为陈方伯惟直校定者，……代余复补数则，且汰繁易俗正舛，几费研筹。而余友宫紫阳，又能出其同心卓见，匡我不逮。是本得此，其为完璧乎？

另该剧所载清邱钟仁《补订杨升庵〈史略词话〉序》云：

> 考杨升庵其人，虽著作繁富，然详于稗史，而忽于正史。故十段锦亟待正误。此书为遣戍投荒后作，感愤填膺，寄兴亡之感，直抵块垒。李映碧、宫伟镠删订此书，寄亡国之思，抒乱离之悲。

《史略词话》作为一部长篇弹词，用"十段锦"曲调传唱，概述从上古到元末二十一朝的兴亡史。李清《史略词话·跋》称这部曲艺作品，虽只是为了供"田父村姑弹唱为娱"，然借俗写雅，俚鄙中见典雅，愈俗处亦愈妙处。所以李清"自念不起，犹日把是本，拳拳不能已"①。

此次删订词话，因李清抱病，李楠任职北京，实际上是宫伟镠和母忧返乡的宫梦仁发挥了主要作用。所以李清云："余友宫紫阳，又能出其同心卓见，匡我不逮。是本得此，其为完璧乎。"（《史略词话正误序》）康熙四十一年（1702年）刻本《史略词话》至清后期时，已逐渐湮灭，故清道光五年（1825年），在泰州夏氏文人夏荃等主持下，重新刊刻了修补本传世，今泰州图书馆藏有该修补本。

作为清初遗民领袖，宫伟镠曾在泰州岳墩下小西湖畔筑春雨草堂，与文人相会咏唱，以著书和家乐自娱。龚鼎孳、余怀、丁耀亢、孔尚任、徐旭旦等海内名人，曾云集春雨草堂，观剧宴游，一方面在泰州地区聚集形成了明末清初江淮地区重要的遗民群，另一方面也推动了当时泰州地区以宫伟镠家族、李清家族、冒辟疆家族、季振宜家族为代表的戏曲艺文世家的形成，并直接影响到了昆曲越江北上后向全国范围的传播。

其《周栎园少司农重来吴陵，集同人宴春雨草堂，与者田雪龛、刘云麓

---

① 李清、宫伟镠等：《史略词话》，清道光五年（1825）修补本，泰州图书馆藏。

两使君,张天任、丁汉公、张词臣、刘肤公、黄仙裳、黄济叔、陆右臣、宗定九、予及昌儿即席次肤公韵》云:

> 闲理松筠闭竹观,欣逢屐齿破苔斑。
> 重来笔墨情难谢,欲去樽罍意未删。
> 画帙纵横迷阁幔,清言蕴籍醉心颜。
> 更怜游从多同调,莫遣征帆指故山。

周亮工、费密、吕潜等清初著名遗民曾避居泰州,借住在宫氏北园和春雨草堂中,与宫伟镠结成其时江淮地区影响最大的遗民文人群体。

今泰州图书馆藏《春雨草堂集》①(注:以下所引宫伟镠诗作均见此集)载宫伟镠《龚芝麓前辈招饮水阁》:

> 旧京芳树自何年,客梦平芜岁序迁。
> 遂有好怀凭蕙叶,时移清影付花笺。
> 千秋抗疏严梼杌,一夜吹箫泣杜鹃。
> 遮莫彩云容易散,迟君同上若耶船。

宫伟镠与同时期曲家的交往,还有《春客长干,王元倬招集陈阶菴寓园,时寇姬白门在座》为证:

> 子夜层楼消梦寒,一春心事向人难。
> 才非救世官多误,客有闲愁吟未安。
> 腰带半同青鸟瘦,泪珠时共美人弹。
> 相逢击筑吹箫士,握手离亭子细看。

该诗一方面记载了他在明亡后,于金陵与龚鼎孳、王元倬、陈阶菴等相聚听曲的情景;另一方面则流露出浓厚的"故国之思"。座中诸人,寇白门为"秦淮八艳"之一,亦是当时著名文人。王元倬为明末清初浙东人。明崇祯九年(1636年)举人。其人见时局动荡,遂隐居养亲,著书自娱,年九十犹存,与顾炎武、屈大均等著名遗民友善。陈阶菴则为金陵遗民领袖之一。

康熙甲寅年(1674年)宫伟镠六十四岁时,作有《春雨草堂观剧》:

---

① 宫伟镠:《春雨草堂集》,清康熙宫梦仁宫氏家族自刻本,泰州图书馆藏。

> 十亩方塘跨两桥，桥边红杏恰相招。
> 篮舆玩世山椒曲，画舫怀人水面骄。
> 列坐流觞忘魏晋，停桡得径问渔樵。
> 右军金谷徒优劣，应有豪吟慰寂寥。

该诗描述了宫伟镠晚年在春雨草堂观演昆曲《鸣凤记》的情形。
宫伟镠曾孙、乾隆时泰州文人宫雍曾作诗《春雨草堂感旧》：

> 寥落云山一坞深，先人卜筑此园林。
> 百年风节投闲地，十里烟波退老心。
> 香草美人空怅望，桃花流水渐消沉。
> 伤心遗迹无人问，一树斜阳噪暮禽。

诗下自注：

> 先人卜筑此园林。园有香草亭，家伶美人之居。①

从宫雍此诗，可知宫伟镠昆曲家乐大概从顺治朝一直延续到康熙末年。结合宫伟镠儿子宫梦仁曾任福建巡抚、宫鸿历为翰林院编修等的身份地位，和清初海陵文化家族显宦退隐后置办家乐自娱的风气和传统，可能该家乐后期实际主持者为宫梦仁或宫鸿历。

兴化郑板桥于康熙五十一年（1712年）春曾应宫氏家族宫鸿历之邀，暂居泰州宫氏春雨草堂。后郑板桥曾在赠诗友、宫氏后人宫国苞词作《贺新郎·有赠》中云：

> 旧作吴陵客，镇日向、小西湖上，临流弄石。雨洗梨花风欲软，已逗蝶蜂消息。却又被、春寒微勒。闻道可人家不远，转画桥、西去萝门碧。时听见，高楼笛。
>
> 缘悭觌面还相失，谁知相、海云深处，殷勤款惜。一夜尊前知己泪，背着短檠偷滴。又互把、罗衫扠湿。相约明年春事早，嚼花心、红蕊相思汁，共染得、肝肠赤。②

---

① 宫雍：《花屿山房集》，清康熙泰州宫氏家刻本，泰州图书馆藏。
② 郑燮：《郑板桥全集》，中国书店，1985，影印清钞本。

从郑板桥之词,也可见此时宫氏春雨草堂,仍"高楼笛"声时起,可见宫氏家乐可能还存在。自宫伟镠关注小说并进行创作、创建昆曲家乐、借戏曲自娱和娱客始,与宫氏家族科举成就一样,宫氏家族的小说戏曲文化氛围传承五代以上,自明末清初一直延续至清中后期,涌现出宫梦仁、宫鸿历、宫婉兰、宫国苞、宫敬轩、宫凤举、宫癯仙等诸多在俗文学领域取得较高成就的宫氏家族成员。

正是因为坚持"心学"与"文学"并举,泰州宫氏家族以宫伟镠等为代表,在科举与俗文学领域均成就显赫,以至位列明清泰州世家之首,累世簪缨,与安徽全椒吴氏并称清中前期江淮地区两大科举世家。

第二节 "明末四公子"之一冒辟疆的诗文创作

冒襄(1611—1693),字辟疆,号巢民,一号朴庵,又号朴巢,明末清初文学家,南直隶扬州府泰州如皋县(今江苏盐城如皋)人。与桐城方以智、宜兴陈贞慧和商丘侯朝宗并称"明末四公子"。

冒襄一生著述颇丰,传世的有《先世前征录》《朴巢诗文集》《岕茶汇抄》《水绘园诗文集》《影梅庵忆语》《寒碧孤吟》和《六十年师友诗文同人集》(简称《同人集》)等。其中《影梅庵忆语》洋洋四千言,回忆了他和董小宛缠绵悱恻的爱情生活,是我国忆语体文字的鼻祖。《朴巢诗选》《朴巢文选》都是冒辟疆请诗人杜濬为其选定并点评,分别收录诗歌220篇、文37篇。

除此而外,冒辟疆的诗文还有冒氏水绘庵先后多次家刻本,可以从《同人集》卷一所收《冒辟疆重订朴巢诗文集序》《冒辟疆朴巢诗序》《水绘庵二集序》等序文窥见一斑。不过传世刻本仅有《巢民诗集》《巢民文集》两种。

从《续修四库全书》影印《巢民诗集》所收刘体仁《悲咤一篇书水绘庵集后》一文以及冒广生《如皋冒氏丛书》所收请傅增湘、罗惇曧分别给《巢民诗集》《巢民文集》所书《冒巢民先生水绘庵诗集》《冒巢民先生水绘庵文集》题签来看,这两种诗文集可能曾名"冒巢民先生水绘庵诗集""冒巢民先生水绘庵文集",或者如《清史稿》所记称作《水绘园诗文集》。《巢民诗集》汇集冒辟疆五七言古诗62首、五七言律诗408首、五七言绝句89首。《巢民文集》汇集冒辟疆所撰赋、序、书、记、引、碑文等各类文章88篇。其内容可与《朴巢诗选》《朴巢文选》相补充。兹不赘论。以上四种诗文集需要说明的是，国家图书馆藏康熙本《朴巢文选》（缩微）较冒广生《如皋冒氏丛书》本多出了《亡妾纪略序》和《亡妾秦淮董氏小宛哀辞》二文。①

冒辟疆单行诗集还有《寒碧孤吟》《香俪园偶存》《泛雪小草》《集美人名诗》，分别收录了冒辟疆早年有极大影响的诗歌69首、54首、8首、20首。除《如皋冒氏丛书》全部收录外，《寒碧孤吟》《集美人名诗》还被《冒氏小品四种》《香艳丛书》等收录。

冒氏抒情类小品文影响最大的当属《影梅庵忆语》，冒辟疆用四千多字详细地记述了他与董小宛从相遇、相识，到相知、相怜、相惜、相忆的曲折过程。冒辟疆的小品文还有《兰言》《岕茶汇抄》《宣炉歌注》等，涉及兰、茶、香、饮食、宣德炉等多个文化范畴和科技领域，历来受到学界的重视。《昭代丛书》《香艳丛书》《冒氏小品四种》《拜鸳楼校刻小品四种》等对这些小品文都有不同程度的关注。《影梅庵忆语》问世三百多年来至民国时期，计有十五个版本。大致形成两个系统：一为康熙三十九年（1700年）的张潮《虞初新志》本系统，一为乾隆三十八年（1773年）的杨复吉《昭代丛书》本系统。

冒辟疆晚年辑《六十年师友诗文同人集》十二卷。卷一至卷四为文，含序文36篇、寿文32篇、记14篇、引6篇、乞言2篇、传3篇、墓志1篇、题辞3篇、书后10篇、题跋46篇、像赞24篇、赋2篇、尺牍238篇；卷五至卷十二为诗词，含古体345首、近体2 327首、诗余66首。收录了明末清初四百五十多名文人的大量诗文。内容丰富翔实，真实记录了明末清初冒襄的交游情况，涉及大量的历史文化名人，反映了在特定历史时期的文人士大夫的人生观、价值观，保留了丰富的明清文学史料，为明清诗文研究提供了第一手资料；对思想史及复社研究有着不可忽视的史料价值；对明清之际的历史研究有着重要的参考价值。

冒辟疆著述经历了清代的文字狱和明清之际复社文人的宦海沉浮、生死聚散，时代政治的印记在文献中的篇幅增减和署名变化上有着突出的反映。

---

① 万久富：《〈冒辟疆全集〉整理说明（节选）》。据南通书画网：http://www.ntshys.com/show.aspx?id=4810。

可见《冒辟疆全集》在版本学、校勘学以及出版史研究上有着一定的价值。

冒辟疆著述的文学价值，早已得到学界的重视。《中国大百科全书·中国文学》收录了"冒襄"条，并附有冒辟疆隐居的水绘园彩图。

冒辟疆幼有俊才，十四岁就刊刻诗集《香俪园偶存》，当时文坛巨擘董其昌《香俪园偶存诗序》把他比作初唐的王勃，期望他"点缀盛明一代诗文之景运"。陈继儒在《〈寒碧孤吟〉序》中称赞《寒碧孤吟》："以舞剑扛鼎之雄，出轻拢缓拨之调，有花间，有草堂，有孔北海、石曼卿之豪爽，有秦七、黄九之风流……神理蟠曲，意绪芊绵……辟疆富有才情而兼英雄之正。"

冒辟疆的散文亦有独到之处：一是体裁丰富，有赋、序、书、记、引、赞、碑文、祭文等，形式多样，创作灵活自由。二是艺术价值较高，特别是其中的具有游记性质的省亲日记，详细记载了作者前往湖南省亲途中的见闻，描写了沿途壮丽的风景，既反映了当时大灾过后的社会现实，又考订了景点的传承掌故，有郦道元《水经注》的路数。

清杜濬《朴巢文选序》：

> 及揽其篇，则清音奔赴，灵想超忽，固已有山水间意。载读其诸记，并省亲日记，则一笔一洞壑，一转一绝境，如月写花，花有余态。如风写香，香有余情。又觉向之山水反为不逮，而辟疆未尝误我游也。嗟乎！世无游人久矣，自柳宗元死，奇响阒然。至近日诸公，本无静心慧眼，但拾世说一二烂熟口角语，不择而施，甚者一味诙谐，鄙秽可呕。而聋俗不学，又从而脍炙之。山水之不辰，至此极矣！今辟疆独一扫魔袄。盖接脉于柳，而元结、郦道元笔舌，时一佐其回旋。其游记之中兴乎！

对于具体作品，杜濬也给予了非常高的评价，如："作者刻画经营，意匠良苦，得意可知。于详尽中具远近浓淡收放之妙。"（评《天竺纪游》）"柳州游记，出之以韵语。"（评《昌田洞》）"山水间诗，自谢康乐后，如此篇亦不减'白云抱幽石，空翠难强名'矣，妙在虚会。"（评《昌田洞其二》）"两作俱奇秀山水诗，数百年妙手。"（评《乌滩》《虎石》）"一篇全以引据题咏为骨，遂觉有'山色有无中'之妙。"（评《祁阳八景记》）"心眼空灵，笔舌如意。其笃挚处，则性情家学具是矣。大约似放翁《入蜀记》而柳州之记先友，

道元之注《水经》,迭现毫端,此近日仅见者也。"(评《南岳省亲日记》)

冒辟疆文献在四百年间主要经历过三次系统的刻印:一是康熙年间的初刻本,二是道光年间的《昭代丛书》本,三是光绪、宣统年间的《如皋冒氏丛书》本。现代有《四库存目丛书》影印本。关于《冒氏丛书》需要注意的是,冒广生作为冒氏后人,在19世纪末、20世纪初对冒氏家族多个文人学者的著作进行了较大规模的编校工作。因其对冒氏家族和冒辟疆情况较为熟悉,加之文献占有方面有相对优势,因而编校条理性较强,搜集比较全面,订正了不少遗留问题,为冒辟疆文献的传承做出了积极贡献。

冒辟疆一生坚持民族气节,著述颇丰,大节已有一代伟人毛泽东定论。1942年1月8日,毛泽东论及冒辟疆:"所谓'明末四公子'中,真正具有民族气节的要算冒辟疆,冒辟疆是比较着重实际的,清兵入关后,他就隐居山林,不事清朝,全节而终。"①

《影梅庵忆语》是一篇散文小品,词句清丽,感情真切,与沈复的《浮生六记》齐名。现存主要版本有《赐砚堂丛书》本、《如皋冒氏丛书》本、清宣统国学扶轮社刊《香艳丛书》本、1915年上海文明书局《说库》石印本、1982年上海书店《美化文学名著丛刊》影印1936年国学整理社本、1991年岳麓书社排印本。

《影梅庵忆语》是冒襄为悼念他死去的爱妾董小宛而写的回忆性散文。在这篇散文里,他用饱含深情的笔翔实地记录了他和董小宛在明末清初易代之际颠沛流离和生离死别的爱情经历。这篇文章因其描写的爱情故事极富传奇性和感染力而流传甚广,不仅是冒襄的极具影响力的一篇散文,也是明清小品文的经典代表作之一。

《影梅庵忆语》才情俱至,字里行间,哀感惋艳,虽琐碎记来,却情真语挚,不难领略到封建礼教下透露出的一缕春光。

附录《清史稿·冒襄传》:

> 冒襄,字辟疆,别号巢民,如皋人。父起宗,明副使。襄十岁能诗,董其昌为作序。崇祯壬午副榜贡生,当授推官,会乱作,遂不出。与桐城方以智、宜兴陈贞慧、商丘侯方域并称"四公子"。襄

---

① 董边、镡德山、曾自编:《毛泽东和他的秘书田家英》,中央文献出版社,1990,第219页。

少年负盛气，才特高，尤能倾动人。尝置酒桃叶渡，会六君子诸孤，一时名士咸集。酒酣，辄发狂悲歌，訾訾怀宁阮大铖，大铖故奄党也。时金陵歌舞诸部，以怀宁为冠，歌词皆出大铖。大铖欲自结诸社人，令歌者来，襄与客且骂且称善，大铖闻之益恨。甲申党狱兴，襄赖救仅免。家故有园池亭馆之胜，归益喜客，招致无虚日，家自此中落，怡然不悔也。

襄既隐居不出，名益盛。督抚以监军荐，御史以人才荐，皆以亲老辞。康熙中，复以山林隐逸及博学鸿词荐，亦不就。著述甚富，行世者，有《先世前徽录》《六十年师友诗文同人集》《朴巢诗文集》《水绘园诗文集》。书法绝妙，喜作擘窠大字，人皆藏弆珍之。康熙三十二年（1693年），卒，年八十有三。私谥潜孝先生。

第三节　吴嘉纪的平民"诗史"

翻开清代泰州文学的历史册页，一个大半生潦倒无依的身影将深深定格在我们的脑海：布衣遗民诗人吴嘉纪坚守清贫，用一支瘦笔和着血泪、愤怒、忧思书写着自己和泰州的"诗史"。

吴嘉纪，字宾贤，号野人，舍名陋轩。泰州东淘（今东台市）人。出身于明万历四十六年（1618年），卒于清康熙二十三年（1684年）。吴嘉纪生于诗书传家的官宦门第，据《（嘉庆）东台县志》载，吴嘉纪三世祖吴谦，"幼读书，有智略，工骑射，元成宗朝以文武全才，举为兵马都辖"。吴嘉纪的祖父吴风仪，字守来，号海居，是一名庠生，曾追随王艮四处游历，后直接受业于王艮次子王襞，晚年在家乡以教书为业。吴守来生五子，其中第五子吴一辅就是吴嘉纪之父。吴嘉纪是吴一辅第五个也是最小的儿子，他从小在书香之家饱受熏陶和良好的家教，"我昔抱疴母在时，千里就医不相离"（《七歌》），稍大些拜祖父的学生刘国柱为师。刘国柱作为一名泰州学派传人，主讲安丰社学十年之久，"博涉经书，自经史子集旁及医卜，无不通晓"，是那时当地的名儒，虽然其生活非常清贫，"门巷青蒿塞""高寒俗所嗤""室寒蝇懒入，瓶罄鼠常稀"（《哭刘业师》），但他安贫乐道，潜心于著书立说，这种生活态度给少年吴嘉纪不小的影响。

吴嘉纪幼年体弱多病,但聪颖好学爱读书,"不读诗书形体陋"(《答里人吴秀芝》)、"弱龄多病嗜诗书,药裹书帙盈篋笥"(《晒书日作》),他是刘国柱数十名学生中的佼佼者。刘国柱非常看重这个学生,"顾我众人中,谓是蓝田玉"。他认为吴嘉纪文章有新意,其"见地迥出人意表","习举子业,操觚立就"。在刘国柱的悉心教导下,吴嘉纪学业日进,他不禁觉得"如航巨壑初得岸",像在茫茫学海中跃登彼岸。

吴嘉纪早年也欲以科举步入仕途,二十岁时他参加州学考试获"州试第一"。他甚至有着安邦定国的壮志:

> 管乐成虚愿,荆高匪我俦。
> 放歌悲失鹿,蹈海看闲鸥。
> 门巷青蒿塞,江河落日流。
> 师亡吾已老,壮志复何求。

从上诗《哭刘业师(其二)》不难看出,吴嘉纪本来是希望成为像管仲、乐毅一样大有作为的人,可这一切都被明朝覆亡的冷酷现实打破了。在明亡、清兵入关南下时的不断战祸中,他耳闻目睹扬州、嘉定等地屠城,以及南明弘光政权的瓦解,深感通过仕途报国为民的壮志已是泡影,遂慨叹"江山非旧各酸辛,浮云富贵让他人""男儿自有成名事,何必区区学举业"[①]。

自二十八岁起,吴嘉纪便偏处海滨,吟诗遣日,终身不仕。"历三十年,绝口不谈仕进。蓬门蒿径,乐以忘饥。"[②] 他住在安丰场吴家桥西的一座茅屋里,墙坏顶破,自称"陋轩",他的诗集也就取名《陋轩诗集》。由于住所四周杂草丛生,路径蓬草遍地,而他把卷苦吟,很少与外人交往,故人们称他为"野人",他也乐以"野人"为号。

吴嘉纪生活在烧盐灶丁和农民之中,除了外出会友和诗朋来访,他的地位和生活状况,与最普通的穷人没有区别,只是他不烧盐、不种地,有时卖文为生,有时课授生徒。他家无余资,加之身患肺疾,在贫病交加中,他得到了朋友经济上的周济:屋破墙倒,有朋友出资帮助修葺;天寒衣单,有人

---

① 袁承业:《王心斋先生弟子师承表》,民国油印本。
② 汪兆璋:《(康熙)重修淮南中十场志》,清康熙十二年(1673)刻本。

寄布寄袍赠履。吴嘉纪三十五岁时遇到凶年，饥荒至"尽室命如缕"时，诗友吴雨臣赠金劝他外出做生意，使其"贩薪白驹场，籴米清江浦"。但他却羞于所得，"腐儒得利归，笑视略不取"。

吴嘉纪的生活是贫困的，但他精神上是不孤独的。

首先，他有志同道合的妻子，他二十一岁时结婚，娶王艮后裔、泰兴名儒王三重之女王睿为妻。王睿知书达理，擅长作诗填词，是吴嘉纪文学上的知音。"闺房有赏识，不叹知音寡。"王睿嫁来之后，没有过一天好日子，不是兵荒马乱，就是大水时至，她没有一丝怨言，反而担心丈夫意志衰减，表示"高义归夫子，饥寒死不怨"，清王朝举办博学宏词科，多次征召吴嘉纪去做官。王睿规劝丈夫婉谢，宁可隐居海隅，穷守陋轩，也不失节。可以说，她是吴嘉纪精神上的支柱，一生和他共贫苦、同患难。

其次，他与同乡遗民结"淘上诗社"，大家共抒怀抱，相互唱酬。吴嘉纪生性耿介，交友极重品格，对那些权贵和富商等，决不攀附阿谀："晓寒送贵客，命我赋离别，髭上生冰霜，歌声不得热。"（《送贵客》）"朝来得与显者遇，宾客笑我言辞拙。男儿各自有须眉，何用低颜取人悦！"（《后七歌》）

吴嘉纪的朋友都是文字上的知音或是精神上的知己。从顺治二年（1645年）至十七年（1660年），十五年间，他与当时名士季来之（号绮里）、王大经（号石袍）、周庄（号蝶园）、沈聘开（字亦季）、王言纶（字鸿宝）、王衷丹（字太丹）、王剑（字水心）、傅瑜（字琢山）、徐发荚（字冀阶）、周京（字存吉）等过从甚密，将伤时忧国之情，寄托于诗文，"两心不觉胶投漆，因诗与我成相知"。这一时期吴嘉纪与众诗友切磋诗艺，谈古论今，扩大了写诗题材，佳作也频频出现。

在此期间，吴嘉纪除了交游外，大部分时间都用在诗歌创作上。友人周亮工在《陋轩诗序》中这样叙述其生活状况："野人每晨起，翻书枯坐，少顷起立徐步，操不律，疾书，已复细吟，或大声诵，诵已复书，或竟日苦思，数含毫不下，又善病咯血，血竭髯枯，体仅仅骨立，终亦不废，如是者终年岁。"[①] 正是"诗穷而后工"，生活愈苦，其诗艺却愈臻妙境。

清顺治十六年（1659年）九月十日，吴嘉纪结识了素慕其名的汪楫，汪

---

① 周亮工：《赖古堂集》卷十四，康熙十四年（1675）周在浚刻本。

楫对吴嘉纪的诗极为赏识,吴嘉纪也在汪楫手里看到了周亮工(号栎园)的诗作,极其称赞。后来,周栎园平反出狱,经过扬州,在汪楫手里看到了吴嘉纪的诗,"如入冰雪窖中,使人冷畏""见野人诗,推为近代第一"①。汪楫说起吴嘉纪有病,周亮工很着急,急于见到其人,就叫汪楫写信问吴嘉纪能否到扬州来相会,且附寄他给野人的赠诗:

> 无意间从汪舟次,把君诗卷泪交承。
> 同调于今宁几见?斯人当世未有称。

汪楫说,"野人性固严冷不易合,然见先生诗,或当忻然来"。由于神交已久,吴嘉纪撑着病体来到扬州与周亮工见面。后来,周亮工又将吴嘉纪的诗向时任扬州推官的王士禛推荐。王士禛对吴嘉纪的诗"读且叹,遂泚笔为序"。第二天,派人急驰二百里,把序文送给吴嘉纪。吴嘉纪也十分感动,来到扬州拜谒王士禛。由于周亮工和王士禛等名流之扬誉,"野人之名,不胫而走,名驰大江南北"。"久之,声闻籍甚,海内巨公名流,咸乐与订交","由是东南名士先后造访,邮筒无虚日,争识其人以为快"②。吴嘉纪虽是布衣,也被人推荐奏入国史馆《文苑列传》,成了名符其实的大名士。

吴嘉纪诗名大振以后,经常来往于扬州,但他应召拜会周、王,除论诗外别无言语,也不留恋官府里繁华的生活,住不几天就回归东淘老家,始终保持着一个乡村诗人的本色。由于有了一定的声望,他对穷苦百姓生活的关心,就不再仅仅限于呐喊。乡亲们交不上税粮被官吏掳掠拷打,甚至下狱问罪,这时吴嘉纪就靠其声望设法营救,使他们免遭不测。"捕场税为州吏所掳掠,处士匍匐营救,州吏闻其名即省释"。

当然,尽管他的诗朋好友中有清朝官员如泰州汪蒂斯、张蔚生、周亮工、王士禛等,也有鱼盐商人如郝羽吉等,但吴嘉纪与之交游甚至结成莫逆,都非因他们是官员权贵,而是以诗为媒——"结交只许素心友",才引为知己知音的。在清朝统一全国,社会渐趋安定,民族矛盾缓和,多数士人渐渐愿意做清朝的官的情况下,一介穷儒吴嘉纪洁身自好,穷终诗书,也就相当难能可贵了。

---

① 汪楫:《陋轩诗序》,载吴嘉纪《吴嘉纪诗笺校》,杨积庆校,上海古籍出版社,1980,第1页。
② 袁承业:《王心斋先生弟子师承表》,民国油印本。

清康熙二十三年（1684年），也就是王睿去世后的第二年，吴嘉纪谢世，后事由其生平有管鲍之谊的程岫、汪楫料理，安葬于梁垛开家舍。其生平所作诗歌收入《陋轩诗集》，共1 091首。

当时的文坛名流吴麟、汪楫、孙枝蔚、王苹、红兰主人等对他的诗作及人品给予了很高的评价。

兴化陆廷抡评价：

> 读《陋轩集》，则淮海之夫妇男女，辛苦垫隘，疲于奔命，不遑启处之状，虽百世而下，了然在目，甚矣！吴子之以诗为史也，虽少陵（杜甫）赋《兵车》，次山（元结）咏《舂陵》，何以过？

林昌彝在《海天琴思录》中说："近代国初诸老诗，吴野人，天籁也。"① 邓之诚《桑园读书记》中说："读野人诗，如沁寒泉，如沃冰雪，如饮甘露，如触幽香。"②

的确，吴嘉纪一生坚持不仕清朝，甘于贫苦，坚贞的气节让人肃然起敬；他冷眼热肠，以诗写心，与百姓同悲同恨，其诗虽冷亦热；他交友交心，重情重义，自能赢得生前身后名。正如严迪昌所言，作为一个社会群体，遗民文化中最具特色、最有成就者当为诗歌，尤其是明末清初遗民诗，不仅是清诗的主流，而且在中国古代诗史上占有相当重要的位置。③ 同样，作为泰州遗民诗人群中存诗量最大、诗作也最具特色者，吴嘉纪和明末清初泰州遗民诗人群在清初诗坛和泰州地域文化史上的地位不容忽视。这一独特的遗民文学团体，值得清代诗歌史和泰州地域文化史研究者深入探讨。

沈德潜《清诗别裁集》评价吴嘉纪诗歌："陋轩诗以性情胜，不须典实，而胸无渣滓，故语语真朴，而越见空灵。"④ 汪楫《陋轩诗序》也说："野人性严冷，穷饿自甘，不与得意人往还。所为诗古瘦苍峻，如其性情。"⑤

吴嘉纪"野人体"诗歌最本质的特征实际上就是直抒性情，打破约束，

---

① 林昌彝：《林昌彝诗文集》，王镇远、林虞生校点，上海世纪出版股份有限公司，2012，第338页。
② 邓之诚：《桑园读书记》，辽宁教育出版社，1998，第42页。
③ 严迪昌：《清诗史》，浙江古籍出版社，2002，第155页。
④ 汪涌豪、骆玉明主编：《中国诗学》第2卷，东方出版中心，2008，第267页。
⑤ 刘廷乾：《江苏明代作家文集述考》，南京大学出版社，2014，第363页。

率性而为真诗。这种风格不是凭空产生的,既受到泰州学派"百姓日用即道""率性而行,纯任自然,便谓之道"思想的影响,也有同时期泰州遗民诗人群的影响,还有其生活环境的影响,等等。

孙枝蔚在为吴嘉纪《陋轩诗集》作序时已看出了王艮理学与吴嘉纪诗作之间的关系,并说:"心斋能为严苦峭厉之行,而宾贤忧深思远,所为诗,多不自知其哀且怨者。"更为重要的是,泰州学派传人李贽提出了"童心说",此说直接影响到晚明"性灵说"的产生。"性灵说"强调真实表现个性化的思想感情,反对条条框框的约束以及"粉饰蹈袭",注重有感而发、直写胸臆。清初泰州文人颇受此文学观念影响,吴嘉纪也不例外。

清初扬泰地区屡遭兵祸,泰州文人遗民情结较深,袁承业《拟刻东淘十一子姓氏》曾列泰州遗民季来之、吴嘉纪、王大经、周庄、沈聃开、王言纶、王衷丹、王剑、傅瑜、徐发荚、周京十一人,且言:"右诸子皆为明儒,萃生于万历年间,同处东淘左右。国变后,隐居不仕,沉冥孤高,与沙鸥海鸟相出入。结社于淘上,有所怀抱,寄托诗文。"

泰州遗民诗人中的另一杰出代表冒襄,一生坚拒清廷征召,隐居水绘园,过着清贫而自由的生活,其诗早年尊崇"公安""竟陵"之说,真实反映当时的社会生活,抒发自己的情感体验。他家经常出入着大批遗民,并养护着不少遗民故旧的子弟。著名遗民陈维崧、王弘撰、杜濬、邵潜、黄云、纪映钟、余怀、孙枝蔚、宗元鼎等经常啸傲其间,频繁唱和,听曲遣怀。高世泰《奉贺冒辟疆五十寿序》云:"巢民之友,皆尚志之友。居友以园林,则避世之桃花源;娱友以丝竹,则嬉笑怒骂之文章也。"①

此外,当时泰州还有宫伟镠、王剑、邓汉仪、许承钦、吕潜、戴胜征、费密、陆廷抡、宗元豫等知名遗民文人。随着活动范围的拓展,江都、扬州的遗民也与泰州遗民文人保持密切联系,如杜濬、方文、孙枝蔚、屈大均、林古度、龚贤、黄周星、纪映钟、余怀等人,都与泰州遗民文人有过接触。正是在这种交往、交流的过程中,泰州遗民的文化个性亦逐渐形成。他们多隐居家园,以诗书自娱,在创作中将目光投向现实,关注现实人生,或感叹

---

① 赵逵夫、郭国昌:《西北师范大学文史学者论文选萃·中国语言文学卷》,甘肃人民出版社,2012,第896页。

乱离，或追念故园，均情真意切。吴嘉纪与这些遗民文人多有联系，他们之间互相酬唱，用真性情吟诗作文，吴嘉纪"野人体"诗风的形成与这些诗朋文友的影响也是分不开的。

在清朝的诗坛上，吴嘉纪以直朴、率真的风格自成一家，产生过深广的影响，有着崇高的地位。当时，孔尚任《题居易堂集屈翁山诗集序后》曾认为清初诗坛只有王渔洋、屈翁山、吴野人可以"主盟一代"，周亮工甚至推野人诗为"近代第一"。他的诗对清代泰州另一位诗人郑板桥也产生了潜移默化的影响。郑板桥曾评价说"《陋轩诗》最善说穷苦"，而板桥的诗也正是以写民生疾苦、坚贞气节见长的。

第四节 龚鼎孳、周亮工、费密、丁耀亢、邓汉仪等人旅泰诗文

泰州地处苏中门户，是承南启北的水陆要津，自古有"水陆要津、咽喉据郡"之称。清初，扬州作为南北文人荟萃之地，隶属扬州府的泰州自然也是文人聚合之所。当时泰州地区以宫伟镠家族、李清家族、冒辟疆家族、季振宜家族等为代表的艺文世家已初具规模，特别是遗民领袖宫伟镠曾在泰州岳墩下小西湖畔构筑春雨草堂，龚鼎孳、周亮工、费密、丁耀亢、邓汉仪等海内文化名人，曾云集于此，观剧宴游，相会咏唱，形成一道独特的文化景观，影响着泰州文学的发展创作。

一、龚鼎孳在泰州的文学活动

龚鼎孳（1616—1673），字孝升，号芝麓，合肥人。明崇祯甲戌（1634年）进士，官给事中。降清后，历官左都御史，兵部、礼部尚书等职，谥端毅。乾隆朝被列入《贰臣传》。著有《定山堂诗集》四十三卷、《定山堂诗余》四卷等，后人另辑有《龚端毅公奏疏》《龚端毅公手札》《龚端毅公集》等。入清后，龚鼎孳在政治上屡有争议，仕途沉浮；但其惜才爱士，倾力襄助困厄贫寒名士，"穷交则倾囊橐以恤之，知己则出气力以授之"[①]；且富有才气，

[①] 吴梅村：《龚芝麓诗序》，载《吴梅村全集》，上海古籍出版社，1990，第665页。

洽闻博学，诗文并工，与钱谦益、吴伟业并称"江左三大家"。

顺治三年（1646年）秋冬之际，龚鼎孳因在朝廷上受到冯铨等北党排挤，借回乡丁父忧之机南归。其在回乡途中，作《广陵感怀八首》，隐晦表达自己对南明旧事的看法。如其五《客述四镇时事》：

> 江淮乘障本雄风，误国金钱实首戎。
> 似有迷楼呼殿角，不闻绣岭署行宫。
> 绮罗人尽骄三月，草木兵谁阻八公。
> 寂寞雷塘犹有墓，遥怜马角夕阳中。①

顺治四年（1647年）初，丧葬事毕，龚鼎孳携其夫人顾横波离开家乡，在吴越一带漫游，先后寓居苏州、南京、杭州、海陵、扬州等地，与地方遗民缙绅诗酒唱和。

顺治四年初夏，龚鼎孳应知府刘孔中邀，有泰州之行。刘孔中（1610—1673），字药生，乃东林党人刘鸿训子，明崇祯庚午（1630年）副榜。顺治初避兵江南，豫王多铎闻其贤，奏授内院中书，顺治二年（1645年）至四年间知政泰州。刘孔中就职泰州期间颇重文事，与当地文士邓汉仪等倡诗社，并刻《吴陵国风》八卷。

夏荃《退庵笔记》论及此诗集的意义时说：

> 《吴陵国风》八卷，顺治四年为牧刘公药生选刻。公名孔中，济南长山人，崇祯相刘鸿训之子。公顺治二年任，本朝州有牧自公始，为有诗选亦自公始。《州志名宦》称其："公创吴陵社课士，刻有《吴陵诗选》是也。"（按当作《吴陵国风》）卷首有唐祖命允甲、邓孝威及公自序。所选诗十八人，宫鹫邻继兰、沈林公复曾、潘晓春乾驹、刘愚公懋贤、宫紫元伟镠、童蝉孙希舜、王骢马孙骢、张词臣幼学、吴七超家驹、杜吕公维甫、王子隅砺品、丁汉公日乾、邓孝威汉仪、方白英苞、陆元升舜、刘仅三懋赟、黄仙裳云、宗定九元鼎诸公也。……余独怪，当国初兵燹之余，邑人士疮痍未复，公奉命来吾泰，驱除绥辑，手口卒瘏，所谓戴星出入于菱舍，睥睨间

---

① 龚鼎孳：《龚鼎孳全集》，人民文学出版社，2014，第604-605页。

者,几刻无宁晷矣。顾能出其余力,搜罗群彦,丕振风骚。海滨敦盘,赖公左提右挈,遂开吴陵一代风雅之先声,此岂武健严酷、风尘俗吏之所能乎?余读此选,益叹公之不可及也。①

龚鼎孳前往泰州,当是刘孔中主持印刻《吴陵国风》之时。《定山堂诗集》中还存有不少与张词臣等泰州士人的酬唱诗文。

《定山堂古文小品》卷上有《吴陵秋社诗序》曰:

> 藕花未绽时也,来吴陵,比回舟,千山秋老矣!中间酒茗清欢,风华扇动,韵主人之力为多。于是间夕辄觞,觞辄有作,阄题刻字,如赴主司。夕漏既终,星催人散,灯火青黯,虫言悄然,牙笺一枝两枝,横斜枕畔,与钿粟花须上下。未停午,则门前剥啄,短笺长幅,似落红坠絮,滚滚来矣。梦中惊跳,索句如逋,好好佳佳,响随吒发。披衣急写,酒痕在袖,出而互质,又大似龙标、常侍辈登楼斗艳,问甲乙于团扇烟鬟也。而后乃今,告成事于药生使君;刘尹当前,人人清举。盖自江左寥落后,即未有标奇领逸,情文互深如吾社诸子者。二顷秫,一把茆,吾老是乡不去矣。彼成都草堂何人哉,而仆仆若此?②

龚鼎孳在序中详述其泰州之行,即受刘孔中之邀,从当年初夏至暮秋。旅泰期间,龚氏受到当地士绅推崇,放情诗酒,唱和酬答,并感慨在易代之际,江左风雅寥落后,泰州地方文风之盛,"自江左寥落后,即未有标奇领逸,情文互深如吾社诸子者",甚至有归隐于此之心,"二顷秫,一把茆,吾老是乡不去矣"。

旅泰期间,龚鼎孳与泰州士绅诗文酬答,相处甚欢,暂时消解了其降清后的政治伦理压力和党争失势所带来的抑郁情感,"吾薄游海陵,采掇渊藻。药生使君,赠书盈几,厥有风人之篇。欣荷揽持,矜情相接,中间连玑编贝,名彦如林"③。其在《定山堂诗集》卷五有五言律诗《刘药生使君招同邓孝威徐钦我诸子宴集陈园各拈三韵》《水月庵和壁间韵二首》,卷十八有七言律诗

---

① 夏荃:《退庵笔记》,收入韩国钧辑《海陵丛刻》第1册,广陵书社,2019,第202-204页。
② 龚鼎孳:《龚鼎孳全集》,人民文学出版社,2014,第1602页。
③ 龚鼎孳:《邓孝威官梅集序》,载《龚鼎孳全集》,人民文学出版,2014,第1599页。

《赋谢刘药生使君二首》《刘仅三同愚公招游水月庵复饮柏庵草堂二首》《又和愚公见赠》《秋夜社集柏庵草堂》《橘庵限韵为张词臣赋》《和答吴陵诸同社赠别四首》等。如《和答吴陵诸同社赠别四首》（其一）：

> 早鸿过尽赋离觞，岸草无言老夕阳。
> 坐满月痕人近远，行逢酒债事寻常。
> 柳丝牵梦风前蝶，苇影横灯渡口航。
> 长跪素书开玉案，新愁略报两三行。①

二、周亮工在泰州的文学活动

周亮工（1612—1672），字元亮，号减斋，自号栎园，学者称其栎下先生，明崇祯十三年（1640年）进士，知山东潍县，有政声。清顺治二年（1645年）降清，以原官招抚两淮，旋改盐法道，迁海防兵备参政。在扬州设"义冢"，收死难尸体，又为民赎被俘子女，扬人为之立生祠表达感激之情。顺治四年（1647年）擢福建按察使。顺治六年（1649年）过扬州，与汪楫相识定交。周亮工与泰州的交集，有两件事值得后世称道：一是大力提携泰州诗人吴嘉纪，二是到访泰州并与众文士唱和。

顺治十八年（1661年）八月，周亮工陷大狱后得释，是年冬季过访扬州，重晤汪楫（字舟次），得读吴嘉纪（字宾贤，号野人）的《陋轩诗》，极为推重，并引为同调，如《东淘吴宾贤贫病工诗，汪舟次手录其近作相示，颇有同调之感。舟次且为予言：宾贤近札有"夕阳残照于时宁几"之语，栎下生痛宾贤或真死不及见矣。为赋一诗急令舟次寄示宾贤》：

> 无意间从汪舟次，把君诗卷泪交承。
> 同调于今宁几见？斯人当世未有称。
> 老病行藏一径菊，乱离儿女满床冰。
> 颇恐传闻真即死，新诗呼朋细细誊。②

周亮工称许吴嘉纪的诗歌魅力，读吴诗则"泪交承"，关心吴嘉纪贫病交加的糟糕生活；他为吴嘉纪诗歌作序，相信其诗必为世人所知，并促成其诗

---

① 龚鼎孳：《龚鼎孳全集》，人民文学出版社，2014，第634页。
② 周亮工：《赖古堂集》，收入《清代诗文集汇编》第39册，上海古籍出版社，2011，第114页。

文的出版（康熙元年刻于赖古堂），贻所刻吴嘉纪《陋轩诗》与王士禛：

> 因出手录《陋轩诗》一帙示予，予读之心怦怦动；已又见其寄舟次札子，有"夕阳残照于时宁几"之语，则不禁凄心欲绝，谓宾贤尝恐不及见予，予幸返。今乃有不及见宾贤之感矣。……宾贤是集行世会，有知者。①

康熙十六年秋，周亮工出游吴、越间，游览泰州，造访宫伟镠春雨草堂，有《过宫紫玄春雨草堂》：

> 髯公小筑古银湾，槛外时看鸥鹭还。
> 半亩惟欣春雨足，百年独爱草堂闲。
> 空余几隐称南郭，未有文移自北山。
> 一过岭头十六载，闻君岁岁户常关。②

诗中对宫伟镠闲适自得的隐逸生活极为赞赏，隐约透露出对出仕清廷的复杂情感。游泰期间，还与田作泽、张天任、宗元鼎、黄经、宫伟镠等宴集春雨草堂，赋诗唱和，如《田雪龛张天任宫紫玄张词臣刘肤公黄仙裳陆右臣宗定九黄济叔宫武承集春雨草堂次肤公韵》：

> 几逐黄云出玉关，谁教鬓发不成斑。
> 仰看大月杯难尽，重到名园致未删。
> 雨过且停触暑棹，人归争认斗霜颜。
> 穷鳞颇识置罗密，梦得金钱欲买山。③

周亮工仕清后曾两次深陷大狱，险些丧命，因为对宦海凶险体验太深，故愈发觉遗民诗人置身草野中"诗道乱离真"的可贵可亲。处境虽异，感觉却相通，于是发出"同调"之叹，这叹喟中含有钦羡的难以企及的、自身已无法解脱的微妙情思。④ 的确，这是清初仕清汉族文人内心深处最隐密的情感，这种悲凉或许只有在与故旧的杯酒唱和中才能得以舒缓，"梦得金钱欲买

---

① 周亮工：《赖古堂集》，收入《清代诗文集汇编》第39册，上海古籍出版社，2011，第141页。
② 周亮工：《赖古堂集》，收入《清代诗文集汇编》第39册，上海古籍出版社，2011，第115页。
③ 周亮工：《赖古堂集》，收入《清代诗文集汇编》第39册，上海古籍出版社，2011，第115页。
④ 严迪昌：《清诗史》，浙江古籍出版社，2002，第151页。

山"也绝非一时的客套应酬。

三、费密在泰州的文学活动

费密（1623—1699），字此度，号燕峰，四川新繁人，明末清初著名学者、诗人、思想家。明亡后，他奉父费经虞流寓泰州、扬州，与当地文士交往密切。其子费锡琮、费锡璜，均为著名诗人。费密守志穷理，讲学著述，在文学、史学、经学、医学、教育和书法等方面都有很高的造诣。《清史稿》称其："工诗、古文，俯仰取给于授徒、卖文，人咸重其品，悲其遇。州守为之除徭役，杜门三十年，著书甚多。"①

明亡后费密奉父流寓泰州，其间因其诗文名盛，与泰州地方文人名士交往频繁。夏荃《退庵笔记》载："先生（费密）来吾泰最久，自顺治十六年至康熙三十九年，或一至或再至。王新城《感旧集》称先生流寓泰州，而州志乔寓反失载，亦一阙也。"② 在泰州期间，费密或受聘坐馆授书，或为人作书，或祝寿或吊唁，先后与宫伟镠、陈忠靖、黄仙裳、邓汉仪、俞锦泉、俞楷、缪肇甲、缪沅、沈嘉植等泰州文化名流交往频繁。如"康熙七年戊申七月，州人陈雁群编修具书迎先生，遂至其家，赋《澜猗堂诗》，编修赠《证治准绳全书》。（案，先生于顺治癸巳从彭县刘苏寰学医，遂究心于《内经》《伤寒论》《金匮》诸书。）与邓孝威、黄仙裳论诗。蔡公韩（孕琦）、公梅（孕环）兄弟皆从先生游。时塘头于及五（王臣）遣人来迎，八月还扬州，奉父母至戈家庄居焉（去塘头一里）。十一月至泰之海安镇，作文吊陆愚谷，十二月还戈庄"③。

费密诗歌创作秉承中正平和的儒家诗教观念，其子费锡璜在《中文先生家传》中回忆说："（费密）教诸门人及不肖诗文法最精严，不轻许可，故凡得闻考余风，诗文有法度。""为诗则以深厚为本，以和缓为调，以善寄托为妙，常戒雕巧快新之语，故浅于诗者即不能知考之诗矣。"④ 借与友人论诗，强调诗歌要有气有格，反对轻俚浮艳之辞："自沈、宋定近体诗，声韵铿锵，文采绚烂，有气有格，亦古亦今，固诗中之杰作，可以垂法后世者也。"⑤ "不

---

① 赵尔巽等：《清史稿·遗逸二》，中华书局，1977，第 13857 页。
② 夏荃：《退庵笔记》，收入韩国钧《海陵丛刻》第 1 册，广陵书社，2019，第 158 页。
③ 夏荃：《退庵笔记》，收入韩国钧《海陵丛刻》第 1 册，广陵书社，2019，第 159 页。
④ 费锡璜：《贯道堂文集》卷二，清康熙刊本，北京图书馆藏。
⑤ 费冕：《费燕峰先生年谱》卷四，民国十四年孙树馨钞本。

为矫异,不为苟同,广而不滥,博而有要,剿绝浮辞,引归大道,议人从恕,遇事持平。"① 因此,费密入清后的诗歌,无论是题咏赠答,还是田园村居,多持平淡泊之气。如《平居》:

故国不可到,春风吹闭门。

云移峰顶寺,花落雨中邨。

事简人过少,山深褐自尊。

无书传弟子,耕凿任乾坤。②

故国无法恢复,生活在异族统治下之他乡,历经漂泊后的费密,其恬淡怡然之情,安贫乐道之态,跃然纸上。费密晚年诗歌中传递的宁静悠远之情,与迁居泰州后潜心问道,志于古学是一脉相承的,也是其实学精神的诗歌表达。诚如胡适所言:"费氏父子一面提倡实事实功,开颜李学派的先声;一面尊崇汉儒,提倡古注疏的研究,开清朝二百余年'汉学'的风气,他们真不愧为时代精神的先驱者。"③

四、丁耀亢在泰州的文学活动

丁耀亢(1599—1669),字西生,号野鹤,晚号木鸡道人,山东诸城人,明末清初文学家。顺治五年(1648年)以拔贡入国子监;顺治六年(1649年)至九年(1652年)任旗塾教习;顺治十一年(1654年)至十五年(1658年)任容城县教谕;顺治十六年(1659年)授福建惠安县令,后自劾而归。著有《陆舫诗草》《逍遥游》等诗十二卷,现存《化人游词曲》《西湖扇》《赤松游》《表忠记》等四部传奇,另有小说《续金瓶梅》,杂著《天史》《家政须知》《出劫纪略》等,其创作涵盖诗词、戏曲、小说、史论等。其《逍遥游·吴陵游》真实记录了顺治四年(1647年)仲夏与泰州士人交游唱和的情形。

顺治四年(1647年)仲夏,丁耀亢因仇家所迫,遂泛舟淮海,准备举家南迁。途径扬州,目睹屠城后扬州城尚未恢复元气,"都会东南争利地,物情穷处转凄然";但是仍歌舞升平,吴侬软语中夹杂满洲之音,"楚馆门排邗市

---

① 唐鸿学:《费氏遗书三种》,收入《怡兰堂丛书》,民国九年刊本,泰州图书馆藏。
② 王士禛:《渔洋山人怀旧集》卷七,上海古籍出版社,2014,第511页。
③ 胡适:《费经虞与费密——清学的两个先驱者》,载《胡适文存二集》,上海书店出版社,1989,第117页。

粉，吴侬歌学满洲声"①。在泰州访其故旧知府刘峄龍（即刘孔中别号），"闻故人刘君吏隐海陵，……刘君旷怀高义，不忘豕鹿，命酒论文，分鱼授馆，岂严中丞之畜杜陵、刘荆州之客王粲乎？且地多风雅，英藻如林"②；其《自述年谱以代挽歌》中说"丁亥南游，至于吴陵，淮扬风雅，声气日增。刘张邓陆，龚君孝升，文酒嘉会，歌筑夜哄"③。在泰州期间，与旅泰的龚鼎孳、邓汉仪，泰州本地的文士李小有、张词臣、丁日乾等诗酒嘉会，谈文论曲。与龚鼎孳交情最契，有《集龚孝升奉常寓园席上别唐祖命秘书并髯孙次张词臣韵》《龚孝升先生招饮寓园出读为王子房题恤疏草再次前韵志感》《孝升先生携家遍历吴越名胜诗纪壮游》《求孝升先生〈逍遥游〉序》等；康熙五年（1666年），丁耀亢因《续金瓶梅》中有碍时讳语，为仇家所陷，被逮入狱，至京师诉讼。龚鼎孳时任刑部尚书，为之周旋回护，后获释。丁耀亢心怀感激，"不有与公在，谁言天可回！"④ 与李小有（字长科）唱和颇多，如《读小有先生拟陶〈饥驱〉诗赋赠》《李小有先生惠〈漆园草〉序赋谢》；与张词臣（字幼量）立秋日在张词臣桔庵中共阅新谱成的《青楼曲》⑤；与当时正在选辑《诗观》的邓汉仪相聚，共同订校杜诗，并以杜诗风旨为宗欲破时调，以期倡导新的时代风调，如《约邓孝威共订杜诗名以清归破时调也因次元韵》（其二）：

    谈诗久已谢时能，新调空传说竟陵。
    春蟪有声吹细响，干萤无火续寒灯。
    乱鸣郊岛终难似，厚格杨卢岂合惩。
    千古高深岂五岳，君看何处不崚嶒？⑥

丁耀亢本是激昂慷慨之人，其在泰州期间之诗文唱和，既丰富了当时的文学创作，也为其后来创作《化人游词曲》积累了丰富的题材，开阔了视野，

---

① 丁耀亢：《乱后再过扬州》，载《逍遥游·吴陵游》，收入《丁耀亢全集》上，中州古籍出版社，1999，第691页。
② 丁耀亢：《逍遥游·吴陵游》，收入《丁耀亢全集》上，中州古籍出版社，1999，第691页。
③ 丁耀亢：《自述年谱以代挽歌》，载《归山草》，收入《丁耀亢全集》上，中州古籍出版社，1999，第425页。
④ 丁耀亢：《怀芝麓龚大司寇二首》，载《归山草》，收入《丁耀亢全集》上，中州古籍出版社，1999，第460页。
⑤ 丁耀亢：《逍遥游·吴陵游》，收入《丁耀亢全集》上，中州古籍出版社，1999，第700页。
⑥ 丁耀亢：《逍遥游·吴陵游》，收入《丁耀亢全集》上，中州古籍出版社，1999，第699-700页。

故龚鼎孳在评定《〈化人游〉歌寄李小有先生，先生困于游，寓言〈饥驱〉〈明月〉诸篇，因作〈化游〉以广之》一诗说"千古竟以此为传奇粉本，可称快哉！"①

五、邓汉仪在泰州的文学活动

邓汉仪（1617—1689），字孝威，号旧山，别号旧山梅农、钵叟。明末吴县诸生。少时颖悟，博洽通敏，尤工于诗。顺治元年（1644年）为避身远祸，举家迁居泰州，绝意仕进。康熙十八年（1679年），召试博学宏儒，以年老授中书舍人。著有《淮阴集》《官梅集》《过岭集》《青帘词》等，编撰《诗观》四集（现存三集）。《诗观》一名《天下名家诗观》，又名《十五国名家诗观》，全书共三集，包括初集十二卷、二集十四卷（闺秀别集一卷）、三集十三卷（闺秀别集一卷），分别序刻于清康熙十一年（1672年）、十七年（1678年）、二十八年（1689年），共评1 817人的13 110题，近15 000首诗。《清史稿·文苑一》言其："游迹所至，辄以名集，逐年编纪，凡七集。诗家咸推重之。"②《诗观》在当时影响巨大，遗民诗人李邺嗣在《答邓孝威先生书》中称："闻先生方卧选楼，遥接其坛墠。《诗观》一出，风动海内。"③

邓汉仪在明末与钱谦益、吴伟业、龚鼎孳等诗坛巨擘时相过从，迁居泰州后，以吟咏选诗为要务。徐世昌在《晚晴簃诗汇·诗话》说："孝威早负诗名。与吴梅村、龚芝麓游，当时名流，多申缟纻。所辑《诗观》四集，搜罗最富。其中遗集罕传者，颇赖得以梗概。"④泰州处江淮之间，民风淳厚，逸隐风雅之士吟咏不辍，比较著名的有吴嘉纪、黄云、宫伟镠、陆舜、张幼学、费密等，形成一个蔚为壮观的诗人群体。邓汉仪觞咏其间，很快成为当地诗坛领袖。康熙《扬州府志》载："汉仪淹洽通敏，贯穿经史百家之言，尤工诗学，为骚雅领袖。太仓吴梅村、合肥龚芝麓皆与倡和。尝品次近代名人之诗，为《诗观》，别裁伪体，力追雅音。海内言诗之家咸宗之。"⑤邓汉仪不仅与泰

---

① 龚鼎孳：《〈化人游〉歌寄李小有先生，先生困于游，寓言〈饥驱〉〈明月〉诸篇，因作〈化游〉以广之》评语，收入《丁耀亢全集》上，中州古籍出版社，1999，第702页。
② 赵尔巽等：《清史稿》，中华书局，1977，第13329页。
③ 李嗣邺：《杲堂文续钞》，清康熙十七年刻本。
④ 徐世昌：《晚晴簃诗话》，华东师范大学出版社，2009，第284页。
⑤ 金镇等：《扬州府志》，清康熙十四年刻本。

州诗人群体交游唱和，还与旅居扬州或泰州的诗人往来密切，如龚鼎孳、周亮工、杜濬、余怀、陈维崧、孙枝蔚、丁耀亢、王士禛、王士禄、尤侗、孔尚任等。如康熙二十六年三月九日，邓汉仪、黄仙裳等泰州籍诗人与孔尚任会于海陵宫氏北园之行署。孔尚任以诗文记录其欢会景象："高筵樱笋借郇庖，四面晴光接远郊。""客中老泪逢丝竹，座上遗贤到许巢。"①

邓汉仪的诗歌具有强烈的遗民意识，如《题息夫人庙》：

楚宫慵扫眉黛新，只自无言对暮春。
千古艰难惟一死，伤心岂独息夫人！

诗中借息夫人故事，前两句描述其故国故君之思，失身失节之痛；后两句委婉道出人们在面临生死抉择时的矛盾心理，也许是清初贰臣文人隐晦的内心和抗清无望遗民的曲折表达。人生实难，人生实在复杂，本诗揭示了这种复杂性，否定了易代之际臣子一死了之的简单方式。②邓汉仪的遗民情怀和以诗纪史的创作思想，引起了同代人的强烈共鸣。钱谦益《题燕市酒人篇》评其诗："孝威以席帽书生，负河山陵谷之感。金甲御沟，铜驼故里。与裕之、长源，共唏嘘涕泣于五百年内，盈于志，荡于情，若声气之入于铜角，无往而不生也。"③这种遗民情结表现在其《诗观》选诗上则以关注当下，观照现实为指向："观民风""备咨诹""佐记载"，"追国雅而绍诗史"，即以诗补史；同时邓氏借选诗"纪时变之极而臻一代之伟观"④。邓氏的诗歌思想得到同时代诗人呼应，吴嘉纪在《寄邓孝威》中称许："大雅久荒芜，斯人起林薄。操持正始音，一唱谐众作。"⑤

---

① 孔尚任：《暮春，张筵署园北楼上，大会诗人汉阳许漱石、泰州邓孝威、黄仙裳、交三、上木、朱鲁瞻、徐夔摅，山阴徐小韩，遂宁柳长在，钱塘徐浴咸，吴江徐丙实，江都闵义行，如皋冒青若，彭县杨东子，休宁查秋山，海门成陟三、家樵岚，琴士兴化陆太丘，画士武进李左民，泰州姜玉尺，琵琶客通州刘公寅。时闵义行代余治具，各即席分赋》，载孔尚任：《湖海集》，古典文学出版社，1957，第24页。
② 上海辞书出版社文学鉴赏辞典编纂中心：《元明清诗鉴赏辞典》，上海辞书出版社，2018，第1052-1054页。
③ 钱谦益：《钱牧斋全集》第6册，上海古籍出版社，2003年版，第1551页。
④ 邓汉仪：《诗观序》，载《诗观》，收入《四库禁毁书丛刊》集部第1册，北京出版社，2000，第190-192页。
⑤ [清]吴嘉纪：《陋轩诗》，收入《清代诗文集汇编》第63册，上海古籍出版社，2011，第501页。

第五节　郑板桥的诗词成就

在清代泰州，兴化人郑板桥以"怪"闻名，诗、书、画三绝，是杰出的文学家、书画家，《清史稿》（列传291）载其："官山东潍县知县，有惠政。辞官鬻画，作兰竹，以草书中竖长撇法为兰叶，书杂分隶法，自号'六分半书'。诗词皆别调，而有挚语。慷慨啸傲，慕明徐渭之为人。"① 无论是在吏治还是诗文书画方面，他都达到了新的高峰，可谓"吏治文名，为时所重"。

一、郑板桥的生平及创作

郑燮（1693—1766），字克柔，号板桥，清代"扬州八怪"领军人物。郑板桥乾隆元年（1736年）中进士，历任山东范县、潍县县令，著有《板桥集》。作为一个深受儒家思想影响的正统文人，郑板桥具有仁民爱物的儒者风范，他为官悲悯社会苦难，心系国家天下。他这种人格情怀施之于文学，其诗学思想极强调文以载道，为时为事歌唱，看重文学的社会现实功用。

郑板桥现存文学作品有诗1 000余首、词近百首、曲10余首、对联100余副、书信100余封，还有序跋、判词、碑记、横额数百件。他的诗清新流畅，直抒胸臆，自由洒脱，很少用典，描写人民生活的痛苦和贪官酷吏的丑恶，兼具少陵、放翁风格。他的词或婉约，或豪放，颇"近陈（维崧）词派"。婉约之词如《贺新郎·徐青藤草书一卷》等。豪放之词慷慨苍凉，大开大合，"醉后高歌，狂来痛哭"。散曲主要是《道情十首》，用黄冠体写成，借出世外衣揭露世道之险恶，广泛传播，被誉为清代道情体的最高成就。其所撰对联质朴自然，意境高远，既富有哲理，又多生活情趣，成为清代联学一大家。《家书》兼叙述家常琐事、议论经邦治国之道、评论文学创作流派、交流诗词书画心得，直抒胸臆，每多独见，在清代散文史上有一定地位。

郑板桥是一位优秀的现实主义的诗人，对诗、词、歌、赋、散曲等均有精深的研究，尤其他的诗文，有很高的艺术造诣，在清代诗坛上占有重要地位。他的诗文摆脱了清初神韵格调的束缚，继承了《诗经》和唐代"杜诗"

---

① 赵尔巽等：《清史稿》卷五百四《艺术三》，中华书局，1977，第13914页。

的现实主义优秀传统。

二、郑板桥的诗文理论

清代张维屏的《松轩随笔》说,"板桥大令有三绝:曰画、曰诗、曰书;三绝之中有三真:曰真气、曰真意、曰真趣。"①

"真气""真意""真趣"不仅是郑板桥诗书画表现的主题,也是其诗文创作的核心。因此郑板桥在其诗文创作中有鲜明的理论主张,即为诗文要关乎社稷民生,关心民间痛痒;创作上强调自出己意,旨归圣贤,文切日用,而非仅作锦绣才子,骚坛词客而已。如《后刻诗序》指出:

> 古人以文章经世,吾辈所为,风月花酒而已。逐光景,慕颜色,嗟困穷,伤老大,虽剔形去皮,搜精抉髓,不过一骚坛词客尔,何与于社稷生民之计,三百篇之旨哉!②

板桥在诗歌创作中秉承儒家正统文学观,强调文章为时而作,以"唯歌生民病"为己任。在乾隆十三年(1748年),板桥在潍县官署中所作《与江昱、江恂书》则提出"大乘法"和"小乘法"的概念,评判古代名作家诗文,进一步彰显其诗文创作取向:

> 文章有大乘法,有小乘法。大乘法易而有功,小乘法劳而无谓。《五经》《左》《史》《庄》《骚》,贾、董、匡、刘、诸葛武乡侯、韩、柳、欧、曾之文,曹操、陶潜、李、杜之诗,所谓大乘法也。理明词畅,以达天地万物之情,国家得失兴废之故。读书深,养气足,恢恢游刃有余地矣。六朝靡丽,徐、庾、江、鲍、任、沈,小乘法也。取青配紫,用七谐三,一字不合,一句不酬,撚断黄须,翻空二酉。究何与于圣贤天地之心、万物生民之命?凡所谓锦绣才子者,皆天下之废物也,而况未必锦绣者乎!此真所谓劳而无谓者矣。③

板桥以"大乘法""小乘法"为喻,强调诗文创作要言之有物,为社会为国家为百姓而作,旨在革除社会弊病,而非仅仅为逞辞章之才。

---

① 张维屏:《国朝诗人征略》卷二十八,清道光十年刻本。
② 卞孝萱、卞岐:《郑板桥全集(增补本)》第1册,凤凰出版社,2012,第269页。
③ 卞孝萱、卞岐:《郑板桥全集(增补本)》第1册,凤凰出版社,2012,第255-256页。

三、郑板桥的诗歌创作

（一）关注现实民生的创作主旨

板桥曾指出：

> 作诗非难，命题为难。题高则诗高，题矮则诗矮。不可不慎也。少陵诗高绝千古，自不必言，即其命题，已早据百尺楼上矣。……只一开卷，阅其题次，一种忧国忧民、忽悲忽喜之情，以及宗庙丘墟、关山劳戍之苦，宛然在目。其题如此，其诗有不痛心入骨者乎！①

他以杜甫为例，强调诗歌要面向现实生活，关注民生。因此其诗歌主题，首先表现为取材多正人心，励风俗，行道德教化。如《种菜歌》《后种菜歌》，以明遗臣常延龄故事，用以劝忠；《海陵刘烈妇歌》写刘氏在丈夫阵亡后，侍奉公婆，公婆亡后自缢以殉，以劝孝劝节烈。除劝诫外，多对道德堕落者加以笔伐，以惩世、警世，扶持社会道德。《诗四言》《孤儿行》《后孤儿行》《姑恶》等。其次，揭露胥吏暴行，抨击政治黑暗。如《悍吏》《私刑恶》等。《悍吏》："豺狼到处无虚过，不断人喉抉人目。长官好善民已愁，况以不善司民牧！"② 板桥曾为县令，对胥吏之辈了解最深，亦能揭示所谓"康乾盛世"下的深层政治腐朽。最后，多反映民众疾苦，期盼引起最高统治者关注。如《逃荒行》《还家行》《思归行》等，写灾荒之年的人间惨剧。如《思归行》对虽有政府济赈，却不能施政到位的吏治提出质疑，发人深思："何以未赈前，不能为周防？何以既赈后，不能使乐康？何以方赈时，冒滥兼遗忘？"③

（二）自出己意不依傍古人的艺术手法

板桥在诗歌创作中强调直抒性情，不依傍古人。他说："诗则自写性情，不拘一格，有何古人，何况今人！"④（《随猎诗草、花间堂诗草跋》）"板桥诗文，自出己意，理必归于圣贤，文必切于日用。"（《板桥自叙》）⑤ "遂作渔父

---

① 卞孝萱、卞岐：《郑板桥全集（增补本）》第1册，凤凰出版社，2012，第245-246页。
② 卞孝萱、卞岐：《郑板桥全集（增补本）》第1册，凤凰出版社，2012，第18页。
③ 卞孝萱、卞岐：《郑板桥全集（增补本）》第1册，凤凰出版社，2012，第92页。
④ 卞孝萱、卞岐：《郑板桥全集（增补本）》第1册，凤凰出版社，2012，第275页。
⑤ 卞孝萱、卞岐：《郑板桥全集（增补本）》第1册，凤凰出版社，2012，第293页。

一首,倍其调为双叠,亦自立门户之意也。"(《刘柳村册子》)① 同时也善于向古人学习,不拘泥于前人尺度规矩。板桥诗歌以五七言古诗和乐府诗的成就为最高。其中有关道德教化、社会现实、吊古论今诸作,如《峄山》《观潮行》《赠潘桐冈》,在叙述事件、设计情节、描写人物、渲染气氛方面,堪称"沉着痛快",有杜诗遗风。陈廷焯《白雨斋词话》云:"板桥诗境极高,间有与杜陵暗合处,词则已落下乘矣。然毕竟尚有气魄,尚可支持。"② 板桥为诗少蕴藉,不屑锤炼词句,其创作洒脱狂放,欲"沉着痛快"而往往入于平直粗率。

板桥在《前刻诗序》中说:"余诗格卑卑,七律尤多放翁习气。"③ 所谓"放翁习气",就是指粗率而言,只求表达的畅快净尽,而忽视了诗歌艺术表达的含蓄蕴藉。如《小古镜为同年金殿元作》:"土花剥蚀蛟龙缺,秋水澄泓海月残。料得君心如此镜,玉堂高挂古清寒。"直白如话,如语家常。

(三)直白浅露的诗歌语言

郑板桥论诗尚质而不尚文,因而其诗歌语言表现出直白浅露,朴素自然的特点。他在诗中极少用典,不刻意用华美的词藻,这与他诗歌表达主旨的"真""趣"和艺术手法的"沉着痛快"相表里,特别是那些摹写社会黑暗现实之作,几乎不用典,语言粗率直露,以至于钝拙,但达意鲜明有力。如《潍县署中画竹呈年伯包大中丞括》:"衙斋卧听萧萧竹,疑是民间疾苦声。些小吾曹州县吏,一枝一叶总关情。"④ 其诗语言自然如话,简洁明快,直呼心声。

四、郑板桥的词曲创作

(一)郑板桥的词作

《板桥词钞》今存词约八十首。查礼《铜鼓书堂遗稿》中论郑燮词:"郑燮……才识放浪,磊落不羁。能诗、古文,长短句别有意趣。未遇时曾谱《沁园春·书怀》一阕云:'花亦无知,月亦无聊……'其风神豪迈,气势空

---

① 卞孝萱、卞岐:《郑板桥全集(增补本)》第1册,凤凰出版社,2012,第299页。
② 卞孝萱、卞岐:《郑板桥全集(增补本)》第2册,凤凰出版社,2012,第150页。
③ 卞孝萱、卞岐:《郑板桥全集(增补本)》第1册,凤凰出版社,2012,第268页。
④ 卞孝萱、卞岐:《郑板桥全集(增补本)》第1册,凤凰出版社,2012,第338页。

灵，直逼古人。"① 如其《沁园春·恨》：

> 花亦无知，月亦无聊，酒亦无灵。把天桃斫断，煞他风景；鹦哥煮熟，佐我杯羹。焚砚烧书，椎琴裂画，毁尽文章抹尽名。荥阳郑，有慕歌家世，乞食风情。
>
> 单寒骨相难更，笑席帽青衫太瘦生。看蓬门秋草，年年破巷；疏窗细雨，夜夜孤灯。难道天公，还箝恨口，不许长吁一两声？颠狂甚，取乌丝百幅，细写凄清。②

词的上阕几乎全是破坏性的，较之一般愤世嫉俗的语言，尤为锋利透辟。郑燮词语浅情深，放笔快言，与其锋锐辛辣，亦庄亦谐的风格相一致。③ 因此，陈廷焯《云韶集》卷十九评语：

> 板桥词摆去羁缚，独树一帜，其源亦出苏辛刘蒋，而更加以一百二十分恣肆，真词坛霹雳手也。
>
> 余每读板桥词，案头必置酒瓶二，巨觥一，锤、剑一，击桌高歌，为之浮白，为之起舞，必至觥飞瓶碎而后已。

其评语揭示了板桥词别有意趣的一面，具有鼓荡于词篇中的力感。

板桥的词的"真""趣"还表现为以"俗"为尚，挥写己意。他不仅将一般词人绝不入词的"白菜腌菹，红盐煮豆"的乡村"俗"物写进作品，而且在情思意趣上，不专为空求"雅正"而崇尚浅俗。其《板桥自叙》："求精求当，当则粗者皆精；不当则精者皆粗。思之，思之，鬼神通之。"④《贺新郎·述诗二首》："总自自裁本色留深分，一快读，分伦等。"⑤

陈廷焯《云韶集》云：

> 板桥词粗粗莽莽，有旋转乾坤，飞沙走石手段，在倚声中当得一个"快"字；板桥词讥之者多谓不合雅正之旨，此论亦是，然与

---

① 卞孝萱、卞岐：《郑板桥全集（增补本）》第2册，凤凰出版社，2012，第145-146页。另《郑板桥全集（增补本）》其题目为《沁园春·恨》。
② 卞孝萱、卞岐：《郑板桥全集（增补本）》第1册，凤凰出版社，2012，第154页。
③ 严迪昌：《严迪昌自选论文集》，中国书店，2005，第256页。
④ 卞孝萱、卞岐：《郑板桥全集（增补本）》第1册，凤凰出版社，2012，第294页。
⑤ 卞孝萱、卞岐：《郑板桥全集（增补本）》第1册，凤凰出版社，2012，第148页。

其晦毋宁显，与其低唱浅斟不如击碎唾壶。

陈氏认为，郑燮的词能"一以药平庸之病，一以正纤冶之失"对于那些平庸纤冶的词客无异是"一剂虎狼药"。

板桥的词"屈曲达心"与"沉着痛快"的相得益彰，其词中回转自然、真诚深挚的抒情之作，与其诗文有异曲同工之妙。如《贺新郎·西村感旧》：

> 抚景伤漂泊，对西风怀人忆地，看看担搁。最是江村读书处，流水板桥篱落，绕一带烟波杜若。密树连云藤盖瓦，穿绿阴折入闲亭阁，一静坐，思量着。
>
> 今朝重践山中约，画墙边朱门欹倒，名花寂寞。瓜圃豆棚虚点缀，衰草斜阳暮雀，村犬吠故人偏恶。只有青山还是旧，恐青山笑我今非昨，双鬓减，壮心弱。

真是一草一木，无不生情，而运笔纯系白描，读来亲切动人。其词中所呈现的"疏松爽豁"的风貌，实际是不炼之炼，极费匠心。①

(二) 郑板桥的道情词

郑板桥于乾隆二年（1737年）人日（正月初七），书《道情十首》，其跋云：

> 雍正三年，岁在乙巳，予落拓京师，不得志而归，因作《道情十首》以遣兴。今十二年而登第，其胸中犹是昔日萧骚也。人于贫贱时，好为感慨。一朝得志，则讳言之，其胸中把鼻安在！西峰老贤弟从予游，书此赠之。异日为国之柱石，勿忘寒士家风也。

此卷上附有清人何绍基跋云："板桥书道情词，余屡见之，词亦不尽同，盖随手更易耳。一生跌宕牢骚，奇趣横溢，俱流露于词中。"②

雍正三年（1725年）前后，板桥处境极为窘迫，其手书《刘柳村册子》（残本）云："自京师落拓而归，作《四时行乐歌》，又作《道情十首》。四十举于乡，四十四岁成进士，五十岁为范县令，乃刻拙集。是时乾隆七年也"。③

---

① 严迪昌：《严迪昌自选论文集》，中国书店，2005，第259页。
② 周积寅、王凤珠：《郑板桥年谱》，山东美术出版社，1991，第137页。
③ 卞孝萱、卞岐：《郑板桥全集（增补本）》第1册，凤凰出版社，2012，第297页。

《道情十首》是板桥三十三岁时，即雍正三年时的作品，其时板桥处境不佳，独子不幸病卒，中年丧子，功名不就。次年游京师，更是狂放不羁，《本朝名家诗钞小传·板桥诗钞小传》云：（板桥）"壮岁客燕市，喜与禅宗尊宿及期门、羽林诸弟子游，日放言高谈，臧否人物，无所忌讳，坐是得狂名。"① 此时板桥出入于京师，寄宿于佛寺，与方外僧人及京门子弟交游，尽显其狂放性格与名士才情。板桥作于乾隆二年的道情手稿，原件藏广东省博物馆，有民国八年（1919年）石刻《板桥书道情墨迹》传世。

板桥《道情十首》，道出了世人对历史沧桑轮回的万般无奈，反映了当时士大夫阶层和民众的某种心态。李元度《国朝先正事略》（卷四十三）说郑虔三绝："词犹胜于诗，吊古抒怀，激昂慷慨；与集中家书数篇，皆不可磨灭文字。"② 清人牛应之《雨窗消意录》（甲部·卷一）有"《道情十首》，颇足醒世"③ 的评价。

板桥道情词雅俗共赏，描写的人物是渔夫、樵人、佛道乞儿等，看似俚俗，却又警世醒人，讽古咏今，具有深沉苍凉的历史意识，其词虽奇益正。徐世昌《晚晴簃诗话》（卷七十四）指出：

> 板桥画书诗号称三绝，自出手眼，实皆胎息于古诗，多见性情，荒率处弥，真挚有味，世乃以狂怪目之，浅矣。《道情十首》乃乐府变格，豪情逸韵，与熊鱼山《万古愁》曲相颉颃，亦可传之作。④

板桥《道情十首》常唱常新，具有深厚的历史文化底蕴和人民大众喜闻乐见的艺术形式，加上板桥之作经过反复推敲，"取道性情，务如其意之欲出"。这是板桥道情的成功之处，一时传唱摹拟成风。

扬州图书馆藏清晖书屋刻《板桥集·道情十首》评语云："板桥道情，千古绝调，近吾同里胡铁庵兵部，亦有道情之作，摹拟入妙，并堪绝倒。"板桥道情又是济世良药，清人金武祥《粟香随笔》（卷八）云："本朝郑板桥有道情歌，……皆富贵场中一股清凉散也。"⑤ 这或许是板桥道情久唱不衰的根本所在。

---

① 顾麟文：《扬州八家史料》，上海人民美术出版社，1963，第107页。
② 顾麟文：《扬州八家史料》，上海人民美术出版社，1963，第110页。
③ 顾麟文：《扬州八家史料》，上海人民美术出版社，1963，第121页。
④ 徐世昌：《晚晴簃诗话》，华东师范大学出版社，2009，第526页。
⑤ 周积寅、王凤珠：《郑板桥年谱》，山东美术出版社，1991，第175页。

板桥道情开篇,以唱念相间,道出谱写《道情十首》之用意,即在青山绿水间,自遣自歌;名利场中,觉世醒人,唤醒世人痴聋,消除人生烦恼。其道情开篇唱道:

> 枫叶芦花并客舟,烟波江上使人愁。
> 劝君更尽一杯酒,昨日少年今白头。①

秋日江上与板桥道人客舟相遇,放眼江上烟波,芦荻萧萧,更令羁旅中人平生人生苦短的忧愁。板桥借老渔翁、老樵夫、老头陀、老道人、老书生、小乞儿等众生相,纵论古今成败,审视千年历史兴废,愤世感怀,特别是扬州的隋苑荧火、唐城遗址、雷塘秋水、邗沟荒冢,还有南明弘光朝的"尽消磨《燕子》《春灯》",无不使当时的郑板桥咏古伤今,一唱三叹。

板桥道情虽然以超然的态度咏古讽今,却又充满激愤的情绪,道情尾跋中板桥念道:"风流家世元和老,旧曲翻新调,扯碎状元袍,脱却乌纱帽,俺唱这道情儿归山去了。"

翁方纲《复初斋集外诗》对板桥有"世儒评郑君,形迹类颠狂"② 的断语,一曲板桥道情,既有至情至理的闲适语,又有弃绝功名的激愤语,非儒非佛,非仙非道,留下了不可磨灭的道情传世,更是板桥诗文为生民请命的真实写照。

第六节 仲振奎及其家族文人文学成就

自"红楼戏"问世以来,关于改编《红楼梦》为戏曲始于何时,以及谁才是历史上改编小说《红楼梦》为戏曲的第一人,哪部"红楼戏"才是真正的"红楼第一戏",众说纷纭。

有学者认为第一部"红楼戏",应为山东曲阜孔昭虔改编的《葬花》一折。如2005年张英基在《光明日报》上发表的《孔昭虔杂剧〈荡妇秋思〉、〈葬花〉赏析》一文指出:第一个"红楼戏"是孔昭虔改编的杂剧《葬花》,

---

① 卞孝萱、卞岐:《郑板桥全集(增补本)》第1册,凤凰出版社,2012,第185页。
② 卞孝萱、卞岐:《郑板桥全集(增补本)》第2册,凤凰出版社,2012,第79页。

作于乾隆五十七年（1792年），正是小说刊本问世的第二年。《红楼梦》最早被搬上戏曲舞台，也是孔昭虔的《葬花》，其时在嘉庆元年（1796年）。但他同时也承认，孔昭虔《葬花》现存最早版本为清道光年间抄本。按孔昭虔（1775—1835），字元敬，号荃溪，别署"镜虹吟室主人"，为孔广森之子，孔子七十一代孙。山东曲阜人。嘉庆六年（1801年）举进士，授翰林院编修，改庶吉士，历任台湾道、陕西按察使、福建和贵州布政使。

但清泰州人仲振奎于乾隆五十七年（1792年）秋，即《红楼梦》程甲本出版的第二年（发行的当年）即已谱成《葬花》一折。

据清姚燮《今乐考证》著录，其《红楼梦传奇》作于嘉庆二年（1797年）底，成于嘉庆三年（1798年）初。上下两卷，共五十六出。现存有清道光九年（1829年）泰州芸香阁刊本、光绪三年（1877年）上海印书局排印袖珍本、光绪八年（1882年）常熟抱芳阁刊本等刊本。

按照仲振奎自己在《红楼梦传奇》的序中所言：

> 壬子（1792年）秋末，卧疾都门，得《红楼梦》，于枕上读之，哀宝玉之痴心，伤黛玉、晴雯之薄命，恶宝钗、袭人之阴险，而喜其书之缠绵悱恻，有手挥目送之妙也。同社刘君请为歌辞，乃成《葬花》一折。遂有任城之行，厥后录录，不遑搁管。丙辰（1796年）客扬州司马李春舟先生幕中，更得《后红楼梦》而读之，大可为黛玉、晴雯吐气，因有合两书度曲之意，亦未为暇也。丁巳（1797年）秋病，百余日始能扶杖而起，珠编玉籍，概封尘网，而又孤闷无聊，遂以歌曲自娱，凡四十日而成此。①

由此可见，仲振奎是先在乾隆五十七年写了《葬花》一出，然后在嘉庆二年底、三年初完成全剧五十六出。考程伟元和高鹗印行《红楼梦》一百二十回本，初版于乾隆五十六年辛亥岁（通称程甲本），次年壬子岁修订重印（通称程乙本）。据此可知，仲振奎早在乾隆五十七年程乙本问世后，就已谱有"红楼戏"作品《葬花》一折了。

仲振奎（1749—1811），字春龙，号云涧，又号花史氏，别署红豆邨樵。

---

① 仲振奎：《红楼梦传奇》，清道光九年（1829年）泰州芸香阁刊本。

《(道光)泰州志》载:"工诗,法少陵,为文精深浩瀚,出入'三苏',平生著作无体不有,而稿多散佚,所存惟《红豆邨樵诗草》若干卷。"① 其挚友、著名戏曲家汤贻汾《绿云红雨山房诗钞·序》云:"……云涧所著乐府,概以红豆邨樵署名,《红楼梦传奇外传》,至今未梓者尚有十四种,吴越纸贵,时无不知有红豆邨樵者。"②

仲振奎《云涧诗钞》曾云:"愿交天下有心士,不购人间易习书。"他由于一生潦倒,落魄穷愁,于是放荡于形骸之外,游历于名山大泽之中。"思量放浪江湖去,七尺渔竿一钓矶。"其人一生足迹遍及江、浙、川、冀、京、鲁、豫、粤、皖及两湖等地,多次入幕,四处求食,历尽沧桑,饱尝艰辛。这为其戏曲创作提供了丰富的生活源泉。

乾隆三十三年(1768年),仲振奎旅居四川,作《云栈赋》《蜀江赋》;乾隆四十三年(1778年)旅楚,其父仲鹤庆《追暇集》卷八《戊戌上元怀奎儿》中云:"二老临风望楚云。"在此期间,仲振奎曾撰有《楚南日记》。乾隆五十三年(1788年),"游河朔,经南京还"。五十七年(1792年),寓迹北京,得阅《红楼梦》,作《葬花》一折,成为"红楼戏"创作史上的拓荒之作。后又前往山东任城,并在途中作传奇三部。

仲振奎一生奔波,在《将游邗上示弟妹》云:

> 椿庭已买春江棹,余亦重游保障湖。
> 三处别离老梦想,一家骨肉为饥驱。
> 浮萍逐水风漂泊,飞燕依人垒有无。
> 珍重晨昏水堂上,年来多病体清癯。③

嘉庆元年(1796年),他寓居扬州李春舟幕府,得以"日日观剧,夜夜征歌"。也正是在此时,他完成了《红楼梦传奇》《怜春阁传奇》两部代表作。嘉庆十四年(1809年),在经历妻丧女亡后,他追附其弟仲振履,寓居广东兴宁官署。嘉庆十六年(1811年),在兴宁得遇武进汤贻汾,二人订交,结为

---

① 王有庆修《(道光)泰州志》卷三十九,陈世镕纂,清光绪三十四年(1908年)补刻本。
② 汤贻汾:《绿云红雨山房诗钞·序》,载仲振奎《绿云红雨山房诗钞》,清嘉庆十六年(1811年)年刊本。
③ 仲振奎:《绿云红雨山房诗钞》,清嘉庆十六年(1811年)刊本。

知己。

正如其《六十生朝自述》所云：

> 樗散无能以，书香有弟承。
> 高翔看鸗凤，敛翮笑饥鹰。
> 不得扶摇力，空燃智慧灯。
> 名场十五度，孤负九秋鹏。①

仲振奎一生虽然科场失意，仅以监生终老，但却才华横溢，博学多能，诗文词曲，无一不通，甚至还精通医术。汤贻汾在《绿云红雨山房诗钞·序》中也说："其采当不剪长庆、剑南之富，乃所存如是，疑有散失。"② 可见，仲振奎生平著作在其身后散失甚多。《（民国）泰县志稿》评价其诗："在韦柳之间，而峭劲过之。"③

检阅国内外相关图书机构所藏，可得仲振奎著述十一种（剧作除外），分别为《楚南日记》（史部传记类），见仲振履《迨暇三集》卷八；《脉约》，见《海陵文征》卷二十；《绿云红雨山房诗钞》（一名《云涧诗钞》），前有汤贻汾序，今存嘉庆十六年（1811年）兴宁刻本；《辟法轩文钞外集》，四卷钞本，见《泰县著述考》卷二；《绿云红雨山房文钞》，今存嘉庆十六年（1811年）兴宁刻本；《绿云红雨山房文钞外集》，黑格稿本五卷；《红豆邨樵词二卷》，见《嘉庆续扬州府志》卷二十二；辑录有《春柳吟》，见张慧剑《明清江苏文人年表》"嘉庆十七年"条载；《仲氏女史遗草》（一名《仲氏女史遗诗》），今存嘉庆十六年（1811年）兴宁刻本。

另陈韬著《汤贻汾年谱》于嘉庆十六年（1811年）辛末"汤氏三十四岁"下记载："是岁权（广东）兴宁都司。正月携家以行，然后之任。幕客徐又白（青），继至者李秋田（光照）、颜湘帆（崇衡），暨杨秋蘅，亦工诗文。邑人陈畴，主讲墨池书院。邑宰仲柘庵（振履）并其兄云涧，皆风雅。云涧工填词，著传奇至十六种之多。数人者皆与公常相过从。"④ 汤贻汾《绿云红雨山

---

① 仲振奎：《绿云红雨山房诗钞》，清嘉庆十六年（1811年）刊本。
② 仲振奎：《绿云红雨山房诗钞》，清嘉庆十六年（1811年）刊本。
③ 单毓元等纂修《民国泰县志稿》卷二十八，民国二十年（1931年）稿本。
④ 陈韬：《汤贻汾年谱》，台湾龙岗出版社，1997。

房诗钞·序》也云:"云涧工填词,著传奇至十六种之多。"①

由此可见,仲振奎曾著有十六种传奇。但对于其具体名称与内容,演出流传情况,迄今无考。如赵景深、张增元《方志著录元明清曲家传略》云:"仲振奎所著传奇,《红楼梦》《怜香阁》,今存;《诗囊梦》,已佚。另有近十种传奇,其名目亦不存。"②郭英德《明清文人传奇研究》考定仲振奎有《红楼梦》《怜香阁》《火齐环》传奇三剧。③

另笔者发现仲振奎妻赵笺霞所著《辟尘轩诗钞》中有《红梨梦传奇·题辞》两首:

> 是真是幻总难真,初出无端梦里身。
> 一树红梨花落寞,凄风残月独伤神。
> 断情漫道竟无情,悄曳虚廊玉佩声。
> 一行阑干春寂寂,愁魂扶病认飞琼。
>
> 茫茫无路莫相思,便是相思梦岂知。
> 灯暗书窗人不见,三生缘短泣残丝。
> 休伤梅叶展香囊,空向梅花哭断肠。
> 一曲歌残红泪尽,春风春雨忆兰娘。

此诗所提及《红梨梦传奇》,从题辞中可知该剧主人翁为兰娘,情节亦属爱情悲剧,但没有指出系何人所作。根据赵笺霞生平经历,笔者初考该剧为其夫仲振奎之作品。

如前所述,泰州图书馆藏黑格稿本《绿云红雨山房文钞外集》,其中载有仲振奎所著《红楼梦传奇》外十四种传奇之名,加上存疑的《红梨梦传奇》,计有十六种,正符汤贻汾十六种之说。

需要指出的是,由于仲氏剧作大多为风情剧,正如他在《火齐环传奇·自序》中自谓,"痴情者,阅世履境,皆为情惑。情困以乐府,传奇传其声色之情,谱其平身之憾,书之以慰诸生,红褥温酒、火齐留环之类是也","剧

---

① 仲振奎:《绿云红雨山房诗钞》,清嘉庆十六年(1811年)刊本。
② 赵景深、张增元:《方志著录元明清曲家传略》,中华书局,1987,第1113页。
③ 郭英德:《论明清传奇剧本长篇体制的演变》,《湖北大学学报(哲学社会科学版)》1998年第4期,第56-62页。

成则字与愁俱，泪随声落，情真意切"①。可能正是由于这些剧作过于注重抒情性，成为案头之剧作，因而后世流传不广，以致湮没不存。

另外，浙江图书馆藏有清嘉庆十七年（1812年）仲振奎评点野草堂刻本董达章《琵琶侠》传奇。董达章（1753—1813），字超然，一字士锡，号定园，常州武进人，戏曲家钱维乔之甥。著有《半野草堂集》《定园随笔》，谱有《琵琶侠》《花月屏》传奇。董达章曾在北京与仲振奎订交。由仲振奎与董达章之交游，亦可考证仲氏《红楼梦传奇》下半部取材逍遥子《后红楼梦》的原因所在。《后红楼梦》作为目前所知最早的《红楼梦》续书。但其作者为谁，历来众说纷纭。学术界一般认为《后红楼梦·序》的作者逍遥子即为其作者。苏兴认为该逍遥子便是清中期常州著名文人钱维乔。叶舟则认为传奇《碧落缘》作者钱维乔的侄子钱中锡，极有可能是《后红楼梦》作者。② 仲振奎应是先在北京借助同乡陈燮与张问陶等交游，得观由高鹗续作完成的程甲本《红楼梦》，谱成《葬花》一折；后因汤贻汾所荐，与董达章结交，并从董达章之手获得钱中锡所作《后红楼梦》，改编而成全本《红楼梦传奇》。③

仲振奎大胆改编《红楼梦》原书中关于探春的人物和情节设定，在戏曲舞台上塑造出了一个全新的"勇探春"，为后世诸多"红楼戏"乃至当今"红楼"影视剧所借鉴学习。当然，这一改动，也是他遵循中国戏曲创作基本规律的表现。在中国古代戏曲创作史上，高明《琵琶记》最早提出"不关风化体，纵好也徒然"，至清中期，以褒扬"忠孝廉义"或"忠孝义烈"的伦理道德进一步上升为戏曲创作的主要目的，或者说极为强调戏曲对社会的伦理道德作用，以这一时期最为典型。④ 如唐英、蒋士铨等人的剧作中，多有作者现身剧中进行直接"教化"之处。所以，仲振奎选用逍遥子《后红楼梦》作为其剧作改编的来源，也正是他深受李贽所提出的"孰谓传奇不可以兴，不可以观，不可以群，不可以怨乎"⑤ 观点影响，继承了徐渭、李玉、孔尚任等人

---

① 仲振奎：《绿云红雨山房诗钞》，清嘉庆十六年（1811年）刊本。
② 叶舟：《〈后红楼梦〉作者之我见》，《明清小说研究》2010年第4期，第104-110页。
③ 另有学者认为，《后红楼梦》作者是号称"白云外史"的"毗陵七子"之一清常州人吕星垣，逍遥子钱中锡固然与这部续书有联系，但他仅是"序"者而非作者。参见赵建忠：《红学史上首部续书〈后红楼梦〉作者考辨》，《明清小说研究》2014年第1期，第123-132页。
④ 王春晓：《乾隆时期文人戏曲的伦理道德化》，《文艺评论》2012年第10期，第118页。
⑤ 李贽：《红拂》，载《焚书》，中华书局，1974，第541页。

剧作之传统，将戏曲创作的社会功能置于审美价值之上，力求"义关讽人，情深悖《史记》"的表现。同时，这也显示出仲振奎戏曲作品中鲜明的"花雅争胜"的时代特征，并可辨乾隆四十六年（1781年）扬州词曲删改局设立后，黄文旸、李斗、焦循、凌廷堪等诸家曲学理论在嘉道时期扬泰地区曲家创作中的具体实践。

由于仲振奎《红楼梦传奇》问世之际，恰好正处在"花雅争胜"的关键时期，雅部昆曲演出阵地在逐渐萎缩，一部五十六出的长篇巨制，在当时已难以找到全本演出的舞台了，反而成就了其中一些经典折子戏的流传。所以日本青木正儿在《中国近世戏曲史》中评价：

> 乾隆间小说《红楼梦》出而盛传于世也，谱之于戏曲者数家，传于今者三种。即仲云涧之《红楼梦》传奇、荆石山民之《红楼梦》散套、陈钟麟之《红楼梦》传奇是也。……而三种中，仲云涧之作，最脍炙人口，后日歌场中流行者即此本也。①

陆萼庭在《昆曲演出史稿》中论"近代昆剧的余势"说："昆剧后期近二百年的历史，基本上是折子戏演出方式的历史，新的剧目积累简直等于零，只有极少数像蒋士铨的《四弦秋》、杨朝观的《罢宴》、仲振奎的《红楼梦》算是勉强地保留了一个时期。"② 敖银生《红楼戏琐谈》："清末民初昆曲班所演的红楼戏，大多以仲振奎等的作品为脚本，其中扇笑、听雨、补裘、葬花、焚稿等，是常演的折子。"③ 金凡平《〈红楼梦〉小说和戏曲文本的叙事方式比较》一文指出："把红楼戏搬上京剧舞台创始的应是清光绪年间，京门'摇吟俯唱'票房的名票陈子芳，所排演的《黛玉葬花》《摔玉》等戏。"④ 此外，根据清末车王府所藏曲本可见，清末民初昆曲班所演的"红楼戏"，大多也是以仲振奎的《红楼梦传奇》为脚本，其中《扇笑》《听雨》《补裘》《葬花》《焚稿》等出，是舞台上最常演的折子戏。⑤ 2018年苏州昆剧传习所重新排演的

---

① 青木正儿：《中国近世戏曲史》，王古鲁译，作家出版社，1958，第234页。
② 陆萼庭：《昆曲演出史稿》，上海文艺出版社，1980，第258页。
③ 敖银生：《红楼戏琐谈》，《广东戏剧舞蹈音乐研究》2005年第3期，第77页。
④ 金凡平：《〈红楼梦〉小说和戏曲文本的叙事方式比较》，《红楼梦学刊》2000年第4期，第138页。
⑤ 仇江：《车王府曲本总目》，《中山大学学报（社会科学版）》2000年第4期，第119-128页。

昆剧《红楼梦传奇》由四折组成：《葬花》《听雨》《焚稿》《诉愁》。前两折取自清仲振奎《红楼梦传奇》，后两折取自清吴镐《红楼梦散套》。①

在将小说改编成戏曲的过程中，仲振奎的《红楼梦传奇》基本上保持了小说文本的原貌，明显改动的地方从侧面透露了当时人们对小说《红楼梦》文本意义的接受倾向，并直接或间接地影响了后来的红楼戏曲。与小说文本相比，清代红楼戏曲的文学价值大为逊色，但从文学接受的视野来看，仲振奎的《红楼梦传奇》及其所开创的这批清代"红楼戏"，却是很好的《红楼梦》读者接受史材料，真实反映了当时的读者（戏曲观众）对小说《红楼梦》和"红楼故事"的接受倾向与欣赏趣味。这种接受倾向与欣赏趣味较早地体现在《红楼梦传奇》中，后来的"红楼戏"又予以充分发挥和延伸。

此外，仲振奎在《红楼梦传奇》中还根据舞台演出需要和观众接受心理，首创将"葬花"与"共读西厢"移并于一折之中，使戏剧情节较为集中。今人所改编的《红楼梦》戏曲，无一不是将这两节并在一起，可见其在戏曲结构方面对后世"红楼戏"的深刻影响。值得注意的是，《红楼梦传奇》中还对场上人物服装扮相等作了简单说明，为以后的创作演出提供了参考。特别是仲振奎《红楼梦传奇·葬花》中关于黛玉服饰、道具的说明"旦珠笠，云肩，荷花锄，锄上悬纱囊，手持帚上"，被后人所沿袭，遂成为舞台定例。

所以，《红楼梦传奇》开创的"既忠于小说，又照顾观众接受倾向和欣赏趣味"的红楼戏曲改编原则，在保留了小说文本精华的同时，又添加了许多符合当时社会大众审美需要的内容，大幅度地促进了红楼戏曲的传播，也使《红楼梦》小说从文人狭小书斋走向社会广阔天地，为广大百姓所喜闻乐见，客观上促成了后世"红学"热的生成与发展。

仲振奎父仲鹤庆于清乾隆十九年（1754年）中进士后，移居泰州城中。根据《（道光）泰州志》及《续泰州志》《泰县著述考》记载，特别是《海陵文征》所收录诗文显示，仲氏家族世代书香，阖族之中，男女老幼皆能诗善赋，为"海陵地区"文化世家之一，也是"海陵地区"在戏曲创作方面成就

---

① 苏雁、吴天吴：《古本昆剧〈红楼梦传奇〉百年后重现舞台》，《光明日报》2018年10月11日第9版。

最为显著的文化家族。其中有著述传世者，超过十人。如：

仲邦文，《（道光）泰州志》云其"能诗"。

仲素，人称芍坡先生。《（道光）泰州志》云："仲素，仲基之后，庠生，能文，性情洒脱，好植花草，以诗酒自娱，修谱绘图。"① 存有《茗叟诗草》，附于仲鹤庆《迨暇集》之前。仲振奎在《迨暇集》中评其诗："冲和淡远，不事雕饰，虽意别工拙，而纯任自然。"

仲鹤庆，字品崇，号松岚。《（道光）泰州志》云：

> 乾隆十七年万寿恩科领解大江南北，乾隆十九年捷南宫，官庸蜀，使滇江，驰驱万余里，……厥后以不称大吏意，几落职为流人，僚友部民皆为椎心泣血，而松岚茹苦如荠，履尾不改，和平冲澹，不改平生事。②

仲鹤庆在《迨暇集·自序》中道：

> 予生平未有暇日也。少忧病，年已就傅，尚伶仃不能自行。长忧贫，未冠即事舌耕，四座村蒙喧声如沸，意殊烦恶。壮而奔走四方，聊以糊口。

《（民国）泰县志稿》云：

> 仲鹤庆《迨暇诗集》十四卷，嘉庆辛未广东兴宁署，中子振履之官所也。分体编诗，清丽学白居易。经山阴胡裘钟刚汰其少年之作十六五。其自序云："予羊生未有暇日也。"盖鹤庆自领解南江，膜捷南宫后，官四川大邑县，被议，归主讲雉水书院。其奔走四方，意趣磊落，每当风尘之中，拈毫写状，真天才也。此集首有《茗叟诗草》，其父芍坡之作也。集后附《碧香女史》所著遗草，其姊也；《瑶泉女史遗草》，其女也。《辟尘轩诗钞》，乃女史赵笺霞所著，其长媳也。附后之集，乃鹤庆长子云涧润色之，本《仲氏家谱》。鹤庆有《迨暇文集》二卷。③

---

① 王有庆修《（道光）泰州志》卷三十九，陈世镕纂，清光绪三十四年（1908）补刻本。
② 王有庆修《（道光）泰州志》卷三十九，陈世镕纂，清光绪三十四年（1908）补刻本。
③ 单毓元等纂修《（民国）泰县志稿》卷二十八，民国二十年（1931）稿本。

清邹熊辑《海陵诗汇》云：

> 故吾谓松岚少年之诗，中晚唐也；中年之诗，盛唐也；入蜀使滇诸篇，异夜郎之放废，同夔蜀之流离，李之神而杜之骨也。其《武侯祠》诗："非不乐躬耕，拳拳三顾情。嗣君如可辅，大业讵难成。星落秋风冷，祠荒灶火明。趑趄诚服久，犹自说南征。"①

仲鹤庆著作现存有抄本《蜀江日记》一卷、《迨暇集》十四卷、《迨暇集古文》二卷、《云香文集》一卷。

《淮海英灵集·丁集》云：

> 仲鹤庆，字松岚，泰州人。乾隆壬申江南解元，甲戌进士。官四川知县，著有《迨暇初集》一卷。《淮海英灵集》收有其诗十首。②

曾与仲振奎兄弟同入芸香诗社的镇江王豫，在所辑的《淮海英灵续集》中也收有仲鹤庆诗作多首：

客　　归
柴门落日噪归鸦，行李萧萧正到家。
娇女不知须鬓改，误将衫袖拂霜华。

舟行怀刘砚溢即柬赵涤斋
故人曾说梅花居，梅花开罢无尺书。
一春睽隔万回梦，两日绸缪三月疏。
兰桨重游旧时路，柳亭谁买今番鱼。
相思不见望邗上，问君凄恻当何如？

东淘晚秋
西风一棹海东头，九月新晴正暮秋。
远水绿归渔子艇，夕阳红上老僧楼。
花飞芦荻述栖雁，粉堕夫容冷宿鸥。
正好单衫快游兴，沉寥天气不须愁。

---

① 邹熊辑《海陵诗汇》卷二十三，清同治抄本。
② 阮元辑《淮海英灵集》卷三，清嘉庆三年（1799）小琅嬛僊馆刻本，第342页。

落　　叶

旧日长条不可攀，凄凄械械下空山。
高楼明月夜如此，古戍西风人未还。
四壁萧条伤暮景，一天摇落想衰颜。
夕阳多少前朝事，堆满荒苔不叩关。

蛛网落花

闲情艳景爱山家，蛛网层层罥落花。
荡子销魂春绪乱，美人香梦竹帘斜。
装成朱络青丝鼓，唱到红幺苏幕遮。
最是怜芳风力巧，不教薄命委黄沙。

崇明怀古

十郡屏藩势必争，几人亡命几人存。
网舲不署将军爵，航海空传光禄名。
马迹山前云作阵，鼋鼍窟里夜交兵。
沧江一战无归日，留得风涛卷怒声。

登烟雨楼

轻舸一叶转回塘，水殿秋高七月凉。
树底人家见城影，日边楼阁浸波光。
红衣欲谢芙蓉老，翠角初翻菱芡香。
立徧西风不归去，玉兰花下说南唐。

崇明客中送汤如海迁乍浦参将

水犀原不畏风波，移节重听织女梭。
檇李尚连吴社稷，金鳌已控越山河。
轻裘缓带筹边客，石鼓铜铙大海歌。
独我送君怊怅甚，乡情谁似老汤和。

次韵别西垞

翠管红牙夜不休，接天灯火古扬州。
萧闲只有南关客，倚徧夕阳江上楼。

别王书圃

一泾西风一夜霜，酒阑歌散别王郎。
门前百里东淘水，流过龙溪是故乡。①

清汪鋆辑《扬州画苑录》卷四云：

> 泰州仲解元鹤庆，号松岚，善画兰，而诗与书法亦工雅。尝客东河，有《自题画兰绝句》：
>
> 春山二月下南蒙，簇簇幽兰细细风。
> 我摘瑶台君饮露，怜香曾许两心同。
>
> 山风山雨本无常，几日空林改旧妆。
> 不识曲江江上路，可能回首问潇湘。②

仲鹤庆弟子陈文述《颐道堂集》中，存仲鹤庆佚诗一首。

月夜闻纺织声

漏声寂寂夜闲闲，织妇千家杼轴艰。
谁写瀛洲好风景，月华如水屋三间。

茅檐辛苦勘难支，绣阁娇憨定不知。
多少吴□厌罗縠，绿窗一样夜眠迟。

银汉斜临海上城，露团庭绿夜凉生。
豆花篱落秋如水，处处西风络纬声。③

另民国海安韩国钧编纂《海陵丛刻·先我集》卷二，录仲鹤庆诗十五首，均已为前人引述，此处不再赘引。

从现存仲鹤庆所作诗可以看出，其人诗作多为七绝或七律，诗风宗唐，既可见李白之风，也可发现深受清初诗坛王士禛"神韵派"诗论之影响。

正如仲振奎《茗叟诗草·凡例》所言：

> 奎六七龄时，先大父呼之膝下教以诗歌，多奖诱之，未几而先

---

① 王豫辑《淮海英灵续集·庚集》卷二，清道光刻本，第117页。
② 汪鋆辑《扬州画苑录》卷四，清光绪十一年（1885）刻本，第6页。
③ 陈文述：《颐道堂集》卷五十三，清嘉庆十二年（1807）刻，道光增修本，第292页。

大父下世,生平著作随手散去,未尝存稿,今于敝簏中检得诗四首,列于先君集前以仰答爱奎教奎之至意,而先君之能诗,其渊源亦可见矣。

此外,仲鹤庆还善写山水花鸟,工书法。《历代画史汇传》:"仲鹤庆,字品崇,号松岚,泰州人。乾隆壬申解元、甲戌进士,善画兰,诗与书俱工。"①

仲鹤庆与钱塘胡西坨、丹徒李萝村、兴化郑板桥、邑人陈志枢等友善,还曾与如皋戏曲家江大键、徐氏家班主人徐荔村以及冒氏家族文人冒国柱等结社交游,社名"香山诗社"。

民国杨钟羲《雪桥诗话余集》载:

如皋江片石明经与徐荔村、冒芥原、仲松岚、宗杏原、陈小山、徐弁江、吴梅原、冒柏铭,结"香山吟社"。荔村即山庐,《宴集诗》有"九人共结香山社,十万欢场到白头"之句。片石诗如:"一去又成经岁别,重逢犹似故人寒。贫到依人交更寡,老兼失意别尤难。"语多酸苦。芥原读片石诗,绝句云:"湿尽青山泪暗流,曾无一语不悲秋。飘零莫问香山社,剩有人间两白头。"盖荔村诸人俱归道山,惟与江两人存也。②

冒国柱,号芥园,如皋贡生,著《万卷楼诗》,内有《读江片石诗》:

湿尽青山泪暗流,曾无一语不悲秋。
飘零莫问香山社,剩有人间两白头。

诗下注:

秀水徐荔村即山庐,《宴集诗》"九人共结香山社。十万欢场到白头"。今松岚、杏原、弁江、梅原、小山与家弟柏铭,俱归道山,惟余两人尚存。

仲振奎兄弟三人,《(道光)泰州志》云"皆能敷华藻,绍其家声"。除仲振奎外,仲振履(1759—1821),字临候,号云江,又号柘庵。嘉庆

---

① 彭蕴璨:《历代画史汇传》,清道光刻本,第434页。
② 杨钟羲:《雪桥诗话余集》卷五,民国求恕斋丛书本,第381—382页。

十三年（1808年）进士，官广东恩平、兴宁、东莞知县，调南澳同知。

仲振奎三弟仲振猷，举人。其人有诗名，官镇洋训导。曾参加芸香诗社。《（民国）镇洋县志》载：

> 仲振猷，字云浦。泰州人。雍正丙辰年江南乡试举人，副贡生。由举人任镇洋训导，好学敦品，教士亦有法度，后卒于任。①

民国泰州陆铨编《海陵金石略》载：

> 《重修海安祇树禅林碑记》，邑人仲振猷撰，乾隆元年立在海安祇树禅林亦义田碑记。《修海安镇若成桥碑记》，邑人仲振猷撰，嘉庆九年立。②

仲振履子仲贻勤，字受之，又字蓉宾。著《蓉宾遗草》。今海安、泰州等地仲氏后裔所编《三善堂仲子世家谱》③云仲贻勤为仲振奎子，过继给仲振履。此说谬误。实乃仲振履子仲贻勤曾兼祧仲振奎、仲振履两门。仲振履女仲贻簪（字紫华）、仲贻笄（字玉华）、仲孺人（佚名）全部能诗善文。仲贻勤受到家族特别是父亲仲振履的影响，在本邑少有"神童"之称，惜早逝。

桐城派古文家、"姚门四杰"之一姚莹曾应仲振履之请作《仲童子传》，云：

> 童子仲贻勤者，兴宁宰仲君柘庵子也。系出山东仲氏，世居泰州，为大族。……生而颖异，身骨清秀，为祖母钟爱。四岁能诵诗。七八岁，岐嶷已如成人。泰州岁荒，乡人出粟私赈，延柘庵董其事。有以伪信记冒赈者，众未之觉。贻勤时十一岁，在侧，独指其弊。其人具服，则仍善言遣之。同人皆大惊，以为明断而能忠厚，成人不及也。未几，柘庵嫂氏卒。兄云涧先生老而无子，乃以贻勤嗣。执丧尽礼而哀。……贻勤读书暇时，辄与诸姊唱和，献二亲以为娱，承颜先意，无不至。无事则端坐，俨然不苟言笑。亲友有贫约者，必告柘庵为乞饮。与家人有小过，必为婉解而私训之。以是上下咸

---

① 王祖佘纂《（民国）镇洋县志》卷八，民国八年（1919）刊本，第159页。
② 陆铨编《海陵金石略》，稿本。
③ 仲跻和等纂修《三善堂仲子世家谱》，2014年1月海安仲氏后裔编印。

服事之。以成人礼已而得咯血疾,属家人勿言,恐为二亲忧也。病甚,犹谈笑赋诗以娱亲意。十六年,元夕,忽解衣投柘庵曰:'大孺人至矣',遂跌坐而殁,殁年十六岁。①

仲一侯(1895—1970),名中,号省庐。民国"泰州四侯"之一,仲振履四世孙。仲氏曾世居泰州城北徐家桥东巷,仲一侯后迁居杨柳巷,斋名"深柳堂"。其人工诗文,擅书画。曾历任全国古物保管会泰县支会委员、泰县修志局编纂、文献会委员、泰州工商联历史资料编纂、教师、泰州市政协委员等。1913年,仲一侯经柳亚子介绍加入南社。1923年又以南社社员的资格,经柳亚子介绍参加新南社。1968年秋,仲一侯因被控"组织地下黑诗社"冤案入狱,后因病保外就医,于1969年10月病故。

今苏州图书馆藏晚清海安徐氏家族徐信《遗臭碑政绩传奇》钞本末,附有钞者仲一侯作于1962年10月的《跋》,以及同年12月的《补记》。

仲一侯还是海内孤本、今泰州市图书馆藏清"江左十五子"之一泰州缪沅《余园诗精选》的钞校和捐赠者。

据《(民国)泰县志稿》:

> 缪沅《余园诗精选》,原辑者苏州沈德潜,补辑者沅四子檿。……孤本泛仲氏钞出。按此孤本,令由仲氏一侯送泰州图书馆以供众览。②

仲一侯妻陈佩章,经其介绍加入南社,能诗词,常与夫、翁相唱和,有《蘅兰室吟草》。

作为仲氏文化世家之后裔,仲一侯阖户皆能诗文。民国泰州名医刘楚湘(处乡)曾赠仲一侯诗云:"一门风雅居深堂,杨柳都沾翰墨香。"

此外,西场仲氏家族文人中还有仲蜀岩,字天池。康熙五十年(1711年)举人。候选内阁中书。著《余力集》。

仲耀政,乾嘉时人,工诗书画篆刻,师郑板桥。著《荔亭诗抄》《古树园印谱》《怀人诗》等。

仲贻菊,道咸时人。善诗,工墨菊,官湖北道丰乐河巡检司,著《无掩

---

① 姚莹:《中复堂全集》,清同治六年(1867)安福县姚浚昌校刊本。
② 单毓元等纂修《(民国)泰县志稿》卷二十八,民国二十年(1931)稿本。

节录》《且憩山房诗抄》。

另《泰州诗存》《海安古今诗选》还收有仲氏家族文人仲一成、仲之琮、仲振鹭等的诗作。

仲振奎之弟仲振履，作为清中期著名文人，在戏曲创作方面也取得了一定的成就。

《（道光）泰州志·仕绩》载仲振履之著作有《作吏九规》《秀才秘籥》《虎门揽胜》《咬得菜根堂诗文稿》。

其婿夏荃《海陵著述考》载其有《家塾迩言》五卷、诗集《弃余稿》六卷、北曲套数《羊城候补曲》一卷、传奇《冰绡帕》和《双鸳祠》，另有《虎门纪游稿》。

此外，嘉庆十六年（1811年），时任广东省兴宁知县的仲振履，还曾主修《兴宁县志》十二卷。

仲振履还重新刊刻《洗冤录集证》六卷，同时将《石香秘录》一篇附于后，并亲撰一联于书首，交代了重刻《洗冤录集证》的目的：

成三字狱，冤比岳司勋，最可怜黄口女、白头亲，远戍闽疆，两地山川埋怨骨。

挽六军心，忠先史阁部，止博得紫泥封、丹荔酒，荣施梓里，千秋俎豆莫羁魂。

郭英德据《（道光）恩平县志》《（民国）东莞县志》，考证仲振履作《双鸳祠传奇》时为嘉庆十四年至二十一年（1809—1816年）。①

清刘华东撰有《书双鸳祠传奇后》一文，并有缪莲仙识语附后。缪莲仙，名艮（1766—?），字兼山。该文载于缪艮著《文章游戏四编》。书首有汪云任所作序。序中概括说明了该剧内容：

李君亦珊，福建闽侯人，任广东别驾，不得于其亲，一弟亦桀骜不驯。自甘凉解饷归，抑郁成疾，疾日笃且死，一棺以外，四壁萧然。其妻蔡氏谓老妇曰：吾夫甫死，无过问者，既久殡此，其何以归，我将死之，闻者或怜我之节，送我夫妇，我翁姑亦借以同归，

---

① 郭英德：《论明清传奇剧本长篇体制的演变》，《湖北大学学报（哲学社会科学版）》1998年第4期，第60页。

我无憾矣。乃冠帔拜堂上，自缢死。移棺于庵，人莫不哀蔡之节，亦卒无议归其葬者。同官某之妻，闻老妇言而悯之，乃嘱其夫醵金以助，已仍出二百金，且立庙祀之，粤中传此事久矣，柘安先生卸事闲居，素工音律，爰属为传奇，被之管弦。①

清末福州谢章铤（枚如）《赌棋山庄词话》卷二刘士菜《吊李光瑚夫妇词》云：

闽县李亦珊光瑚仕广州别驾，家庭多缺憾，一弟又桀骜不可驯，自甘凉解饷归，抑郁以死，棺久不得归。其妻蔡氏名梅魁，字如珍，有《焚余集》，卒年二十九，尝割股愈姑疾。谓老妇曰："吾夫死，无一过问者，设久殡此，其何以堪？我将死之，闻者或怜我之节，送夫棺归，吾翁姑亦借以同归，吾无憾矣。"乃冠帔拜堂上，自缢。其同官某之妻闻于老妇而悯之，属其夫醵金以助，已仍出二百金送之归，且立庙祀之。粤中南海知县仲振履为之填《双鸳祠》院本。振履字柘泉，一字柘庵，一字览岱，庵柘主人，籍江南，长于倚声。此词尤哀怨动人。卷首有吾乡刘心香士菜先生题词，余调《乳燕飞》书其后云：

苦雨凄风夜。把此卷、长吟一遍，数行泣下。夫妇人间多似鲫，似汝凄凉盖寡。尽辛苦、艰难都罢。委曲求全还未得，况无端、贝锦工嘲骂。心中痛，谁能写。

肝肠寸断颜凋谢。却犹将、纲常二字，时时认者。为妇为儿无一可，此罪千秋难赦。说不出、泪行盈把。博得旁观称苦节，想君心听此添悲诧。不得已，如斯也。②

由上述两则材料可见，其时正值仲振履卸任南海县令后寓居广州，闻知此事后于嘉庆十五年（1810年）谱《双鸳祠传奇》八折，同年刻印，卷首刻"双鸳祠"，流传至今。同时，仲振履还将剧本付于广州的职业戏班绮春班排演。谢章铤为《双鸳祠传奇》题《乳燕飞》词。福建侯官著名女诗人陈芸也有诗吟咏。

---

① 缪艮：《文章游戏四编》，清道光元年（1821年）藕花馆藏稿本。
② 谢章铤：《赌棋山庄词话》，载唐圭璋编《词话丛编》，中华书局，1986，第3385页。

仲振履《双鸳祠传奇》充分吸收了李渔《闲情偶寄》中提出的编写 10～12 折传奇简本的主张，并自觉地付诸实践，一改当时案头剧作冗长而不能用于实际演出的弊端，使得该剧更适合舞台演出，获得了持久生命力。剧作的结构谨严，情节曲折，宾白如话，曲律优美，赢得了梨园艺人和观众的高度认可。所以梁廷楠《曲话》评仲振履所撰《双鸳祠传奇》："起伏顿挫，步武井然。"①

仲振履另一剧作《冰绡帕传奇》的本事，则为其同僚汪孟棠与张瑶娘的爱情经历。

清姚元之《竹叶亭杂记》载：

> 张姬，盱眙汪孟棠观察云任爱姬也，早卒。汪固深于情者，思之殊切。都中友以"茧子"呼之，谓其多情缠绵若茧也！汪即别号茧兹。家伯山太守为姬作传，汪归舟咏长律三十首，曰《秋舫吟》。②

据《清实录》，汪云任（1784—1850），字孟棠，号茧园，江苏盱眙人。嘉庆二十二年（1817 年）进士，历任广东三水、番禺知县，赣州知府、苏州知府、海关监督、陕西按察使及布政使等职。著《茧园诗文稿》《汪孟棠太守诗钞》。清王荫槐《虮庐诗钞·重题张瑶娘遗像序》云：

> 嘉庆辛未，孟棠赴试春明，携其姬人张瑶娘同车，卒于宣武旅舍，载棺南归，丁卯通籍出宰番禺，同官仲柘安明府为《冰绡帕传奇》，付鞠部演之。
>
> 孟棠姓汪名云任，盱眙人。张瑶娘卒于嘉庆十六年，柘庵谱为二十二年。③

民国陆铨所编《泰县著述考》也云：

> 此剧演绎任凤举与妓女秦瑶娘事，似以真人真事而敷衍之。④

由此可见，《冰绡帕传奇》的主人公任凤举，其实就是仲振履的同僚汪云

---

① 梁廷楠：《曲话》卷三，收入中国戏曲研究院编《中国古典戏曲论著集成》第 8 册，中国戏剧出版社，1960，第 288 页。
② 姚元之：《竹叶亭杂记》，载谢国桢《明清笔记谈丛》，上海古籍出版社，1981，第 620 页。
③ 王荫槐：《虮庐诗钞》，清光绪七年（1881）江苏盱眙王氏紫花馆刻本。
④ 陆铨：《泰县著述考》，民国稿本，南京图书馆藏。

任，秦瑶娘即汪云任爱侣张瑶娘。嘉庆二十二年（1817年），仲振履结识同僚汪孟棠后，以其爱情悲剧为素材，谱《冰绡帕传奇》。

《冰绡帕传奇》二卷，二十四出。该剧于1924年被刊入《珊瑚月刊》。笔者观现藏于私人之手的1937年刊本"太谷学派"李龙川传人、泰州学者高尔庚的《井眉居诗钞》所收录《海陵杂诗》云："东塘著述坂埆庄，一卷《桃花》独擅场。为想柘翁堪接武，《冰绡》遗墨谨收藏。"他将仲振履创作《冰绡帕传奇》与孔尚任在泰州创作《桃花扇》相提并论。诗后注曰："仲柘庵振履大令撰有《冰绡帕传奇》，未梓，现藏庚家。"

作为父子进士的世家文人，仲振履尽管生平遭际与其兄仲振奎差别较大，但其历官数地，公务之余，却专注于戏曲创作，且南北曲皆擅长，由此可见海陵西场仲氏家族戏曲文化生命力之强。同时，他摆脱当时已蔓延的传奇案头化影响，以时事为题材，并有意识地将自身剧作付诸演出实践，充分发挥戏曲"娱乐百姓"和"高台教化"的两大功能，既符合普通观众的审美需求，又对社会舆论起到一定的引导作用，超越了同时代诸多文人剧作家对戏曲的认识。

仲振履所作《羊城候补曲》，作为中国古代为数不多的对封建官场讽刺入木三分，把种种官场丑态表现得活灵活现的散曲作品，可与元代睢景臣的《哨遍·高祖还乡》相媲美。

第七节 "四氏才女"与泰州女性诗词创作

在以诗为文学主流的时代，清代泰州文学中，诗词创作也有不凡的成就。一是表现为"扬州八怪"之一的郑板桥诗歌的傲趣，二是表现为季振宜编录《全唐诗》，对诗歌的收集之功显著，尤其是编选的眼光对后世影响巨大；三是泰州女作家群的出现较为引人注目。

就中国文学而言，由于长期以来的重男轻女思想影响，彪炳史册的基本上都是男性，极少有女性的身影与声音。但清代泰州文学是个例外。

据不完全统计，清代泰州女性诗（词）人约有七十八位，主要分布在海陵、兴化、泰兴、姜堰、如皋等地。她们有的出身文化世族，如仲氏家族、宫氏家族、俞氏家族等，由于较少为生计奔忙，加之受到家学的影响，故能诗善词；也有的（如邵笠、王睿等）家境贫寒，连基本的生活保障都没有，却也能在文学的殿堂中寻求精神的寄托；还有一些侨寓泰州的女性，如张兰（著有《余生阁诗抄》）、黄淑贞（著有《绣阁小草》）、贾永（著有《花雨缤纷馆词》）、杨琼华（著有《绿窗吟草》）等也留下了不少清雅诗文，为泰州女性文学增色不少。她们有的全部诗文都散佚了，有的尚有诗作或诗集传世（诗作传世者有13人、诗集传世者有61人），她们的诗文用清新雅丽之辞写女性情思，特色鲜明，令人耳目一新。

清代泰州出现这么多的女性诗（词）人，一方面与明代中期以后民主思想兴起有关，以李贽为首的泰州学派强调人的价值，主张社会平等、男女平等，肯定女子的才华，唤醒了女性的自我意识和对实现自我价值的追求，为泰州女性文学的兴盛奠定了思想基础。另一方面，泰州女诗（词）人的涌现，既得益于泰州深厚的文化传统，也得益于她们的家庭，父女、姐妹、夫妇，成为切磋诗艺的师友，家学渊源使她们学养深厚，眼界开阔，诗文成就也较高。"四氏才女"是其中的佼佼者，她们的诗文成为清代泰州女性文学一道亮丽的风景。

所谓"四氏才女"，指的是清代泰州四个非常有名的文章世家的女性文人。一是泰州仲氏家族，文风最盛，诗人也最多。仲氏女诗人，有仲莲庆、仲振宜、仲振宣、仲赵氏（赵筊霞）、仲洪氏（洪湘兰）、仲贻銮、仲贻簪、仲贻笄等近十人。仲莲庆，著有《碧香女史遗草》（诗作41首）。仲振宜、仲振宣，分别著有《绮泉女史遗草》（诗作137首）、《瑶泉女史遗草》（诗作34首），并为《泰州仲氏闺秀集合刻》之一，称《留云阁合稿》。赵筊霞为仲振奎之妻，著有《辟尘轩诗集》（诗作106首）。仲贻銮为赵筊霞之女，著有《仲贻銮遗诗》（诗作23首）。仲贻簪、仲贻笄及仲孺人，均为仲振履之女，均能诗。仲振宣之女仲贻鹓，也能诗，著有《仲贻鹓遗诗》。洪湘兰为仲振猷之妻，著有《绮云闺遗草》（诗作16首）。

二是泰州宫氏，被称为"科第世家"，有"两朝三翰林，五世七进士"之誉。宫伟镠之子宫鸿历就是当时著名诗人，清初诗坛"江左七子"之一；其女宫婉兰，绘画、诗词、女红，无不精通，著有《梅花楼集》；宫氏家族女性诗人王蕙贞（字友素，诸生宫在阳之妻），著有《洛桂堂集》；此外还有宫淡亭，曾因艺文成就，被康熙朝权相纳兰明珠聘为子永寿（纳兰性德弟）之师，并与永寿妻关思柏合著《合存诗钞》《诗余合解》①。

三是兴化李氏。由明迄清，昭阳李氏家族文人辈出，著述丰富。在家族深厚温润土壤的培育下，其女性文人颇多。李国梅，字芬子，一字韫庵，著有《林下风清集》一卷，收入《国朝闺阁诗钞》。徐幼芬，名尔勉，善于诗，著有《偕隐居诗集》《幼芬诗稿》。刘韵琴，系李春芳裔孙媳、清末大学者刘熙载孙女，曾留学日本，著有《韵琴杂著》，并创作了现代文学史上最早的白话文小说，其诗作被著名诗人臧克家称为"女史"。

四是泰兴季氏。季娴，字静姎，一字扆月，号元衣女子，兴化李长昂妻，喜为诗，兼工长短句，著有《学古余论》《前因纪》《学禅诨语》《百吟窗》《近存集》《季静姎诗》《雨泉龛诗选》《雨泉龛合刻》《闺秀集初编》等。季娴的女儿李妍，亦擅诗词，著述甚富，有《雨泉龛诗文集》《绿窗偶存》《近存集》《百吟篇》《闺秀集》等并行于世。

此外，泰州俞氏和姜堰黄氏家族也是久享文名。在家庭文化语境的熏陶感染下，俞氏俞廷元（字素兰），工诗歌、精音律。黄氏黄仙裳四女（皆佚名）均能作诗文；诸生黄杜若之妻邵笠着有《薜萝轩集》；诗人黄天涛之妾陆羽嬉也著有《小云集》。海安张符骧堂妹张瑛绣，字玉英，工诗、古文辞，年二十九而亡，著有《余草诗选》。海安徐氏家族有多位女性文人也有作品存世，如清徐子鼎妻符氏淑真（晓岚）著《芸阁诗抄》《绣余谈经》，徐进卿妻赵氏飞云（玉华）著《兵略》八卷。《民国泰县志稿》还载："《徐氏女则》一卷，徐让母氏取古今列女事可为法者编撰。"

"四氏才女"的出现不是偶然的，她们有的是娘家文风鼎盛，自小深受诗文熏染，有的是其夫家文脉昌达，文风至少都传了四五代。可以说，即使从全国范围看，像泰州这样的文章世家也是十分典型的，这是一种值得注意的文化传承现象。毫无疑问，泰州才女的成批涌现，正是依赖于家族文化传统的悠久历史和重视女子教育的开明态度。

清代泰州女性的诗文，已经跳出了传统女性"闺怨""闺愁"这类题材，

---

① 关思柏、宫淡亭：《合存诗钞》，收入《清代诗文集汇编：223》，上海古籍出版社，2010，第594页。

有了较为开阔的视野。她们的诗文，歌颂自然风物、记录社会风情，如"云迷运岫不分明，欲倩春鸠暂唤晴。帘外忽悬天上月，来朝应有卖花声。"（季娴《晚晴》）王崇蕙《春暮》云："风花无限思无穷，九十春光怅已空。莫遣飞英着流水，有人窗下惜残红。""群峰翠接天，雁乱山禽啭。空谷室无人，闲云自舒卷。"（仲孺人《昌口道中》）在用语清新的描摹中，我们能体味到她们热爱自然的胸襟与情趣。她们描写泰州风俗的诗有很多。如张瑛的《金人捧玉盘·午日同父作》就写端午节风情，云：

不觉是天中，节日融融。小窗似锦石榴红。兰汤沐罢，灵符高挂室西东。绿荫院落闲游戏，两袖生风。笑尔曹，争艾虎；看女伴，斗花丛。开绮席术酒馨酾。一觞一咏，胜如歌舞玉楼中。随时即便成佳境，何必仙宫？

曹湘浦的《纸鸢》、徐巽中的《美人风筝》都是写春日放风筝的风俗。

清代泰州女性文人的诗文中表达母女、姐妹、夫妇等至真之情的篇什格外突出，如周淑媛《元日哭先大人》表现了女儿丧父之痛："一夜思亲泪，天明又复收。恐伤慈母意，暗向枕边流。"陈传姜《忆母》表现了出嫁女儿的思亲之苦："膝下相依惯，劬劳力已殚。不缘今日别，那识旧时欢。霜落长河冷，心悬两地难。惟凭诸弟妹，早日问亲安。"蒋葵《梦醒闻雁却忆女弟》写女诗人听到雁鸣而思念妹妹，蒋蕙《雨夜梦与冰心女兄话旧》写自己在梦中与阿姐重逢，均情真而意切。赵笺霞《寄外》、王睿《卜算子·秋夜寄外》，都是写夫妇离别之情的。她们用朴实无华的语言传递着女性柔软多感的心声，其情感较男性文人作品更为浓郁动人。

当然，她们的诗文也有反映民生疾苦和臧否历史人物的，如邵笠《和夫子贷米诗》、仲贻銮《榆钱》、钱荷玉《秋日杂咏》（其一）等写社会动乱，生灵涂炭，读之令人唏嘘。而对历史人物的品评，则表现了她们的英气与识见不同寻常。

从诗文风格来看，因为这些女性文人毕竟生活圈子有限，其诗文主要写身边事、儿女情，所以，更注重炼字炼句，致力于艺术技巧的追求。像如皋才女姜宜的《咏秋海棠》"剪碎檀心云片片，抛残红线夜丛丛"，即以女性敏锐的感受，抓住海棠的色彩、形状和动态，或素描，或刻画，挥洒自如，意境独到,诗情画意尽显其中。她们以才运笔,抒发性情,语言清新隽妙,文风清丽婉雅。仲振奎称赞妻子赵笺霞之诗"温润以泽,务使宫商应节、声律和谐";泰州施千里之妻周贞媛著有《如河轩稿》《关关集》,邓汉仪评其诗娴雅,"擅闺房之秀"。

第八节 清代兴化昭阳诗派

一、兴化昭阳诗派的由来

明代后期至清代,兴化文化族群蔚兴,出现了影响地方后世的昭阳诗派。兴化曾是战国时期楚国令尹昭阳将军的采邑,昭阳、楚水成为兴化的代称,因此"昭阳诗派"也就是"兴化诗派"。

兴化文化族群的形成与家族的科举仕进相关联,先是明代万历朝的高谷(1390—1460)位至大学士,赠太保,谥文义,有《育斋文集》等传世,《明史》称其"美丰仪,乐俭素,位至台司,敝庐瘠田而已"[1]。继之则为嘉靖朝的宗臣(1525—1560),以福建参政、提学副使衔卒。宗臣为"后七子"重要成员,实开乡邑文学风气之先,其《报刘一丈书》尤以鞭挞权势及趋附小人而名传后世。至李春芳(1511—1585)以状元宰辅立朝数十年,嗣后子裔繁多,曾孙辈名家迭出,姻属如解氏、王氏等亦接踵而兴。兴化人文称盛江左,起核心作用的首推李氏一族[2]。

"昭阳诗派"这一名称在文学史上最先被清代学者朱彝尊提出。朱彝尊(1629—1709)在《静志居诗话》中说:"昭阳诗派不堕奸声,皆艾山导之也。"[3]

兴化地处里下河泽国水乡,黄淮泛滥波及,时常遭受水涝之灾,如吴嘉纪《赠别李艾山》诗所言:"年年淮南涨,森森昭阳田。既惊里为沼,又苦家无馆。"(《陋轩诗》卷十一,组诗五首之四)这一偏僻穷凶之地,却成为明清

---

[1] 张廷玉等:《明史》卷一百六十九《高谷传》,中华书局,1974,第4534页。
[2] 严迪昌:《兴化李氏与清初"昭阳诗群"》,载《中国典籍与文化论丛》第四辑,中华书局,1997,第153-164页。
[3] 朱彝尊:《静居志诗话》,人民文学出版社,1990,第697页。

易代之际布衣遗民的集聚之地。清代孔尚任曾因疏浚海口驻兴化,多与当地文人雅集唱和,其作于康熙二十六年(1687年)的《清晖亭诗序》说:

> 昭阳旧为文人之薮,宋元以上者无论矣。前代如高文义公穀、李文定公春芳、宗子相臣数先生,皆能致大位、成大名。……一时功业著作,辉映海内,盖有由已。今之作者,如李小有长科、艾山沂、若金淦、汤孙国宋、陆悬圃廷抡、王景州仲儒、歙州熹儒诸子。余皆得交其人,读其书,其可传如前代高、李诸先生必矣。①

其中提及的李小有、李沂、李国宋、陆廷抡、王仲儒、王熹儒等都是昭阳诗派的重要成员,并有作品传世。

二、兴化李氏文化家族成员及其诗歌创作

清代兴化李氏诗学之盛,近代著名学者李春芳八世孙李详(字审言)在《学制斋文钞》卷一《李氏一家集序》中言之甚详:

> 胜国之初,吾家诗人最盛。艾山、镜月、平子屹若三宗,汤孙以从子与相颉颃,有名公卿间,征之往籍,一一可信。虬峰名稍微,然亦作杞宋之附庸,当时谈昭阳诗人,舍王氏外,无与敌也。艾山坚守杜陵家法,汤孙具体文房而下逮义山,镜月、平子阑入宋代,率洸洋自肆,适己之适,而不肯随人作计则一。故吾李在顺康之世,以余荫嬗及子孙,为通人所称道以此。其后诸子,多洁身自爱,不与中原盟会,闲事吟咏,亦自不苟,虽源流不同,其适己之适,固未尝无人在也。②

"适己之适,不肯随人作计",这一断语极准确地概括了清初李氏族群以至整个昭阳诗群的诗歌风貌,揭示了这一特定地域诗歌创作的特点。

(一)李小有之诗歌

清初兴化李氏诸子中,以李长科年资最尊。李长科,字小有,明亡后更名李盘,字根大。据其好友孙枝蔚《溉堂前集》卷四《挽李小有》诗作于丁酉,可推知其卒年为顺治十四年(1657年)。挽诗中有"作客老诸侯""久病僧

---

① 徐振贵:《孔尚任全集校辑注评》,齐鲁书社,2004,第1130页。
② 李详:《李审言文集》,江苏古籍出版社,1989,第921页。

皆厌"①句，其享年六十七八岁。《重修兴化县志》记载其"博综古今，务为经济之学，尤精韬略"；李盘曾出仕为官，受其父辈影响，有一定的军事才能。崇祯十三年（1640年）以"贤良方正辟授广西怀集令"，"与守土者栖宿雉楼四十昼夜，画奇制胜，围遂解"（《重修兴化县志》）。因其"家世鼎贵，兄弟皆以文章流誉人伦"②，且李盘继承其父，能言诗，工于诗歌。现存诗集《李小有诗纪》（十一卷）、《葭园唱和》（一卷）、《牧怀诗纪》（五卷）、《媚独斋诗集》（八卷）。

李小有现存诗集，以编年形式记录其在明末清初目击耳闻生活之变迁，或抒述家国沦亡，生民涂炭之惨烈，或痛悼忠烈之士，或对南明弘光朝寄寓厚望，期盼恢复明太祖鸿业，山阳夜笛之悲情既沉痛又慷慨。

如《闻维扬失陷赋得路衢惟见哭城市不闻歌》：

> 孤城飞鸟绝，万马集琱戈。
> 蜀岭魂愁雨，邢流血染波。
> 路岐撑白骨，营聚泣青蛾。
> 歌吹何年地，烟消蔓草多。

其状写清军屠戮生民，实录清廷制造"扬州十日"，故时人评曰"淮扬惨极一时，写得使人不忍读，故以为至"③。

又如《挽先兄维曼大司农》即哭李长倩，诚泣血之唱，其二云：

> 不向青山正首丘，愿倾热血溅刀头。
> 出师表上风雷动，转饷筹空日月愁。
> 蝴蝶三更思汉鼎，子规万里怨吴勾。
> 英魂到海流无尽，张陆应同把臂游。④

又如《诸臣迎今上于金陵屡表劝进仲夏十五日即位反侧俱安》：

---

① 孙枝蔚：《溉堂前集》，收入《清代诗文集汇编》第71册，上海古籍出版社，2011，第380页。
② 陈际泰：《序》，载《媚独斋诗集》，收入《四库未收书辑刊》第6辑第29册，北京出版社，1997，第1页。
③ 李盘：《李小有诗纪》，收入《四库未收书辑刊》第6辑第29册，北京出版社，1997，第42页。
④ 李盘：《李小有诗纪·饥驱拙言》，收入《四库未收书辑刊》第6辑第29册，北京出版社，1997，第19页。

> 中兴鸿业光千古,江左龙飞定一尊。
> 天意未忘高祖烈,人心断属显皇孙。
> 民瞻故国真云日,系列先朝好弟昆。
> 执玉哀容犹动众,群工莫但保新恩。①

以故国旧臣期待南明弘光王朝君臣上下一心,恢复中兴鸿业的殷殷之情,与后来朱有崧、马士英君臣沆瀣一气形成鲜明对比。故时人评其诗"辞义彰明,根于忠爱,可以播告天下,感激人心",在文网严苛之日,其诗最彰显其忠义之心。

因李小有经历明清易代,"比遭兵燹,吟叹益繁。昔杜陵之篇,多感乱离,先生间道南归,携家避地,皆与相类,故有拟杜十首,异世同怀,亦有杜陵所未及者,履境较难也"②。因此,其诗写得既有气势又能实之以真挚哀思,故无空枵纤弱习气。

(二) 昭阳诗群"三李"

李氏家族中李沂、李沛、李瀚、李国宋皆以诗文闻名于时。

昭阳诗派的主将李沂(1616—1701),字子化,号艾山,又号壶公,晚号壶庵,明末清初兴化著名诗人,李春芳的玄孙(四世孙),著有《秋星阁诗话》《鸾啸堂诗集·文集》《唐诗援》等。其诗体裁与题材广泛,《鸾啸堂诗集》收乐府诗13首、五言古诗58首、七言古诗39首、五言律诗126首、七言律诗42首、五言排律12首、五言绝句28首、七言绝句41首,共359首。沈德潜选编的《明诗别裁集》(卷十一)中,收录其诗2首。《淮海英灵集》选其诗,称其五言如"'疾病聊称隐,干戈敢怨穷。波光摇阁影,莲气染僧衣'。皆幽秀可诵"③。

明亡后,因李氏家族"世受国恩",故国情结难以割舍,李沂以遗老隐士自居,保全名节,"弃制艺",不再参加科举考试,拒绝出仕清朝。李沂不仅

---

① 李小有:《李小有诗纪·芜关吟》,收入《四库未收书辑刊》第6辑第29册,北京出版社1997,第84页。

② 喻建伟:《瞻乌叹序》,收入《四库未收书辑刊》第6辑第29册,北京出版社,1997,第40页。

③ 阮元:《淮海英灵集》,收入《续修四库全书》第1682册,上海古籍出版社,1996,第192页。

善诗，且有其诗歌理论，其诗学论著《秋星阁诗话》完成于康熙二十年（1681年），张潮在《秋星阁诗话小引》中对其诗歌创作及理论给予肯定：

> 昭阳李子艾山，固所称善诗者，所著《壶山诗集》，久矣脍炙人口。从而学诗者，实繁有徒，应之者不胜其应，因有《秋星阁诗话》六则之编。虽其所言只为初学所发，而实为老于诗者所不能外；且非独诗家所不能外，即推而为古文、为词赋，又岂能外于"多读、多讲、多作、多改"之八言，而别有所致力乎哉？艾山年已八十，精神充裕，步履矍铄，不减强健少年，类有得于道者。君之先为李伯阳，其五千言为道家纲领。今艾山《诗话》不满二千言，殆如伯阳所云"为道日损，损之又损"者乎？不然，何其能以少许胜人多多许也？①

《秋星阁诗话》一文是李沂在扬州应后学诸子之需而作，"邑中诸子不察谫陋，以诗属订"②。《秋星阁诗话》从六个方面进行论述，即"八字诀""劝虚心""审趋向""指陋习""戒轻梓""勉读书"。"八字诀"部分指出学诗的"八字诀"，即"多读、多讲、多作、多改"；"勤作则心专径熟，渐开门路"，"多读者非欲剿袭意调、偷用字句也，惟取触发我之性灵耳"；"审问明辨，而后旨趣可得"，"若作而不改，尤为不可。作诗安能落笔便好？能改则瑕可为瑜，瓦砾可为珠玉"。这些深谙写诗之道的见解，既是对后学的谆谆教诲，又是作者创作的切身体会。"审趋向"部分指出"李献吉则一代诗人之冠冕也"，"学济南则鹜藻丽而害清真，学竟陵则蹈空虚而伤气格"，反映清初诗坛的诗人心态。同时作者也强调要尊重性情，善于向古人学习，但反对一味模仿前人，"夫人自有性情，原不必摹效前人"，"师心自用，谓古不足法非狂则愚也"。"勉读书"部分梳理读书与学诗之间的关系，"读书非为诗也，而学诗不可不读书。诗须识高，而非读书则识不高；诗须力厚，而非读书则力不厚；诗须学富，而非读书则学不富"，进一步指出多读书、学识高，即有益作诗：

---

① 李沂：《秋星阁诗话》，收入张寅彭：《清诗话全编·康熙期三》，上海古籍出版社，2018，第2137页。
② 李沂：《秋星阁诗话》，收入张寅彭：《清诗话全编·康熙期三》，上海古籍出版社，2018，第2143页。

"识见日益高,力量日益厚,学问日益富;诗之神理乃日益出,诗之精彩乃日益焕",显示出清代诗文创作向学问转向的萌芽,其诗歌理论与诗歌创作融为一体。如《赠魏叔子》:

> 魏生欻歘目如电,董子祠傍忽相见。
> 豫章国士天下闻,生不逢时且贫贱。
> 东西奔走非无故,侧身海内求英彦。
> 即今屠钓岂无人,常恐摧颓筋力变。
> 握手数语露肺肝,别我西归寻考槃。
> 子之往兮各努力,岁暮雨雪江风寒。①

全诗以初次与魏叔子相见为线,叙述两人一见如故、坦诚肺腑,并互相勉励,以清贫遗民自励,惺惺相惜之情跃然纸上。又如《挽从伯瞻鹿公》:

> 丧乱君臣在,偏安社稷芜。
> 封章悬日月,旅榇历江湖。
> 报国余孤剑,匡时屈壮图。
> 故园春树绿,愁听野禽呼。②

诗中所悼念的"从伯瞻鹿公"即李长倩。李长倩,字维曼,号瞻麓,于崇祯七年(1634年)登甲科,明亡后,与黄道周拥立隆武帝于福建,任户部侍郎摄尚书事,旋即死。其诗以悲愤之情回忆长辈为大明故国捐躯之壮举,抒发家族报国匡时的壮烈情怀。

作为昭阳诗派的领袖,李沂的创作成就是足以符合"江淮南北数十年言诗派者以为依归"的声誉的。《听杨怀玉弹琴歌》以及为王弘撰奠祭崇祯陵而作的《鹿马山人歌》等无不沉痛哀深。赠故新乐侯刘雪舫诗,哀其劫后余生,躬耕高邮,"万死惊身剩,全家与国亡"句尤著名。《重过金陵》写得凄清绵邈,情思足浓:"武定桥头新月上,朦胧遥望紫金山。"李沂还有不少反映民生疾苦之作,如《筑堤歌》中"饥死老父冻死妻"的惨状,《插秧歌》的"谁者造屋""谁者有牛羊"的不平愤懑。《野望》一绝苦情特浓,以氛围衬见祸害,笔致简峭:

---

① 沈德潜、周准:《明诗别裁集》,中华书局,1975,第131页。
② 沈德潜、周准:《明诗别裁集》,中华书局,1975,第131-132页。

风卷蓬根野日昏，含凄倚杖望孤村。

村中昨夜逃亡尽，还有催租吏打门。①

李沛（1598—1655）是李沂的堂兄，长李沂十八岁，字平子，著有《平庵诗集》等，《淮海英灵集》丁集称其"负才尚气，肆力古文，尤长于诗"。孙枝蔚在顺治十二年（1655年）有《挽李平庵沛》诗二首，知其卒于此年；《江苏诗征》引述其得年五十八，能推其生年。《明遗民诗》小传言其"善诗，工书法，好负气，人不如意，辄叱之"。孙溉堂诗中追记其人心性说："仗气江湖早，关心药裹迟。骂人同鼓吏，陷贼耻王维"，又说他"论文无李白，沽酒向泉台"（《溉堂前集》卷四）；并认为其精神气概虽死犹生："海日旌旗动，江风鼓角哀。知君魂魄过，犹自痛蒿莱。"② 张符骧为李淦作《沧浪水樵传》时提到李沛与李瀚、李沂以及雷伯吁等同誓"矢不仕于清"，"后诸君子果不食言"③。

《平庵诗集》中的郁勃之情每每寓之"年年孤立大江心"似的寒苦意象。《闻雁》诗云：

念尔随阳去，无人自北回。

海滨缯缴满，声断有余哀。

《甲午立春》又有句云：

十载疑天道，荒城又立春。

雪深埋白骨，风急乱青磷。

甲午是顺治十一年（1654年）。

《人日雾过樊汊》言外有意，心境含蓄：

野水孤村合，荒林晓雾霏。

断桥寻宿舸，前路听鸣鸡。

江汉何时净，乾坤此日迷。

白头飘短发，俯仰望朝曦。④

---

① 严迪昌：《兴化李氏与清初"昭阳诗群"》，载《中国典籍与文化论丛》第四辑，中华书局，1997，第153-164页。
② 孙枝蔚：《溉堂前集》，收入《续修四库全书》第1407册，上海古籍出版社，1996，第335页。
③ 张符骧：《依归草初刻》，收入韩国钧《海陵丛刻》，广陵书社，2019，第503页。
④ 卓尔堪：《遗民诗·李沛》，华东师范大学出版社，2013，第250页。

此诗托"雾"以写"乾坤"尽"迷",企盼"朝曦"以廓"江汉",意蕴在于期待复"明"。其《九日晚生孙》谓,"相韩五世后,恩养亦艰辛",取典张良五世相韩不忘旧主之意,将义不帝"秦"之意祈之于子孙,传递遗民情绪,读之令人感慨。

李清同祖兄弟李瀚(?—1580),字士翔,号籀史,又号严庵,著有《严庵稿》。李瀚是崇祯末年贡生,李沂《哭兄籀史》有"稼穑终身隐,文章早岁工"①句,知其早年以诗名称,终身布衣。其诗亦血泪心伤为多,唯韵味深秀,且特多"月明"意象。如"夜静月明天一色,不知何处下鱼钩""元夜扬州月正明,琵琶弦索尽边声""回看四十年前事,明月春风总是愁"等②。《伤春曲》二绝最耐咀嚼:

> 池塘春草绿依依,万古愁魂唤不归。
> 羡杀南来鸿雁影,月明天外一行飞。
>
> 隔城三里水之涯,中有秦人几百家。
> 未许外来窥渡处,至今不肯种桃花。③

鸿雁之可羡是因为其可自由翱翔天外,不受"北"之制约;"不肯种桃"则是自外于当今掌国柄者的决绝坚拒,其心魂诚遥寄"月明天外"焉。但现实是酷烈的,何处是桃源,真能避世容身?《春夜书怀》一诗的颔联"余生同短烛,世态更春冰!"④写尽遗民怅惘愁苦的心境,堪称名句。

李国宋,字汤孙,号大村,李瀚子,著有《螺隐居诗集》。《淮海英灵集》云其:"为康熙甲子举人,弱冠即以诗文名。生平所著诗最多,人以陆放翁比之。阮亭为扬州司李,每会郡中诗人,以大村为冠。"⑤李国宋以诗才受到当时扬州推官王士禛的器重。

其诗多关注民生,如《淮雨叹》:

---

① 阮元:《淮海英灵集》,收入《续修四库全书》第 1682 册,上海古籍出版社,1996,第 192 页。
② 卓尔堪:《遗民诗·李瀚》,华东师范大学出版社,2013,第 171 页。
③ 卓尔堪:《遗民诗·李瀚》,华东师范大学出版社,2013,第 170-271 页。
④ 卓尔堪:《遗民诗·李瀚》,华东师范大学出版社,2013,第 169 页。
⑤ 阮元《淮海英灵集》,收入王云五《丛书集成初编》第 1802 册,商务印书馆,1935,第 445 页。

> 黄霾夹雨冲冻泥，黑云压城寒沙飞。
> 洪河怒卷数丈冰，朔风吹裂波崚嶒。
> 城头饥噪暮鸟集，土屋阴阴爨烟湿。
> 此时侯门人十谒，握手知谁肝胆热？
> 君不见，昭阳李生淮阳客，敝席毡裘骨如铁。

该诗以写实手法，用"黄霾夹雨冲冻泥""洪河怒卷数丈冰"来叙写淮雨之汹汹，以"城头饥噪暮鸟集，土屋阴阴爨烟湿"，映衬生民之艰辛，读来令人潸然泪下。

其写景诗也自然清新，摹景状物，心与物融为一体，实得陶渊明之真谛。如《登牛首山》：

> 万壑争江势，千峰绕白门。
> 青林云气合，赤日石崖昏。
> 鸟下半空小，人当绝顶尊。
> 沧波流浩浩，日夜动乾坤。

三、昭阳诗派其他重要诗人

陆廷抡（1627—1684），字悬圃，兴化人。《淮海英灵集》丁集载其小传："足不入城市者三十年，深于史，好曾南丰文，与李艾山、王筑夫为友。尝修《泰州志》，体例精严，为时所称，著《酹酊堂诗文集》。"① 陈维崧《陆悬圃文集序》评之曰："其枯杉怪石，貌以丑而能奇，瘦竹苍藤，势以危而得秀。"（《陈迦陵俪体文集》卷六，《四部丛刊》本）陆廷抡富有文史才，其文以曾巩文为楷模；明亡后尚气节，三十多年足不入城。其诗无论是写景还是怀古，都寄寓其抑郁不平之气。如《春兴》：

> 乡国愁难释，他乡叹独栖。
> 暖沙低燕雀，水槛集凫鸥。
> 花树伤心丽，风云入眼迷。
> 时危无限泪，尽向暮春啼。②

---

① 阮元：《淮海英灵集》，收入《续修四库全书》第1682册，上海古籍出版社，1996，第192页。

② 卓尔堪：《遗民诗·陆廷抡》，华东师范大学出版社，2013，第541页。

该诗撷取江南水乡的春色意象"暖沙""燕雀""凫鸥""花树",春景生气勃兴,本给人以无限欢娱之情,但作者首句以"愁难释""叹独楼"定下基调,又以"无限泪""暮春啼"收尾,以春景写哀情,长歌当哭,情深意切。

如《过史相国坟》:

> 广陵城北一孤坟,云是先朝旧督臣。
> 冢中断碑题汉字,路旁荒草拜行人。
> 沧波呜咽三江戍,碧血凄凉万古春。
> 一自前军星坠后,至今无复见纶巾。①

以描摹曾浴血抗清的史可法坟墓之荒凉残颓,既抒发了对先辈的之景仰之情,更表达了对今人健忘前贤往事的悲愤之情。

王仲儒(1634—1698),字景州,号西斋,明诸生,著有《西斋集》。诗句有故国之思,乾隆时其书被列入禁书,故检阅专以收集乡梓前贤诗文的《淮海英灵集》及《淮海英灵录续集》均选辑其诗。仲儒父王贯一,号象山,为李氏婿,遗老,故其二子仲儒、熹儒虽于甲申时年仅成童,然族群氛围熏蒸,仍一时有故国之思。因此他们在甲申之后放弃举业,其诗文中充溢遗民抑郁之气:"申酉后不令习举业。……丙辰以来,两先人相继即世,家业渐落,阳侯肆毒,年谷不登。余兄弟先后游京师,复落无所遇,悲忧抑塞,无所舒发,而一寓于诗。"② 如《挽李籍史》:

> 海内遗民少,斯人今又亡。
> 急湍争送腊,寒日懒舒光。
> 大业千春在,前途万虑荒。
> 骑龙逐司命,共返白云乡。③

此诗悼念好友李瀚,以"遗民"之凋零倍加伤痛,又以虽然心怀"千春大业",却知"前途"渺茫,令人读之慨叹。

---

① 卓尔堪:《遗民诗·陆廷抡》,华东师范大学出版社,2013,第542页。
② 王仲儒:《西斋集》,收入《四库禁毁书丛刊》集部第73册,北京出版社,1997,第475页。
③ 王仲儒:《西斋集》,收入《四库禁毁书丛刊》集部第73册,北京出版社,1997,第493页。

第九节　蒋春霖与晚清"淮海词人群"

词最初称为"曲词"或者"曲子词",别称有近体乐府、长短句、曲子、曲词、乐章、琴趣、诗余等,发源于晚唐五代,历经两宋之繁盛,元明之衰靡,及至有清一代,复达中兴。

就清词发展史而论,正如吴梅先生所指出的,清词门户纷呈,各遵所尚,虽各不相合,然各具异采,虽为"小道末技",但这一抒情文体终于与诗并立,谱成辉煌的"殿末之卷"①。

词在清代历史进程中并非平顺发展,亦经历起落消长。清初云间词派后,吴伟业、龚鼎孳等各据南北,词风多元。其后,阳羡词派、浙西词派和常州词派在清初百派回流之后,相继各立门户。

长期以来,针对清代咸同时期词坛的论述仅见于《清词史》《近代词史》等史类专著中。已故苏州大学文学院教授严迪昌先生在《清词史》中,以道咸衰世的"词史"为线索对道光以降的清代词人和词坛进行了概论。他以咸同时期重要词人为对象,兼及对咸同词坛的整体思考,指出"其所唱起的哀鸣之调,也应视为'词史'之一页而予以审查"②。在其自选论文集中,更是对咸同词坛进行了整体性论述。

所以,严迪昌指出:"咸丰中,集聚于淮海地域的江苏北部盐城、东台、兴化、泰州一线,境内的一批词人如赵彦命、丁至和、周作镕以及余煜、诸荣槐等均以蒋、杜为马首。这个词群与谢章铤为核心的闽中'聚红榭吟社'群体,及孙超、周天麟各为代表的京师小官吏和外省属僚词群,先后同峙立,活跃于南北,较王鹏运等他们都要长一二辈,早出半甲子以上。"③

淮海词人群体是由咸同年间往来于淮海地区的词人组成的文学群体。该群体活动时限大约在咸丰、同治年间,活动范围在清晚期扬州府辖区以泰州为中心的地域范围内。其时,因太平天国运动而辗转流离于淮海地区的词人,

---

① 严迪昌:《阳羡词派研究》,齐鲁书社,1993,第1页。
② 严迪昌:《清词史》,江苏古籍出版社,1999,第524页。
③ 严迪昌:《严迪昌自选论文集》,中国书店,2005,第274页。

通过词这一文体进行个体交游或群体唱酬活动,"哀音苦调"为主要创作基调,对太平天国运动进行"词史"书写。受战争和时代的影响,词人群体中不仅有淮海地区本籍词人,还有大量流寓淮海地区的词人和游宦淮海间的词人。也因此,群体在唱酬活动的组织上表现出一定的松散性,在词人活动轨迹上呈现出流动性,在词人交游上呈现出开放性。

最早对淮海词人群进行论述的清人宗源瀚曾云:"同治壬戌(1862年)以后,予居泰州数年,兵戈方盛,人士流离,渡江而来,率多才杰。一时往还,如王雨岚、杨柳门、姚西农、黄琴川、钱揆初、黄子湘,皆以诗名,而蒋鹿潭之词尤著。"①

如上所言,淮海词人群中成就最高者为蒋春霖。

蒋春霖(1818—1868),字鹿潭,江苏江阴人,寄籍大兴。曾任东台、富安场盐大使,生平详见《清史稿》卷四八九、金武祥《蒋君春霖传》、周梦庄《蒋鹿潭年谱》、冯其庸《蒋鹿潭年谱考略》等。有《水云楼词》二卷,《水云楼词续》一卷,诗《水云楼剩稿》一卷。冯其庸先生将其合刊为《水云楼诗词辑校》。金武祥《蒋君春霖传》云:

> 幼随荆门公任所,久涉郢汉,得江山骚赋之气为多。道光中叶,海寓清晏,士天雍省樽俎,文燕称盛。君周旋先辈间,尝登黄鹤楼赋诗,老宿敛手,一时有乳虎之目。②

根据金氏记载,蒋君春霖少年时期当过着极为优越的生活当中。年幼随父作宦游时,蒋春霖不仅"周旋先辈间",多与其时名士有文酒之会,徜徉于墨客之林中,还显示出卓人的才气,博得"乳虎"之称。然而在其父亲离世后,蒋氏优越的生活也随之不再,家道中落。蒋春霖潦倒穷居、依附他者的生活也自此开始。道咸间,蒋鹿潭正值中年,游走于淮海间,其先于东台谋职,后经但明伦举荐任富安场盐大使。

蒋春霖性格坦爽,屡试不中,仕途不济。道光二十八年(1848年)后曾先后在两淮地区任盐官,署理淮南、东台、富安场盐大使。他一生落拓,早岁为诗,中年以后有大量词作,大多为抒情、忆旧和感伤之作,其中不乏思

---

① 宗源瀚:《水云楼词续序》,载蒋春霖《水云楼词》,《江阴先哲遗书》本。
② 金武祥:《蒋君春霖传》,载《粟香室文稿》,光绪庚子(1900年)刻本。

乡之情。咸丰七年（1857年），蒋鹿潭因母忧去官。因为他为人亢直不谐俗，人多忮之。又因其勇施予，资人缓急，渐至贫困，又因家乡江阴战乱，故暂居东台，以填词排忧。咸丰九年（1859年）乔松年被任命为两淮盐运使，他设法招徕盐商，恢复盐商贸易，确保了江北大营镇压天平天国的军饷。经数年流寓后，蒋鹿潭在乔松年幕中任职。其"抵掌陈当世利弊甚辨，謇侃奋发，不属吏自饶，上官亦礼遇之"。① 然而，在乔松年、金安清等担任两淮盐吏的淮海词人群成员相继去职后，蒋春霖无所依靠，困顿奔走于东台、泰州等地。

咸丰十年（1860年），蒋鹿潭携妻子居于泰州，其妻不久后去世。后蒋鹿潭结识了泰州姜堰世家黄氏青年女诗人黄婉君，二人共同寓居于泰州姜堰溱潼水云楼，并常往返于泰州与东台之间，留下了许多吟咏泰州的诗文。

在这期间，蒋鹿潭写下了他最有代表性的词《满庭芳》，词前有小序：

> 秋水时至，海陵诸村落辄成湖荡。小舟来去，竟日在芦花中。余居此既久，亦忘岑寂。乡人偶至，话及兵革，咏"我亦有家归未得"之句，不觉怅然。

> 黄叶人家，芦花天气，到门秋水成湖。携尊船过，帆小入菰蒲。谁识天涯倦客，野桥外、寒雀惊呼。还惆怅、霜前瘦影，人似柳萧疏。

> 愁余。空自把、乡心寄雁，泛宅依凫。任相逢一笑，不是吾庐。漫托鱼波万顷，便秋风、难问莼鲈。空江上，沈沈戍鼓，落日大旗孤。②

这首凄绝哀怨、沉郁顿挫的词，写在他刚到水云楼居住没多久的时候。当年七月，运河决，泰州里下河一带大水为患，村落沦为湖荡，蒋鹿潭泛舟芦花中，与乡人话及兵革，咏"我亦有家归未得"，遂有了写作初衷。

---

① 冯其庸辑校《蒋鹿潭年谱考略》，收入《蒋鹿潭年谱考略、〈水云楼诗词〉辑校、重校〈十三楼吹笛谱〉》，青岛出版社，2014年版，第40页。
② 蒋春霖：《水云楼词》卷一，清咸丰曼陀罗华阁刻本。

从此词可见，蒋鹿潭的心中乃是厌兵、思乡的。一句"谁识天涯倦客"点出了这首词的主旨。词句化用周邦彦"登临望故国，谁识京华倦客"的词义，表示山河飘摇、物是人非。这首词的精妙之处，就在于词人把眼前景象与心中愁思，不着痕迹地结合一起，起到一种景语皆情语的效果。同时，词人又用"鱼波万顷"的悲切视角将其心中多年怨苦宣泄出来，描绘出了一幅无比苍凉的水上舟行图。

莼鲈之思，本是适意而为，可是词人却因为兵灾，连家也难回了。他不直接描写战争，而是通过自己的小情绪，来达到叙述目的，是其对于词这一类体裁的高超运用。

此外，词人还在同时期登临泰州的望海楼，写下了其吟咏泰州最有代表性的作品《登泰州城楼》：

> 四野霜晴海气收，高城啸侣共登楼。
> 旌旗杂沓连三郡，锁钥矜严重一州。
> 西望云山成间阻，南飞乌鹊尚淹留。
> 海陵自古雄争地，烟树苍苍起暮愁。

咸丰十一年（1861年），44岁的蒋鹿潭从溱潼去东台刊刻《水云楼词》，此为蒋鹿潭之自定本。蒋鹿潭生前将词集定名为《水云楼词》，可见这段在泰州溱潼水云楼的生活经历对蒋春霖文学创作的重要性。

关于蒋鹿潭自杀缘由和黄婉君去向，晚清张尔田的《近代词人轶事》有详细记载：

> 鹿潭，先君子学词之师也。性落拓。官两淮盐大使。罢官，避地东淘，杜小舫（文澜）观察爱其才，时周给之。小舫之词，多出其手定。鹿潭素不善治生，歌楼酒馆，随手散尽。晚年与女子黄婉君结不解之缘，迎之归于泰州。又以贫故，不安于室。鹿潭则大愤，走苏州，谒小舫。小舫方署臬使，不时见鹿潭。既失望，归舟泊垂虹桥，夜书冤词，怀之，仰药死。小舫为经纪其丧。婉君闻之，亦以死殉。余从嫂黄亦家泰州，亲见婉君死状，言之甚悉。是亦词人之一厄也。鹿潭遗诗宗源瀚序，略及其事，而不能详云。

蒋鹿潭寓居水云楼写作之时，恰逢太平军与清军激战之时，双方在扬州一带来回争夺。泰州里下河一带虽未遭遇战火，但依旧能闻到浓浓的火药味。国家不幸诗家幸，赋到沧桑句便工。正是在这样的情况下，蒋鹿潭目睹山河破碎，百姓流离失所，生活穷困潦倒，故而多借溱湖水景托物言志，鸣发感伤之音。

总的说来，蒋鹿潭词中兼有南宋张炎清空之境、姜夔造句警妙之法，亦在感慨寄托间表达出豪侠之气和婉约之感，蕴发无端。从其兼容并蓄的风格我们可以看出，蒋氏《水云楼词》并无门户偏见，能汇纳百宗，尽扫葛藤。其婉约至深的情感铺叙、虚浑别致的炼句琢字，以及独具雄才的灵性表达都让其能卓然成一大家。同治七年（1868年），蒋春霖离别苏北，准备去苏州投靠友人，路经吴江东门外垂虹桥，感到前程茫茫，伤痛之余竟服毒而亡，年仅51岁。蒋春霖早岁工诗，风格近李商隐。中年，将诗稿悉行焚毁，专力填词。据说他由于喜好纳兰性德的《饮水词》和项鸿祚的《忆云词》，所以自署水云楼，并用以名其词集，他重视词的内容和作用，认为："词祖乐府，与诗同源。偎薄破碎，失风雅之旨。情至韵会，溯写风流，极温深怨慕之意。"所作词如《台城路·易州寄高寄泉》《卜算子·燕子不曾来》等，多抒写仕途坎坷、穷愁潦倒的身世之感，悲恻抑郁。其咏时事之作，如《台城路·惊飞燕子魂无定》《渡江云·燕台游踪，阻隔十年，感事怀人，书寄王午桥、李闰生诸友》等，虽被誉为"倚声家老杜"，但内容大都抒写太平军烽火波及江南时，士大夫流离之感以及对风雨飘摇的清王朝的哀叹。

在艺术上，蒋春霖目无南唐两宋，更不囿于当代浙派和常州派的樊篱。他的词讲究律度，又工造境，注意炼字炼句，在清末颇受称誉。所以谭献在《复堂日记》中言："阅蒋鹿潭《水云楼词》，婉约深至，时造虚浑，要为第一流矣。"称其："流别甚正，家数颇大，与成容若、项莲生，二百年中，分鼎三足。"①

国学大师王国维曾在《人间词话》中赞美说，《水云楼词》小令颇有境界，比皋文、止庵辈超出许多矣。吴梅《词学通论》则将蒋鹿潭的词提升到

---

① 谭献：《复堂日记》，半厂丛书初编本，光绪十一年（1885年）刻本。

一个新高度："有清一代以《水云》为冠，亦无愧色焉。"

《水云楼词》，蒋春霖生前刻于东台，后收入杜文澜《曼陀罗阁丛书》中。蒋卒后，他的好友于汉卿搜集未刻之词，与宗源瀚所藏，合刻《补遗》1卷。缪荃孙也重刻过他的词集。1933年出版的《词学季刊》创刊号，又发表其未刻词9首。总计蒋春霖词今存170首。诗作今存94首，由金武祥刻入《粟香室丛书》，题为《水云楼剩稿》。新中国成立后，山东齐鲁书社出版了冯其庸先生的《蒋鹿潭年谱考略·水云楼诗词辑校》一书，台湾黎明文化事业公司又出版了周梦庄先生的《水云楼词疏证》，为后人研究蒋春霖提供了重要资料。

晚清时期，受太平天国运动影响，泰州作为淮南盐业中心，淮海词人群体中的大部分流寓词人均以下层盐官为存身之职。如杜文澜在任职泰州分司时结识蒋春霖，从而订交。其后，褚荣槐、金安清、宗源瀚等相继订交。这一流寓的群体在不断扩大的过程中，往来流动频繁。冯其庸先生曾试辑录过《淮海词话》。其中录蒋春霖、丁至和、周作镕等共十二词家词评及逸事。在对蒋鹿潭生平作考订时，对与其相与交游的人也作了考察。冯氏共考得55人，除去其中7名女子外，实际考得48人。而这48人均为淮海词人群体成员，并为其中较为活跃的词人。

其中代表性人物主要有：李肇增（1821—?），字冰叔、冰署，江苏甘泉人。诸生。官至浙江知县。生平见《续纂泰州新志》卷二十八"流寓"条，《民国辛酉甘泉县续志》。著有《冰持庵词》《琴语堂文述》《琴语堂杂体文续》，辑有《淮海秋筋集》。

钱桂森（1827—1902），原名桂枝，后更名桂森，字馨伯、萃白，号梫庵、犀盒、稚庵，泰州海陵人。道光十年（1850年）进士，授翰林院庶吉士，历任山西道监察御史、国史馆总纂修、文渊阁直阁事等。生平详见宣统《泰州志》卷十四。著有《一松轩诗稿》《段注说文校》。

黄锡禧（1825—?），字子鸿、勺园，号鸿道人，江苏甘泉（今扬州）人，个园主人黄至筠五子，官同知，咸丰同治间寓居泰州。善书画，工词，存世有《栖云山馆词》。

吴让之（1799—1870），原名廷扬，字熙载，以字行，五十岁后改字让之，亦作攘之，号让翁、晚学居士、方竹丈人等。斋堂号晋铜古斋、师慎斋。

江苏仪征（今江苏扬州）人。篆刻家、书画家，包世臣入室弟子。其人篆隶行草无所不能。亦善画。篆刻初宗汉印，悉心模仿，后师邓石如，参以己意。晚年之作入化境，一生刻印以万计，破前人藩篱而自成面目。印文方中寓圆，刚柔相济；用刀流畅自然，应情处理不假造作。在明清流派篆刻史上具有举足轻重的地位。存世有《吴让之印谱》《晋铜古斋印存》《师慎轩印谱》《通鉴地理今释稿》。生平见《清史稿》列传，著有《资治通鉴地理今释》。

乔松年（1815—1875），字健侯，号鹤侪，山西徐沟县郝村（今清徐县王答乡郝村）人。道光十五年（1835年）进士。历任江苏苏州知府、两淮盐运使、安徽巡抚、东河总督等。谥号勤恪。任两淮盐运使时，驻节泰州。著有《萝藦亭遗诗》《萝藦亭札记》《萝藦亭文钞》《论语浅解》《乔勤恪公奏议》等，编有《纬捃》《乔氏载记》等。

金安清（1816—1898），字眉生，又作梅生，号愧斋，浙江嘉善人。国子监生，历任泰州州同、海安通判、湖北督粮道。生平详见《嘉善县志》（县志中有《金安清传》）。

黄径祥，字琴川，原籍江西乐安，流寓泰州。官至知府。有《豆蔻词》一卷，《还桂山房诗钞》《珍珠曲》。

张熙（1810—867），字子和，一字抒荷，浙江山阴人。历任江苏溧阳、兴化等县知县。著有《三影楼劫余草》，《江南好词》一卷。

李柏荣，生平详见《魏默深师友记》卷五。曾寓居泰州。著有《倩亭诗钞》一卷，《能一编》二卷。

淮海词人群体中，能词者如蒋春霖，注重词学研究者如杜文澜，善文者如李肇增等，各有所长。这些词人不断发挥自身的能量，成为词人群体之中坚。他们作为群体的核心成员，也凝聚着其他个体，引导着群体的发展。在淮海词人群里，蒋春霖作为最杰出的代表，以其极负文学意气、哀婉至深的创作，成为群体创作的集大成者。

以蒋春霖为代表的淮海词人群体在中国词学史发展中具有重要意义，具体体现为：第一，该词人群体以其独特书写实现了"词史"理论的又一次实践，将概念由理论向实践又推进了一层；第二，淮海词人的创作增强了"词史"的艺术表现力，群体中人多以哀音苦调为创作基调，不仅增强了创作的抒情性，也将词独特的美感特质融合在"词史"概念中；淮海词人群体丰富了"词史"的创作手法，在其笔下不仅有赋笔直书，更多见比兴寄托，在感慨寄巧之中更凸显"词史"概念。

纵观清代词学发展史，淮海词人群体的"词史"书写是继第一次鸦片战争间，林则徐、邓廷桢等人的"词史"唱酬之后，又一次群体创作实践。淮海词人群体与谢章铤等人的闽籍词人群等共同构筑了咸同词坛的"词史"创作风貌，为清末王鹏运、文廷式等词人的创作打下了基础。

以中下层文人为主要组成的淮海词人群体，在咸同年间被动地卷入太平天国运动，他们不似道光间林、邓等人能直入沙场，挥斥方遒，而仅能不断地因战争辗转、逃散。战争对他们的影响是骤然的、被动的。在突变的世事间，在强大的外部条件的变化刺激下，词人的所感、所想亦发生了骤然的、巨大的变化，这一变化也反映在词人的创作内容和表现手法中。因而较之其他词人或词人群体的"词史"创作，淮海词人群体的书写实践具有很大的被动性。在大环境影响下，词人们以其敏感的感情，联系实际生活，"词史"铸词，自觉地完成了"词史"的创作实践。淮海词人群体以自觉方式展开"词史"书写。

淮海词人创作最为突出的特点即是其创作多为"哀音苦调"。作为这一文学群体最为明确的创作特征，对"哀音苦调"的不断书写和强调也增强了其"词史"书写的艺术感染力，让"词史"创作在精炼叙事之外，抒情成分亦有所提升。淮海词人之所以能独吟哀苦之音，一方面是因为词人所受之苦让其感发此感，另一方面是因为淮海词人多尊崇南宋遗风，以白石、玉田为宗，力求雅正、清空和声律上的圆满。此论体现在创作上，便是较为崇尚哀婉绵丽的词风，排斥豪放疏宕的创作风格。在此两者的叠加之下，淮海词人群体对于词美感特质的表达和抒情性的要求就尤为突出了。

纵览淮海词人的文学创作，他们作为晚清动荡时期的中下层文人，立足以泰州为中心的江海大地，以"哀音苦调"为主，感叹乱世，感叹自身飘零，感叹其所直面的生死存亡；在幽怨凄凉的词境中，吟咏悲恸之美，以中下层士子的悲鸣，为世事而叹、为时人而叹。词人们在奔走间，在流离的过程中于群体中寻求精神上的温暖。世事纠葛中，词人们面对着生存与死亡的矛盾，满怀豪情与无处施展抱负的矛盾，精神上追寻欢愉却必须直面社会苦痛的矛盾。面对这些无法解决的矛盾，词人将无奈、苦痛肆意地铺洒在词句之间，在道尽凄凉和惨痛的同时，也道尽了咸同间具象的社会生活面貌和隐性的社会情态面貌,成为清代词坛发展的一座高峰,也使得泰州地域文学史在中国词学发展史上书写了辉煌的一笔。

【阅读思考】

1. 读《郑板桥家书》节选,分析郑板桥的文学思想。
2. 蒋春霖《满庭芳·黄叶人家》的主题思想是什么?

【拓展阅读】

1. 了解中国女性文学史上的代表人物和作品。
2. 了解清代"词学三大家"。

【阅读体验】

1. 走访兴化郑板桥纪念馆和板桥墓园。
2. 去溱湖游览,登水云楼,撰写游记。

第六章 现代泰州文学

【阅读提示】

1. 宏观了解对中国现代文学发展作出贡献的泰州作家及其作品。
2. 重新认识刘韵琴白话小说创作在新文学运动中的地位。
3. 了解朱东润在中国传记文学史上的"开山"之功。

20世纪对于中国来说,是一个崎岖曲折、苦难深重的世纪,同时也是一个凤凰涅槃、万物更新的新世纪。从这个世纪起,中国文学经历了脱胎换骨式的蜕变,肇端于1917年的"文学革命",结束了中国古代文学的漫漫征程,使中国文学进入了现代文学发展的崭新时期。承接近代文学的走向,泰州文学的发展呈现出艰难跋涉、稳步前进的运行态势。与名家迭出、社团蜂起、流派纷呈的一些大城市相比,泰州现代文学虽然显得有些清冷、寂默,诞生的作家、文学家数量上并不算多,但仅就有记载的作家而言,他们的成就足以证明泰州在中国现代文学史上拥有一席之地。从总的发展趋势来看,泰州文学仍和全国的现代文学运动取同一步调,始终与现代中国同呼吸、共命运、同兴旺、共发展。在小说、诗歌、散文、戏剧、报告文学、文学评论、儿童文学等诸多领域涌现出像刘延陵、丁西林、缪崇群、朱东润等有全国影响的作家和批评家,创作出大量的优秀文学作品。

第六章 现代泰州文学

第一节 刘韵琴及其诗文创作

刘韵琴,名羽诜,清光绪九年十月三十日(1883年11月28日)出生于江苏兴化城西城内城隍庙东巷祖宅内。清末著名文艺评论家刘熙载孙女,熙载次子刘展程之女。母许氏,出身泰州望族,通诗文。长兄刘增诜,字益峰,次兄刘祥诜,字仲云,皆善音律,工诗词。

刘韵琴幼年就读于私塾,"聪明好学,九岁能诗",仰慕古代女英雄花木兰,她在七律《木兰从军》中写道:"一朝战罢回东阁,千古风高花木兰。"今存《韵琴诗词》,首篇《七绝·中秋无月》即为其九岁时作:"准拟今宵乐事多,那堪今夕又空过。何如借取昆吾剑,挥断云根见素娥"。感时抚景,语出惊人。年甫十三即崭露头角,《七绝·春阴》已颇富诗情画意:"溟蒙天气种花时,小婢行来笑语痴。遥指隔溪深竹外,桃花新放两三枝"。曾就读于南京某女校,光绪二十六年(1900年)十六岁时,遵母命,嫁给明"状元宰相"李春芳十一世孙李宜璋为妻,随丈夫跟从"两署"湖南华容知县的公公李小香一同去湖南生活。其间,结识了与自己命运相似的浙江绍兴人秋瑾女士。光绪三十三(1907年)年七月秋瑾遇害,她不惮斧钺愤然赋《吊秋瑾》:

> 剑芒三尺逼人寒,莫作寻常粉黛看。
> 肝胆烛天尘世黯,头颅掷地梦魂安。
> 女权未许庸奴占,种界空嗟异类团。
> 恨煞东瀛初返棹,秋风秋雨送罗兰。

翌年,刘韵琴接受曾在马来西亚槟榔屿华侨女子学校任教的同乡密友任瘦卿女士建议,远离故园,旅居马来西亚马六甲城,任华侨女子学校校长。其间,她写了不少忧国忧民和怀念故乡的诗词。如《夏日旅怀》:

> 云水两茫茫,路远山长,何时归去慰高堂?安得肋生双羽翼,飞到昭阳。

1911年秋,身在海外的刘韵琴得知武昌起义成功的消息后,立即返回祖国。因向往日本明治维新,1913年步秋瑾后尘,毅然东渡日本留学,就读于东京中央大学。在留日期间与黄兴、宋教仁、谭延闿、邵飘萍交往。后因袁世凯命驻日公使陆宗舆勒令留日学生回国，刘韵琴被迫中断学业回国，被上海《中华新报》聘用，成为我国最早的女新闻记者。此后，刘韵琴以新闻记者的身份，写了不少感慨系之、针砭时弊的作品，锋芒直指袁世凯复辟帝制的丑行。还与著名小说家毕倚虹合译美国小说《纽约夫人》，宣传妇女解放的先进思想。该报名记者江西南康陈荣广赞誉道："吾国女界能以文字托业于新闻，影响政局，启迪人群者，当推刘女士韵琴始矣。"

1916年8月出版的《韵琴杂著》标志着她完成了从传统闺秀向独立女性的蜕变。该著由上海泰东书局出版，封面书名由湘军总司令谭延闿题写，湖南平江名作家不肖生（尚恺然笔名）题词。同年夏，辞去《中华新报》记者职务，在沪任教。1932年离沪返乡，仍在元老府老宅创办私立女校，以实现自己"开启民智，教育救国"的夙愿。由于婚姻不幸，膝前无儿女，晚景凄凉，贫病交加。1945年8月14日（农历七月初七）溘然长逝，葬于兴化城东北李府舍村郊。

刘韵琴诗词爱国反袁，直抒胸臆，笔锋所向，横扫千军，这是诗词中最有价值的篇章。《吊秋瑾》系对革命先驱抛头颅、洒热血无畏精神的赞美，对女权的赞美，对腐朽的清王朝、对封建官僚的鞭挞。《金缕曲·感国事辛亥夏寄恼世》一词对列强入侵致山河破碎的危机洞若观火，"大陆沉沦已久，新时局，分瓜剖豆。""利权半属他人有。挽危机，千钧一发，岂容袖手！"但她毫不悲观，以"狮睡忽醒"比喻觉醒中的中华民族，天下兴亡，匹夫有责。为了国家民族解放，愿脱去红装换武装，"当燸服、跳梁小丑。侬誓不为亡国虏，谢铅华，努力从军志。愿痛饮，黄龙酒"。诗词壮怀激烈，拳拳之情溢于言表。在《菩萨蛮·暮春病中志感》中，她掷地有声地自誓："自由不得毋宁死"，用"一语为千万语所托命，是为笔头上担得千钧"吹响了反对袁世凯复辟帝制斗争的号角。在《岁暮感怀》中，以"大地腥膻满，山河感慨多"直指入侵的外敌，暗讽袁世凯与日寇投桃报李的丑恶勾当，用"夜深眠不得，拔剑起悲歌"表达了"位卑未敢忘忧国"的壮阔情怀。为了救国救民，她冲出闺阁，"休笑女儿无远志，也曾仗剑走天涯"。但在《岁暮（二首）》与《风雨夕感事（二首）》中她又流露出世事沉浮无可奈何的自伤甚至自馁之词。"新亭涕泪车前鉴，故国山河梦里看。时势衰微今已矣，谁人江上挽狂澜"。

"纵有壮情销未尽,那堪热血已成灰"。"日暮途穷空踯躅,凭谁江上指迷津"。反映了五四前夕知识分子奔走无门、徘徊不前的心态。

她的一些作品吊古伤今,感怀离乱,慨叹怀才不遇,身不逢时。如赴华容途经岳州道中作七律《吊二乔墓》《登岳阳楼》;过南京秦淮河作七绝《媚香楼怀古》;过无锡管社山作七绝《吊项庙》;过卢沟桥于永定河畔作《秋日舟中口占》;经徐州作七律《彭城怀古(二首)》。1913年重游南京,作《满江红·癸丑乱后过金陵有感》。这些怀古诗,皆不落窠臼,独辟蹊径,发聋振聩,别具新意,可谓"诗清立意新"。如《吊二乔墓》,"二乔"指汉末三国时乔玄的两个女儿,历代风人骚客咏二乔墓之作甚夥,但无出"红颜多薄命"之前辙。刘诗不拾前人之牙慧,翻出新意,"莫道红颜真薄命,两家夫婿各英雄"。令人豁然开朗,耳目为之一新。"词要清新,切忌拾古人牙慧。盖在古人为新者,袭之即腐烂也"。首联:"墓前松柏自鸣风,翁仲无言夕照中",状墓前景物悲凉;颔联:"金粉剩余人窈窕,佩环归处月朦胧",叙绝代佳人已人去楼空;颈联:"春深铜雀千秋恨,梦醒周郎一炬空",述赤壁一炬使曹操锁二乔的美梦难圆而留下千秋遗恨。在悲、空、恨的氛围下推出尾联,以夫婿英雄否定红颜薄命,转哀为喜,有柳暗花明、微中见著之妙。诚如刘熙载所言:"诗中固须得微妙语,然语语微妙,便不微妙。须是一路坦易中,忽然触著,乃足令人神远"。"古人为诗,贵于意在言外,使人思而得之",其此之谓乎。《满江红·癸丑乱后过金陵有感》系集兴亡之感、乱离之悲、家国之思、身世之叹为一体,哀时伤乱,情韵兼胜之作。诗人目睹三年两经战乱的南京人民遭遇惨绝人寰的浩劫,到处"颓垣残井,劫灰而已",这是有形的;"访故旧,存无几",这是无形的,隐含无限辛酸,耐人寻味,与杜少陵《赠卫八处士》中"访旧半为鬼"若出一辙,这是诗词中的绝妙手法。"词之妙莫妙于以不言言之,非不言也,寄言也"。词家往往补"吟咏之不足,则寄言以广意"。厌兵恶战之情,自不待言。刘韵琴生当乱世中国,长夜漫漫,呼号奔走,上下求索,报国无门,不免流露出怀才不遇,身不逢时之慨。"阅尽人间知冷暖,钻求学术费吟呕。此身未必逢青眼,已分飘零到白头"。

刘韵琴身世孤苦,常抱难言之隐,除髫年及少年时所作诗词较为空灵明快外,余皆清冷哀婉,缠绵悱恻,不尽飘零之感。"乡思"是其作品的重要主题,"触景思乡""游子苦思家"之类的语句也频繁地出现。新婚后,夫妇同

去华容告别女友季瑛作留别诗：

> 别泪双垂湿绛绡，洞庭南下路迢迢。
> 明年此日归来也，剪烛西窗话寂寥。

在《远别离》中，兄妹话别，情真意切：

> 潇湘此去路三千，折柳河干与君说。
> 一月平安信一封，双鱼解我离愁结。
> 休使天涯飘泊人，目断昭阳音信绝。
> 明秋买棹定归来，全家共赏团圆节。

"路迢迢""路三千"皆渲染别后将水远山遥，别时容易见时难。未别先言归，语淡情浓，悲怆交集。

在《岳州道中》写道：

> 犹忆辞家月上弦，客中不觉易蟾圆。
> 沿途停泊殷勤问，此去华容路几千？

离开故园越来越远，顿生咫尺天涯无限恨之慨。在《乡思》中，先采景入文，"一轮冷月浸庭梧，静坐无言百虑俱"，抒发魂断潇湘梦归故里之真情，"惟有梦魂不怕险，夜来飞越洞庭湖"。在《秋草》中以"瘦蝶"自喻，抒魂驰梦想归故里的痴情，"瘦蝶魂消归楚甸，残萤光闪下隋堤"。"楚甸"指故里兴化，因兴化在战国时属"楚地东境，相传为昭阳食邑"。"残萤"系用典，据《隋书·炀帝纪》载，炀帝曾在扬州、洛阳集萤火虫夜出游山以为乐，隋堤即今运河堤，此句是说残萤从华容经运河堤飞往兴化。游子既悲故乡，复念亲人。尾联"秋心寸寸凭谁诉，怅望西风听雁啼"，也许是"万里悲秋常作客"的缘故吧。

她以"瘦蝶""秋蝶"自喻，表达了人生如梦的感慨而又不甘示弱的矛盾心情；以"傲霜菊"自喻，表达了虽坎坷一生，然决不同流合污，宁愿穷老以终的果断心情；以"残牡丹"自喻，表达了无可奈何、不堪回首的颓唐心情。即景言志，附情于物，物中有情，借物寓意。故"以鸟鸣春，以虫鸣秋，此造物之借端托寓也"。

刘韵琴深得唐宋名家吟咏之三昧，在《秋草》《秋夜》《旅夜》《一剪梅

(代作)》《凤凰台上忆吹箫·秋夜》等篇中多次写蛩,如"霜清野岸悲蛩语""雁语蛩声引恨长""寒蛩咽秋露,瘦影伴残灯""凄凉蛩四壁,冷落月三更"等,以寒蛩凄婉的哀鸣引发悲秋、思乡之情,盖因"景无情不发,情无景不生",且"寓情于景而情愈深",作者以浪淘沙为调,填出春夏秋冬四季的旅怀词,怀思之情凝于笔端,一唱三叹,荡气回肠。作者心系故园,不仅多次出现"昭阳""楚水"(皆兴化别称),连距兴化甚迩的扬州与镇江也反复提及,如"愿今宵骑鹤下扬州""二分明月忆扬州""楚水相离湘水远,君山隔断焦山小"等,以扬、镇指代兴化,乡邦情重,至为感人。《挽蔡季瑛女士》《雨霖铃·悼益峰大兄》皆为锥心泣血的悼亡之作,质朴平易,情真意切,读之令人悲情难已,哀情难断,不能不掩卷一恸。作者与季瑛彼此相知,感情笃深,未闻故人噩耗先入梦,点出朝朝暮暮梦劳魂想。叙女友身世凄凉,更增悲情哀绪。"月明风露冷,絮语慰离怀",情在景中,使人痛彻肝肺。大兄夭折,骨肉情深,幽明永隔,无限伤怀。"遗编尚在笥箧,斯人杳,断肠悲哽,碧落红尘"。人亡物在,触景生情。全词如泣如诉,沁人心脾,催人泪下,语语自肺腑中流出,殊不见斧凿迹。此类怀思悼亡之作,堪称精品,词意蕴藉而余味不尽。于含蓄中见忧愤,于婉约中见盛慨,于平易中见真情。惟其含蓄,忧愤更加深广;惟其婉约,感慨更加沉痛;惟其平易,真情更加动人。

刘韵琴不但能创作优美的古体诗词,而且坚持用白话文进行小说、散文、新闻通讯写作以及外国文学翻译,因而在中国近代文学史上有较高地位。作为民初小说家中泰州地区唯一的女作家,其创作时间虽然不长,但她在时代大潮中由一位闺秀型诗人成长为白话小说家,在中国文学现代化的进程中具有典型意义。刘韵琴以小说为启蒙工具,所写的故事内容触及传统的"王侯将相系列"式的政治风云人物,旗帜鲜明地与"万恶政府"作斗争,意在借小说争取政治话语权。《烛奸》《望帝魂》《大公子》等反袁小说发表后就受到时人嘉许。

陈荣广(字白虚)在《韵琴杂著·陈序》中称赞道:"夫以一弱女子而能于春容吟咏外,举不律与欺罔一世之奸人袁世凯抗,卒能合国人之血泪以倾之。"著名诗人臧克家称其为"女史",赞誉其作品"思想内容与艺术表现两个方面均甚可取。在她所处时代,能有如此表现,令人钦佩"。

关于中国现代文学史上第一篇白话小说的争论甚是热闹，至今尚无定论。从时间上推算，刘韵琴的《大公子》从叙述语言到描写语言用的都是较纯熟的俗白，应该算是中国最早用白话写成的小说，它比陈衡哲女士于1917年用白话所写的《一日》，和鲁迅于1918年用白话所写的《狂人日记》还要早出二至三年。

据马勤勤在《清末民初女小说家刘韵琴及其反袁小说》中载，刘韵琴共创作8篇白话小说，发表最迟的一篇《望帝魂》也要比陈衡哲的《一日》发表的时间早。从此意义上说，刘韵琴不愧为中国新文学第一位白话女作家，她的《大公子》就被许多文学研究者推上现代第一篇白话小说的位置。该作发表于1915年12月20—23日的《中华新报》上，全文共5 500多字。写的是安徽一位两年前被逐出京城的戴议员，听到北京发起"求暗会"（筹安会）消息，企图拥立一位新皇帝。于是想趁机捞个机会混个一官半职，和妻子商议变卖祖业，以巨资通过名妓汪凌玻来巴结袁克定，结果人财两失，落得个自尽身亡的结局。

关于《大公子》的创作目的和小说形式，刘韵琴说："我可先对读者发个天诛地灭的誓：我这小说不是捏造出来的，不是有营业性质的，是要使我们中华民国的国民，知道于今政界种种的黑暗事实，都是由这万恶的（袁世凯）政府酝酿出来的，我绝对认为于人心世道上有绝大关系，决非浪费笔墨，供人玩笑。本意已明，便叙实事。"小说以袁世凯大公子的"本事"作为小说的内容，小说不仅挖苦了戴议员借靠山谋官职的投机心理和行为，而且通过描写袁世凯长子淫逸的豪奢生活激烈地批判了袁世凯复辟帝制的丑陋行径，"与欺冈一世之奸人袁世凯抗"（陈白虚语）。

作为一部与袁世凯复辟帝制相斗争的优秀作品，《大公子》十分鲜明地反映了反袁斗争的实际情况。小说通过完整的故事情节和具体的环境描写，以20世纪初期的现实生活为基础，运用概括的、典型化的手法把真时间、真地点、真假人物、真假相杂的故事放在一个完全真实的背景下去描写，笔锋常带谐趣，以羊肚（杨度）、求暗会（筹安会）、愁颜会谐音讽袁，"庄谐杂作，惩劝并施，不求艰深而意自远"。

第二节　现代白话诗的先驱刘延陵

刘延陵，1894年农历十二月二十六日诞生于江苏泰兴城内鼓楼西街三井头一个名门家庭。原名延福，小名福官，字苏观，笔名言林等，是中国第一代的白话诗人，文学研究会会员，也是第一位介绍法国象征派的新诗及其理论至中国的拓荒者，在中国新诗的演变与发展过程中可谓功劳卓著。

1911年，17岁的刘延陵考入通州师范学校，毕业时，受到学校创办人前清状元张謇赏识，保送他到复旦公学（1917年改为复旦大学）并资助他到毕业。

回到家乡后，先在江苏如皋师范任教。1920年春，开始在浙江第一师范教语文和英语，并担任学生文学团体"晨光社""湖畔诗社"的顾问。刘延陵归国时，正赶上国内新文化运动的蓬勃开展时期。作为一名血气方刚的爱国青年，刘延陵立即投身到新文化运动大潮中，在《新青年》第3卷第6期发表论文《婚制之过去现在未来》，探讨妇女解放问题。随后，他在《小说月报》、上海《时事新报》副刊《学灯》上发表了20余篇创作、翻译小说，并在《东方杂志》《解放与改造》等刊载10余篇介绍西方人文社会科学的论文；还翻译了英国麦铎格著《社会心理学绪论》（上下册）、英国卡尔著《格格森变之哲学》和《社会论》等书，后由商务印书馆出版。

1921年，刘延陵参加了中国现代第一个新文学团体——文学研究会。1921年下半年的一天下午，刘延陵与朱自清、叶圣陶在校外散步闲谈，他们想编印一种专载新诗的月刊。于是，三人就跟当时上海中华书局编辑部商谈，由他们编辑，中华书局印行，编者不受酬报，也不负经济责任。双方一拍即合。经过长时间筹备，中国最早的新诗杂志《诗》月刊终于在1922年1月1日创刊，编者除了他们三人还有俞平伯。刘延陵在《诗》月刊不但发表诗篇，还译介西洋新诗和写了一些有关诗的理论文章，成为五四时期著名的白话诗人，他的诗论和介绍文章为早期新诗理论的发展积淀了力量。当时，《诗》月刊的作者除了刘延陵、朱自清、俞平伯、叶圣陶四位编者外，还有刘复、胡适、周作人、汪静之、徐玉诺、冯文炳等人。主编《诗》月刊不久，刘延陵与郑振铎、郭绍虞、周作人、朱自清、叶圣陶、俞平伯、徐玉诺等合出了一本诗集《雪朝》，诗集收入刘延陵的十三首诗，他的代表作《水手》便是其一。

他也扶持了一些新诗人，壮大新诗人群体，推动新诗的进步。当时，汪静之是杭州一师的学生，以写诗知名。汪静之刚转到杭州一师的那年暑假没有回家，而刘延陵回家过暑假了，汪静之就借住刘延陵的宿舍。1922 年 8 月，汪静之的第一本诗集《蕙的风》写成，他请朱自清写序。刘延陵知道后，就对汪静之说："我也替你写一篇序。"1923 年 5 月《诗》刊停刊后，刘延陵又与朱自清、俞平伯、叶圣陶等人，于 1924、1925 年编印了《我们的七月》《我们的六月》两种不定期文学刊物，坚持不懈地拓展新诗园地。刘延陵对中国新诗一直持积极态度。他曾在一系列新诗和译诗的"引言"里，说新诗的崛起是世界性的。晚年谈起中国新诗，刘延陵说："关于我对中国新诗的前途的看法，我是乐观的。新诗苦挣的时代已经过去，最近数十年中已有许多新诗杰作，在中国与海外流传，它们已以作品与事实，证明新诗是一种行得通的诗创作大道。"

刘延陵在杭州一师任教时间并不长。1922 年，他前往美国西雅图州立大学攻读经济学，留学美国期间，曾与友人巢干卿合译英国侦探小说作家柯南道尔的短篇小说集《围炉琐谈》（上海商务印书馆于 1917 年出版）。一年后因脑病发作入院疗养，钱也用尽了。1926 年，刘延陵带病回国，先后在金华中学、浙江大学和上海暨南大学等校执教。

20 世纪 30 年代，刘延陵受郑振铎之邀，从杭州的浙江大学来到上海暨南大学国文系任教，主要从事中国古典文学的教学和研究，曾编选《明清散文选》出版，并在《序言》中对明清两代的散文作了梳理和评论。

1937 年 8 月，抗日战争全面爆发后，上海暨南大学毁于炮火，教职员纷纷逃散。刘延陵本想去后方支援抗战，但是没有如愿。远离中国新诗坛的他也很少有诗歌与译介作品发表，但仍继续从事一些与文字相关的工作。恰好这时，星（新加坡）马（马来亚）报社号召华侨支援抗战，并从祖国聘请编辑人员加强抗日宣传。刘延陵在复旦校友邵力子的介绍下，于 1937 年渡海到马来亚，先后在吉隆坡《中国报》和槟城《日报》任编辑两年。1939 年，刘延陵移居新加坡后，在《星洲日报》电讯组任编辑。新加坡沦陷后，刘延陵一度在狮城摆书摊维持生活。日寇投降后，刘延陵曾在新加坡《中兴日报》、《华侨日报》、英国广播电台远东区中文部和广告公司任职，又曾任义安学院和南洋大学的兼职讲师，教新文艺习作。移居新加坡后，刘延陵只在1939年经过上海的日军占领区，往苏北故乡省亲一次。此后，就不曾离开过新加坡。

刘延陵的女儿刘伍芳曾在《我的父亲刘延陵》一文中写道："我父亲晚年很少参与社交活动，将绝大部分时间花在他心爱的书本上，直到一九八八年十月十八日谢世。他只要一有空，就看书、写作和从事翻译，虽然他未曾写出过任何专著。多少年来的朝朝暮暮，他是在平静安谧的阅读中度过的，履行了他自己的诺言：'从前为了生活要工作，没有时间看书，现在退休了，才真正有时间看书，我已经觉得很欣慰满足了。'"

20世纪20年代初至30年代末，是刘延陵在中国新诗坛努力探索的重要时期，期间他在诗歌、诗论及其他文学活动上都作出了一定的贡献。《小评坛》《去向民间》《诗与诗的》《论译诗》《小诗的流行》《前期与后期》《〈蕙的风〉序》《诗神的歌哭》等都是刘延陵在20世纪20年代对诗坛现状及论争进行批评的文章，这些文章中包含了刘延陵对平民文学、白话诗和小诗合理性的论述。刘延陵是文学研究会的主要成员，但在文学研究会诸诗人中，诗篇数量不是很多，目前搜集到的也不过40多首。诗人生前也没有单独出过诗集，仅在郑振铎编辑的文学研究会诗集《雪朝》第七辑中收录13首。他早期的诗作既体现文学研究会"文艺为人生"的宗旨，又没有太受"为人生"的拘束。他的诗比较多地抒写"洒过血泪之后"的美与爱，以表现人生、探索人生的意义，这与文学研究会初期的"问题小说"所表现的爱与美的主题是相一致的。

刘延陵的白话诗中塑造了许多女性的形象，有祖母、母亲、姊妹、少女、女童等，有传统的、有现代的，他的新诗通过对女性形象进行现代视角的观察，充分描绘了女性的人格魅力以及人情的美好，表达了对妇女解放问题的关注。刘延陵笔下的女性心地善良、温柔美丽、淳朴端庄、品格高尚。如《海客底故事》中善良且知恩图报的姊姊、年迈朴素的母亲；《悲哀》中伤心的淘米妇人和姐姐；《等她回来》中寄托了全部思念的"她"；《黄昏时分》中在火车上偶遇的熟睡的小女孩儿；《一个秋晨》中健美爱笑的农家女郎。《河边》写了一个仁慈友善的母亲形象；《牛》写出了父母的舔犊之情；《姊弟之歌》表现了父母与子女间的眷恋之情；《小桥》表达了对老祖母的无限思念。刘延陵这类歌颂女性的诗篇，具有一定反封建的积极意义，在新诗坛曾产生过广泛的影响。《姊弟之歌》《河边》等诗，多次被选入20世纪30年代的中学国文课本。赵景深在所编的《现代诗选》的《序》中，就说自己的诗作，"在作风和韵味上，似乎都受了刘延陵《姊弟之歌》这首诗的影响。我又记得，《河边》这首诗，我至少曾读过十遍。"

诗人以写景见长，诗作中出色地描绘了自然的美景。诗人未曾有过水手的亲身经历，却在《水手》中通过想象描绘了一幅海上月夜图，通过简单朴素的文字将水手对他妻子的思念之情含蓄地表达出来。整首诗意象明丽清新，又散发着古典的气息，景物烘托隽永有味，流溢着一股甜蜜的忧伤。《竹》这首诗描写了田间的竹子，"他们自自在在地随风摇摆着，/轻轻巧巧地互相安慰抚摩着，/各把肩上一片片日光/想与推让移卸着"。整首诗充满着一种和谐的流动之感，在质朴中有流畅、自然的美感。另外《河边》透过小女孩的第一视角，借用"菊花"这一传统的意象，传递现代人的感情；《新月》一诗用"月"表达对爱与和平的祈盼；《夕阳与蔷薇》中用夕阳和蔷薇两个物象，代表男女爱情的缠绵和厮守。

歌吟爱情，也是刘延陵这个时期诗作的一个主要内容。这类作品既表达了对爱情的渴求和欢欣，也倾诉了恋爱过程中的忧虑和失恋后的苦恼。作于1925年的《一封信》，是一首篇幅较长的爱情诗，有八十多行，使用了一些象征主义手法。诗中用"神圣的鸟儿"来象征理想的情侣。当两人在歌舞会上相遇时，"我们的眼光几次相对，你也深深地看了我几回"。日后，我"寐寐难忘"，"诚虔地祈祷"，渴望心中的恋人寄信来，愿她记取"惟有流动的生活才有滟滟的光辉；/而上帝对于他的活泼的儿女/也始终惟有以笑容相对"。这简直就是一首爱情的颂歌，把恋人比作天使，视她为"聪明如水晶之精"。朴实亲切的话语，纯真的感情，委婉的情思，都在诗中艺术地表现出来，抒发对美好爱情的渴望和大胆追求。但是，现实生活中的爱情也有失恋后精神上的伤痛。在《梅雨之夜》中，"她写的信"却被无情的夜雨给"打湿了"。黑沉沉的夜，疏疏落落的梅雨，打碎了"几次要结成的梦"。失恋带来的悲哀，在刘延陵的笔下有大量的反映。

　　谁能知道我的悲哀呢？……看，看那些枯槁的落叶们，他们正沙沙簌簌地响而且哭，旋起旋落，欲飞又止地抖震跳动着。栖藏于其中的魂，这是多么的悲哀？

刘延陵从秋天飘落的梧桐叶中引出了自己的哀思。这些思绪或也是诗人真实内心的抒写。如《铜像底冷静》，这首散文诗前两节出现的"铁栏杆外的柏树""淡青纸的天""乌鸦"等物象奠定了整首诗低沉的基调，渲染了冷静、灰暗的气氛，为接下来要诉说的这段悲伤的爱情故事做好了场景布置。从第三节开始描写"我们"在铜像下的恋爱场景。铜像是"我们"爱情的见证，粉色梦幻般的爱情伴随着月光和信到来，"我们"将这甜蜜的喜悦分享给铜像，因为这尊铜像如它的材质般静默，不会随意透露这份隐秘的爱情。"我"也期待这尊铜像是可以祝祷爱情长久的神灵般的存在。最后的一节是对这段悲伤爱情故事的控诉，铜像依然是控诉的对象："我俩在这里所说的话你都一粒粒收进耳里了。/我吐的是些油润的，饱满的白嫩的芝麻；她吐的空的，枯的，黑的荞麦壳子。/但你却是戴着同样的冷静把他们灌入耳里的。/所以我终归是被你底冷静卖的！"冰冷的铜像在刘延陵的散文诗中是拟人化了的，承载着诗人的浪漫情怀，是爱情的见证，也是悲伤情绪的倾诉对象。另外，还有《恋歌》《等他回来》《夕阳与蔷薇》等诗，通过一种迷蒙、沉闷气氛的渲染，把失恋人内心的痛楚宣泄无余。

刘延陵还写过几首以海员生活为题材的诗，其中《水手》《海客底故事》两首被朱自清选入《中国新文学大系》第八集的《诗集》。《水手》发表后受到的称赞不绝如缕，孙琴安认为这首诗"朴实亲切，不假雕饰，无论是音节，语言，情思，意境，都达到了很高的水平，这也是新诗初创时期难得的好作品"，余光中在评述中国海洋诗的时候，将《水手》称作"精品"，并夸赞"刘延陵这首《水手》确是早期新诗最成熟、最完美的佳作之一"。

刘延陵的诗风格别致，表现手法多样，长短兼备，既有写实也有象征，诗句舒展自由，没有矫揉造作之态；构思方面往往把人的情感变化与自然风景相融合，让人生与自然交错，从而突现人性与自然的和谐。即便写人的悲哀，也注意借用自然景色的烘托，将悲哀的氛围渲染得更加浓烈。这些创作手法上的特点，与刘延陵受到西方现代诗的影响不无关系。刘延陵在他所编辑的《诗》月刊上发表他撰写的、介绍西方现代诗的诗论，把美国的自由诗运动、法国的象征主义诗派、英国的现代恋歌和诗人梅斯菲尔德等，比较系统地介绍给中国读者，为中国新兴白话诗的发展提供了有益的借鉴。同时，刘延陵自己也从中吸取了滋养，进行了创作尝试。

第三节 "南社"中的"泰州四侯"

1909年成立于苏州的南社是一个曾经在中国近现代史上产生过重要影响的文化团体，时有"文有南社，武有黄埔"之说。南社鼓吹资产阶级民主革命，提倡民族气节，反对清王朝的腐朽统治，为辛亥革命做了非常重要的舆论准备。1910年开始出版《南社》，分文录、诗录和词录三部分，到1923年，共出版二十二集。1917年，还曾出版《南社小说集》一册。"南社"的成立和发展，标志着文学为革命服务的目的性更明确了。江苏是南社的诞生地和主要活动地，也是南社社员最多的地区，当时的泰州就有仲一侯、马锡纯、韩烺、韩棠、陈佩章（女）、程习朋（女）6人参加，其中"泰州四侯"——仲一侯、马东侯、韩亮侯、韩召侯并称为泰州"文坛四杰"。

仲一侯（1895—1970），名中，海陵人，父少卿，清秀才（其详细介绍参见本书第148-149页）。其妻陈佩章也能写诗。里人刘楚湘曾以诗赞道："一门风雅居深堂，杨柳都沾翰墨香。"仲一侯18岁就加入了南社，作为南社社员，仲一侯常在《南社丛刊》上发表诗词。他一生作有诗词几千首，可惜"文革"期间几乎丧失殆尽，后经多方搜寻，现尚能见到只有很少的几十首。

仲一侯的诗词，对家乡满怀深情，流露出许多的热爱。他早年写的《海陵十二春》，特别是诗前的序言，是难得一见的佳作，别有韵味。如《海陵十二春序》：

> 且夫人生如寄，春去难留。胜地牵情，诗歌斯咏矣。吾泰淮甸名区，海陵古郡。星分牛斗，地望蓬莱。城廓绿杨，扬州为胜。仓廒红粟，上国是珍，潮涨春江，潜通于宝带；云迷岳阜，遥接乎金焦。明月二分，几处人家照到；清风五两，有时驼铃吹来。听柳巷之娇莺簧歌宛转，棹渔行之小艇笛韵悠扬。庄近东城，看雨笠农人之独苦。山浮北廓，招梅花仙鹤以同游。斯足以畅幽情，恣行乐也。况乃泮池春水，满路春光，桃李成林，桑麻在望，春情巷陌，春雨

湖庄，香岩之花气醺人。西桥心赏，锦帆之春风，送客南浦魂销。
莫讶蝶怨蜂愁，说春气已归于天上，试看绿荫红雨，觉春意犹在乎
人间。举凡耳目鼻舌身，意之所遭，斯声色香味触，法之可述。某
也，风流自赏，不学小杜之伤春，花月人豪且仿谪仙而作序。

序言用赋的笔法铺写了家乡海陵的胜景。诗人用充满自豪的口吻夸赞泰州是"淮甸名区"，是"星分牛斗，地望蓬莱"的宝地，"明月二分"一句用典圆熟而自出新意，用"五两"饰清风，出语新奇跳脱。无论是柳巷婉转之歌，还是小艇悠扬之笛韵，都"足以畅幽情，恣行乐"。更不消说"泮池春水，满路春光，桃李成林，桑麻在望，春情巷陌，春雨湖庄，香岩之花气醺人"，这样春意盎然的美景让人陶醉了。所以，作者最后"不学小杜之伤春"，而"仿谪仙"之风流自赏。纵览全篇，诗人的自得之情、自赏之乐，跃然纸上。

而其《海陵十二春》写海陵十二春景，诗人自出机杼，以"有我"之笔，毫不掩饰地为家乡美景唱赞歌，如《柳巷春莺》：

巷头柳色半青黄，坐领春风化日长。
一种闲情何处寄，娇莺歌吹读书堂。

在诗题后，诗人做了简单注释："吾家读书堂前有杨柳一株，因以名巷。每当日丽风清，便听娇莺歌吹。""日丽风清"时节听"娇莺歌吹"，这是多么富于闲情逸致啊！在这样的大好春光中读书，又是何等的惬意呢！

再如下面一首《泮池春水》（科举废，学校兴，笔颖凤池，文风继盛）：

阴成桃李四方长，环绕宫墙众采香。
更喜缤纷红雨艳，泮池春水尽文章。

泮池即"泮宫之池"，它是官学的标志。在科举废弃、新式学校兴起之际，诗人为家乡"文风继盛"而欣喜。首句"桃李"一语双关，以实写虚；"更喜"句抒情，"缤纷红雨艳，春水尽文章"对仗工整，想象丰富，诗人在为家乡的文化兴盛鼓与呼。

仲一侯的妻子陈佩章也是南社社员，能诗词，常与夫、翁相唱和，写有不少诗词佳篇，著有《蘅兰室吟草》。她的词清新婉约，例如《木兰花慢》：

> 怅天涯游子，全不念，病余身，凭影儿单单，心儿怯怯，皱尽眉痕。灯昏薰笼独凭，泪潺潺思煞未归人，孤枕寒衾有梦，瓣香断象无温。
>
> 回首画阑干并坐，渺渺似烟云。甚萍踪飘荡，佳期屡阻，音信沉沉。
>
> 销魂夜阑无寐，暗凄吟侧帽（疑此二字有误）两三声。已是不堪憔悴，那更伤别伤春。

在抒情视角上，词人与词中的"思妇"应是合二为一了。词人十分熟稔地运用旧词中的意象甚至词语，把思念之情写得缠绵悱恻，十分感人。

仲一侯曾在自传中写道："柳亚子是南社主任，新南社社长，我做社员是他介绍的，他带动我进步。当南社改新南社时，接受他所寄来的信和各种刊物，使我认识了新南社精神，是提倡民众文学，而归结到社会主义的实行。我是新南社社员，久知应走群众路线，为人民服务，应不辜负柳同志介绍我入新社的期望，而尽公民应尽的责任。""吴岭南做泰州文化馆长时，我经常和他谈起新南社的内容，告诉他韩亮侯（韩烺）、韩召侯（韩棠）、马东侯是我介绍参加南社的。"毫无疑问，仲一侯参加南社，是认同其"提倡民众文学"的南社精神的。所以在他成为社员后，又先后介绍泰州其他"三侯"参加了南社。

马锡纯（1870—1929），字东侯，号莼颖，海陵人，毕生从事教育事业，曾与袁祖成等人共创淮东中学，历任县立第一高等小学校长，江苏省立第四师范、淮东中学、时敏中学教师，著有《南洋劝业会纪要》《征兰小志》《国文范本》等。其诗文颇有几许壮色，如《卖花声·泛练湖》：

> 烟波渺孤鸿，长桥落吐虹。钟山妆竟眼惺忪。怅望一天秋思在，残雨声中。
>
> 荒草掩游踪，湖光荻苇丛。东流几许莽英雄。一棹载将苏子酒，高唱江东。

全词意境旷远深邃，有几丝苍茫落寞，更有几分期待与洒脱。"东流几许莽英雄。一棹载将苏子酒，高唱江东。"数句有英雄气，也有高歌泛舟的潇洒。

韩煋（1885—1958），字亮侯，海陵人，早年毕业于日本东京高等师范，历任泰州中学教员、无锡竞志女校教务主任、上海吴淞警备区司令部总务科长等。精通德、日两国语言，早年接受新思潮，对封建帝制深恶痛绝，积极参加南社活动，鼓吹革命。1911年，他与妻子韩管曾共同创办温知女子小学，开泰州女子学习之先河。

1928年11月12日，在苏州虎丘召开南社成立20周年纪念会，到会者有四十多人，他名列其中。

韩煋长子伯诗，早年毕业于上海音专，长期从事教育工作，曾任中国民间文学艺术家协会会员、泰州民间文学工作者协会主席、泰州音乐工作者协会主席。次子韩师愈是位烈士，在河南洛阳与侵华日军空战中壮烈牺牲。

韩棠（1887—1919），字召侯，海陵人，韩煋胞弟。早年毕业于日本东京明治大学商科，回国后曾任工商部主事、江苏省将军府咨议、督军顾问。在日本学习期间，韩国钧赴日考察实业，他担任翻译，结束后曾协助韩国钧著作《实业界考察九十日》一书。他病故时年仅33岁，著有《英文奇字解》《英文谚喻解》《华英商用文》等。

整体而言，南社文学以诗歌为主，大体以辛亥革命为分界线。此前，主题多为批判清朝统治，倾诉爱国热情，呼唤民主，谴责专制，号召人们为祖国的独立富强而斗争，风格慷慨豪壮。此后，主题转为批判辛亥革命的不彻底，抒发理想破灭的悲哀，斥责袁世凯的称帝丑剧，风格愤郁低沉，有些甚至流为靡靡之音。

总之，他们重视文学的社会作用，普遍要求通过文学阐扬"国魂"，激发群众的"爱种保国"之念，反对清朝政府的专制统治，为资产阶级民主革命服务。而"泰州四侯"的诗文在积极响应文学的战斗性外，还着眼于对家乡风物的描摹与赞颂、个人情感的抒发等，成为南社诗文生活化的有益补充。

第四节　丁西林的戏剧创作

丁西林（1893—1974），原名燮林，字巽甫。1893年9月29日生于泰兴县黄桥镇。1913年毕业于交通部工业专门学校，1914年入英国伯明翰大学攻读物理学和数学。1920年归国，历任北京大学物理系教授、国立中央研究院物理研究所所长。全面抗战开始后，随研究所西迁昆明。1940年到香港。香港沦陷后，携眷逃出。抗战胜利后，于1947年初辞去物理研究所所长职务，赴山东大学任教。1948年曾去台湾大学任理学院院长职务5个月。9月仍回山东大学任教。1949年9月参加了第一届中国人民政治协商会议。中华人民共和国成立后，为第一、二、三届全国人民代表大会代表，政协第二、三届全国委员会委员，并先后任文化部副部长、中国人民对外文化协会副会长、对外文化联络委员会副主任、中国戏剧家协会常务理事等职。1974年4月4日逝世。

他是杰出的物理学家，同时又是出色的剧作家，"他是一位把创作当作'正业'之外的'别业'的业余作家，但却取得了比某些作家更为突出的艺术成就，成为我国现代喜剧的创始人之一"。丁西林一生共创作了八部独幕剧、九部多幕剧，翻译了四部独幕剧、一部多幕剧，其独幕剧的创作堪称典范。丁西林一生的戏剧创作，写作时间上大致集中在三个阶段：早期（1923—1930年），大革命前后；中期（1937—1940年），抗日战争期间；后期（1951—1962年），新中国成立后。这三个时期的剧作，其思想艺术水平虽然不一，却各具特色，每一阶段都有独到的建树，对我国当时的戏剧发展都产生过有益的影响和积极的推动。

一、早期创作

他出现在中国现代喜剧的肇始期，20世纪20年代初期，丁西林在北京大学任物理学教授时初试戏剧之笔，就表现出了一种艺术上的成熟，显得"凤毛麟角一般的可贵"。

丁西林早期的剧作共有六部，全部是独幕喜剧，即《一只马蜂》《亲爱的丈夫》《酒后》《压迫》《瞎了一只眼》《北京的空气》，曾先后发表于《太平洋》《现代评论》《新月》等杂志，后由新月书店结集为《西林独幕剧》于1931年出版。当丁西林写作这些独幕喜剧的时候，我国现代话剧还处在初创阶段，戏剧作品中喜剧很少，艺术品位高和可观性强的喜剧更是凤毛麟角。因此他的这些独幕喜剧的出现，便理所当然地受到观众的青睐和研究者的关注。

丁西林的早期剧作单纯明净，格调清新。那洋溢着热情温馨的喜剧情趣，幽默机智的喜剧语言，曾令许多观众倾倒，使他们从那轻松活泼的艺术氛围中感受到一种从未体验过的审美愉悦。而研究者更为关注的是，这些剧本在题材内容的选择、戏剧冲突的设置、戏剧语言的运用等方面，有许多相近相似相同的特点，并由此而形成一种自成一体的具有同构性质的风格色调。

丁西林早期剧作的题材，几乎全部取自剧作家所熟悉的知识分子和城市市民的生活，尤其是他们的感情生活，如爱情、友谊、名誉等。由于取材偏重于感情生活，剧中所描写的事件往往极为简略单一，很少有完整的故事和连贯的情节，不少剧本充其量只是写了某个生活片断，而有些生活片断甚至无情节可言。支撑这些剧本的常常不是事件，而是某个生动的细节，或几句巧妙的对话。然而剧作家的高明之处也正在这里：从近于"无事"的细节和对话中发现喜剧，在似无冲突的地方找到令人解颐的喜剧性冲突，经过精心组织制作，赋予戏剧以特有的喜剧兴味。

丁西林早期剧作戏剧冲突的设计也很特别，这突出地表现在：引发戏剧冲突的因由偶然而细小，它们或者是生活中的一点小磨擦，或者是情感上的一点小纠葛；戏剧冲突发生和发展的基础，不是冲突双方利害关系的本质对立，而是二者的对比或对照。如《亲爱的丈夫》写精神恋爱，《酒后》写爱情至上，《瞎了一只眼》写庸人自扰，《北京的空气》写嘲弄主义的面子等，冲突的内容既不涉及当时的社会本质矛盾，也不表现伦理道德的孰善孰恶。即使像《一只马蜂》《压迫》这样一些具有一定思想意义的剧本，也不例外。

《一只马蜂》写的是恋爱婚姻问题上自主与包办的冲突。在五四时期，这本来是反映了一定的社会本质矛盾的，然而经过剧作家精心独到的喜剧艺术处理之后，其新旧思想对立的本质意义却被巧妙地淡化、消解了。在剧本中，作为旧思想旧观念代表的吉老太太，虽守旧却不顽固，始终未成为吉先生与余小姐自由恋爱的阻力。她那"愿天下有情人无情人都成眷属之美情"，固然荒唐得可笑，却也天真得有些可爱。《压迫》借剧中人的一句话点题："无产阶级的人，受了有产阶级的压迫，应当联合起来抵抗他们。"乍一看，剧本似乎已经接触到阶级斗争内容，然而这只是丁西林式的喜剧性幽默。因为在剧本里，所谓"无产阶级"只不过是某公司需要租房子住宿的两个男女青年职员，那位"有产阶级"也不过是有三间空房可以出租的房东太太，他们之间不是剥削与被剥削的关系，他们的矛盾冲突与当时的社会阶级斗争并无任何本质联系，仅仅是双方在租房过程中的一点小误会，而且这误会的根源还直接来自房东太太母女之间的"代沟"。房东太太成天在外打牌，家中没有男人，她不放心小姐在家，因此宁愿将三间空房锁着，也不肯租给不带家眷的单身男房客。小姐恰恰相反，她讨厌带家眷的房客，只愿将房间租给不带家眷的单身房客，于是未经房东太太允许便自作主张收下单身男房客的租房定金。剧本的戏剧冲突就这样产生：房东太太一定要退，男房客坚持要租，"两个古怪碰到一块"，退与租的冲突便愈演愈烈。然而无论双方的冲突如何激烈，都与当时的社会政治斗争不相干。因此上述点题之笔中的所谓"阶级""阶级压迫""阶级抵抗"等，自然不是剧本主题思想的准确概括，剧作家的本意，主要是借用当时尚不太流行的政治新名词，以制造大词小用的喜剧性效果。不难发现，丁西林早期剧作戏剧冲突的对比式和对照式设置，是完全喜剧化的。因为重在对比和对照，剧中人的思想、性格和行状，常常是彼此彼此，冲突双方的所作所为似乎都有可同情和可理解的一面，又有滑稽可笑的另一面。这笑，不是刻意制造或人为外加的，而是在对比式或对照式戏剧冲突的展开中由人物自身呈现的，因而就具有更为动人的喜剧艺术魅力。

丁西林早期剧作的另一特色是，所有剧本几乎无一例外地采用了一种可以称之为"说谎"的模式。说谎，作为一种艺术表现手段，它与巧合、误会一样，在喜剧作品中是常用的，但作用却不尽相同。戏剧是行动的艺术，它不能像小说那样通过作者的叙述来叙事写人，只能依靠剧中人物的对话来推动情节发展和塑造人物形象。一般说来，巧合、误会仅具有情节的偶然性因素，而说谎除情节因素外，更重要的是能真实而生动地表现说谎者的思想感情和心理心态。因此在喜剧创作中，说谎较之巧合、误会就更能发挥它的艺术表现功能。

丁西林的早期剧作是近乎"无事"的，因为没有"事"的支撑，说谎便成为这些剧本情节结构的主要支架。如《一只马蜂》的正话反说，《亲爱的丈夫》的男扮女装，《酒后》的言行分离，《压迫》的假冒夫妻，《瞎了一只眼》的装瞎眼，《北京的空气》的"反偷"等，其冲突的形成和情节的发展全由说谎来维持、推进，离开了说谎它们便无戏可看，甚至剧本本身也难以存在。说谎对于表现人物喜剧性格的作用更加明显：首先，说谎是说谎者自我人格和性格的自呈，无论正话反说还是假戏真做，都使他们的行为显得滑稽可笑，从而产生喜剧性；其次，说谎同样使谎言的接受者显得可笑，他们无论真的不知还是佯装不晓，都在接受笑的同时又制造笑，既笑人又被笑；最后，说谎不以伤害对方为目的，利己而不损人，从而使冲突的双方由对立走向亲合，显示出一种亲切温和、与人为善的幽默色调。

丁西林的早期独幕喜剧虽然数量不多，却使他赢得了"独幕剧圣手"的美称，成为五四以来我国现代戏剧最早也是唯一具有个人独创风格的喜剧作家，并由此而奠定了他在我国现代戏剧史上的地位。

二、中期创作

丁西林抗战期间的剧作，有《三块钱国币》《等太太回来的时候》《妙峰山》三部。这些剧本的写作与早期剧作间隔的时间较长，其间剧作家近十年没有戏剧作品问世。相隔十年之久，时代变了，作者的生活、思想和艺术观念自然也会相应地发生变化，并且必然地反映到创作中。如果说丁西林在创作早期那些喜剧作品时还有意无意地置身于阶级斗争之外，与当时的社会政治斗争保持着一定的距离，那么，在七七事变之后，当日本帝国主义大举进攻我国，整个国家民族处于生死存亡的关头时，作为一位正直、爱国的知识分子，他再也不能保持沉默，超然物外了。正是在这一背景下，丁西林响应时代的召唤，再度拿起笔，以驾轻就熟的戏剧为武器，投身于抗日救国的洪流。上述三个剧本，以其鲜明的进步倾向和艺术上的多方面探索而独树一帜，从而使他的戏剧创作走向一个新阶段。

《三块钱国币》是丁西林抗战初期写的一部独幕喜剧。剧本写一个老实贫穷的乡下女人李嫂，为抗战期间逃到西南后方的吴太太帮佣，收拾房间时不慎将吴太太花六块钱国币买来的两只花瓶中的一只打碎，吴太太辞退她不算，还要她照原价赔偿三块钱。可是李嫂没有钱，赔不起，于是吴太太又叫来警察，将李嫂的铺盖拿出去当三块钱作为赔偿。然而"当铺的少奶奶，给了三块钱，听说太太是外省人，她不要李嫂的铺盖。"住在同院的"爱管闲事"的大学生杨长雄，出于正义感和同情心，为李嫂辩护说情，反遭吴太太抢白，两人口角起来。杨长雄见吴太太不可理喻，忍无可忍，愤怒地将另一只花瓶打碎，也赔了三块钱国币。读这个剧本，很容易使人联想到《压迫》，因为二者在人物构图、结构层次和艺术表现等方面有很多相似之处。然而这又是两部不同的作品，以主题思想的现实针对性、人物形象的鲜明性及艺术技巧的圆满纯熟而论，《三块钱国币》又显然超过《压迫》，从而成为丁西林独幕喜剧中最出色和最有代表性的作品。

《等太太回来的时候》是丁西林的第一部多幕喜剧，也是第一个直接表现抗战主题的剧本。1938年10月，武汉失守之后，国民党内以汪精卫为首的反动分子公开投敌，充当汉奸卖国贼，在沦陷区成立傀儡政权，组织伪军，为日寇效力。为此，沦陷区人民纷纷起来，跟敌伪反动派进行了各种形式的斗争。这个剧本即以沦陷区的上海为背景，描写汉奸梁某家庭内部的一场冲突。梁某的儿子从英国留学回来，看到父亲当了汉奸，做了所谓的"和平协会"会长，非常气愤，便不理睬他。可是梁某却要回家看儿子，作"和平亲善"的宣传，结果父子激烈争论，不欢而散。梁某又差人送来"国际无线电台台长"聘书，儿子拒收，愤然撕毁。儿子决心去香港转内地参加抗战，便瞒着母亲买船票，可是母亲早已给自己和女儿购了船票，结果母子三人同行，彻底抛弃汉奸父亲。这是一个通过家庭矛盾反映抗日斗争的剧本，以小显大，倾向鲜明，生动而真实地表现了沦陷区人民同仇敌忾与敌伪反动派的坚决斗争，无论题材内容还是艺术形式都有新的开拓。

《妙峰山》是另一部表现抗战主题的多幕喜剧，写作时间比《等太太回来的时候》晚一年，二作堪称姐妹篇。剧本以1940年西南某地为时空背景，描写抗日英雄王老虎以妙峰山为根据地，组织民众坚持抗日的故事。王老虎原是英国留学生，北京景山大学教授，七七事变后投笔从戎，来到西南，聚众占据妙峰山抗战。他所领导的妙峰山，拥有"两万方里的土地，五万军队，三十万人民"，颇具规模；他作战勇敢，足智多谋，曾带领五百个弟兄打死两千多个鬼子，威震敌胆。此次因军火不足，带领弟兄们下山搞枪，被国民党军队抓住，将要押送省城处死。押送途中，王老虎用巧计逃脱，反将押送的国民党兵逮捕。回到山上，他招兵买马，扩大组织，继续高举抗日大旗。这是一个颇具传奇色彩的抗日故事，剧中的王老虎和妙峰山虽然带有较为浓厚的理想主义色彩，但联系到我们党当时领导的敌后抗日根据地的斗争，便不难发现作者的虚构也是有一定的现实根据的。这无疑增添了剧本的现实性和思想教育意义。

丁西林中期的这三个剧本，较之他的早期剧作，在思想和艺术上都有重要的突破，这集中表现在如下几个方面：一是题材内容，从描写知识分子的灰色生活到表现抗战主题。这是丁西林这一时期剧作最主要的变化。《等太太回来的时候》和《妙峰山》两剧,不仅正面直接地描写了抗战,而且政治倾向十分鲜明。《等太太回来的时候》有这样一段驳斥日伪"和平亲善"欺骗宣传的人物对话:"日本人要的不是和平,他是要征服中国;日本人要的不是亲善,他是要中国人屈服,做他的奴隶。——和平是要双方的。不能一方面飞机炸弹可以随时到处轰炸,军队可以到处杀人放火、奸淫掳掠,一方面不许你设防自卫。亲善也是要双方的,不能一方面打你一个耳光,一方面脱帽鞠躬;一方面踢你一脚,一方面还要把膝盖跪在地上。所以嘴上讲和平亲善,心里是卖国的人可以不去说他。就是真正迷信和平亲善的人,现在也只有一条路,就是要求日本人撤兵。如果日本人不肯自动的撤兵,那就只有一个方法,就是用武力把他们赶出去!"义正辞严,一针见血,不啻于一篇声讨日寇侵略罪行、揭露汉奸无耻谎言的战斗檄文。像这样尖锐激烈、充满政治色彩的人物对话,丁西林以往的剧作中是从未有过的。《妙峰山》在热情歌颂王老虎的坚持抗战的崇高爱国主义精神的同时,还以一定的篇幅表现了国民党反动派破坏抗战的阴谋和国民党统治区的黑暗。比如:剧本通过王老虎被捕,揭露国民党消极抗日积极反共,自己不抗日又不准别人抗日,竟然陷害抗日英雄为"匪",要抓去处死的可耻行径;又通过人物对话,揭露了国民党统治区黑暗腐败、民不聊生的社会现实:"一个大学教授的薪水,七扣八扣,自己挑水倒粪,连自己老婆、儿子都快饿死的小学教师更可怜,一个小学女校长,又是教员,又是庶务,又是老妈子,什么事都是她一个人去做",而"她一个月只拿到十八元,还连办公费在内"。这些描写看似闲笔,实则表现出剧作家对现实的清醒认识和鲜明的爱憎态度。

二是人物描写,一改早期剧作对人物无褒贬、无是非的客观态度。拿《三块钱国币》与《压迫》作比较:对吴太太自私刻薄、冷酷无情的资产阶级丑恶本性的揭露,远比对房东太太刁钻古怪脾气的描写尖锐、深刻;对杨长雄"爱管闲事"的幽默性格的刻画,也远比对男房客的描写生动、鲜明。这样褒贬分明的人物描写,在《等太太回来的时候》和《妙峰山》两剧中尤为突出。如爱国青年梁治,既有坚信抗战救国、用正义的武装斗争反对侵略者的决心,又有毅然与汉奸父亲决裂、奔赴抗日前线的实际行动,虽不是英雄,却在一定程度上体现了剧作家的审美理想。王老虎无疑是一位抗日英雄,他的自觉组织民众,建立抗日根据地,跟侵略者进行浴血战斗,有效地打击了敌人的嚣张气焰，更是倾注了剧作家的全部感情，其赞美之情溢于言表。此外，剧作家对反面人物的揭露，如对认贼作父、卖国求荣的汉奸，对内战内行、外战外行的国民党官兵，以及对养尊处优、贪图享乐的资产阶级分子，其讽刺、鞭挞又是犀利有力而不留情面的。这些都充分显示了剧作家对剧中人物强烈的爱憎感情。

三是艺术形式，由独幕剧到多幕剧。如前所述，丁西林早期剧作是清一色的独幕喜剧，转而写多幕喜剧，这需要剧作家在生活、思想和艺术上有更多的准备。而尤其重要的是，早期的独幕剧都是写轻松题材，这两部多幕剧写的是严肃题材，如何运用喜剧的形式表现重大的严肃主题，这无疑是剧作家面临的一个新课题。从现有的两部多幕喜剧的创作情况看，丁西林在这方面是有过一段探索过程的。如他写第一部多幕喜剧《等太太回来的时候》时，剧中喜剧性内容还较少，相应的喜剧化手段也不多，如果不是剧本结尾一句"等太太回来的时候"带有较明显的喜剧幽默情味，人们是很难将它当作喜剧看待的。到创作《妙峰山》时情况就不同了，它既是一部抗战喜剧，又是一部爱情喜剧，无论是国民党兵逮捕王老虎反被王老虎逮捕的喜剧冲突设计，还是王老虎先是认为男人结婚是带脚镣后来竟自愿带上脚镣的喜剧情节安排，以及许多俏皮话和双关语，均无不充满幽默情趣，产生强烈的喜剧效果。

丁西林中期剧作在题材内容、人物描写和艺术形式上的这些突破，拓宽了他的喜剧创作领域，成为他喜剧艺术走向成熟的标志。丁西林新中国成立后的剧作，收集在《丁西林剧作全集》中的共有七部，其中《牛郎织女》和《孟丽君》曾公开发表，《雷峰塔》《胡凤莲与田玉川》《老鼠过街》《干杯》《智取生辰纲》在收入剧作全集前均未发表。由于多数剧本未能及时发表或演出，因而他新中国成立后的剧作不大被人注意，更很少有人去作整体的研究。然而从总体上看，丁西林新中国成立后的剧作的特点还是明显的，这主要表现为他的每一个剧本都带有实验探索性质。丁西林早期轻松题材的独幕喜剧，中期严肃题材的多幕喜剧，都是独创的和不可重复的，这一特点在新中国成立后的剧作中体现得更为多样和突出。他写过现实题材，更多地是尝试写历史题材，写过喜剧，也写过之前从未写过的正剧，写过话剧，又写过歌舞剧和舞剧。每个剧本都有各自的特点，决不重复，正是这些显示了丁西林后期剧作的意义和价值。

三、后期创作

丁西林后期剧作的艺术探索,是与新中国成立后戏曲改革运动紧密地联系在一起的。新中国成立初期,党和政府十分重视戏剧工作,在大力提倡现代戏的同时,加大了旧戏曲改革的力度,成立了中国戏剧研究院和戏剧改革委员会,政务院还颁发了《关于戏曲工作的指示》。作为文化部领导成员和中国戏剧家协会常务理事的丁西林,自然义不容辞地承担起这一重任,不仅具体指导了戏曲改革工作,还亲自编写"戏改"剧本,以至新中国成立后的剧作中除了一部现实题材的独幕话剧《干杯》,其余都是改编我国的古代小说、戏曲和神话故事。在这方面,丁西林为新中国成立后的戏剧改革是作出了许多重要的实际贡献的。丁西林在新中国成立后戏剧创作的主要贡献在于,将现代话剧、歌舞剧的技巧与我国传统戏曲的技法结合起来,取二者之长,中西合璧,融会贯通,为我国现代戏剧的民族化和传统戏曲的现代化探索出一条切实可行的新路。

丁西林是一位风格独特的喜剧作家,其喜剧风格的建构从早期的独幕喜剧就开始的,后来的多幕喜剧在题材内容和艺术形式上虽有新的发展,但基本的风格点没有变。其喜剧风格的形成与对西方幽默喜剧,尤其是英国近代机智喜剧的借鉴密切相关。丁西林曾说,自己早年所写的那些剧本,外国味都很浓,似乎可以当作广义的翻译看待。丁西林的喜剧风格以幽默机智见长,他明确地说他写的是喜剧不是闹剧,并且要求人们在演出他的剧本时,"不要追求人物动作的滑稽,更不要加添味头,而把它演成一个闹剧。"丁西林的喜剧不以人物动作的滑稽和味头来吸引观众,它给予人们的是"理性的感受",以及建立在理性感受基础上的"会心的微笑"。

在丁西林的剧作中,悬念是剧作家经常采用的艺术手段之一。他的剧作之所以引人入胜,让观众自始至终怀着极大的兴趣看下去,靠的就是悬念。他剧中的悬念是根据观众急切期待的情绪和寻根究底的心理,采用藏头露尾的艺术技法设置而成的。无论《压迫》《三块钱国币》等关于事态发展的悬念,还是《妙峰山》《孟丽君》等关乎人物命运的悬念,都具有引人入胜的艺术魅力。与悬念相联系的是突转,同悬念一样,突转也是以理性感受为基础的,因而它出乎意外,却又在情理之中。正因为在情理之中,它更能引发观众的自主意识和积极思维,从中获得更多和更深的理性感受。《三块钱国币》

里杨长雄摔花瓶的突转，不仅吴太太始料未及，而且观众也深感意外，转得似乎太突然了。然而冷静地一想，却又觉得其妙无比，砸瓶之举完全符合人物此时此境的心理心态，它是反击，也是嘲讽，既机智，又幽默，从而调动了观众极大的兴趣，深化了剧本的批判意识和嘲讽意味。丁西林的许多剧本，如《一只马蜂》《压迫》《酒后》《妙峰山》《孟丽君》等，都是采用这种悬念与突转相结合的写法，结构波澜起伏，意蕴层层深入，幽默与机智交融，富有喜剧情趣和理性思辨色彩。

丁西林剧作的语言文雅细致，简洁精炼。它是一种经过精心加工提炼的现代口语，准确鲜明，生动上口，音乐性和节奏感强，达到了既口语化又艺术化。丁西林说："喜剧语言一般地说，不是那么激昂慷慨，不那么抒情，不那么严肃，不那么诗意盎然。它的特征是：轻松，俏皮，幽默，夸张等等。"这也正是丁西林自己喜剧语言的特点。而他剧作语言的轻松、俏皮，又同样是建立在理性感受的基础之上的，无论是辨名析理的对白，还是咬文嚼字的斗口，都显示出注重词语概念之间差异的辨析性特点，从机智中见幽默。因此他的剧本很耐看，既可供舞台演出，又可供阅读欣赏，堪称文学语言艺术的珍品。

丁西林的剧作虽以幽默机智为其主要的风格特色，却也不乏讽刺。他的讽刺与那种置敌于死命的讽刺不同，要平和得多，带有与人为善的劝戒意味。因为这种讽刺与机智幽默一样，都是以乐观自信的人生态度为前提条件的；它所引发的笑，不是一般生理意义上的哄堂、捧腹的大笑，而是一种对于社会现实具有认识作用和审美作用的"会心的微笑"。唯其如此，才将丁西林的喜剧与一般的讽刺喜剧和通俗喜剧区别开来，而成为我国现代幽默机智喜剧的奠基之作。

第五节 缪崇群的散文创作

缪崇群（1907—1945），祖籍泰州海陵，移居江苏六合，笔名终一。缪崇群一生坎坷，贫困交迫。早年曾游学日本。1929年开始创作散文，大多是回忆少年时的生活和抒写在日本的经历。1931年回国，在湖南任杂志编辑。

1933年出版散文集《晞露集》。1935年赴上海专事写作，形成用精细而平实的文字诉说自己落寞情怀的风格。七七事变后，辗转流亡于云南、广西、四川各地，做过书店的编译，教过书，艺术视野比之前开阔，把个人的忧郁与民族的苦难结合，描写山光水色和边陲乡镇的文学小品，渗透着文化批判的内涵。1945年1月，正当人生年华正茂之际，却以肺结核溘然病逝于重庆北碚江苏医院，年仅三十八岁。在缪崇群去世的当年四月，作为其至交好友的巴金满怀着哀悼与惋惜之情，写下了《纪念一个善良的友人》，满怀深情地勾勒出其质朴而又深切的散文风格，对其内容的深刻与丰满不吝赞美。在巴金创作于1944到1946年间的长篇小说《寒夜》里，他把缪崇群当作了小说主人公的原型，在1961年11月20日发表的创作谈里，巴金深切地回忆了与缪崇群交往的岁月，勾勒出一个长时间忍受着病痛的折磨而孤独地生活着的散文作家形象。

一、人生阶段

缪崇群多才多艺，著作颇丰，在小说、散文、翻译等领域都有耕耘与收获，但倾其毕生心血的还是散文创作。他于1928年开始发表作品，之后在短短的十余年间，仅在散文方面就奉献出：《晞露集》（1933年2月北平星云堂）、《寄健康人》（1933年11月上海良友图书公司）、《废墟集》（1939年9月上海文化生活出版社）、《夏虫集》（1940年7月上海文化生活出版社）、《石屏随笔》（1942年1月上海文化生活出版社）和《眷眷草》（1942年8月上海文化生活出版社）等六部集子。病逝以后，他的好友韩侍桁和巴金先后又为他编选了《晞露新收》（1946年2月上海国际文化服务社）和《碑下随笔》（1948年11月上海文化生活出版社）两部散文集。此外，还有不少作品没有收集，散见于当时的各种报刊。缪崇群的这些散文作品，从一个侧面反映了当时的社会现实和风貌，留下了自己的生活道路和思想烙印，显示了他在散文创作方面的独特风格及其发展轨迹。缪崇群的短暂一生，大致可划分为三个阶段：

第一阶段，少年求学时期。缪崇群从小生活于北平。父亲是大学教员，母亲出生于知识分子家庭，然而父母的关系却不融洽，家中成员也多有疾病。还在他求学期间，哥哥、母亲就先后病逝，如此沉重、阴郁的生活环境，使他从小就养成了多愁善感的性格。他曾说："因为早熟一点的缘故，不经意地便养成一种易感的性格。每当人家喜欢的时刻,自己偏偏感到哀愁;每当人家热闹的时刻,自己却又感到一种莫名的孤独。"(《晞露集·守岁烛》)他善于观察、思索,却拙于交际、应酬,这种沉默寡言的孤僻习性一直影响着他的一生。他在北平读完小学和初中,于1923年十六岁时转入天津南开中学上高中,当时的同学有靳以、韩侍桁等,他们对他后来的生活和创作产生过一定的影响。1925年,他东渡日本,就读于庆应大学文学系,1928年学成归国。三年的异国生活使他既观赏了日本的山川风光,接触了日本的风俗民情,又体验了日本不同人群之间的淳朴友爱和骄横淫逸,这些都成为他日后从事散文创作的一个丰富源泉。

第二阶段,创作前期。少年的家庭生活和十几年的求学生涯,给他的人生烙上了深深的痕迹,他自己也产生了强烈的创作欲望,因此,在他的前期作品中,这方面的题材占着很大的比重。1928年归国后,他便涉足文坛,勤奋写作。他与鲁迅有过通信、投稿关系,在《北新》《语丝》和《奔流》等刊物上发表过一系列作品。1930年,他在南京参加了中国文艺社,并担任了大约半年的《文艺月刊》的编辑,很快即因与王平陵等人在编辑方针上产生分歧而辞职。就在这一时期,他结识了巴金、杨晦等人,在他们的关心和帮助下,于1933年先后出版了《晞露集》和《寄健康人》,这是他前期创作的主要代表作;1939年出版的《废墟集》,所收大都也是1937前的作品。在缪崇群的前期创作里,主要描写自己的生活和感受,以及发生在周围的凡人小事,如对亡母、情人的追怀之恋,对师长、同学的思念之情,对异邦生活的感慨描绘等。他写来如叙家常,明白晓畅,而又时时处处散发着深沉真挚的感情,显示了他平实、精细的风格和善于抒情的特长。

第三阶段,创作后期。卢沟桥事变,震撼了中华大地。兵戈相侵,国土沦丧,人民辗转流离的悲惨遭遇,创痛深切的感愤情怀,都不能不反映到抱有正义感的作家笔下,故不少作家的作品大都以全面抗战前后为创作题材和风格的分水岭,缪崇群也不例外。全面抗战爆发后,他拖着虚弱的病体,辗转流亡于湖北、广西、云南和贵州等地,以教书为生,一度当过《宇宙风》杂志的编辑,最后落脚在重庆。他于流亡途中,饱经风霜,世态百相尽收眼底。随着生活的巨变,视野的开阔,他的散文风格也发生了很大的变化,虽然平实、精细、真挚和亲切的基本格调未变,但作品中原来比较狭小的天地逐渐变得开阔，纤细的感情逐渐变得坚实，爱憎更显分明，作品也更具时代感和战斗性。这些特点在他后期创作的《夏虫集》《石屏随笔》和《眷眷草》等集内都有比较充分的体现。1942年，他规划了《人间百相》的宏大写作计划，设想对人情世态作一番心灵的探索，也想给世间的魑魅魍魉描下丑恶的脸谱。但是他只开了一个头，病体就阻碍了他的工作。他困居在重庆北碚的最后两年中，写得很少。1945年1月15日凌晨，他因患肺结核大量咳血，长期不治而溘然病逝，当时报上刊载噩耗的标题是：《一代散文成绝响!》，犹如盖棺定论，令人痛惜。

二、创作主题

缪崇群在青年时期便以散文引起了广泛的注意，他与丽尼一道被称为"悲哀与忧伤的歌者"，在文学史上，他也主要被归为散文作家，常常与丰子恺、梁遇春、方令孺、何其芳、李广田、丽尼、陆蠡等一起并列。依照主题，缪崇群的散文大致可以分为以下三类：

（一）倾诉个人的忧郁

由于个人际遇而形成的较为孤寂的性格，缪崇群的生活状态接近于离群索居，使其对外界环境的了解较少，限制了创作的取材范围。同时由于其孤寂的性格，他较为敏感，更加注重自己的内心感受，这些因素使得缪崇群在散文中表达自己内心的忧郁、愁怨、迷茫。以《晞露集》为代表的早期散文作品，几乎全是对于个人的生活的感情加以抒发，在情感中流露出幽怨与迷茫，在文本上显示为哀愁的叹息和自怜。在《守岁烛》中写道，"我除了凭吊那些黄金的过往以外，那里还有一点希望与期待呢。"他认为美好的时光成为过去，前路已经没有任何值得盼望的所在。在《无题》中他又感叹道，"在人生这条荒漠的道上，只有不尽疲惫、劳苦与哀愁"。迷茫、孤独无助、幻灭是作者作为青年人的心理特质与独特人生所带来的真实情感，不甘沉沦与不屈服也是青年阶段生命力昂扬的真实写照。缪崇群并非只是一味的无病呻吟，我们同样也能从其散文中感受到他冥冥中对于新生的渴望及探求。纵使充满着无望与不知所从，也决不沉沦。在《寄健康人（二）》中他写道，"我也是同你们健康人一样的，有着灵魂，有着肉体。我的肉体渐渐被细菌侵蚀了，……不过，生命还是不绝如缕的让我负着，我找不着一点意义，我只是觉得一天比一天沉重了"。在《从旅到旅》中，作者更是鲜明地表达了自己不屈服的意志，"我不再踌躇，不再迷惘了；低着头，我将如瓦尔加河上的船夫们，以那种沉着有力的唷喝的声调，来谱唱我从旅到旅的曲子"。

（二）书写民族的苦难

缪崇群所处的时代，中华民族正处于内忧外患之中，饱含深情、向往爱与美的作家不可能身处于乱世而遗世独立。抗战中的缪崇群因战火而辗转多地，加深了对社会的认识，同时也激发了他的爱国心与民族自尊心。他在《碑下随笔·短简（二）》中写道，"（自己）也是在一大时代的摇篮里生长着，在渐渐地接近新生"。在《国旗》中他深情地写道："我们的国旗，正美丽而且自由地在空中飘扬着，飘扬着一片微笑，好像回答着我们无数颗敬爱她的心。"在《乞艺》中他大声疾呼："我没有将手掌伸向生活的勇气，也没有征服它的把握，却还有一种决心：暴露它！暴露它！暴露它！"缪崇群告别了曾经的自伤自怜，将对国家与民族的书写当作自己的新生。随着在时代大潮中为国家为民族的写作，其个人也逐渐变得开朗起来，由曾经的青年的迷茫而逐渐变得充满激情起来，虽然依然书写着后方的黑暗、压抑，承受着肺病日趋严重的折磨，但他却一改以前的悲观，唱起了满怀希望的憧憬之歌，在《卖艺人》中写道，"敌人的残酷的毁灭，对于我们勿宁是一炉可宝贵的火。"这一饱含着民族意志与人生哲理的句子，以坚定明确的爱憎指引着、激励着读者。

（三）自觉的文化批判

结合社会现实来看，缪崇群其实应当算作是觉醒较早的一部分人，他的敏感使他过早地触及了变革需求的酝酿。全面抗战爆发前，社会压抑的力量还很强大，缪崇群除了生活的孤独之外，还有内心的孤独得不到理解，孤立无援，陷入悲观绝望之中。全面抗战爆发后，社会秩序松动加快，与缪崇群方向一致的变革要求的力量逐渐壮大。随着对社会的认识逐渐加深，缪崇群的社会责任感逐渐觉醒，他开始从不自觉的文化坚守逐渐转化为自觉的文化批判。在写作内容上，他不仅仅歌颂民族精神、张扬民族情感、传达胜利信念，同时也披露后方的腐败等其他阴暗面，在情感态度上从不关心自我的窄小角落之外的事物中走出，开始直接、激烈地批判黑暗的制度。在《面包与水》中,他以"把现有的那些吃人的礼教,和架空的,虚伪的,所谓组织,所谓制度,一起拉倒下来,宣告它们的死刑罢"的宣言表明了自己对不合理的文化的批判态度。在《牛场》中,他更直接以"革命是历史的火车头"来表明自己要打破落后的社会文化桎梏的决心。

在一段时期内由于受到了远离凡尘的生活的影响,缪崇群作品内容较为单一。长期以来的孤独生活所造成的喜静不喜动,却使他对艺术的感受力和想象力得到了更好的发展,对于内心的情感和日常生活有更细致的观察和更深刻的感悟。这一特性反映在创作上就是长期专注于主观感受这一"窄小的角落"并不断深挖,并通过自己的个性感受加以展现,对于主观情感的不断揣摩也使其笔下的情感流露真挚深切,情感抒发精细沉郁。

艺术表现上婉约精细、朴实亲切。孙琴安在《名家散文新读》中指出:"缪崇群虽然也属于才华横溢一路的青年散文家,但他很少饰以华艳的辞采,相反,却常以朴素平实的语言进行抒写。"如《过客》一文是借"我"在旅店吃饭时对撞见的想住店的父子三人的观察,引发了"我"对自己的"伪善"与"无用"的轻蔑。现从中摘抄几句:"一个十岁大的挑进一担破棉絮和一筐烂旧的东西,后面跟着一个五六岁大的,脚似乎已经破了。大的一个好像已经解事,坐在石阶上想弄点水洗洗脚。那小的一个就背立在我的饭桌前面。蓬蓬的长头发,盖着两片黄蜡般的耳朵,我不能再看见别的。我觉得这是一个没有了血和肉,仅仅是一个皮包着骨头的可怜的孩子。"缪崇群用了非常简单的事实来描写两个孩子,虽没有任何修饰性的语言,但是这两个孩子的基本轮廓已经被勾勒出来,而且作者所想要表达的东西都在文字里了:首先是后文中对于他们母亲去世的猜测,大的孩子才只有十岁但是已经要挑着一担东西,这说明他是这个家庭中除了父亲之外的一个劳动力了;其次,两个孩子处处体现出没有母亲照料的痕迹,特别是对于较小的孩子的描写所使用的一个"盖"字,将小孩子头发较长并且没有打理所呈现出来的一种很随意的散乱状态很好地描摹出来了。作者以最简单的勾勒达到最丰富、最准确的意蕴传达,不可不谓之"平实"。他的文风打上了他的人格气质的印记。他不会浮夸嚣叫,也不善嘲讽幽默,他是个善良诚恳、朴实话静的平凡人,以亲切自然的态度和读者交流思想感情,只希望得到读者的理解和同情。他总是沉静地吟味沉思,委婉地抒情究理,精心地谋篇布局,细致地遣词造句,追求散文艺术的清丽柔美。

在抒情方式上往往以景述情、托物言志。他笔下的花草景物染上自己的感情色彩，成为他抒发情思的艺术符号。他的许多咏物小品把外物与自我融为一体，明显带有自况意味，如《寄健康人》中的《无题》《秋树》，《夏虫集》中的《苔》，《石屏随笔》中的《小花》《鹦鹉》，《眷眷草》中的《拾叶》诸篇章，借一些普通细小的花草鸟兽寄托自己喜爱宁静、纯真、美丽、自由和企求温情的心境。他爱用"畸零人""旅人""苦行者"之类的传统意象抒写人生哲理，以自己的切身经验和现代意识丰富人生行旅的内涵。他善于从平凡细微的事物中领悟哲理深意。"葵花，还翅着首要望见落日时分的最后的余辉，茉莉却静静地等候着黄昏。夜来香从来在黑暗中开放，牵牛花也从来见不得晨曦。光明，有追逐你的，有躲避你的，有为你而死的。"（《寄健康人·无题九》），联想巧妙，微中见著。对于战时人们见惯的躲避空袭的生活，他看得细心，发现少男少女带上心爱的小动物一起避难，从而体会出"生命并不是一个可以赶尽杀绝的东西"（《夏虫集·一瞥》）。他不仅看到自然与人生的光影声色，还透视其中底蕴，把自己的体验感受升华深化，以个人一贯的朴实而亲切的语调娓娓道来，形成真挚亲切、婉约含蕴的文风。他的散文，不以气势夺人，而以情韵感人，给人的艺术感受主要是慰情的、平和的。这种风格类型属于柔美范畴。

第六节 朱东润的传记文学与文学批评

朱东润（1896—1988），原名世溱，泰兴人，著名学者、传记作家、书法家，历任国务院学位委员会第一届学科评议组成员、国务院古籍整理规划小组成员、中国作家协会理事、上海古典文学学会名誉会长、国际笔会上海中心理事、《中华文史论丛》主编等职。

朱东润幼年失去双亲，受族人资助，考入南洋公学附小读书。因成绩优异、刻苦勤奋，1910年得上海南洋公学监督唐文治资助升入中学。1913年秋，朱东润留学英国伦敦西南学院，课余从事翻译，对西方传记文学有深入研究。1916年肄业回国，先后在武汉大学、中央大学、江南大学、齐鲁大学、复旦大学等校任教授。1979年5月,朱东润以83岁高龄加入中国共产党。1988年2月10日,朱东润先生在上海逝世,享年92岁。是年10月,泰兴县人民政府将先生骨灰迎回安放于"朱东润故居",并刻石纪念。

一、传记文学

朱东润治学严谨,著作等身,主要有《张居正大传》《陆游传》《陈子龙及其时代》《杜甫叙论》《李方舟传》,以及《中国文学批评史大纲》《中国文学批评论集》《中国文学论集》《朱东润传记作品全集》《朱东润先生书法作品选》等。朱东润对我国近世的传记文学具有开拓之功,不仅起步早,而且创获丰,共创作了8种传记(含成稿后遗失和尚未定稿的),直到今天国内还没有人可与媲美。其中《张居正大传》与《朱元璋传》(吴晗著)、《李鸿章传著》(梁启超著)、《苏东坡传》(林语堂著)是中国传记文学的不朽经典,被誉为"20世纪四大传记"。

二十世纪二三十年代,中国传记文学领域异常沉寂,有鉴于此,朱东润"决定替中国文学界做一番斩伐荆棘的工作"。为使信念成为现实,他开始研习中外古今的传记,先后写出《大慈恩寺三藏法师传述论》《中国传记文学的进展》《传记文学与人格》《八代传记文学述论》等研究论著,并很快转入传记的创作,《张居正大传》就是朱东润由传记理论研究转入传记文学创作的开端。创作传记程序的第一步是选择传主,从理论上说,任何人物都可以入传,事实上传主的择定却是需要精心谋划的。传记家一般选择适合时代、读者和自己需要的传主,不会选择那些自己不熟悉,毫无个性而又不吸引读者兴趣的人。

朱东润决定以张居正为传主,经历了"彷徨不定"和"不少痛苦",在综合考虑了时代要求、读者接受、创作传统后才最终选定。"中国历史上的伟大人物虽多,但是像居正那样划时代的人物,实在数不上几个。从隆庆六年到万历十年之中,这整整的十年,居正占有政局的全面,再没有第二个可和他比拟的人物。这个时期以前数十年,整个的政局是混乱,以后数十年,还是混乱,只有在这十年之中,比较清明的时代,中国在安定的状态中,获得一定程度的进展,一切都是张居正的大功"。我国历史编纂的一个优良传统是实录,传主确定后进入创作阶段,"如何处理好真实性与文学性之间的关系"是传记文学创作成功的关键。朱东润指出,"为了真实地反映一个人,还必须客观地辩证地看一个人。金无足赤，人无完人，世上任何一个人，都有他的优点和缺点，我是主张把一个人的优点、缺点都写进作品中去，否则就不全面、不真实。"尽管张居正的政治作为非同寻常，但是朱东润在创作中并不回避张居正热衷权力、结党专权的一面。这种忠于史实、客观辩证的态度使人物更加真实可信。如其所言，"传主的认识、表现和行动，有优点也有缺点，这是无可否认的。我们是不是可以把主要的一面反复写、深刻写，而把次要的一面简略写，但是却千万不是不写。这样一来，我们既交待了传主的主要一面而又不是掩饰他的缺陷或是忽视他的成就。"朱东润精心选择明代后期颇具争议的政治家张居正，显示他作为传记理论家独特的眼光。因为伟大的历史人物，易于引起读者的关注和阅读兴趣。同时时间距离适宜，既没有远到与今天的生活十分隔膜，又不会近到无法盖棺定论。而众多流传已久、对于传主众说纷纭、褒贬不一的评价，也留给传记作者重塑传主独立人格、发表独到历史见解的余地。

对于历史人物的选择，既要考虑自己对历史人物的了解程度，也要考虑到这个人物是否具有现实意义。如果撰写的人物逃脱了时代的需要，传记也就失去了存在的价值，朱东润创作《张居正大传》正体现了时代的要求。《张居正大传》作于1941年，当时正是日寇侵华最为猖獗的时候。千千万万的普通民众饱经战乱离别之苦，生活在水深火热之中，作者也远离妻子儿女，流亡到四川乐山，过着颠沛流离的生活。当时许多的爱国知识分子纷纷把目光投向历史借古讽今，如吴晗创作《朱元璋传》影射蒋介石独裁政权，呼唤民族自强和爱国主义精神；郭沫若在话剧《屈原》中借屈原的悲剧讽刺国民党的反动统治，表达进步力量对国民党制造皖南事变的愤怒。天下兴亡，匹夫有责。"在国家衰亡民主式微之时"，文人应该"从历史的陈迹中寻找一种敢于担当的精神"。朱东润创作《张居正大传》，就是把像张居正这样"为国为民的人写出来，作为范本"，呼唤人们承担起振兴国家民族的责任，为这个千疮百孔的国家奉献自己的一份力量。在他看来传主张居正就是一个怀揣梦想，为国家强盛梦想而奋斗的人。在张居正掌政之前，整个明朝政局混乱不堪。张居正在掌权期间，改革内政、整顿朝纲，使明王朝的政治局面焕然一新，实现儒家"达则兼济天下"的终极目标，他功不可没，在一定程度上也维护了人民的利益。朱东润希望将自己所认识的传主介绍给读者，让更多的读者理解传主的人格、精神，形成一种感染力，用张居正的奋斗激励国人，最终使更多的人投入救国救民的运动中来。难怪他在作品里呼喊："前进啊，每一个中华民族的儿女"，用你们"热烈的血液"去浇灌"民族复兴的萌芽"。

朱东润的学者身份使《张居正大传》有别于一般作家的传记创作，体现了学者型传记厚实凝重的创作风格。在朱东润看来"传记文学是文学，同时也是史"，这种史、文互为表里的传记文学观在《张居正大传》的创作实践里得到了完美的体现。朱东润在写作《张居正大传》前，认真研究了《张文忠公全集》，同时参阅并采纳包括《明史》《明纪》《明史稿》《明会典》等在内的众多史料的记载，做到了事有来历、史有证据，让读者能从《张居正大传》中了解到明朝中晚期的政局和张居正的政治生涯。这些来自史书的材料被作者精细考订和认真鉴别后，对之进行加工、裁减和巧妙组织，成为传记中的记叙性文字。复杂的政治斗争、繁缛的政事，甚至与朝廷和张居正本人生活相关的细节皆有所本，从而使传记带有史书般的严谨风格。作者对久远时代的历史人物不可能做到真实全面的了解，这就需要根据已有的材料进行合理的想象和补充，积极地调动文学手段去丰富人物形象，所以这部传记具有很强的文史综合性。朱东润在《我对传记文学的看法》中说："传记文学既然作为文学，就要讲究文学色彩"。

《张居正大传》在文学性的追求上也给后代的传记作者留下有益的启示。首先，《张居正大传》结构线索清晰，点面结合，既完整地表现了张居正的人生经历，又重点突出他在政治上的业绩。在重点塑造传主张居正形象时，也充分展现与之命运密切相关的众多人物，如穆宗的宽厚无能，神宗的阴鸷贪婪，严嵩的奸佞谄媚，徐阶的老成坚韧，高拱的狭隘刚愎，李春芳的软弱无能。其他人物如慈圣太后、太监冯保以及一些军事将领、僚属的形象也得到一定程度的表现。众多形象栩栩如生，众星捧月般环拱在传主周围，艺术地再现了传主的生活圈和时代氛围。其次，对于时间跨度大，牵涉面广的事件，作者也能伏线千里、进行妥善安排，体现出结构上的前后照应和逻辑上的有机联系。如张居正与辽王府的恩怨，与神宗君臣关系的变迁等事件都跨越较多章节，甚至贯穿始终。作者都对之细致交代，做到文脉贯通，增添了传记文学叙事的曲折生动。再次，作者对细节的描绘和对话场景的设置，非常有利于突出人物个性。如张居正父死，依明代定制张居正必须辞官回乡守制。

作者抓住"夺情"这个极为敏感的问题展开，张居正的亲信轮番上奏，请求"夺情"，万历帝也屡屡下诏，让张居正照样当他的内阁首辅，反对派则上疏讦弹。这时的张居正表面上奏请求"守制"，实际是不愿意走也离不开。"不是张居正离不开政权，而是政权离不开张居正。"这种虚与委蛇的处事手法，被作者写得极其生动而细致，使传记增色不少。

二、文学批评

朱东润是中国文学批评史学科的奠基人之一，与郭绍虞、罗根泽一起被称为开创中国文学批评史学科的"华岳三峰"。他的《中国文学批评史大纲》（简称《大纲》）是20世纪的一部文论杰构。《大纲》从先秦文论一直写到晚清陈廷焯，是真正意义上的中国文学批评全史，内容包括诗、文、小说和戏曲批评理论，涵盖各种文学样式。《大纲》"实是我国最早提供严格意义上的中国文学批评史的较完整架构、对我国的文学批评的发展过程作出富有新意的探讨和概括的著作。"（章培恒语）该著在撰述体例上刻意求新，在研究方法上另辟蹊径，完整地描述了中国文学批评史的历史流变，为中国文学批评史著作的撰写指明了一条康庄大道。新中国成立后出版的几部文学批评史如黄海章的《中国文学批评简史》、刘大杰主编的《中国文学批评史》（上册）等都采用了朱东润的"以人为纲"的体例。

（一）以人为纲的编撰体例

朱东润借鉴了传记文学的著述体例，在《大纲》的整体建构和单篇论文的撰写上确立了以人为纲的编写原则。这种"以人为纲"编排体例不仅能为编写者提供更大的空间去处理史料，而且可以让论及的批评家摆脱历史语境的限制。正如朱东润所论，分门别类的论述在体例上虽然方便，但对于像苏轼、刘熙载那样博涉众体的批评大家来说，这种体例设置则显得有几分艰难。苏轼在"论诗论文论词"方面都有主张，自然"不便把整个的苏轼分隶于三个不同的篇幅"。刘熙载的《艺概》"论诗，论文，论赋，论词曲，论经艺"，也更不便"把整个的刘熙载分隶于五六个不同的篇幅"。所以"这本书的章目里只见到无数的个人"，却"没有指出这是怎样的一个时代，或者这是怎样的一个宗派。写文学史或文学批评史的人，忘去了作者的时代或宗派，是一种不能辩护的疏忽"。朱东润特意标明这种"疏忽"实为有意为之的遁词,因为那些伟大的批评家"不一定属于任何一时代和宗派",他们"受时代的支配",但同时也"超越时代"。按照"以人立章节,而不对时代或宗派加以特别的标示"的编写体例,不仅能将一个批评家的理论全貌完整地呈现出来,而且能够突显"重要批评家卓立于时代和指导潮流的作用"。以批评家为纲的体例设置,并非只是历代批评家的材料堆砌,而是有一条清晰可见的内在脉络。朱东润试图把批评家作为一位传主,来给予全面综合的展示。他把一个批评家个案与整个批评史、整个时代联系起来进行评述,把批评家的创作实践和理论主张联系起来去考察其间的复杂关系。他的《沧浪诗话探故》《梅尧臣诗的特点》《黄庭坚的政治态度及其论诗主张》《陆游的创作道路》等文章都体现了这个特点。毋庸讳言,以人为目的体例会在梳理某些文论专题上显得有几分捉襟见肘,但以人为目的体例却可以在动态的历史境遇中彰显批评家的文论影响。《大纲》第七章《陆机陆云》开宗明义:"太康之初,中国复由分裂而归于一统。声教文物,一时称盛,迨夫机、云入洛以后,三张二陆,二潘一左,集于都下,遂成当时文人一大结集。在此期中负重望者,要当以陆机为最,自文学史方面论之,继两汉之风雅,开六代之声色,卓荦复绝,一人而已。"陆机《文赋》上承汉之风雅,下开六代声色。诗缘情之说,更充实了陆机对文学本质的认识。在广阔的社会历史背景中全面透视批评家的文论思想,展示了朱东润的整体统摄眼光。

(二) 远略近详的取录原则

《大纲》在最初出版时只有100多页,篇幅上远不及郭绍虞、罗根泽之作,但是在批评史学科上占据了重要的地位,这与朱东润在谋篇布局上的详略得当密切相关,因为他把时间与精力放在前人尚未着力的"近代"部分。所谓"远"是指宋以前,而"近"并非指近代而是指宋元以来。中国文学批评是在古今文论话语的对话中走向现代的,在一定程度上说,《大纲》远略近详的取录原则为文论话语和研究范式的转型提供了一个趋向现代性的范本。五四运动以前,一般的知识分子"好古",五四运动以后"仍然是好古"。大学课程里讲授文学史,"只到唐宋为止;专书的研讨,看不到宋代以后的作品"。提到中国文学批评,"一般人只能想起刘勰《文心雕龙》和钟嵘《诗品》,最多只到司空图《二十四诗品》。"学术界好古之风,遮蔽了对于宋以后文论价值的衡估判断。陈钟凡的《中国文学批评史》中唐前的文论占了全书三分之二的篇幅，郭绍虞的《中国文学批评史》上卷在时间上截止到北宋，罗根泽的《中国文学批评史》也只论述至六朝，而朱东润的布局打破了好古的习俗，"特别注重近代的批评家"，《大纲》共75章，其中论述唐及以前的仅有22章，大量采撷宋以后的文论材料显示了朱东润撰写思维的超前。章培恒非常推崇朱东润取录原则的精审："他对明代的时文大家艾南英，只略及其论古文之说，而绝不提及其在时文方面的主张，与有的文学批评史对时文作专门的介绍截然有别。"这跟郭绍虞在《中国文学批评史》中视时文为明清一代之文学的看法迥然有别，确实为"后来研究者在制定中国文学批评史的范围方面树立了正确的方向的著作"。朱东润具备穷尽一切的学术勇气，它还打破了昔日批评史撰述集中笔墨于刘勰、钟嵘、苏轼等批评大家的书写习惯，将那些名不见经传的古代文人纳入考察范围，重点关注宋以后的文论家。

（三）为人生而治学的现实关怀

文学是社会生活的具象反映，文学理论的书写态度也能折射出文人的用世情怀。早在辛亥革命时期，朱东润就为维护共和政权而奔走呐喊，20世纪30年代，外夷入侵中华大地。《大纲》撰写和出版之际恰逢国家危急存亡之际，每一位富有爱国热忱的文人都会在他们的作品中展露出某种家国之思。朱东润曾说："把文学作品和当前现实联系起来，这是我们文学批评里的优秀传统。"作为一名具有社会责任感的知识分子，朱东润自然把学术专著作为参与社会的手段，并且把这种责任感融入《大纲》的写作中，这种关注现实的学术品格使《大纲》比同时代的其他批评史著作更显家国之感。把批评家的文学思想放在广阔的社会历史背景中进行全面描述是《大纲》一个重要撰写原则。第二章在论述"孔孟诸子的文学批评的时代意义"时指出："文学者，民族精神之所寄也。凡一民族形成之时期，其哲人巨子之言论风采，往往影响于其民族精神，流风余韵，亘千百年。"在他看来，文学是民族精神的具体承载，批评家的文论观点攸关时代文化的发展。朱东润不惜笔墨称赞那些高扬民族气节的文论家，如第五十五章论及"清初三先生"时说："明代遗民以大儒称者，黄宗羲、王夫之、顾炎武。弘光既败，南都瓦解，……既而朱明潜耀，新朝代兴，炎武犹往来光陇，为复兴之计，功虽不成，其事伟矣。三人者皆以儒术著,其论文亦各有所见,不相掩也,疏列于此。"文学批评术语的现代色彩也是《大纲》现实情怀的突出表现。第十九章阐述初、盛唐诗论,借用五四时期的文学术语将其厘分为二派:"一、为艺术而艺术,如殷璠、高仲武、司空图等。二、为人生而艺术,如元结、白居易、元稹等。"在大体厘清了文学与社会的关系后,他进而阐明:"大抵主张为艺术而艺术者,其论或发于唐代声华文物最盛之时,如殷璠是;或发于战事初定,人心向治之时,如高仲武是;或发于乱离既久,忘怀现实之时,如司空图是。惟在天下大乱之际,则感怀怅触,哀弦独奏为人生而艺术之论起。……至于杜甫,则其诗虽为人生而作者居多,而其论则偏于为艺术而艺术,元白推重其诗,不取其论也。"面对20世纪30年代内忧外患交侵的国势,朱东润显然更着意于为人生的艺术。他对司空图的评价高于严羽,就是因为司空图的诗歌抒发了对于人生的悲慨,表现时代"政治的阴影"。论严羽之诗则说"在盛唐诗集以外,添一可有可无之诗",论及严羽其人,则称"在南宋区宇之中,著一不痛不痒之人"。严羽"在流离失所的时代里,无视人民的痛苦,陶醉在自己的小圈子里,焊风雪,弄花草,这样的诗人,永远不能成为人民的诗人。我们要理解诗人的生活和时代,其故在此"。从文学与人生的关系维度切入文学研究是朱东润治学立场的着眼点。

由于朱东润早期的文史研究,已经自觉地把学术探索与苦难时代联系在一起,在研究历史中寄寓着对民族侵凌、政治压迫的不满和反抗,所以,在新中国成立初期知识分子"思想改造"中,他的思想演变,就显得顺理成章,合乎逻辑地自然发展了。政治性、人民性内化为他的自觉立场,而不是"思想改造"压力下的被迫接受。新中国成立前的"为艺术而艺术"和"为人生而艺术"的二分论,到新中国成立后演变为"密切结合现实"和"不结合现实"的分野。在《梅尧臣作诗的主张》里说:"中国自古以来的诗论,倘使我们作一个粗线条的划分,可以分为一类是密切结合现实的,一类是不结合现实或是反对结合现实的。"新中国成立后发表的《关于梅尧臣诗的一些议论》《梅尧臣诗的特点》《梅尧臣作诗的主张》《黄庭坚的政治态度及其论诗主张》《陆游诗的转变》《陆游的创作道路》《沧浪诗话探故》等文章,侧重于肯定传统文学与文论中关注社会现实的文学立场,以及同情人民苦难遭遇的人民性立场。在论述梅尧臣的诗歌时他指出:"早年他因为人民的痛苦和西夏的侵略,深深地感到阶级矛盾和民族矛盾的尖锐,所以诗中坦率地提出他的怨愤和他自己的主张;中年而后,因为国势的暂时安定和他自己的日渐衰老,所以诗句逐步向平淡方面发展,成为他后期诗的特点。……从尧臣的诗里,我们可以看到他把对于祖国的热爱和对于人民的同情,交织在一处。"朱东润在他的前后研究中是一以贯之地采用政治性视角和人民性立场,注重学术的时代意义和社会价值是他自觉追求的目标。

【阅读思考】

1. 以《一只马蜂》为例分析评论丁西林"喜剧"的讽刺手法与效果。
2. 试述刘延陵对现代白话新诗的贡献。
3. 评价缪崇群对中国现代散文的贡献。

【拓展阅读】

1. 观看电影《寒夜》,了解作品中曾文宣的人物原型缪崇群。
2. 观看在线视频:《丁西林民国喜剧三则》。

【实践体验】

1. 瞻仰丁西林、朱东润故居,感受泰州深厚的历史文化底蕴。
2. 排演话剧《一只马蜂》。

第七章　当代泰州文学

【阅读提示】

1. 掌握里下河文学流派与泰州文学的关系。
2. 掌握毕飞宇文学创作的地域文化特色。
3. 掌握庞余亮、刘仁前等文学作品中"乡土叙事"的特点。

当代文学是我国文学发展过程中的一个重要阶段,它是指1949年以后我国文学家的创作活动。从1978年12月中国共产党十一届三中全会起,党把工作重点转移到社会主义现代化建设上来,中国的社会主义建设进入新的历史时期。与此相适应,中国文学开始大调整,从此进入了"社会主义新时期文学"。这一时期,泰州当代作家们继承前辈的衣钵,坚守住文学创作的初心,以沉稳的姿态默默地书写着,时刻关注着当下人们的思想、心态和社会的变化。他们坚守社会主义文化阵地,以自觉的文学追求、敏锐的社会触角、坚韧的创作精神,为人民书写,宣传社会主义核心价值观,创作出属于时代的精品力作。不仅涌现出像高行健、陆文夫、费振钟、王干、毕飞宇、朱辉等走出泰州在全国乃至全世界影响较大的作家、批评家,更有一大批像刘仁前、庞余亮、顾坚、刘春龙、黄跃华、李明官、陆秀荔等勤奋笔耕坚守本土的成就斐然的作家,他们用自己的文学作品丰富了中国当代文学的艺术宝库。

第一节　石言与《秋雪湖之恋》

石言本名胡石言，1924年出生于浙江平湖，肄业于上海法政学院。1942年参加新四军，1943年加入中国共产党。在抗日战争与解放战争时期，他长期从事部队文化工作。在新四军第一师历任连队文化教员、团报编辑、宣传干事、股长、副科长、代理营教导员等职。参加过车桥、鲁南、孟良崮、淮海等许多战役。1949年因病休养数年，后到南京军区政治部工作。历任文艺科副科长、前线歌剧团团长、话剧团团长、创作室主任等职，并担任长篇传记《陈毅传》编写组组长。1957年加入中国作家协会，曾任中国作家协会江苏分会副主席，中国作家协会理事，江苏省文学艺术界联合会委员，访问阿尔及利亚、叙利亚中国作家代表团团长。石言于1943年开始发表作品，1950年发表了中篇小说《柳堡的故事》，1956年与黄宗江合作将该作品改编为同名电影。1957年出版了小说集《柳堡的故事》。1958年至1965年写作并演出了大型歌剧《大江东去》等。1962年发表了《红丫头》等短篇小说数篇。1974年至1982年发表了《珍珠》等短篇小说数篇。1978年至1980年编写出版了《决战淮海》《新四军故事集》。1983年发表了中篇传记文学《决胜华中一局棋》。他创作的短篇小说《漆黑的羽毛》与《秋雪湖之恋》相继获得1982年和1983年两届全国优秀短篇小说奖。

泰州秋雪湖生态景区位于泰州主城区东北部，这里历史文化底蕴深厚，生态环境优美，湿地风光独特，与文学的渊源极深。秋雪湖这个传说中的名字孕育出了一大批获奖文学作品，俨然成了作家创作的"幸运湖""源泉湖"。著名军旅文学作家胡石言是"秋雪湖"的创造者，"几十年前这秋雪湖到处是芦苇，年年这时候，芦花白了，风一吹，飘飘地就像下雪，所以叫秋雪湖。"他以在此三年多的军垦生活体验为素材，创作了具有革命浪漫主义色彩的小说《柳堡的故事》《秋雪湖之恋》，为泰州地域文学增添了光彩。《柳堡的故事》揭开了里下河文学的新篇章，《秋雪湖之恋》是《柳堡的故事》的姊妹篇，但所写的主要生活场景并不是"九九艳阳天"，而是在"文化大革命"中的凄风苦雨。"秋雪湖"的恋歌直承《柳堡的故事》的余声，是当年的二妹子的"故事"在新的历史环境下复活重演,但并不意味着它们是雷同的。不论在题材的选择提炼,还是在主题的开拓方面,《秋雪湖之恋》都有新鲜之处。《秋雪湖之恋》主要描写的是发生在不正常年代的一个动人的场景。"文化大革命"期间,许多普通家庭被拆散了,无辜善良的人民横遭摧残,在这块大地上每天都有芦花一家那样的悲剧发生。作品以驻军饲养班班长严樟明勇救落难的女知青芦花为中心,生动地展示了几个年轻军人的美好心灵,深刻地再现了那场噩梦给人民的生活带来的巨大灾难。正是在这时代悲剧的大展现中,严班长、芦花的个人悲剧才以其深沉的艺术力量,深深地激起读者的共鸣。

《秋雪湖之恋》创作的背景是一场席卷全国的动乱结束后不久,人们对其都是记忆犹新且抱有切肤之痛,然而种种的生活真相又并不完全为人们所熟知,虽然陆续有很多作品试水于对动乱年代的表现,但怎样以更为独特的角度,看待与评判这个荒诞的时代,依然是一个很迫切、很重要的问题。石言通过这篇回视与反思的小说,以其独有的创作个性和美学追求,来对这一时代命题进行思考与表现。作品以"我"这个曾经在秋雪湖一带打游击,动乱时被下放到饲养班劳动的老何这个人物的第一人称来进行叙事,通过"我"的所见所闻,把整个饲养班的活动连缀起来。但"我"并不是作品的主人公,只是一个起穿针引线作用的历史见证人。其角色与身份的特定限制性,使之成为一个洞若观火而举措无奈的旁观者,而少以主观而强力的介入,任由小说的叙事向人物与事件的自然与原生形态流去。这也使小说在反映出作者强烈的主观倾向的基础上,充分地显示出应有的客观性和说服力。作者着墨最多、极力要描写和歌颂的则是严班长和饲养班里的几个可爱的战士,赞美了普通军人的人情美和良知。他们在那个非常的岁月里,用自己的一颗颗纯洁善良的心,谱写了一首军民团结的乐章,正面提醒人们要永远珍视这些优良传统和美好的东西。

严班长是各种关系的纽结,也是作者着力刻画和热情赞美的人物。小说在步步惊心、丝丝入扣的叙事中,揭示出他复杂的内心活动与行事的周密考虑。他心地善良、嫉恶如仇,富于担当精神。在对待如何保护芦花及其一家人的问题上,作者既写出了他的正直、善良,也写出了他的苦闷、迷惘。芦花家的遭遇令他同情。他抓到夜里去饲养班偷稻草的"小偷"芦花,却在了解到她家的真实处境后，立即"发动全班工余时间拣树枝、木片、刨花"，给她家送去。当芦花为逃避恶棍高天禄的调戏而跑到饲养班求救时，他连夜奔往陈庄了解实情，得知她不是反革命家属后，果断地决定瞒着上级，收留芦花。在听说芦花妈被高天禄关押起来要被活活饿死时，他又同大家一道巧出妙计，想方设法在凌晨时分为濒危的老人送饭。当芦花妈含冤而死，芦花的哥哥又危在旦夕时，他一面挺身写信揭发高天禄的罪恶，一面又将芦花重病在身的哥哥化装成部队人员送往师部医院治疗。作品也写出了严班长的苦闷。他深爱芦花，为了保护这个不幸的姑娘，他宁愿牺牲自己的前途，对象吹、党票没。如果故事就这样结束，严班长的这种由同情怜悯而"自然萌发的爱"难免有满足一己之私的嫌疑。为了自己所爱的人作出牺牲，这是谁都可以做到的。他的爱一生中很可能只有一次，而这一次又是那么诚挚和短暂，来得那么急促，又去得也那么匆匆。严班长得到确实消息，原来芦花已经有了未婚夫，芦花的哥哥根本不是什么"五一六"，而是志愿军战士的后代。对此，严班长很快从迷惘和苦闷中解脱出来，他在全班战士的积极支持下，果断决定采取行动，救出张犁，"救活他，治好他"。可见严班长的爱情是以无私地保护芦花姑娘为基础的，正如他自己所说："我办这件事心里就更清白了，完全彻底了。"其实他与战士们所做的这一切，都是源自一种历史的传承和精神的渊源，"我们解放军，我们八路军、新四军，我们工农红军！有我们人民子弟兵出头救助，几十年来什么坏人能怙恶顽抗呢？"所以当他和芦花分手时，把自己暗暗珍藏的那条辫绳还给了芦花，也把自己有生以来第一次萌发的质朴纯洁的爱埋在了秋雪湖底。"当他拼上全力撑船挽救张犁生命的时候，每一篙都在把这爱情深深地埋到秋雪湖的底里。然而爱情留在心底的刻痕是永不可磨灭的。那就让他得到战友们献给他的一捧纯洁的芦花吧！"他对芦花、对张犁、对秋雪湖的人民的这种感情又是何等的纯洁无瑕！小说表面看来似是写青年男女的恋情，实际上是写军队与人民的深厚情感，以小爱来写大爱，写出了特定政治生态下最深的痛和最深的情。这样的爱情纠葛既不是那种闯入别人家庭、感情暧昧而又自作多情地以为不能忘记的爱情，更不是那种一贯玩弄别人的感情、破坏正常的家庭生活而又恬不知耻地把自己的肮脏内心写成白纸黑字的爱情，而是一种他人第一、最无私、最富于自我牺牲精神的至高无上的爱情。

作品中的副班长,也是一个不动声色而又颇具魅力的形象。同严班长的火暴性格不同,他比较沉稳。同严班长的敢做敢当也不同,他有时表现得比较犹豫。同严班长的直言快语更不同,他"好像"爱打些小报告。总之,在整篇作品中,他的言语虽不多,但总给人一种"坏"的印象。然而,当作品的情节进展到尾声的时候,当抢救芦花未婚夫的小船驶到最后一道关口的时候,连长又偏偏出现在码头上,副班长也在他身边。战士们都怀疑一定是他出卖了同志时,副班长却扔过来一包东西。打开一看,里面是一套便衣、一百元钱、一沓全国粮票、一封给师部医院的住院介绍信和一张"战士卢华"的探家通行证。他那颗善良正义的闪光的心也同时展现在读者的面前。人们这才恍然大悟,一个多么可爱的同志啊!那位着墨不多的连长,则是矛盾解决的关键,构成了严班长带领饲养班战士声援正义的坚实基础。人民军队在战争年代与人民群众共患难,在和平岁月与人民同欢乐,在那是非颠倒的动乱时期也与人民同命运、共甘苦。连长在关键时刻派人送来通行证,正是《秋雪湖之恋》情节中字重千钧的一笔。作品以一种鼓舞人心的力量给人以强烈的心灵震撼,小说独特而深刻的主题也因之被揭示得更加完整充分:即便在悲惨的年代,人性和伦理的光辉依旧在绽放。

第二节　陆文夫的小巷风情小说

陆文夫(1928—2005),出生于泰兴市七圩镇柏木村,原名陆纪贵。6岁时举家迁至靖江县水陆码头夹港,1945年考入苏州中学,1948年毕业后奔赴苏北解放区,1949年随军渡江到苏州,任《新苏州报》记者。1955年开始发表作品,1956年3月出版了第一部短篇小说集《荣誉》,同年10月在《萌芽》上发表成名作《小巷深处》。1957年调江苏省文联创作组从事专业创作,因参加筹办《探索者》刊物,被打成"反党集团"成员,下放到苏州机床厂当学徒工。1959年江苏省文联重建创作组,陆文夫被召回创作组。1964年在"文艺整风"中再次成为批判的对象,被送到江宁县江宁公社李家生产队劳动改造。1965年10月进了苏州市苏纶纱厂,当了一名机修工,1969年冬被下放到射阳县陈洋公社南分大队。粉碎"四人帮"后,1978年返苏州从事专业创作。后任苏州市文联副主席、中国作家协会副主席。由于长期生活在苏州，陆文夫的小说常写苏州闾巷中的凡人小事，深蕴着时代和历史的内涵，展现了浓郁的姑苏地方特色。

综观陆文夫四十多年来创作的五十余篇短篇小说、八部中篇小说、一部长篇小说，其小说大都围绕苏州小巷展开一个个精彩的故事，主人公大都属于小巷市民，内容也以描写小巷市民的日常生活、情感心理和精神面貌为主。陆文夫虽不是苏州人，但他从不掩饰对苏州的热爱之情，"我也曾到过许多地方，可那梦中的天地却往往是苏州的小巷"。他把小说集命名为《小巷人物志》，可见"小巷文学"在他的心目中占据了主要位置。这些"小巷人物志"作品勾勒出一个个生动的市井人物，他们的人情风俗、饮食起居带有苏州人的精神心理和苏州文化的地方色彩，同时也是整个社会的缩影。陆文夫选择了这一独特的题材领域，并在对其不断地深入探索中形成自己的创作主题，其间所经历的起伏沉落，也正是"糖醋现实主义"不断发展成熟的过程。

成名作《小巷深处》写了一个最卑微妓女的爱情故事，这种人物如果是在老舍20世纪30年代写北京底层百姓的作品中出现不足为奇，但在50年代出现则显得有些另类。千百年来妓女一直处于社会最底层的地位，且妓女题材的作品的主题大多表达的是对妓女不幸遭遇的悲悯，这篇作品却是讴歌型作品，是一曲对于社会主义新生活、新风尚的赞歌。陆文夫在谈论《小巷深处》的创作"动机"时就说道："在生产教养院结束之后的两年，我想找个'徐文霞'，报道她的幸福的生活。"不过小说写的并不是火热的生活中发生的新人新事，而是旧社会里一个饱受摧残的妓女，在政府、社会以及自身的合力下实现了自我救赎，获得幸福归宿的故事。主人公徐文霞是个孤儿，生活的重担让她靠出卖肉体为生，这样的女性进入新社会依然摆脱不掉过去的记忆。要想"在阳光下抬着头，做一个真正的人"是件非常困难的事，除了要依赖整个社会的进步，还要突破伦理道德和世俗观念对自我的束缚。陆文夫让徐文霞完成了由妓女到纺织工人的身份转变，而且让张俊最后勇敢地敲响了徐文霞的门。作者怀着对徐文霞的同情和尊重，写出一个女性对新的时代的期许和热望，而且揭出了裹挟在热望之下的痛苦和无奈，从而把一个不为人关注的生活上获得新生而情感上充满矛盾痛苦的小人物，从小巷深处拉到人们视野中，具有浓郁的人情味。

第七章 当代泰州文学

《小巷深处》较为清晰地勾勒出陆文夫文学创作的某些趋向，开创了"小巷文学"的先河。从《小巷深处》开始陆文夫就有意追求风俗画的风格，他立足小巷深处，深入富有地方色彩又不为人注意的苏州小巷和小巷里各色各样的小人物，这种小人物不仅有现实感，也开始表现出一定的历史感，是体现苏州风貌和市民常态生活的最佳代言。《小巷深处》的成功也是因为"苏州的姑娘长得美，园林美，小巷也有一种深邃而宁静的美"。读者也可以循着作者的笔触，踏上铺着青石板的深邃小巷，一起领略苏州小巷特有的自然和人文景观。《小巷深处》突破流行观念的束缚，以大时代的小人物来反映社会历史的变迁，写了徐文霞这个"格调低劣"的卑微灵魂，大胆解开了她丰富多彩的内心世界，道出了爱情的社会内容。在徐文霞的精神世界里，过去时代的阴影如鬼魅般折磨着她，小人物的命运也是由时代和历史在交织演绎着。陆文夫通过城市最底层妓女的爱情和命运变化来侧面歌颂社会主义改造的伟大胜利，正如范伯群在《陆文夫论》一文中所论，《小巷深处》让徐文霞冲决封建观念的束缚，反映了"社会主义道德准则"的胜利，显示了"新社会贴心的温暖，新思想无比的优越，而曾经是最羞辱、最下贱的徐文霞也因得到双重的解放而显得'更美'！"

《小巷深处》构成了陆文夫小巷文学的第一块基石，从此他在这一题材领域深耕细作，由《小巷深处》发端，陆文夫小说在描写对象的多样与统一中逐渐显露出其小巷文学的特有面貌，而在探索追求的过程中，最具有代表性的作品是《小贩世家》和《美食家》。在1979年陆文夫选择个体商贩作为小说的主人公，显示他对生活对历史要求的敏感，可谓抓住了一个连接历史和现在的绝佳契入点，而对小贩的个性和心理的精到描画，也可看出作家民间化的主体视角落位是非常细腻和深入的。《小贩世家》将人物命运置于"文革"的历史背景下，以理性的利刃解剖历史，揭露极"左"政治剥夺人的经济自由的错误。朱源达是个靠一根扁担谋生的底层小人物，在那个时代，小贩的地位低于一般群众。他的不幸遭遇主要是由历史环境造成的，但他确实曾经敢于和那个环境对抗，所以命运也就非同一般。当年，朱源达接过他父亲"再也挑不动"的馄饨担子时，有着自食其力者的喜悦和信心，他那热气腾腾的馄饨虽然不起眼，却也能给人送去寒夜的温暖。即使被限制被歧视，朱源达还是想凭自己的力气养家糊口而不愿去讨救济，宁愿靠双手自食其力，也不愿进工厂。在极"左"思潮的影响下，其贩卖活动被视为剥削老百姓的投机倒把行为，于是被批斗、抄家，"那像艺术品一样"的馄饨担子被作为"犯罪工具"而遭砸烂，朱源达勤劳求生的美德和希望也被彻底砸碎，一家人还被下放到最艰苦的地区。集几十年坎坷、辛酸与痛苦，朱源达终于悟出，只要一天不放下馄饨担子，便一天不得安宁，"文革"结束后，"我"以为他会重操旧业，结果事与愿违。作者通过小贩朱源达艰难求生的遭遇，深情挖掘了小贩身上真诚善良的品质和自强不息的精神，写出了一个普通市井小贩在特殊年代的不幸命运，寄托了陆文夫对苏州地域文化的思考，表达了对20世纪50年代社会政治的批评态度。

《小贩世家》在陆文夫小巷文学的发展中具有重要意义，不仅深化了以小人物命运贯穿现实和历史的创作主题，而且通过独特的地域空间的描述，重拾风俗画意趣，开创了政治书写之外的另一种审美文化。打开书本，一幅诗意江南的画卷扑面而来，"推开临街的长窗往下看，见箱子的尽头有一团亮光，光晕映在两壁的百粉墙上，嗖嗖地向前，好像夜神在巡游"。朱源达挑着的副油漆亮堂的馄饨担子使我们感觉到了一种已久违的古老行当的温馨。人们一听到清脆悠扬而带有节奏感的梆子声，就知道卖小吃的骆驼担来了。楼上沿街的人家如果想吃点心，甚至无需出门，只需将一只放有小碗的小篮从窗口放下，师傅就会为你盛上你所需要的点心。那黑夜里如豆的风灯，那"热气腾腾"的五分钱一碗的小馄饨，那激起人们味蕾的"的的笃笃"的梆子声……无不洋溢着清新浓厚的小巷生活气息。

1983年发表的《美食家》是陆文夫最有代表性的苏州地域文化小说，是他创作道路和小巷文学发展史上的一块丰碑，对作家自己和后继者来说都是较难超越的。这部中篇小说最突出的成就之一就是浓郁的苏州民俗风味。从发表《小巷深处》起，陆文夫就开始一步步从无意到有心地去雕琢苏州文化和世风民情的风景线，从仅仅是背景设色到成为情节镶嵌，贯通起来，不难看到作者渐进渐浓的民俗意识。虽然陆文夫的民俗画旨在思考现当代几十年的历史坎坷，与历史、与社会乃至与政治联系在一起的忧患意识和使命意识，使他不可能从容地"写一点世俗民风，细民琐事，人情冷暖，世态炎凉"，但陆文夫确乎十分重视写风俗这种主观的审美理想，也善于写苏州风土和市民风情。苏州人很在乎吃，"懂吃，吃得精，吃得细，四时八节不同，家常小烹也是绝不马虎的"。《美食家》通过"苏州菜"这个特殊的艺术窗口，以丰富的色彩，精细的描绘，向读者展示了具有悠久传统的苏州食文化以及带有浓厚江南特点的世态民风。"吃"对于苏州人来说就是一种"文化"，"吃出文化来"是"苏州饮食习俗的最大特点"。表面看来小说在写高小庭对于吃货朱自冶食不厌精、脍不厌细的奢靡生活的批判，一旦深入文本内部，就会发现陆文夫其实在谱写一曲对苏州"吃"文化的赞歌。朱自冶就是苏州人吃的艺术化的一个代表，描写朱自冶对吃的追求在某种程度上来说就是对苏州"吃"文化的书写，因为苏州人和朱自冶一样懂吃、会吃、讲究吃，最终朱自冶成为一个"美食家"就证明苏州需要朱自冶这样的人物存在。

《美食家》的另一个成就乃是完全实现了陆文夫的"创作可以而且应该不用单一的主题，可以像多弹头分弹道导弹一样，能同时击中许多目标"。小说反映的时间跨度长达四十年，将整整一部中国现当代社会发展史容括其中，并着力描绘了新中国成立后三十余年的生活。这三十余年中国社会前进的步伐踉踉跄跄，这三十余年的生活是陆文夫他们这些社会主义中国的第一代作家，也是第一代思考者沉入底层二十多年后参悟透了的。在《美食家》中作者一再强调人们理解的偏差，是因为小说的情趣盎然的民俗描写似乎冲淡了作品的"问题文学"色彩，因为陆文夫的小说很少涉及宏大的叙事场景，即使写宏大内容，也往往是从细微处入手，就作品的主题而言《美食家》体现出了反思文学的艺术品质，他在浅层的地域文化书写中表露出对深层社会问题的思考。小说围绕着朱自冶穿插了大量生动的世情民俗描写，除了展示姑苏城丰富多彩的美食文化，也描写了朱国治因好吃而命运扑朔的荒诞人生，间接地反映了时代的风雨历程。朱自冶是历史的负载者，也是整部作品情节的出发点和纽结点。朱自冶的好吃的癖好始终不变，但不变的朱自冶身上却反衬出历史的某种曲折多变性和社会发展的某种轨迹。由此可见，《美食家》之"美"，绝不止于"食"之美，《美食家》之"食"，也绝不止于苏州之"食"。"吃"这一口舌之欲虽必不可少，但它毕竟只是人生的乐趣和点缀。由"食"渗透出的人生体悟，由"美食家"感悟到的时代浮沉也是作品的一个重要面向。《美食家》通过"吃"这一桥梁，幽默地转述了当时的社会现实，赋予"吃"以沉重而严肃的政治内涵，从而实现了对社会生活的恢宏的历史观照。

第三节　章力挥、刘鹏春的戏曲创作

章力挥（1920—1996），出生于泰兴黄桥镇一个富裕家庭。他的祖父章臣浩原籍南京溧水，清光绪初年，随父到泰兴县城、黄桥镇创办仁源生药店，后来就定居黄桥。章力挥原名丽辉，赴延安参加革命后，为展示男儿风采，改名为"力挥"。

章力挥6岁入黄桥小学读书。在黄桥中学读了两年初中后，于1934年转至上海大同大学附中读书。1937年夏，章力挥以优异成绩毕业于大同大学附中高中部。"八一三"淞沪会战前夕，他回到家乡黄桥，与进步青年一起宣传抗日。不久，日军侵占靖江，逼近黄桥。为学习打游击，他组织了一支10多人的流亡宣传队奔赴武汉。

章力挥到达武汉后，他们先住在难民所，后来找到武汉大学丁燮和教授（黄桥人，丁西林的胞弟），丁燮和介绍他进了蒋南翔、李昌主持的共产党的外围组织"青年救国团"工作。但不久该团在国民党的逼迫下解散，章力挥遂转入"青年救亡协会"。在协会干训班上，他有幸聆听了邓颖超同志的教海。章力挥的字写得很秀气，英文也学得不错，人又机灵，颇得邓颖超的赏识，邓颖超经常让他帮着抄写、整理讲稿等文字材料。

1938年5月，章力挥抵达延安，当即进入抗日军政大学学军事，在高级政治队学政治。在延安整风运动前，章力挥根据英文本翻译了苏联话剧《生命在召唤》，并由他导演演出。后来他又陆续导演了《白茶》《悭吝人》等话剧。整风运动后，他导演了话剧《李国瑞》《把眼光放远一点》、歌剧《白毛女》《赤叶河》、河北梆子《血泪仇》，以及小型歌剧共10多部。

1950年1月，章力挥回到上海，任华东文化部新旅歌舞剧团团长。此后他历任华东文化部群文科科长、华东文化局社文科科长、上海市委文艺工作委员会艺术组组长、文艺工作部艺术处处长、上海市委宣传部文艺处处长、中国剧协上海分会副主席等职。这段时间他主要从事艺术行政领导，参加意识形态领域里的各项重要活动，但仍不辍写作。他撰写了大量文艺理论文章及影剧评论，如《生活真实与艺术真实》《新民歌——社会主义时代最美的诗篇》《新民歌的特征》《学习〈红色宣传员札记〉》《浅谈〈罗马十二点〉》等，多次写过纪念《在延安文艺座谈会上的讲话》的文章，等等。他还创作和与人合作了儿歌集《向日葵》、儿童话剧《小红军》、电影剧本《曙光在前》《万紫千红总是春》、京剧《激浪丹心》（上海戏校上演）。

"文化大革命"前，章力挥戏剧创作的主要成果是话剧《年青的一代》和现代革命京剧《智取威虎山》。

1963年，华东六省一市话剧会演在上海举行。章力挥任大会秘书长。预演时，上海市委书记柯庆施审查节目后认为《小足球队》《年青的一代》《血手印》三个戏要统统枪毙。章力挥则表示这三个戏虽然粗糙些，但有一定基础，可以改好。柯庆施要他拿出修改方案，并具体参加剧本修改。经过几十个日夜的苦战，三个戏都救活了，会演中都获得较高奖次。特别是《年青的一代》，在全国产生了轰动效应，成了对青年进行思想教育的教材，剧中主角萧继业成了青年学习的楷模。

革命现代京剧《智取威虎山》最初是由上海京剧院陶雄根据曲波小说《林海雪原》并参考同名话剧改编的，曾参加1964年全国京剧现代戏会演。1965年春，中国京剧院和北京京剧团的《红灯记》《沙家浜》来上海演出，获得成功。上海决定重新改编加工《智取威虎山》。1965年3月25日，上海市委宣布成立由章力挥、陶雄、高义龙、刘孟德、丁国岑5人组成的《智取威虎山》创作组，章力挥任创作组组长兼主要执笔。

时任上海市委书记的张春桥要章力挥先看剧本，找出剧本存在的问题。章力挥对原剧本进行认真研究，认为这个戏在结构上存在"平、散、乱"的毛病，场次、线索太多，写得太平，唱词也一般化，水词儿太多，等等。针对这些问题，他拿出修改计划，在不到一年的时间内修改完毕。

重新改编后的《智取威虎山》无论从剧本的文学性、结构的完整性，还是从唱腔的优美性来看，在8个样板戏中都体现了较高水平。

章力挥在《智取威虎山》的改编中的作用和地位，上海艺术研究所研究员、《智取威虎山》创作组成员高义龙是这样评价的：

第一，剧本中最出光彩的唱段都出自章力挥之手。如第四场的"朔风吹，林涛吼，峡谷震荡……"，第五场的"穿林海，跨雪原，气冲霄汉……""迎来春色换人间"，第六场的"今日痛饮庆功酒，壮志未酬誓不休……"，第七场的"我们是工农子弟兵,来到深山……",第八场的"抗严寒,化冰雪,我胸有朝阳",等等。这些唱段至今一直广为传唱。章力挥之所以能写出这些大气磅礴、振聋发聩的唱词,主要是因为他有西北战场的生活经历、感受和体验,十多年的军旅生活,使他的笔端充满了革命激情。

第二,在结构、主题的确定上,章力挥起了关键性的作用。为了提高戏的思想性,他明确提出把剿匪斗争放在"美蒋勾结、假谈真打"的背景上,强调座山雕是一伙政治土匪。原剧本27场戏,结构上既平又散,观众的兴趣调动不起来。章力挥主张删去一些过场戏,又合并了几场戏,27场戏浓缩成了9场。在删繁就简的同时增加了一场,这就是第三场"深山问苦"。这场戏原剧本和小说中都没有,是章力挥创造性的构思。这场戏感情充沛,催人泪下,在结构上加强了一、二、三场之间的血肉联系,在深化主题上产生了一个很大的飞跃,同时也解决了原剧没有女声部的弱点,可谓神来之笔。

第三,章力挥在全剧的协调上起了至关重要的作用。章力挥原任《智取威虎山》创作组组长,剧本创作完成进入排练阶段时,章力挥被任命为《智取威虎山》工作组组长。章力挥负责全面协调全剧的音乐、舞蹈、美术、表演、导演工作,每一门艺术,逐一过堂,毫不马虎。

还有一点值得一提。章力挥在《智取威虎山》的创作过程中,为贯彻周恩来总理的有关指示和维护艺术的完整性,敢于坚持真理,对江青的一些所谓"指示"公开提出不同意见,进行抵制,表现了一个共产党员坚定的党性和光明磊落的胸怀。如第七场戏,李勇奇起初对解放军缺乏认识,认为"自古以来兵匪一家",后来少剑波让白茹为李勇奇的儿子看好了病,李勇奇的态度彻底转变了,决心"从此我跟定共产党把虎狼撵"(后"撵"改为"斩")。江青看过剧本后认为这是反动的人性论,蛮横地决定要改本子,把白茹给孩子治病的情节拿掉。章力挥当面顶她:这怎么是人性论呢,这是革命的人道主义,是人之常情!事后,张春桥批评章力挥:你真笨!你怎么能顶撞客人(当时对江青的称呼)呢!"文化大革命"开始后,章力挥被扣上"反江青"的帽子,关进"牛棚",遭受批斗、迫害。

《智取威虎山》的千锤百炼精益求精不但表现在人物形象、主题思想、情节结构等方面,也表现在语言上。试以《会师百鸡宴》为例来进行分析。

在这场戏里,杨子荣、栾平、座山雕三个人,始终围绕着两个尖锐的问题进行斗争：一是杨子荣的身份问题，一是栾平从哪里来的问题。剧本紧紧抓住这两个问题，写出杨子荣的大智大勇。杨子荣的五次说白，从暗示、提问，坐实栾平的罪名，到最后逼迫座山雕立即杀掉栾平，由浅入深，步步逼进，语言非常准确、鲜明、生动、精炼，简直达到了一字不易的地步。这些话用得恰到好处，就转危为安，既保护了自己，又杀了栾平。

在这场戏里，栾平的话很少。在有些地方只用了几个字，就把这个家伙阴险狡猾、贪生怕死的神情和性格，刻画得淋漓尽致。例如，他一上山，座山雕就追问他的行踪：

座山雕：哼！你打哪儿来？

栾　平：……

座山雕：嗯？

栾　平：我——

众金刚：说呀！快说！

栾　平：我说，我说，……我……从侯专员那儿来呀。

结结巴巴的几个"我"字，刻画出栾平想要掩饰自己曾经被俘的事实，可是心虚胆怯、张皇失措的神情。等到他指着杨子荣，大叫"他不是胡标，他是共军"时，座山雕跟着杨子荣的话，提出了他最害怕的问题：

座山雕：对，你说他不是胡标，是共军，你怎么跟他认识的？

栾　平：他……他……

众　匪：嘿！

栾　平：他……

吞吞吐吐的三个"他"字，表现出栾平既想揭露杨子荣，又怕泄露自己被俘的秘密，左右为难，不知怎么办的狠狈相。

在《会师百鸡宴》里，通过十分精炼的对话，准确地表现出杨子荣和栾平的精神境界和内心活动。杨子荣和栾平之间的斗争，是大义凛然、光明磊落的无产阶级革命战士，同阴险狡诈、心虚胆怯的匪徒之间的斗争，是视死如归的英雄同贪生怕死的懦夫之间的斗争。杨子荣战胜栾平，首先是在精神上压倒了他。我们说这场戏的语言准确、鲜明、生动、精炼，首先就在于它准确、鲜明、生动、精炼地表现出杨子荣与栾平的两种截然相反的精神状态。

粉碎江青反革命集团后，章力挥彻底平反了。他先在上海市文化局文学组任组长一年多。1979年，他受命组建全国第一个省级艺术研究所——上海艺术研究所，章力挥任所长、党委书记。为研究所的建设、发展，他殚精竭虑，呕心沥血，做了大量工作。首先，为促进戏剧创作，活跃戏剧评论，他主编戏剧双月刊《新剧作》。1979—1986年，《新剧作》计出40多期，发表数以百计的论文、100多部剧本，推出了一批新人新作、精品力作，在全国产生了很大影响，如《五女拜寿》《张志新之死》《木棉花开了》《再见了，巴黎》等。

黄桥籍剧作家刘鹏春的扬剧《皮九辣子》（简称《皮》剧）也是首先由《新剧作》推出的。作者先将剧本投给江苏某刊物，该刊认为剧本揭示的矛盾非常尖锐，压了六七个月未敢发表。章力挥看过本子后，认为这个戏真实地反映了生活，塑造了一个崭新的人物形象，很有新意，当即拍板在《新剧作》上发表。后来这个戏获第五届全国优秀剧本创作奖，而他的另一部作品《邻子手世家》则获国内戏剧界最高奖——曹禺戏剧文学奖，刘鹏春也因此而名声大噪。

其次，章力挥在全国率先提出为老艺术家作艺术总结的倡议，并迅速实施，主持编写了俞振飞、丁是娥、筱文艳、袁雪芬等5位戏曲表演艺术家的艺术总结（由上海文艺出版社出版）。这是新中国成立后的第一批艺术总结，为此，《解放日报》发表了评论文章，充分肯定这一工作的重要意义。1979年12月，章力挥与高义龙采访袁雪芬及其家乡嵊县，此后又大量收集资料，撰写了《袁雪芬的艺术道路》，对袁雪芬的表演艺术作了更系统的总结，《文汇报》用18个星期在"戏剧与电影"版连载了此文。后经扩充丰富，1984年1月，上海文艺出版社出版了《袁雪芬的艺术道路》一书。这是新时期我国出版的第一部戏曲艺术家传，影响很大。

最后，章力挥十分重视戏剧理论研究。其间，章力挥在戏剧理论建设方面撰写了大量文章，如《中国戏曲的审美特征》（在全国高校美学教师进修班的讲话，后收入上海人民出版社《美学与艺术讲演录》）、《注意总结历史的经验教训——从京剧〈智取威虎山〉的表导演谈起》（收入《戏曲现代戏导演、表演艺术论文集》）、《跟上生活前进的脚步》（中国戏剧出版社收入专集）、《喜剧的创新与戏剧观的更新》（湖南出版社《喜剧论文集》）、《欲美必新，新而为美》、《让越剧之花开得更鲜艳》等。

刘鹏春，1949年出生于泰兴黄桥。中国戏剧家协会会员、江苏省作家协会会员、国家一级编剧、江苏省有突出贡献的中青年专家。曾任江苏省作家协会理事、扬州市作家协会主席、江苏省演艺集团创作中心主任。

刘鹏春长期从事戏剧、文学创作，发表诗歌、小说、散文、戏剧、报告文学等作品数百万字。十一届三中全会后，刘鹏春进入戏剧创作的鼎盛期。自1979年起他创作了《大江涛》《月儿何时圆》《皮九辣子》《龙二瞎子》《水淋淋的太阳》等作品。1994年《刽子手世家》荣获曹禺戏剧文学奖。《史可法》《代代乡长》《孟姜女》等获江苏省"五个一"工程奖。另有根据元杂剧创作的小说《紫钗记》，电视戏曲片《史可法》《孟姜女》在中央电视台戏曲频道多次播放。

刘鹏春的辉煌在于扬剧剧本《皮九辣子》，这部戏在中国文化节上晋京演出，是"文革"前扬剧《百岁挂帅》晋京演出之后几十年来扬剧的又一次进入北京，被称为扬剧第三个里程碑，荣获第五届全国优秀剧本创作奖、田汉戏剧奖。

《皮九辣子》剧情其实是很简单的。一位名叫皮九的农民，以他特有的小小狡黠经历着命运的波折。新中国成立前，只穿了半日伪警察的黑皮，就被警察局长识破，挨了一顿毒打。"文革"中又稀里糊涂地成了双料货——历史反革命加现行反革命，为此他付出了惨重的代价，蹲了十年大狱。风吹乌云散，又是艳阳天，走出监狱后的皮九，经历了一番磨炼，在走乡串县上访的过程中，越发变得狡黠、老辣了。他向政府索讨"皮肉受苦费""上访车票费"……皮九在生活的浪涛中碰撞着、变化着。

荒唐的"文革"造成了不少冤狱，同时也造成了千千万万个上访者，皮九就是他们中间的一员，然而这是极为独特的一员。《皮九辣子》又名《上访专业户》。"上访"成为"专业户"，这种现象带着强烈的时代色彩，又带着辛辣的讽刺意味。一个本质纯朴的农民何以变成以上访为职业的专业户呢？作品展现了皮九和他生活的一个小小社会，描绘了皮九成为上访专业户的前前后后，从而提出了一些发人深省的社会问题。

《皮》剧在北京吉祥剧院演出后，轰动京华，好评如潮，戏剧界、评论界的专家，如郭汉城、谭志湘、王温明、易凯、姚欣、刘乃崇、胡芝风、俞雍和、李惠康等，或在座谈会上激情发言，或在国家级、省级报刊上发表洋洋洒洒的文章，对扬剧《皮九辣子》大加赞赏，一致认为《皮》剧是一台容量大、有深度、戏剧性强的难得的好戏，洋溢着浓郁的生活气息和地方色彩，有鲜明的时代感，雅俗共赏，寓庄于谐，幽默而不油滑，生动而不浅薄，以含着热泪向过去告别的态度，展示当代农民的政治、文化心态，是一出寓意深刻的喜剧。剧本是成功的根本，无论是人物、情节还是语言，各个角度都相当完美。导演的运筹调度，演员的精湛表演，舞美的苦心营造，音乐的创新设计都达到相当水准，演出是满台生活、满台生辉。他们说："皮九这个主人公塑造得很成功，时代痕迹明显，性格鲜明，既有庄稼汉的愚鲁，又有痞子般的狡黠，但总的是个正经人，油滑是社会造成的，是'文革'造成的，他是受害者，扭曲的心灵复归正常的历程，逻辑清楚合理"。有一个关于皮九人物肖像的速写："皮九扑扑风尖，累累伤痕，从深水中刚爬起，喜见红日临空，忽喇喇起了骤雨狂风，套了半天黑狗皮，糊涂涂蹲了十年牢笼。春风融冰，绿染河湾，心上虽留有坑坑洼洼，自有心上人为你填实，光棍寡妇开出并蒂莲。春天不都是如诗如画，落实政策难，上访路多坎，一串疲惫的足印，只换回盖满大印的介绍信一扎，几番碰壁一朝顿悟：哦，这世道原不吃真只宜假。于是乎，一出出闹剧上演，大闹乡政府装死躺下，偶遇彭青天，当作筹码，哭葬门板把戏耍。火乡长坦诚换坦诚，批评又关心，女儿泪、二嫂情，把皮九本质来唤醒，穿新鞋走新路，曾以上访为专业，而今当起'讨债户'。小施'甲鱼计'，反贪张正义，仙人球？怪味豆？嬉笑怒骂看气候，如今尚有妖风在，皮九哥哥莫下台。"他们的评价生动地概括了皮九的人生轨迹。

《皮》剧还用洗炼的笔墨塑造了一个平易近人、关心人民疾苦的县委彭书记，他为皮九擦背按摩的动作选得好，既发挥了戏曲歌舞特长，又很有寓意；还塑造了一个懂人心、富人情的火乡长，她正值、充满爱心，在歪风邪气中，她也有无奈、痛苦和愧疚，但她还是关心皮九的命运，指出他的错误，让他安居乐业。同时也刻画了李局长这样的贪得无厌、厚颜无耻、专吃民脂民膏的败类。他们从正反两方面撞击皮九的心，促使他在生活海洋里或沉沦毁灭，或搏击有为。

《皮》剧的长处，在于艺术地反映生活本质的真实，没有简单化、公式化、概念化，没有给生活中种种丑陋现象涂脂抹粉，或是稀释淡化，也没有一叶障目，只看见生活灰暗的一面，忽略对生活本质的把握。《皮九辣子》的审美价值在于作者对美丑独特的发现、独特的认识、独特的表现和独特的批判方式。原文化部艺术司司长姚欣说：“皮九辣子"是一部名副其实的扬剧，扬了戏剧界的正气，扬了现实主义不朽魅力，使戏剧界扬眉吐气。

从党的十一届三中全会以来，党的"开放、改革"的经济政策和宽松、和谐的政治环境给中国农民带来了空前的活力，同时也在纷繁复杂的农民心理上引起巨大的惶乱和分化。

刘鹏春创作的戏剧所涉及的爱情的变异，两代人的隔阂，人性的善恶，社会道德的失衡，金钱对权力的侵蚀，以及做人准则的某种混乱，在舞台上组成了一幅社会嬗变时期价值冲突与社会心态的真实图景。戏剧的整体构思并不着重于剖析个人或叙述事件的原委，而是将时代背景下人的状况和现实处境置于首位，以此开掘出关乎中国大多数人基本命运与根本状态的主题。

从前一提到农民性，好的一面就是勤劳、勇敢、善良；不好的一面便是自私、保守、狭隘。过去写农民的戏也大都遵循着一个固定模式：主人公（农民）身上是大量的优点加少许缺点，两点相互形成矛盾冲突的基础，最后在党的教育下或在政治运动、生产实践中，克服了缺点，解决了矛盾。刘鹏春戏剧里的农民，也是有优缺点的。但是刘鹏春并不以此作政治的、道德的区分。更不以此组成戏剧框架。他对中国当代农民性的描述有着较为广阔的涵盖面，即他以农民性为基点，准确把握并艺术地表现了它与时代精神、社会情绪、民族灵魂的内在联系。皮九从社会底层向权力峰巅崎岖攀登的告状职业，以及在卑微窘困之中自寻其乐的"皮实"，无不沉痛地体现出中国当代农民顽强的生命意识和延传至今的阿Q式的精神自满自足。然而，刘鹏春在此并非单纯地歌颂皮九或批评皮九，这是一种真正的审美评价。它使观众在酸甜苦辣一齐袭上心头的复杂感受中，回味并思考皮九的一生。为什么在我们这个以工农联盟为基础的人民民主国家里，会有那么一支数目庞大，遍布城乡的上访大军？皮九不过是其中一分子罢了。皮九的产生和他所体现的农民性（这种农民性包括乐观、韧性、世故、圆熟、勇敢，"滚刀肉"式的狡黠，不注重科学理论、只相信个人经验等）是与当代中国的经济兴衰、政治的明晦、社会的运动紧紧联系在一起的。龙二瞎子凭借自己长期积累的政治经验和农民残疾人的封闭、自卫心理，练就了一套应付政治瞬息万变、顺应潮流忽起忽落的生存手段、世俗化的灵活技巧和判断是非的固定模式。在这里，刘鹏春对龙二身上展示的强烈而又复杂的农民性的把握与评价，也不是从政治原则和道德立场出发，它是历史眼光与审美评价的结合。从中我们可以看到在"左"倾思想的影响下，中国农民所遭受的精神磨损。而这种精神磨损，既显示了中国农民性格里因无知愚昧而必然产生的盲目服从、盲目承受乃至某种奴性的东西；同时又揭示了当代农民人格变异是矛盾、专断、封闭的政治环境所致的社会成因。谁应对龙二、皮九无价值的大半辈子生活负责，刘鹏春用戏剧的方式作出了自己的解释：那就是包括我们每个人都曾参与的历史。事实上不也是这样吗？总之，刘鹏春的剧作以非常客观的态度告诉我们，在现代文明的洗礼下，中国当代农民性正处在一种躁动、蜕变的过程之中，而中国当代的农民仍然是我们这个民族赖以生存和延续的生命力量。

《皮九辣子》的语言辞约而意丰、准确而形象、新奇而自然，更兼节奏铿锵、气韵生动，形成了悲喜交加、亦雅亦拙的完整和谐的语言风格。从俗、抒情、幽默、上口便是此剧语言的四大特色。

从俗是《皮九辣子》语言艺术中最鲜明的特色。通观全剧，没有生晦奇涩的词汇，没有牵强的比附和形容。那浓郁的泥土气息、地道的市井风习、立体的人物形象，无不蹦跳在这锅原汁原味的生活沸水之中，凸现在这行云流水般潇洒自如的语言流程之内。作者有一手从民间语言的矿砂里提炼纯金的过硬功夫。他从生活中广泛撷取真人真话、活人活语，并潜心对此进行性格化、形象化乃至诗化的整合，终于使该剧语言得以与书面语言彻底决裂，而获得隽永的魅力。如该剧大多数人物出场时，作者为他们设计的"开场白"，便颇具匠心。皮九的"开场白"是："当警察的表哥一命亡，赶到江西去奔丧。奔丧又兼跑单帮，卖了上货贩'五洋'。码头上地痞流氓多如毛，稻糠榨了油，还要熬点糖。表嫂家讨得一身黑狗皮，压压地头蛇，吓吓草头王。无奈是死鬼表哥块头大。我蹑脚挺胸，个子排撑长。裤子扎到夹肢窝，打了官腔，再把官步来晃荡。"彭书记的开场白是："早闻城里洗澡难。今日方知不虚传。肉菩萨挤成大蒜瓣，臭毛巾抛出催泪弹，普通间做回老百姓，民情民愿到眼前。"老文书的开场白是："马马虎虎的文书，半官半民。稀稀拉拉的头发，半白半青。啰啰嗦嗦的事情，半推半应。糊糊涂涂的日子，半假半真。至今仍是'李鼎铭'，小有遗憾。到底人称'不倒翁'，也算功名。"这些"开场白"半是叙事，半是表白；半是写实，半是寓意；半是描画，半是感叹，半是回味，半是展望，而人物神采，跃然纸上，真可谓可吟可歌，可圈可点，可品可玩。

抒情是《皮九辣子》语言艺术的又一特色。作者深谙戏曲艺术"托物寓情，形容摹写"之真谛，刻意追求语言的含蓄性、象征性，使观众与舞台人物在情感深处获得最大的沟通和共鸣。特别是作者在戏中反复运用"托物比兴"的手法，使得那些经过作者心灵体验了的裹着血肉的情感得以借物抛出，充溢着炽热的感情。如皮九与顾二嫂的爱情故事，戏曲舞台上早已不新鲜，然而由于作者精心捕捉到"鞋"这个"比兴"的恰当的"物"的媒介，便使得这段恋情渲染得有声有色、卓尔不群。幕启，伴唱一句"日子哟，鞋帮脱底慢慢绱，命运哟，鞋底裂缝钉个掌"，便把皮九与顾二嫂拉到规定情境之中。及至顾二嫂深情地唱道："九哥哥受屈坐牢房，我年年做上鞋一双。一双鞋子两支船，无限相思装满舱。这梦漂到那梦中，只遇着无情风雨无情浪……今日送到九哥哥手上，漂泊的船儿靠上了港……"两个落难人同声相求、相濡以沫的情感，便自然而熨贴地传到观众的心田。此外，顾二嫂另一段唱词："五个扣子衣上的兵。这一颗究竟是哪儿的岗？若是领口那一颗，夜霜无情灌颈项；若是胸前那一顺，秋风吹来透心凉……"和前一段唱词有异曲同工之妙。

幽默是戏曲语言中的上品。李渔曾将"科诨"称为是戏中的"人参汤"；主张"于嘻笑诙谐之处包含绝大文章"。《皮九辣子》在这一点上也取得相当的成功。可贵的是，作者在运用幽默的语言博取喜剧的效果时，并不拘泥于一时一事的插科打诨，也不着力于人为的误会和巧合，而是着眼于揭示事实本身的不合理性及自相矛盾，从整体上予以把握，因而能够从平淡中揭示崇高，从荒诞中揭示理性，从貌似随意性的描写中揭示悲剧的实质，从"有目共睹的笑"中揭示"世人看不见的泪"。如皮九"文革"中自打锣鼓自我批判时，只一声："张老爹，告诉你家哑巴孙女，不要忘记呼口号。没得声音不要紧，拳头，拳头要举的！不举没有工分！"便调侃了那个颠倒了的年代颠倒了的事物。再如皮九澡堂巧遇彭书记后，自鸣得意地吹嘘自己和县委书记是"一块儿脱裤子洗澡的朋友"的对话，既有幸遇贵人的自我陶醉，又有"拉虎皮""扯大旗"的功利目的，其语言经得起反复咀嚼。

上口就是朗朗上口，便于朗诵表演。这点在《皮九辣子》中表现也很充分。如皮九对李局长利用权力，卡化肥、柴油的报复行为，动了真肝火，借酒装疯"负荆请罪"，朗朗唱道："局长是人民的儿子，人民喂奶，白吃白拿应该应该，有你这样的好干部，党的威信上台阶，国家繁荣，四化加快，誉满全球，走向世界，人人快活，个个发财，吃肉喝酒、钓鱼打牌，共产主义早早来"。反话正说，字字铿锵，语言的辣味儿、俏劲儿，幽默感让观众耳鼓过足了瘾。

第四节 高行健的小说与戏剧创作

　　高行健，1940年1月出生于江西赣州，祖籍江苏泰州，法籍华裔剧作家、小说家、翻译家、画家、导演、文学评论家，诺贝尔文学奖获得者。

　　高行健的父亲是一位银行职员，母亲是一位戏剧演员，受母亲影响，高行健很早就显露出对戏剧和写作的兴趣。中学时代就练习写作了一些戏剧作品，但从未发表和上演。1957年，十七岁的他从南京市第十中学考入了北京外国语学院，学习法国语言文学，1962年毕业之后从事翻译工作。1970年，他被下放到农村参加劳动，1975年回到了北京，继续自己的翻译生涯。1979年，作为中国作家代表团的翻译，陪同巴金访问法国。1981年他由中国作家协会外联部调到了北京人民艺术剧院（简称北京人艺），担任专业编剧，1987年开始移居法国，1992年获得了法国政府授予的"艺术与文学骑士"勋章，1997年加入法国国籍。

　　高行健是从小说走向戏剧的。1979年发表中篇小说《寒夜的星辰》，此外还有《有只鸽子叫红唇儿》《朋友》等中短篇小说问世。1981年出版论著《现代小说技巧初探》，引起较大反响，同年调入北京人民艺术剧院任专业编剧。高行健的主要成就还有戏剧创作，他在剧坛出现的"信号"是1982年发表在《十月》第5期上的无场次话剧《绝对信号》。此剧在北京人艺小剧场演出后，引起强烈反响。当时的北京人艺院长曹禺亲自写信鼓励说："《绝对信号》的优异成绩是北京人艺艺术传统的继续发展。"1983年在《十月》第3期上发表了无场次生活喜剧《车站》，此剧的艺术探索力度远远超过了《绝对信号》，但却在内容上引起了极大的争议，致使不能公演。这一年，还在《钟山》第4

期上发表了四出小品式的现代折子戏:《模仿者》(喜剧小品)、《躲雨》(抒情小品)、《行路难》(闹剧小品)、《喀巴拉山口》(叙事小品),这对拓展现代戏剧的表现手段有着不可忽视的意义。1985年,在《新剧本》第1期上发表的独角戏《独白》,对传统戏曲语言进行了大胆尝试。1986年,高行健发表了迄今为止结构最为复杂的一出戏《野人》,他将之命名为"多声部现代史诗剧"。此剧以多声部对话、多情节线索、复调主题的艺术探索在当时中国剧坛显得别具一格。这一年还在《十月》第5期上发表《彼岸》。这些作品不仅发表时间密集,发表规格高,大都发表在通常不登剧本的大型文学刊物上,而且上演规格高,得到演出的三部剧作《绝对信号》《车站》和《野人》都是由北京人民艺术剧院上演。高行健在《绝对信号》之前没有发表过剧本,还是个新出的剧作家,但1985年就出版了《高行健剧作集》,1986年中国剧协北京分会就组织了"高行健剧作讨论会",这是专题研究中年剧作家的第一次讨论会。1987年,就编出了全是由著名戏剧研究家和剧作家的论文结集而成的《高行健戏剧研究》一书。1988年发表了《冥城》,这也是他对传统戏曲艺术的勇敢借鉴。上述几部剧作被瑞典汉学家马悦然翻译成法语后,在欧洲也产生了很大反响。80年代后期,高行健移居法国,创作出了《逃亡》《生死界》《对话与反诘》《夜游神》《八月雪》《山海经传》等剧作。这些剧作也都在国外引起不小的轰动。在互联网上,经常有这些剧作演出的报道。高行健这一系列戏剧创作,不仅为他赢得了声誉,也为他奠定了在新时期戏剧史,乃至中国当代戏剧史上的地位。其风头显然盖过了20世纪70年代末80年代初一批名满全国的剧作家。1997年取得法国国籍。直至2010年,他的作品已经被译为36种文字。

在高行健的全部文学创作中,小说、戏剧、文艺理论创作一直是三驾马车并驾齐驱。高行健虽以主要精力进行戏剧创作和实验,但仍坚持小说创作,先后发表短篇小说《路山》(1982)、《二十五年后》(1982)、《海上》(1982)、《花环》(1983)、《圆恩寺》(1983)、《母亲》(1983)、《河那边》(1983)、《鞋匠和他的女儿》(1983)、《花豆》(1984)、《侮辱》(1985)、《公园里》(1985)、《车祸》(1985)、《无题》(1985)《给我老爷买鱼竿》(1986)。

《绝对信号》,被称为是当代实验戏剧的开山之作,一上演即出现了场场爆满的盛况。《绝对信号》在内容上关心的是在当时具有普遍意义的挽救失足青年的问题,在形式上则具有明显的实验戏剧倾向。该剧的故事发生在一辆昏暗、狭小的守车上,剧情围绕着一场劫车和反劫车斗争展开。剧中人物黑子为能娶到喜欢的女孩蜜蜂,答应车匪"协助"抢劫守车的要求,后在老车长、朋友"小号"和恋人蜜蜂姑娘的教育和感召下幡然猛醒,决定勇斗车匪,成功地阻止了抢劫,顺利守车到站。

揭发车匪并与车匪展开殊死搏斗的过程是该剧的主要情节线索,这出戏表面看是一出警匪题材的社会戏剧,但在现实主义的外壳之下带有浓厚的象征主义戏剧风格。该剧艺术构思的特殊之处,首先表现在作者对黑子失足到猛醒的过程并没有作常规的、细致的描写,而是以各种现代戏剧手段突出刻画黑子与各种不同人物所构成的复杂关系中所经历的激烈的内心冲突和强烈的心灵振荡,从而把一个在一般平庸的作者手中很可能变成一部平庸的情节剧和动作戏的题材组合成了一部耐人寻味的心理剖析剧。演员与观众的交流是戏剧的精髓,而最佳的交流渠道莫过于心与心的贴近与沟通。《绝对信号》有意淡化事件的过程,强化人物心灵的流程,细腻而有层次地揭示人物复杂而丰富的内心世界。如黑子与蜜蜂在车厢相遇,舞台暗下来,只有两束白光投在其身上,他们在火车前进的节奏声和心跳声中进行心灵交谈。又如车长和车匪在最后亮牌之前的心理交锋,通过舞台场景定格不动,来展开人物的内心较量。这无疑为演员与观众的心灵交流构筑了一条宽阔的渠道,而小剧场的演出使这条渠道变得更短捷,所以《绝对信号》受到观众特别的欢迎。

《车站》植根于20世纪80年代社会现实,讲述的是一群乘客在车站等车进城的故事。这群乘客虽来自四面八方,但每个人对"城市"都抱有无比的憧憬。姑娘希望进城约会;母亲进城照顾丈夫、孩子;老大爷进城去赶一局棋;戴眼镜的要进城去报考大学;师傅要进城去开班授徒;愣小子进城是为了喝酸牛奶;马主任要进城去赶一个饭局;等车的还有一个身份不明的沉默的人。众人都在焦急地等车,可车过去了一辆又一辆,却始终没有停下来,沉默的人毅然朝城的方向走去,其他人则继续焦躁不安地等待着,直到突然发现,时间已经过去了一年、两年、三年……十年!最后,表也失灵了,才有人发现他们站在一个废弃的站点上。终于一群人鼓起勇气,相互搀扶着要进城了……

剧本主要不是通过揭示、批评的方式来"再现"社会的真实,而是通过

"农村人"进城等车这一事件来间接刻画当时中国社会的"城乡差异"。城市占据着教育文化优势、物质消费优势、政治权力优势,《车站》细腻入微地描摹了城乡之间的尖锐对立。"戴眼镜的"想进城考大学,"上大学"意味着获得"农转非"户口,对于许多农村孩子来说,这可能是他们脱离农村的唯一出路。而农村人要接受高等教育,从报名到考试再到入学,都得"进城"才行,这说明城市比农村更有教育文化的优势。"大爷"进城是到文化宫去下棋,当时的中国农村几乎没有"文化宫","文化宫"是城市文化的象征,这说明城市文化占据着娱乐优势。"愣小子"进城喝酸牛奶是为了享受只有城市才能享受到的丰富物质生活,因为"酸牛奶"这种保质期特别短的特殊饮品只有在城市才可能实现配送,所以"喝牛奶"代表着当时较为高级的物质享受。"马主任"到同庆楼去赶一个饭局的真正目的其实并不是吃饭喝酒,而是要同人拉关系。因为社会的权力中心在城市,"农村人"无法像"城市人"那样拥有同等的权力。

说到象征,当时的《车站》往往被拿来与荒诞派的《等待戈多》进行比较,两部剧作的主题都在相似的等待中展示了人的生存困境。《车站》由于与贝克特的《等待戈多》之间出现了"相似"等待,高行健本人在《现代小说技巧初探》一书中也非常赞赏《等待戈多》,所以《车站》中确实存在着荒诞的因素。具体表现在众人的"不知要等到哪年哪月"的等车行为以及人物的"有时语焉不详或词不达意"的语言构成上。但《车站》绝不是《等待戈多》的中文版,《车站》最荒诞的地方或许在于一等十年的时间跨越上。在第三辆车过去后,等车的人忽然发现一年过去了,一会儿又过去了两年零八个月,最后过去了"整整十个年头"。对于陷于内耗的人来说,时间的流逝是毫无意义的。踌躇与等待只会虚耗生命,唯有奋斗与前进才能带来希望。《等待戈多》却弥漫着找不到出路的仿徨与冷漠,以反理性、反传统、反戏剧的艺术形式,表现了现代西方人信仰破灭之后尴尬的生存处境;而《车站》立足于传统创作模式,吸收荒诞派戏剧的创作手法,反映了当时中国人的生活状态。正如高行健本人所说,"我的《车站》是一出戏,而不是反戏剧……西方当代戏剧家们的探索,对我的戏剧试验是一个很有用的参照系。而我在找寻一种现代戏剧的时候则主要是从东方传统的戏剧观念出发的。"

作为承上启下的一部作品,高行健在《车站》中尝试了《绝对信号》之外的诸多突破，却也留下一些缺憾，这在《野人》中进行了弥补。为了写好这个戏，高行健酝酿了不止一年，又在长江流域跑了四个多月，行程三万里，到过八个省、七个自然保护区，作了大量的调查研究工作，花费不少心血。他的剧作本来就有些怪，而《野人》尤其怪。他说过："我以为艺术创作就意味着标新立异，重复前人的形式和手法同重复自己的一样令人乏味。"可以看出，这部多声部、多层次的现代史诗剧是作者为探寻一种"完全的戏剧"所做的进一步尝试。看过他剧本和演出的人不少，但大概没有人能够清楚讲出这出戏的主要情节，因为它根本就没有一个完整的故事。《野人》虽然是多声部戏剧，但题旨仍然是鲜明的，那就是："野人的不确定性"和"原始森林遭受毁灭的不确定性"。现代人在山林寻找野人本身便是一场生态灾难，寻找野人的背后暗藏着人类自己都未意识到的愚昧和自私，所以即便真找到野人，野人也只能成为实验室的牺牲品。《野人》绝不仅仅是呼吁保护森林，而是通过对野人这一原始力量的观照，呼吁人类反躬自省自身的行为，思考如何处理人与自然之间的关系。

第五节　毕飞宇的乡土小说创作

毕飞宇，1964年1月年生于兴化，1987年毕业于扬州师范学院中文系。著名作家，现供职于南京大学，江苏省作家协会主席，2021年当选中国作家协会第十届全国委员会副主席。20世纪80年代中期开始小说创作，以短篇小说《哺乳期的女人》和中篇小说《玉米》而两度获得鲁迅文学奖，多次获得冯牧文学奖、《人民文学》小说创作奖、两届《小说选刊》奖、三届《小说月报》百花奖、首届中国小说学会奖、庄重文文学奖等，2009年毕飞宇自愿放弃华语文学传媒大奖的"小说家奖"。他创作了长、中、短篇小说多部，著有《毕飞宇文集》（四卷），《毕飞宇作品集》（七卷）。其《上海往事》被改编成电影《摇啊摇，摇到外婆桥》，《青衣》《哺乳期的女人》《推拿》等被改编拍摄成电影或电视连续剧，被誉为"写女性心理最好的男作家"。作品曾被译成法文等十多种文字在国外出版。2011年，毕飞宇凭借《玉米》击败日本诺贝尔文学奖得主大江健三郎获得2010年度英仕曼亚洲文学奖。2011年8月，毕飞宇长篇小说《推拿》获第八届茅盾文学奖,入选"新中国 70 年 70 部长篇小说典藏"。2014 年 3 月,毕飞宇的《苏北少年"堂吉诃德"》获得"2013 年度华文最佳散文奖"。

毕飞宇生于泰州,生活在南京,是一直以苏北人自居的"南方"作家。他的小说涉及的面比较广泛,城市与乡村似乎在其创作生涯里一直是不断转换的题材,但乡土系列是他知识谱系中的强项,所以乡土情结始终贯穿于这两类题材中。他的很多小说虽然也以其生活过的苏北水乡为背景,城市题材的小说也时常夹杂着乡土书写的方式,但真正书写乡土的作品不多。在描写乡土的小说中,毕飞宇着力展现的是苏北水乡兴化的自然风貌、人情世故,乡土的味道浓厚,地域特色非常鲜明。《玉米》系列以王家庄为背景,而作品内容主要是以"文革"时期三姐妹的命运沉浮为主线,重点是对社会现实的揭示,故乡和土地在这部小说中只起到了空间的承载作用,土地作为描写对象的主体作用被大大弱化。其他对故乡的描写则主要以几个短篇小说为主,真正意义上描写故乡生活的小说就是《平原》,其次就是 2013 年出版的自传形式的作品——《苏北少年"堂吉诃德"》。

19 世纪 60 年代出生的新生代作家的成长,大多与中国城市化进程的高速发展一致,城市题材也就成为作品的重要组成部分。毕飞宇则指出,"乡村和孩子是联系在一起的,相对于城市,乡村本身就是一个孩子气的东西,乡村是生活的源头。"他的"三玉"(《玉米》《玉秀》《玉秧》)系列将目光投向了中国的农村:王家庄、断桥镇,着力书写"文革"渗透到乡村世界后所引发的种种权力关系与权力意识。不过"他的权力叙事撇开了政治权力斗争的正面书写",而是"从中国的乡村社会根深蒂固的'官本位'思想出发,书写日常化、琐碎化、细化的权力,用毕飞宇自己的话说就是'特定政治的细化',在对乡村权力网络的描绘中透露着极具深意的政治隐喻。"《玉米》讲述的是与权力得失相关的一个乡村女子的命运,呈现给我们的是政治斗争生活中的日常化面貌,揭示权力对人性和美的腐蚀。在农村婚姻往往寄托着淳朴乡民对美好生活的愿望,然而在乡村独特的政治生态中,婚姻却渐渐沦为权力者左右乡村政治权利的工具。玉米是村支书的大女儿,聪明能干,处事成熟,优秀的自身条件使得村里的男性都"望尘莫及"。恋爱对象彭国梁地位卑微,家境贫寒,其貌不扬,但凭着"飞行员"这个神秘的光环而进入王家择婿的视野。然而"文革"畸变导致玉米个人幸福成为泡影，玉米的父亲王连方是睡遍了"横贯老中青三代的妇女"的王家庄村支书，在睡秦红霞时被村民无意间发现，撞上了军婚高压线，结果"双开除"。王连方垮台后，两个女儿（玉秀、玉叶）在看电影时遭到村民报复性的轮奸，自此玉米一家的生活走向大滑坡。父亲的失势，妹妹的被辱，彭国梁釜底抽薪式的毁婚使她迅速选择与权力的结合，毅然下嫁中年丧妻的公社革委会副主任郭家兴，以洗刷父亲这个浪子带来的耻辱。嫁给郭家兴后，玉米床笫之间"全力配合，倾力奉承"，以温情脉脉的方式充当着性奴的角色。为了确保自己的家庭地位，处心积虑趁着对方"新鲜"，赶紧"怀上"，以青春、美貌、肉体坐上了"补房"的位置。

《玉米》叙述的是1971年前后发生的事，那是一个特殊的年代。在那个荒谬的年代，人们对权力的顶礼膜拜达到疯狂的状态，当人的思维都围绕着权力这个轴心转时，传统社会里和谐的乡村关系也不复存在。《玉米》可以说是一场关于权力和美的斗争的历史，玉米这个角色就生动地说明了这一点。玉米是村里的精英，她精明、强干、沉着、冷静、敏感，让有孩子的妇女赞不绝口。然而就是这样的一个优秀的玉米却在权力的追逐中慢慢地迷失了自我，变成了一个权力的代表。毕飞宇在《玉米》的自序中说道，"中国人身上一直有个鬼，这个鬼叫'人在人上'。对权力的痴迷和臣服，在封闭的乡村一直延续下去，拥有野火烧不尽的生命力。"玉米以美获得了权力，乘坐上"小汽艇"，而小汽艇是一种带有政治意味的一种现代工具。玉米的招摇是借助权力的招摇，她对阶级跨越的渴望在招摇中暴露无遗。小说中一些暗示时代变迁的工具与器物，正是他们欲望释放的载体。"小汽艇""草房子""手电筒"不仅是时代记忆，也是联结农民命运的物质意象。这部小说最大的优点是写政治却不用"政治"手法，毕飞宇凭借对20世纪70年代苏北农民心理的深入理解，将说不清道不明的政治斗争与农人们的日常生活揉合在一起，为读者呈现了一个混杂、鲜活、真实的乡村世界。

延续了《玉米》的写作路子，毕飞宇以异常质朴的乡村情怀，将叙事投向苏北平原上某个最基层的村庄：王家庄。他在《平原》后记中写道："我答应过自己，起码要为20世纪70年代留下两本书。有了《玉米》和《平原》，我踏实了许多。"从某种意义上说，《平原》既是对《玉米》的继承与延续，更是一次超越与突破。就像高密东北乡之于莫言，枫杨树乡之于苏童，毕飞宇的小说中一直有一个固定的地方——苏北的王家庄。《平原》再次以王家庄为背景，不过小说的主人公不再是玉米一家，而是吴蔓玲和一群年轻人。通过他们的梦想与幻灭、奋斗与挣扎、爱情和人性，为我们展示了20世纪70年代乡村中国的生活画卷。形形色色的人物在这块广阔而又逼仄的土地上成长、奋斗，挣扎，沉沦……在他们身上我们看到了欲望的顽固与庞大，也看到了人性的光明与丑陋。

中国的20世纪70年代是个泛政治化的贫瘠时代，在《平原》中我们看到了泛政治化的时代对人性的扭曲。女主人公吴蔓玲是从南京来的女知青，为追求政治上的进步，她一来到王家庄就喊出"要做乡下人，不做城里人；要做男人，不做女人"的口号。领导的一句"前途无量"让她一次次放弃离开王家庄的机会，成了彻头彻尾的王家庄人。她以否定自己的性别为代价，成了在王家庄说一不二的村支书，权力可以张扬性权力，同时也可能压抑性权力。"吴蔓玲再也没有料到自己居然变成这个样子，又土又丑不说，还又拉挂又邋遢。最要命的是她的站立姿势，分着腿，叉着腰，腆着肚子，简直就是一个蛮不讲理的女混混。"权力光环不仅使吴蔓玲失去了一个正常女孩的女性美，而且压抑了她对爱情和婚姻的自然人性的渴望。"噢，一个支书，嫁给一个普通党员，或者说，一个党员，嫁给一个普通老百姓，谁敢娶呀？吃了豹子胆了。"政治上的进步无法弥补感情上的失落。在好姐妹志英的婚礼上，吴蔓玲意识到，"她不是一个铁姑娘。她不是男的。她是女的。她是一个姑娘。她是个南京来的姑娘"。吴蔓玲所承受的伤害还远没有结束，由于她掌握着当兵的推举权，和她一块来自南京的知青"混世魔王"为了早日当兵入伍，离开王家庄，以极其卑鄙的手段强奸了吴蔓玲，并让吴蔓玲把唯一的入伍名额给了他。她失去了作为女人最为宝贵的贞操，还彻底丧失了与端方的爱情。"一个女人的名声坏了，政治生命毁掉了不说，哪个男人还会要自己？不会要的。即使是端方都不会要。"她只能从公狗"无量"那里获取心灵甚至身体上的慰藉，人性的扭曲至此已经达到极至。当她终于把埋藏在心底的感情告诉端方后，却因被狗咬伤而疯癫。

极"左"政治造成人对政治的盲目崇拜，政治思维渗透到人们生活的方方面面。但在强大的政治阴影覆盖之下，民间的生活依然有它独有的苦恼和欢乐。作品中展示的乡民是意气风发的，充满生活的激情与活力。在他们身上，我们似乎体会不到生活的重担给予他们的负累。用平常心将艰难困苦的日子过得波澜不惊。《平原》的叙述是从土地开始的，"庄稼人的日子其实早就被老天爷控制住了，这个老天爷就是'天时'。……'农时'是什么？简单地说就是太阳与土地的关系，他们有时候离得远，有时候靠得近。"作品中氤氲着浓厚的里下河风光和风土人情。"在田垄与田垄之间，在村落与村落之间，在风车与风车、槐树与槐树之间，绵延不断的麦田与六月的阳光交相辉映，到处洋溢的都是刺眼的金光。……这是苏北的大地，没有高的山，深的水，它平平整整，一望无际，同时也就一览无余。麦田里没有风，有的只是一阵又一阵的热浪。热浪有些香，这厚实的、宽阔的芬芳是泥土的召唤，该开镰了。是的，麦子黄了，该开镰了。"毕飞宇在这片平原上展现了农民的日常劳作生活，"庄稼人一手薅住麦子，一手拿着镰刀，他们的动作从右往左，一把，一把，又一把。等你把这个动作重复了十几遍，你才能向前挪动一小步。"广袤的大地，连绵的麦田，辛劳的农民，构成了一幅和谐而又艰辛、久远而又格外生动的劳动画面。作家在《平原》中还写出了水乡兴化独有的民间文化形态。如对嫁娶习俗的描写，由于水路众多，接亲也都是走水路，同现在社会上流行的接亲车队不同，王家庄接新娘子的工具是喜船。红粉出嫁接亲时："最先上岸的是四个撑船的篙子手。到底是喜船，每一根篙子的尾部都贴了一圈的红纸，这一来不同凡响了。每一个篙子手都很壮实，一看就是气壮如牛的好汉。""王家庄这一带有这样的一种风俗，喜船只能比别人快，不能比别人慢。一定要保证自己的喜船走在最前头。只有这样，方能够'压住'别人，从而避免了晦气，以迎来喜气。"迎亲也有一定的讲究，女方要招待篙子手们吃"糖水煮鸡蛋"、糯米元宵；老丈人放人时照规矩也要拖一拖的，除了表示父亲对女儿的不舍外，也是让女婿善待和珍惜自己的媳妇；出嫁时母亲应该在女儿房内陪伴女儿，向女儿传授一些经验以及对待夫家的规矩；婚礼仪式终结时娘舅要在木箱上捏锁，意味着新娘子从那一刻起就成为婆家人了；另外在结婚当天女方是不摆酒席的，要等到三天后回门才摆酒席。

2013年，毕飞宇出版了他个人第一本非虚构作品《苏北少年"堂吉诃德"》，"这是一本关于'文革'时期乡村童年与乡村少年现实场景的书"。书中的内容都是作者对自己在苏北度过的童年少年的回忆，由几十篇记录了作者童年往事的小短文组成，主要叙述了自己童年少年时代在苏北农村生活的经历,其中描写了他童年时代生活过的地方、衣食住行、印象深刻的情境、接触过人、玩过的东西,等等。这些童年琐事不但揭示了毕飞宇生平、个性以及个性形成的原因,同时还揭示了他由一个在苏北乡村长大的孩子转变为作家的秘密。楔子的内容是描述作者小时候"颠沛流离"的生活:随着父母工作的频繁调动,"我"从一个地方换到另一个地方,每次都是连根拔起,乡村、小镇、县城、都市都待过。贫穷而又居无定所的生活让他积累了丰富的生活经验:"我很高兴我来自于生活的最底层。对一个小说家来说,最底层得天独厚,它可以让你看到生活的源头,无论你面对怎样的花花世界,你都不会花眼。"家庭在《苏北少年"堂吉诃德"》中是一个重要的空间,毕飞宇的少年生活就是以家庭为核心的一种延展,在其作品中多次写到他的家庭,体会到父母对他的教育。"我的父母亲仅仅依靠对话就给我勾勒出了另一个完整的世界。就在闲寂的黑夜里,我的想象力生动起来了。我喜欢听父母这样的对话,那都是'好日子'。'我对'虚拟'世界的信念大概就是在那个时候建立起来的。我相信'虚拟'的世界,它的根由是我相信我的父亲和母亲。"童年时代对毕飞宇来说不仅是一段记忆,也是开启他文学之路的生动课堂。在《九月的云》里写道:"我们观察大自然,研究大自然,其实都是学习。如果你的启蒙老师是大自然,你的一生都将幸运。"在《草房子》中写道:"什么样的房子里都可以出小说家,但是,最幸运的小说家来自草房子。"在《玉米杆》中写道:"年少的时候阅读是重要的,在你还没有来得及知道这个世界之前,虚幻的'概念'会帮助你建立起一个牢不可破的世界。"

在《苏北少年"堂吉诃德"》中,毕飞宇通过对自己童年记忆的描写,给读者展现了一个宁静而又富有童趣的苏北。正文共分为7章,每章都选取了那个年代日常生活中常见的和具有代表性的物象和人事。如第一章"衣食住行":"衣",写了《补丁》《游泳裤》《口袋》《袜子》;"食",写了《玉米杆》《汤圆》《蚕豆》;"住"写了《庙》《草房子》《家具手电筒》《家具热水瓶》;"行"则写了《水上行路》。毕飞宇想要通过精心选择的人、事、物来呈现这一代人的"生活模板"。毕飞宇还通过展示民间匠人的各种技艺,给作者的童年增添了不一样的乐趣。随便从书中节录一段:"锡匠很特殊,有点像吉卜赛人。他们居无定所,通常在船上。他们在我们村的码头上一停就是一两个月,有时候,他们一两年都不来一次。他们永远是神秘的客人,除了做生意,他们不上岸。他们是孤独的,为了对付自己的孤独,他们喜欢搭伴,两家,三家,四家,但不会更多了。他们没有名字,他们的名字一律都是'锡匠'"。其实,我们都明白,这些东西在作者的童年时期是司空见惯的,篾匠、锡匠们的技艺现在看来早已失去市场,但是在二十世纪六七十年代,资源的匮乏决定了物件不可能时时更新,这也恰巧成为能工巧匠们施展技艺的舞台。毕飞宇将这些生活中不起眼的小事描写得淋漓尽致,可见,童年的故乡对作者的影响非常之大。物质的欠缺决定了作者童年的娱乐活动是相当贫乏和单调的,也正因为稀缺,当任何异于生活常态的事物出现时,孩子们都会不遗余力的去发现它的新奇之处,找出那些令他们神经兴奋的细节,这样的快乐看似简单却弥足珍贵。在书中,除了可以看到毕飞宇童年的时代特征,我们还可以感受到苏北农村浓厚的地域特色和民俗风情。"在我的老家,唯一的地貌就是平原,每一块土地都是一样高,没有洼陷,没有隆起的地方,没有石头,你的视线永远也没有阻隔,如果你看不到更远的地方了,那只能说,你的肉眼到了极限。"他描写苏北的大地、庄稼、农人的劳作和风俗习惯,这些独特的意象构成了毕飞宇小说富有地方色彩的地理景观和人文景观。比如没有窗户的、盖着麦秸秆的、只用泥草和木头建成的"草房子",广阔无垠的平原地貌,白花花的盐碱地,还有习惯于水上行路的兴化人。我们也可以看到童年毕飞宇和堂吉诃德一样拥有英雄梦,他多次描述自己的"堂吉诃德"情结:打弹弓的时候,他把自己想象成一个骁勇的战士,把麻雀想象成敌人,把弹弓想象成武器。在毕飞宇的记忆里,荒地一直是最令他酣畅淋漓的那个部分,在第四章的《荒地》一节里,作者描绘了"我"在一片荒地上骑着一头牛,手里挥舞着鞭子,模仿风驰电掣的骑兵战士。"一个黑色的、皮包骨头的、壮怀激烈的少年,他是年少的、远东的堂吉诃德……他的心中充满了没有来路的正义。"

《苏北少年"堂吉诃德"》不仅是对个人童年往事的回忆,也是映现时代的一面镜子,读者透过作者的经历和所见所闻,能够窥见时代的脉动,解读到极为深刻的社会意识和历史内涵。毕飞宇出生于1964年,他的童年时代和20世纪六七十年代的政治运动时期大部分重合。透过他的童年往事,我们可以看到作者童年的时代背景和历史背景。那是一个物质匮乏的年代:"当贫穷到达一定的地步时,一种奇怪的分配制度就产生了——配给制。""一个人在一年当中可以使用多少布，国家有严格的规定，这个规定就是'布票'。没有布票，你'寸布'难求。"那是个政治斗争激烈的年代："你得时刻留意你说话。如果你有一句话没有说好，或者说，你有一句话让做领导的不高兴，那你就麻烦了，你会成为'坏人'。"那是一个"人"被漠视的年代："相对于漫长的政治运动，武斗和打砸抢毕竟是短暂的，比武斗和打砸抢更加恐怖的是对人的废弃。废弃，懂的吧，你就像一具无人认领的尸体，永远被撂在那儿了。"那是一个自我意识和主体精神被压制的年代："我们只用'我们'，决不轻易使用'我'——什么时候使用'我'呢？写检讨书、做口头检查的时候，一旦你使用了'我们'，老师一定会当即打断你的话，告诉你：'检讨你自己，说说'我'，不要'我们''我们'的。"《苏北少年"堂吉诃德"》是根据毕飞宇的个人回忆写成，他的儿童身份又注定他是一个历史的旁观者，反映出来的时代自然不够全面，但他毕竟是一个与时代密切相关的人，记载的历史都是他亲历、亲见、亲闻的历史，这种具体的个性化历史是对正史的补充和丰富，具有深刻的认识价值和历史文献价值。

第六节　黄蓓佳、祁智的儿童文学创作

黄蓓佳，1955生于江苏如皋市，在泰兴长大，1973年毕业于泰兴黄桥中学，1974年下乡插队，1982年毕业于北京大学中文系，现为中国作家协会全国委员会委员，江苏省作家协会副主席。主要作品包括长篇小说《我要做好孩子》《今天我是升旗手》《我飞了》《漂来的狗儿》《亲亲我的妈妈》，中短篇小说集《小船，小船》《遥远的地方有一片海》《芦花飘飞的时候》《中国童话》等。从1973年在上海《朝霞》丛刊发表处女作《补考》起，已发表小说、散文随笔、儿童文学、影视剧本三十多部，六百余万字。曾两次获中宣部"五个一工程奖"、全国优秀儿童文学奖、宋庆龄儿童文学奖、全国优秀少儿图书奖等国家级奖项。根据其小说改编的电影、电视剧，曾获中国电视剧飞天奖、中国电视金鹰奖、中国电影华表奖等，部分作品被翻译成日、俄、英、德等国文字。

早年，因父母下放到黄桥中学任教，黄蓓佳跟随父母来到黄桥中学就读，

她的文学生涯从黄桥中学起航。在《我的青苹果时代》中她这样回忆中学生活及处女作的问世。"高二那年，1972年的5月，为纪念毛泽东《讲话》发表三十周年，学校里举办'红五月征文'比赛。我投了稿，是篇超长作文，有五千来字吧，题目叫《补考》。一天上午在操场劳动，有同学奔过来告诉我，我的作文在学校报栏里贴出来了，上面打满了红双圈。那时候，老师们批阅作文，喜欢在认为最好的字句后面画上红双圈。当时我心里很兴奋，即刻就想去看看，却又矜持，不愿在同学面前显出我的迫不及待。挨到中午，校园里寂静无人时，我像做贼一样溜到报栏前，傻乎乎地笑着，独自欣赏我的打满了红色双圈的作文。我带着心跳，从头到尾一个个数下来，一共是九十八个红双圈。这就是教我语文的张海德老师给我的评价。"

20世纪80年代初期，初涉文坛的黄蓓佳就以儿童小说《小船，小船》引起文坛的关注，儿童短篇小说集《小船，小船》于1981年7月由江苏人民出版社出版，老作家丁玲亲自为序，赞其是"一个可以深造、很有希望的青年"。黄蓓佳果然不负厚望，又以《唱给妈妈的歌》（1983）、《芦花飘飞的时候》（1983）、《遥远的地方有一片海》（1985）等儿童文学集引起了儿童文学界的注意。黄蓓佳并没有沿着儿童文学创作的路径一直走下去，随着年龄的增长、社会阅历的丰富，她的创作从儿童文学的天地转向了成人文学的世界。黄蓓佳这样解释这种转型，"到了三十岁的时候，迫切想要表达的对社会人生的感想非常多，这个时候觉得儿童文学的表达已经不够了。"1996年后，黄蓓佳的创作再度进入儿童文学，长篇儿童小说《我要做好孩子》以自己的女儿为原型，用贴近生活的描写，真实地反映了基础教育中残酷的升学考试过程，得到了许多家长、老师、孩子的喜爱。二度进入儿童文学的创作世界后，黄蓓佳一发不可收拾，接连创作了《亲亲我的妈妈》《今天我是升旗手》《我飞了》《你是我的宝贝》等多部长篇儿童小说，逐渐形成了黄蓓佳儿童文学创作特色。

2006年江苏少儿出版社和凤凰出版传媒集团联合推出了"黄蓓佳倾情小说系列"：《亲亲我的妈妈》《飘来的狗儿》《小船，小船》《我要做好孩子》、《今天我是升旗手》《我飞了》。这一经典儿童文学系列的出版，是对黄蓓佳三十多年来儿童文学创作的一个总结和肯定，其儿童文学观也逐步地明晰起来。黄蓓佳认为儿童文学不是"热热闹闹，开开心心一天天长大的"文学，它应该有严肃的主题和对社会的深度思考。"儿童文学要为孩子掀起现实世界的一角,要让孩子们感知到世界的丰富性,复杂性和无限的可能性。"黄蓓佳认为儿童成长"是由鱼变人的撕裂的疼痛"的过程,儿童文学的创作就是要再现这一"疼痛"的成长过程,儿童文学仅仅表现儿童生活阳光的一面,那是不够的,应该走进儿童的内心,往内心走,才能更好地表现今天儿童生活的复杂性和丰富性。在这个迅速发展和日益全球化的时代里,儿童的成长速度超出我们的预料。她说:"我们从前是不是低估了孩子的阅读能力。我们以为他们还很天真简单,其实他们已经相当的成熟丰富。我们以为他们只知道嬉笑快乐无忧无虑,其实他们已经懂得沉重悲伤和世事艰难。"因此"面对这一群成长过于迅速的孩子,光给他们喂下去可乐和雪碧是不够的,还要给他们维生素和蛋白质,要给他们浓缩的营养,营养中的精华,这就是有深度的阅读,有质量的阅读,有品位的阅读。"

在传统的观念中,儿童文学和成人文学区别的过分截然,其实儿童文学与成人文学的区别不是那么明显,"优秀的儿童文学应该是成人和儿童都能够共同阅读的,而且越是优秀的儿童文学,越是应该拥有它的成人读者,人生的每个阶段来阅读这些儿童文学,都会有不同的感受。"如果一部儿童文学作品只是儿童喜欢,成人不喜欢,或者连翻阅一下都不愿意,或者觉得根本无法看下去,这样的儿童文学不是优秀的儿童文学。因此,在儿童文学创作过程中,黄蓓佳主张"用成人文学的视角看儿童文学",才能创作出有深度的儿童文学作品,才能给孩子有深度的阅读。因此,黄蓓佳说:"我们不必弯腰放低自己的姿态,迁就孩子的高度,要站起身,甚至踮起脚,让他们伸开腰节,舒展灵魂,去努力触碰和攀登。要在他们有限的成长时段中,送过去最好的精神食粮。这就是我对当今儿童文学的理解,也是我对自己从事儿童写作的要求。"

黄蓓佳鲜明地提出"给孩子有深度的阅读"的儿童文学观念,与她长期以来从事儿童文学创作,与她长期以来对儿童问题的思考是分不开的。有什么样的儿童观就有什么样的儿童文学观。黄蓓佳在三十多年的儿童文学创作过程中,一直在思考着我国儿童问题。如何直面当代儿童?如何直面当代儿童的教育问题?这是黄蓓佳不断思考的重要问题。黄蓓佳主张"给孩子有深度的阅读"的儿童文学观,也是她对当前儿童文学创作现状不断思考的结果。黄蓓佳认为我国当前的儿童文学创作不容乐观,一些儿童文学作品"少了生活的丰富和人性的丰富","丢掉了人文关怀,缺失了正确的价值支撑点,直面当代、当代儿童、当代教育的真正属于新世纪的儿童文学作品渐渐稀少了。"21世纪以来,对儿童文学的认识仍然停留于传统的观念当中,许多人仍然认为儿童文学就是简单的、快乐的文学,儿童文学的人物应该是单线条的人物,好人就是好人,坏人就是坏人。"作品已出现了某种同质化、脸谱化倾向,如写男孩必是淘气包、调皮蛋,而女孩则是鬼精灵、小辣妹。"黄蓓佳认为,生活中很多事情都不是非黑即白,还有很多是中间色,是灰色,儿童的世界与成人的世界一样,孩子的心灵世界其实是非常复杂的,远远超出了我们的想象。因此,我们要肯定孩子的能量,"我们不能低估孩子们的判断力、阅读认知能力"。黄蓓佳的儿童文学作品不仅孩子喜欢阅读,成人也喜欢阅读,这是黄蓓佳儿童文学成就的独特之处。

祁智,1963年生于江苏靖江,1983年毕业于扬州师范学院中文系。凤凰出版传媒集团编审,国家有突出贡献的中青年专家,中国作家协会会员,江苏省作家协会副主席,南京市作家协会副主席,江苏省第四届"德艺双馨"中青年文艺工作者,第二届"书香江苏"形象大使,江苏省"名师带徒"计划首批名师。著有长篇小说《呼吸》《芝麻开门》《小水的除夕》《沿线》和"芝麻开门"系列,中短篇小说集《反面角色》《羊在天堂》《除夕的马》,长篇童话《迈克行动》《奶牛阿姨》,诗集《告诉你一个秘密》,散文集《老家西来》《一星灯火》,以及绘本20余种。曾担任曹文轩、黄蓓佳、金波、周国平、毕淑敏、秦文君、沈石溪等著名作家《草房子》《青铜葵花》《我要做好孩子》《乌丢丢的奇遇》《天棠街3号》《宝贝,宝贝》《破解幸福密码》《一只猎雕的遭遇》等重要作品的责任编辑。作品曾获第二届"冯牧文学奖"、中宣部"五个一工程奖"、江苏省紫金山文学奖、《青年文学》奖等奖项。2017年11月16日,祁智创作的《大鱼》获得2017陈伯吹国际儿童文学奖年度单篇作品奖。

2015年江苏凤凰美术出版社隆重推出原创少儿文学读物"芝麻开门"系列,让大家记住了祁智。他以其纯净的爱心、专注的孩童视角,幽默地讲述了一个班集体、一群有个性和才情的孩子、几位可敬的老师、几个都市普通家庭在一年里发生的故事。作者借用张天这样一个角色,以特殊的第三人称叙述视角展开对故事的铺叙,同时张天作为故事中的一个角色,又具备第一人称叙述的特点。这种介于第三人称和第一人称之间的独特的叙述视角不仅使作品具备开阔的叙述角度，可以涵盖较多的社会生活内容，而且还能产生一种身临其境的亲近感、真实感。作品反映了丰富的社会生活内容：李强的父亲下岗、杨晨的父母要离婚、四川小女孩失学等实际生活中会遇到的烦恼之事在作品中都有表现。当然也少不了许多属于小学生的快乐生活：军训会操、特殊的足球赛、和校长捉迷藏、突然会跳的拼料。作品并不局限于张天的所知所解，而是以其所见所闻为主线，串起一个个与他的生活有关的属于孩子们的快乐。

作家拒绝了时下欢闹华丽、俏皮多病的流行语言，用工整、易读、亲切的语言为孩子们创作，诙谐有趣、凝炼活泼。这不光是一个语言运用的问题，更多地得益于作者对儿童生活的细致观察、用心体会。为了照顾特定读者群的阅读特点，作者没有作大段的静态描摹，而是以情节和对话构成作品的主要篇幅，但作品中适时出现的一些景物描写和心理刻画却又显得恰到好处。即使是景物描写也充分考虑了孩子的阅读习惯，仿佛在替孩子们抒情，而不是作者本人的情感表述。作者不愿孩子沉溺于离奇冒险的情节而对他们产生不良的引导，所以作品描绘的多是饶有趣味的寻常小事，并没有惊心动魄的大事件，毕竟大部分孩子的生活都是正常的，大事件是极少数，并非典型。《芝麻开门》展示的是一个"正常"的儿童世界。祁智希望通过自己对孩子们所熟悉的生活的加工与书写，使这些本来再正常不过的生活变得新鲜而有趣，并由此激起小读者对自身生活的观察兴趣，从而去思索其中隐藏着的生活秘密。正如作者在作品后记中所提到的："时代在发展，少年朋友快乐的方式和内容越来越多，少年朋友要承担的也越来越多。"如今的孩子要承担来自社会的太多干扰，他们日常生活中的事物已经很多，实在无法再担负出格的大事件了。作者抓住寻常小事，着力渲染它的丰富和趣味。军训教官"鸭啊鸭"的口令，孩子们对分数的敏感，对徐老师肚子里的小宝宝的好奇，对小蝌蚪的讨论，对下岗而不懈怠的同学家长的赞美，等等，小则丰富着故事中的生活，大则反映了社会一角。作者抓住细节，塑造了一个个令人难忘的人物：有想当元帅的，有心眼比炮粗的，有热心肠的，有帮爸妈约会的……作者抓住个性化的事件，突出人物性格，娓娓道来。元帅迟速的博学沉稳、小服装设计师孙新悦的时髦漂亮、小博士杨晨的灵气，"雅号"点明了人物的特色，多样而生动。但作者笔下的人物并非类型化的，他们丰富而多姿，姜珊直率而又不乏小小的"心计"，尹露露老成持重却有着女孩子的胆小，李强机灵懂事且充满爱心，人物性格的多样化使人物形象更加鲜明真实。

祁智在后记中介绍用"芝麻开门"做题的两个意思：一是把门打开，走进孩子的世界，孩子的世界是那么美好、纯洁；另一个是把门打开，带孩子走进一个新奇、广阔、充满活力的希望的世界。因为祁智的读者是孩子，他要用笔为孩子们创造一个理想的儿童世界，不要让他们被生活的烟雾困扰。作者颇具匠心地安排了小学四（1）班这个中年级的儿童群体，这个群体的孩子未脱幼孩的稚气，却又开始有了大孩子的思维。《芝麻开门》全书充满了对孩子的尊重和对家长的理解，为少年读者再现了一个真实的儿童心理世界和艺术世界。在这个世界里，老师们不会歧视成绩差的学生，和孩子们做真正的朋友，甚至校长也和学生一起表演教学节目，还会自我检讨。在这个世界里，家长们用他们的爱心及对生活的热情影响着他们的孩子，让孩子们"自己过一天"，家长们虽然也会生气，也会关心"饭桌上的分数"，但他们不会责备因"自己走回家"而使他们焦虑的孩子。在这个世界里，孩子们都闪耀着灼目的光彩，都有着金子般善良的心。他们会为同学的烦恼而焦虑，会因同学的进步而愉快，会崇拜同伴的才智，也会谅解同伴的不足，更何况在作者的笔下，他们的缺点本就微不足道，甚至不能算作缺点，而是特点，是成长过程中的必须。作者用他的笔使孩子们都闪了一回光。作者又并非完全回避不合理的社会现象。只是不愿少年读者在他的作品中读到太多对社会的不满和怨言，他不希望他的少年读者对社会不满，因为要不满是件很容易的事情，而要有希望则是困难的，他想让他的读者，无论孩子还是家长对我们这个社会充满希望。

第七节　刘仁前、庞余亮等与兴化文学现象

兴化地处里下河平原腹地，河港纵横，湖荡交错，广袤而深沉的水土孕育了厚重的文化积淀。特别是2005年至2006年不到一年时间内，兴化籍作家不约而同推出了以故乡为背景的长篇小说，在江苏乃至全国文坛引起了很

大的震动。2010年兴化市政府联合江苏省作家协会举办了"兴化文学现象"研讨会，正式提出"兴化文学现象"的概念。

一、兴化地域文学现象释义

位于江苏中部里下河水乡的县级兴化市，隶属于地级泰州市，因该地域历史悠久，文风昌盛，长期以来，被国内文艺评论界公认为中国长篇小说的发祥地、明清小说的重要基地，并被授予了"中国小说之乡"称号。近年来在国内文坛蔚然兴起的"里下河文学流派"大多数代表人物均来自兴化地区。新中国成立以后，特别是20世纪80年代以来，兴化一地的文学创作呈现了蓬勃发展的势头，涌现出一大批有成就的作家、评论家。近几年他们多次作为一个群体引起国内文学界的关注。如2005年度，兴化籍作家不约而同推出了以故乡为背景的长篇小说：毕飞宇的《平原》、朱辉的《白驹》、庞余亮的《薄荷》、顾坚的《元红》、刘仁前的《香河》、刘春龙的《深爱至痛》，在江苏乃至全国文坛引起了极大的震动。2011年第八届茅盾文学奖评选入围的178部作品中，兴化籍作家毕飞宇的《推拿》、朱辉的《天知道》、梅国云的《第39天》、顾坚的《青果》占了4席，最终毕飞宇凭借《推拿》获奖。2011年在江苏省第四届紫金山文学奖评审中，毕飞宇、朱辉、庞余亮、刘春龙同时获奖，震惊江苏乃至全国文坛。2014年，刘仁前《浮城》、庞余亮《一根细麻绳》获得江苏省第五届紫金山文学奖。不仅如此，兴化地区目前还拥有一支创作实力和数量均佳的文学创作队伍。据不完全统计，2011—2015年，兴化籍作家就公开出版超过了50本文学作品。兴化悠久的文学传统，当代作家群体的崛起和文学创作的繁荣，被世人惊叹为"兴化地域文学现象"。

二、兴化地域文学现象成因

兴化地处里下河平原腹地，黄海、长江、大运河像母亲一样环抱着她、滋养着她。河港纵横，湖荡交错；广袤而深沉的水土孕育了厚重的文化积淀。兴化设县取"兴盛教化"之义，寄托了人们开发、发展该地区文化的期望。"教化，政事之首务也。"历代政府均重视学校教育，刻意培育崇文的社会氛围，每年都在文庙举行盛大的祭孔仪式。封建官府大张旗鼓地树碑立坊，表彰贤德有业绩人士。位于县府前东、西大街交汇处的四牌楼汇集了颂扬各界名流的匾额，其褒扬的也多数是在文化艺术、学术研究方面有成就的或具有文化艺术、学术、科举背景的官员等人物。兴化民间教育也十分发达，大姓人家均以书香门第相标榜。兴化境内书院、社学、私塾、蒙馆比比皆是，据载，早在明初，兴化"共设社学一百四十四所"。窑工出身的哲学家、泰州学派的传人韩贞还在偏僻乡村择农闲时节开展平民教育。兴化人崇尚科举，读书求仕氤氲成风。民间则保持着耕读并重的优良传统。这些无疑对兴化文化的发展发挥了巨大的推动作用。兴化在元末明初有许多人参与了战争，但不少人是投笔从戎，天下太平以后虽然仍有人担任武职，但并没有特别引人注意，以至时至今日，说起兴化的文化名人，大家都能列举一些，但要说兴化历史上以武功名世的，许多人都感到茫然。崇文是兴化的重要传统。千百年来文化的养育与熏陶使得兴化人表现出一种自然而然的文化气质，一种对生活的群体性的敏感与冲动。

此外，兴化地区的地形四周高中间低，呈现出特殊的"锅底洼"地貌形态。同时，兴化这块貌似封闭的土地，保留了古老的文化传统，保留了里下河地区从土里生长出来的、在苦难面前砥砺出来的"刚"的文化品格：朴实、倔强、顽强与刚毅。里下河作家一方面眷恋这片生我养我的热土，另一方面又抒写了这片大地的苦难，以及面对苦难的韧性与刚强。毕飞宇《平原》的背景是壮丽而辉煌的苏北大地，它以一种带有冲击力的美震撼读者。《香河》《白驹》《薄荷》等小说，无不表现出了兴化人在面对这块土地的苦难和政治风暴时无可奈何、平静面对、静缓度过的韧性。

兴化人有著述传统，相沿成风。无论贵至台辅，还是久困场屋，对著书立说都别有情愫。明清时期，在兴化境内孕育产生的小说，尤其是长篇章回小说，其名著之多，在全国县级地域独占鳌头。元末明初施耐庵著《水浒传》，是中国文学史上第一部长篇章回小说。明代兴化道士陆西星著我国第一部长篇神怪幻想小说《封神演义》，明代状元宰相李春芳校注《西游记》，明末清初文史学家李清著成长篇文言小说《梼杌闲评》。据此，兴化被学术界称为中国长篇小说的发祥地、明清小说的重要基地。到近代，兴化开白话文风气之先，刘熙载孙女刘韵琴是中国白话小说创作的先驱。

作为里下河水乡地区的中心，兴化有着丰富的社会历史文化积淀，绵延其中的便是这一地域文化本身固有的文化精神："水"与"土"的精神，表现为一种刚柔并济的文化品格，"水"的品格释放出细腻、自由、温婉、灵动的精神姿态，而"土"的品格却又绽放出朴实、顽强、倔强、刚毅的生命风姿。水乡生活的艰巨性与多样性丰富了兴化作家的生活经历，也培养了人们对水的亲切之情，水的清澈，水的秀美，水的温柔与水的豪放交融在人们的灵魂里。在兴化籍作家的作品中人们常常能看到兴化水乡的影子。正如赵本夫先生所言："多水的兴化养育了兴化才子们出色的领悟力。他们在兴化这块土地上生活和写作，兴化人的生活，其实也是中国人的生活。他们为我们再造了一个文学的兴化，其实也是为我们再造了一个文学的中国。"

兴化地域自古文风昌盛，在文化艺术的许多方面都出现了很多大家，如施耐庵、宗臣、李鱓、郑板桥、刘熙载等。在自古崇文的文化氛围里，当地文艺名家的出现发挥了示范与带动作用。如今，毕飞宇、费振钟、王干、顾保孜、梅国云、罗国明、朱辉、顾坚、刘仁前等有成就、有影响的作家与家乡的文学作者保持着密切的联系，一批工作在兴化有关部门领导岗位上的作家，在自己坚持不懈地开展文学创作的同时，直接影响、带动了一大批热爱文学的人士参与文学创作，兴化的大地上涌动着一股文艺创作的热潮。兴化地域作家群中，除坚守本土文学创作的大批作家，更有像刘仁前、朱辉、毕飞宇、顾坚、庞余亮等众多走出本土、走向江苏、走向全国，甚至走向世界的作家。他们在创作中以里下河地区为主要表现对象，描写里下河的人情和地域风貌，创作了大量充满地域色彩的乡土风情作品，这些走出去的作家以自身的引领作用，有效反哺本土文学创作。如果说，20世纪90年代以来，毕飞宇长篇小说以及中短篇创作的丰硕成就，对兴化作家群的成长起到了显著的推动作用。同时，许多兴化本土作家安于故土，执著书写故乡，不断提供新鲜的地方文学经验，使得走出去的作家们能够在更为广阔的空间中返视故乡，深情演绎故乡。从题材和风格特征上看，兴化地区正在形成一批地域特色鲜明、具有一定相似性的作家群和具有文本探索风格的作家群。兴化本土生活的作家与走出兴化水乡的作家里外呼应，共同造就了兴化地域文学创作的高峰，推动了兴化地域文学现象的发展。

三、兴化地域文学现象的领军与代表人物

当代兴化文学创作来自两大合力，一是曾经在兴化生活过，如今在外地工作的作家；一是目前仍在兴化本土生活的作家，这两股合力里外呼应，共同掀起了兴化文学创作的高潮，推动了兴化文学的发展。

(一)旅外兴化籍作家

马春阳，1924年生，兴化人。1944年参加工作，曾任江苏省作家协会创作组成员，江苏省民间文艺家协会主席，《乡土》报刊主编，中国民间文艺家协会、中国大众文学学会理事。1955年开始发表作品，2003年加入中国作家协会。著有中短篇小说《双灯照》《民谣变读》《马春阳作品选》，剧本《换麦记》，报告文学《水注粮山》，采编民间故事《施耐庵的传说》《清官贪官糊涂官》等，出版文学作品20余部，合作电视连续剧《歌伎董小宛》。在编撰中国民间文学集成工作中，三次获原文化部等部门嘉奖。2009年获全国从事文学创作活动60年荣誉证书。

罗国明，1956年生于兴化，1989年毕业于解放军艺术学院文学系。1985年开始发表作品，1989年以《中国大剿匪纪实》轰动文坛，1994年加入中国作家协会。著有长篇小说《菩提树下的诱惑》，中篇小说《当你活着的时候》，人物传记《黄埔军校大传》。2011年由中国青年出版社出版的《苏门》是一部以故乡兴化为背景的长篇小说。

顾保孜，1957年生于兴化，1986年毕业于扬州师范学院政教系。第二炮兵政治部文艺创作室专业作家，中国作家协会会员，国家一级作家。主要作品：《红墙里的瞬间》，获1992年全国优秀畅销图书奖、全国图书金钥匙奖，1994年第三届当代军人喜爱的军版图书一等奖。《纳粹集中营的中国女孩》，获1995年中宣部"五个一工程奖"。《铁血N4A》，获1996年"中国图书奖"、首届解放军图书奖。《我的父亲朱德》，获1996年全国优秀畅销图书奖、"中国图书奖"。《红镜头》（上、下册），获1998年辽宁省优秀图书特等奖，辽宁省"五个一工程奖"，1999年全国优秀畅销图书奖、"中国图书奖"，是中国首例注册商标图书。《超越血缘之爱》，被收进全国中小学生书库。还著有《生死两极的追问》《实话实说红舞台》《伟人凡影》《知情者说》《中南海人物春秋》等文学专著。2010年出版《毛泽东最后七年风雨路》。顾保孜从事专业创作30多年，被出版界誉为"红墙女作家"。她写作的领袖题材作品不仅为国内读者所熟悉和喜爱，也深受海外读者的欢迎。

刘仁前，1961年生于兴化，1988年毕业于扬州师范学院。2007年9月加入中国作家协会，曾任泰州文联主席。曾获全国青年文学奖、汪曾祺文学奖、江苏省"五个一工程奖"、中国年度散文一等奖、泰州市文艺奖等多种奖项。

刘仁前早年曾因短篇小说《故里人物三记》获得全国青年文学奖的奖项，其后，先后出版了《香河风情》《眷恋故土》《楚水风物》等多部小说散文集。他于2006年创作由人民日报出版社出版的32万字长篇小说《香河》影响广泛。著名作家毕飞宇曾这样评价：刘仁前自觉并努力地展示了地域文化的特色之美，《香河》奉上了他对故乡的深爱。在《香河》里，我看到了这片土地上那种生动的、温馨的，有时也让人痛心的特殊的区域文化，刘仁前以一个很低的姿态，把目光紧紧盯着脚下这个小地方，然后全面地、特征性地把它呈现出来，这种自觉和努力，值得尊重，值得学习。把地方特色、区域文化与现代文明有效地结合起来，我觉得这是我们需要努力的一个方向。

《香河》以散文的笔调、小说的结构透现了生活的质感，表现了作者丰富的生活积累，富于激情。《香河》《浮沉》《残月》是刘仁前创作的三部长篇小说。2015年5月28日，"香河"三部曲作品研讨会在南京成功举行。"香河三部曲"讲述了里下河兴化地区柳氏家族四代人的命运变迁，勾勒出自20世纪60年代直至当下的乡村社会生态全景。人民文学出版社总编辑应红评价说："刘仁前是以故乡、乡土为背景，以里下河为写作的根基，他的三部作品是对故乡记忆的一种文学的再现。"

顾坚，1964年生于兴化。1991年弃教从商，2003年弃商从文。现供职于泰州市文旅局。2005年9月，顾坚创作的表现少年男女情爱之美的长篇乡土小说《元红》面世，很快风靡全国，受到众多读者热捧，前后累计发行量超30万册。2009年，《元红》获江苏省精神文明建设五个一工程奖。接着，他被鲁迅文学院录取为第十一届全国中青年作家高级研讨班学员，在此期间，他的第二部长篇小说《青果》修改完毕出版。此书是《元红》的姊妹篇，反映青年人的成长史和爱情传奇，堪称中国版的"生死恋"。2011年，《青果》角逐第八届茅盾文学奖；获首届施耐庵文学奖。而表现苏北水乡少男少女间自然萌生的伊甸园之爱，又是特殊年代里畸情放纵下酿出的一幕幕复仇活剧的《情窦开》，是顾坚"青春三部曲"的完美收官之作，它再一次显示了顾坚作为一个自然成长于中国农村土地上的作家所具备的天赋和实力。顾坚是兴化作家群里的第一个靠网络走红的作家。2016年，他的第四部长篇小说《爱是心中的蔷薇》的出版，再次引起关注。

曹峰峻，1964年生于兴化。1982年开始文学创作，有诗歌、散文、小说

500 余首（篇），多次获得国家、省、市级以上的各类文学艺术奖。20 世纪 90 年代中期，因职业原因，开始致力于纪实小说的创作，先后在公安部《啄木鸟》、上海《东方剑》、广东作协《人间》文学月刊、山西《都市》、香港《世界文艺》等文学杂志发表纪实小说 80 余篇近 100 万字。代表作有《窗外风景》《错过的爱》《生命不息》《无知青春》《浪漫的交响》《我在与谁说话》《临刑前的杀手锏》《带血的郁金香》《死亡路上的自白》《爱恨情缘》等。

姜广平，1964 年生于兴化。作家、著名文学评论家、教育学者。1995 年开始写小说，著有长篇小说《重塑生命》（台湾商务版《无声的突围》）、散文随笔集《经过与穿越》等，另有中短篇小说、散文、文学评论百余篇。

梅国云，1965 年生于兴化，现在海南省作家协会工作。主要有著作《影响他人的 45 种方法》，诗集《送你一枚金戒指》《想你依偎》，与人合著长篇小说《大钟无声》（2007 年获"昆仑文艺奖"）。2008 年，华文出版社出版了梅国云议论式传奇长篇小说《若水》。2010 年发表的日记体长篇小说《第 39 天》，被称为一部"中国新红色理想主义长篇小说"。

庞余亮，1967 年生于兴化，毕业于扬州师范学院，做过十多年乡村教师，中国作家协会会员，现供职于靖江市政协。1986 年开始文学创作，先后发表小说、散文、诗歌近 300 万字。小说、诗歌和散文作品多次入选年度作品选。散文《半个父亲在疼》入选中国文学作品排行榜。著有诗集《开始》《比目鱼》，童话集《银镯子的秘密》，长篇小说《薄荷》《丑孩》。2005 年长篇小说《薄荷》由北京十月文艺出版社出版，获江苏省第六届"五个一工程奖"。2008 年出版了半自传体长篇小说《丑孩》，被誉为中国农村版的《淘气包日记》，中国式的《童年》。2015 年，发表《手执钢鞭将你打》《马蹄》等短篇小说，《亲爱的老韭菜》等诗歌，以及《胆结石》等散文作品，其中部分诗歌作品入选了《诗刊》2015 年年度诗选。

黄杨健，笔名一草，1980 年生于兴化，知名青年出版人，作家，青少年人生、职场励志培训师，中国作家协会成员，广东永正图书发行有限公司 CEO 兼总编辑。已出版个人图书十余部，包括《那时年少》《毕业了我们一无所有》等畅销书。

（二）坚守在兴化本土的文学力量

兴化文风昌盛，文学成就突出，不仅有像毕飞宇、王干、费振钟、顾保孜等这样的在全国影响较大的大家,更有一大批默默写作的本土作家,他们自己有一份职业,把自己的业余时间花在读书写作上。毕飞宇曾说过:"在兴化一个县级市,每天晚上起码有 40 个人在写作,这说明这个地方的人爱这个东西。对文学来讲,这里有最优质的乳汁,有最优质的水土,她适合生活在这个地方的人去做这个事情,文学未必是个了不得的大事情,但是人们爱她。我想这就是一方水土上能够产生这样一个特定风景的重要原因。"毕飞宇估计的数字没有夸张。甚至还有些保守。这部分作家构成了一个小说大军,他们用自己手中的笔,倾诉自己的情怀,以丰硕的创作成果显示了"兴化作家"这个群体存在的价值。

葛玉莹,兴化安丰人,1935 年出生。在《人民日报》《中国作家》《散文选刊》《雨花》《检察文学》等发表作品一百余万字,出版专集四本。获全国及地方各类文学奖 15 次。现为江苏省作家协会会员,《中国作家》杂志社签约作家。

陈钟石,兴化合陈人,1942 年出生,中国传记文学学会、江苏省作家协会会员。出版长篇小说《水乡抗日儿童传奇》、长篇历史人物小说《吴王张士诚》等十多部作品。

沈光宇,兴化人,1939 年出生,江苏省作家协会会员。长期从事新闻、文化工作,出版长篇小说《水性杨花》《兴化民间故事》等。

王凤祥,兴化大邹人,1942 出生,退休干部。先后出版了四部长篇小说《海边风云录》《智斗飞马帮》《血战兴化城》《解放兴化城》,散文集《靓丽人生》。《海边风云录》荣获全国第二届中山图书奖和第五届海内外华人华语小说类二等奖。

钱国怀,笔名谷怀,兴化人,1951 年出生,江苏省作家协会会员,兴化市作家协会主席。1980 年开始从事文学创作,先后在国家、省、市级报刊发表小说、散文、报告文学 200 多篇,出版小说集《日月之梦》《水流千转》、中篇小说《儿子中专毕业》《行路难》《梅花三弄》及长篇小说《南瓜花》。

朱道平,兴化人,1951 年出生,江苏省作家协会会员。出版长篇小说《吴承恩》、散文集《爱的标点》等,《吴承恩》获泰州市"五个一工程奖"。

薛宏金,1952 年出生于兴化,笔名路遥,中国散文学会会员、江苏省作家协会会员、大众文学学会会员、江苏省摄影家协会会员。2004 年 7 月江苏文艺出版社出版其散文集《心灵絮语》，2009年4月散文《菩提树上的红飘带》荣获首届"金剑文学奖"，2009年7月散文《那一片水上森林》在第四届海内外华语文学创作笔会评选活动中荣获散文类二等奖，散文《海池河遐想》获江苏省报纸副刊评选好作品二等奖，散文《怀念高原》被大众文艺出版社收入《2008我最喜爱的散文》。

张学诗，兴化大营人，1954年3月出生。20世纪80年代初涉足文坛，1992年加入江苏省作家协会。著有散文和散文诗集《悠远的地平线》《永远的白风景》《清远的自然风》《第四十九圈年轮》《在炊烟和牧歌里》等五本。

金倜，1963年生于兴化，现为江苏省作家协会会员。发表诗歌、小说和散文近百万字，主编出版兴化日报副刊作品选集《楚水》（沈阳出版社），出版诗集《倾诉》，有多篇散文、随笔、诗歌入选各类选本。

刘春龙，1964年生于兴化，中国作家协会会员。长篇小说《深爱至痛》《无意插柳》获泰州市政府文艺奖、"五个一工程奖"，散文集《乡村捕钓散记》获得江苏省第四届紫金山文学奖。2015年出版的长篇小说《垛上》入围《当代》·长篇小说论坛"三十强"。这部小说以其家乡垛田为地域背景，用里下河方言讲述了主人公林诗扬从高中毕业到最后履任县人大常委会主任的奋斗经历，展现了垛田优美的自然风景和浓郁的风土人情，是一部跨越数十年的里下河"变迁史"和"浮生绘"，成为一张宣传垛田风景的"新名片"、一部记载垛田文化的"百科书"。

王桦苍，兴化林潭人，1966年出生，江苏省作家协会会员。自1987年开始在《诗刊》《星星诗刊》等国内各大诗刊发诗近百首，其作品曾获《诗刊》"金鹰杯""金诚杯"诗歌奖，两届"诗神杯"、两届《大河》诗刊社举办的"黄河杯"等全国性诗歌奖三十余次。其诗作还入选了《中国诗人大辞典》《感动大学生的100首诗歌》《实验诗选》等书。2003年出版个人诗集《北窗临美》，并获2007年泰州市"五个一工程奖"。

戴中明，1968年生于兴化，江苏省作家协会会员。共发表各类少儿文学作品近百万字，其中小说《怪僻的客人》《酷的故事》分别获得江苏《少年文艺》优秀作品奖、上海《少年文艺》好作品奖，小说集《酷的故事》获文化部全国第三届蒲公英儿童文学奖、新闻出版总署全国第六届优秀少儿图书奖。

顾维萍，笔名残阳，兴化顾庄人，1968年出生，中国诗歌学会会员、中国当代文学研究会研究员、江苏省文艺评论家协会会员、江苏省作家协会会员,泰州市文艺评论家协会副秘书长。出版有诗集《走过青春》,小说集《雨季校园》《花开的声音》《乡村红城市白》,长篇小说《走出伊甸园》《水香》《荡漾》。

王桂国,兴化下圩人,1968年生,江苏省作家协会会员。先后在《雨花》《辽宁青年》《短小说》《江南晚报》《扬子晚报》《中国教育报》等全国各类报刊上发表散文、小说100余篇。出版有散文集《乡村肖像》。散文《当了一回保镖》和《草帽》分获江苏省报纸副刊编辑协会第五、第十二届好作品二、三等奖。

李冰,兴化人,1970年出生,江苏省作家协会会员,兴化民间刊物《纯小说》副主编。有多篇中短篇小说发表于《小说选刊》《青春》《雨花》等刊物,著有长篇小说《寻找传奇》《奇异世界的漫长旅程》等。

王锐,笔名喜宝儿,女,1980年生于兴化,江苏省作家协会会员。曾在《青年文学》《大学生》等杂志、报纸发表短文若干,出版长篇小说《别让阳光照到我》《我爱"吸血鬼"》《别有深情一万重》等。长篇小说《谁说那些年的青涩不是爱》荣获第二届施耐庵文学奖特别奖。

沈海波,笔名楚水野鹤,兴化人,1966年出生,江苏省作家协会会员,自由撰稿人。曾在《现代快报》《羊城晚报》等报纸、杂志发表文章80余万字。2011年由海峡出版发行集团海峡文艺出版社出版小小说集《鹤斋趣谈录》。

兴化市作家出版的文艺类图书已知的达100多本。2014年以来,先后还有本地作家夏峰的《爱情制造故事》,吴岳华的《东西》《双刃剑》,李文良、李志纯合著的《水堡纪事》,开屏的《一路迷惘》,卢兆璋的《错位》等作品问世,兴化的文学创作可以说是硕果累累。2015—2016年,高中女生季力的《梦女孩》、冯晓华的散文集《常青藤》、仇党玉的长篇小说《反猫眼》、夏红卫的散文集《穿越》、王干荣的诗集《流光遁影》、唐应淦的长篇小说《只有影子剪不断》、单玫的长篇童话《灵蛇灰灰》、夏晓芹《娘已嫁人》、兴化市作协牵头的《荷叶地》等十多本书接连问世。

植根于江苏泰州兴化这块广袤无垠而充满水乡风情的苏中里下河地区,从20世纪中期以来崛起的蔚为大观的作家群,形成较为醒目的地域文学现象。曾有评论者指出，在兴化，文学绝不是挣钱的手段，而是作家实现自我的一种精神追求、提升自我的一种生存方式。作为"兴化作家群"精神追求的写照，是不甘寂寞的灵魂和共同的文字理想，是生生不息的生命激情和对故乡深切的爱，让作家们互相鼓励、取长补短、共同进步。改革开放特别是20世纪80年代以来，兴化在经济发展的同时，文学事业蓬勃发展，大量不同文体的贴近生活、贴近时代、贴近群众的文学作品层出不穷，对弘扬兴化文化、树立兴化开放、繁荣、文明进步的新形象起到了积极的推动作用。

第八节　王干、费振钟的文学批评

王干，兴化茅山人，1960年8月出生，著名文学评论家、作家、书法家、扬州大学文学院教授、中国书法篆刻研究所教授、南京财经大学新闻学院名誉院长。历任江苏高邮市党史办公室、文联干事、《文艺报》编辑、《钟山》杂志社编辑、江苏省作家协会创作室副主任、江苏电视台《东方文化周刊》执行主编、人民文学出版社《中华文学选刊》主编等职。

王干1979年开始发表文学作品，80年代中期开始以尖锐犀利的当代文学评论名噪文坛，1990年加入中国作家协会。1991年迄今，先后出版评论专著《世纪末的突围》、《苦涩的世界》、《迷人的语言风景》（与楚尘合著）、《揭开朦胧之迷》，评论集《王蒙王干对话录》《南方的文体》《边缘与暧昧》《王干文学对话录》《赵薇的大眼睛》《灌水时代》，散文集《静夜思》《另一种心情》《青春忧郁》等。王干是我国"新写实""新状态"等文学思潮的倡导者之一，策划过《钟山》《大家》等多种文学刊物，主编有"新状态小说文库""突围丛书""华文2005年度最佳小说选"等。2010年，王干凭借《王干随笔选》获得第五届鲁迅文学奖（散文杂文类）。

作为一个批评家，王干在理论上有较强的预见性，属于文学批评界的"先遣部队"。他在国内的影响超群出众，多年来他一直站在文学思潮的前沿，发现并制造着各种文学现象。往往在一种文学思潮尚未成型前，就能极快地深入文学事件中，以其独特的审美力发现要害，并迅速地发出自己的声音。新时期文学刚刚开始时，文学创作的急剧增长要求文学评论跟上步伐并作出回应，王干就是那一时期参与、见证并影响文学发展的评论家之一。从某种意义上说，他的批评既是对已出现文学思潮、创作现象的归纳概括，也是通过引发更大范围关注来进一步深化和完善文本的呼喊。他以横溢的才华与艺术天赋、对文学现象的敏锐观察与深刻认知，参与到"新时期文学"和"后新时期文学"纷繁复杂的建构之中，提出了一系列具有真知灼见的文学概念与理论见解，策划推动了多个在全国产生重要影响的文学活动，传奇般地建构起了一个波澜壮阔的文学思潮——"新写实""新状态"小说思潮，"后现实主义"等观念的提出，与著名作家王蒙关于"新时期文学"的精彩对话，对20世纪90年代文学的全面深刻的阐释，对诸多著名作家创作的尖锐批评，"新时期文学"之初对"朦胧诗"的学术研究，还有"南方的文体"的构想与践行，策划《大家》杂志出版以及"联网四重奏"，等等，无不显示出一个真正优秀的当代文学批评家的特质、锐气、激情与担当。出乎许多人的意料，90年代末，作为风声水起的当代文学批评翘楚，王干突然转身，热烈兴奋地扑向了刚刚勃兴的大众文化。此后的王干，转向大众文化批评和散文随笔的写作，不但凭借《王干随笔选》获得第五届鲁迅文学奖，而且在大众文化研究的热潮中同样表现不俗、身手矫健。

  王干的文学评论呈示出较强的文体意识。他认为小说必须是灵性的，应具备一种情感的质地，而不是道德的，宣教的；研究、评析作家作品的时候，必须把握作家由各方面的素养与潜能构成的精神的内运河，从而掌握他的生活经历、人生体验、艺术阅历、语言习惯和审美趣味。他肯定小说必须体现人格的力量，是对人性的张扬和肯定，是人文与文本统一的意识。尤其重要的是，他具有鲜明的超越意识。他认为"中国文学必须具有超越历史和现实的勇气，向纵深和广阔的领地进军"，所谓超越意识即充分张扬个性，充分发挥主观灵动性和自由性，表现为艺术表现手段的不断蜕变不断更新，不断寻找新的审美视角，不断寻找新的文学语言，不断寻找新的遗传结构，打破自己，重新组合自己。

  对于文学，王干在很大程度上是一个理想主义者。他在时间体验方面的焦灼感使他总是不能对现存的文学状况完全满意，他总是希望看到"大师""大手笔"，他长期从事编辑工作训练出来的文学星探的本能促使他到处寻找"更好"和"最好"，当他在现实中找不到的时候，他就只能寄希望于"理想"

了。1993年，他发在《文论报》（8月12日）上的一篇题目为《孤岛·非卖品·乌托邦》的文章就是在这样一种"理想主义意识支配下产生的"。在这篇文章中他要求文学家们既不要沉湎于对逝水年华的追忆和感叹，也不要为现实的世俗的特别是经济的障碍所迷惑，而要坚守文学这个"孤岛"，他呼吁生活于这一孤岛上的人们要首先有一种顶住的意识，要顶住孤独寂寞，要顶住金钱和其他诱惑，甚至顶住死亡的考验。他说"顶住"是一种必须的姿势，一种心理。进而他甚至提出了一种"非卖品的文学"的建议，并探讨了"重返'乌托邦'的可能"。后来，他将这一提法修正为"后乌托邦"，所谓"后乌托邦"是在承认对传统乌托邦幻想和神话的消解的前提下，进行新的超越的尝试，是对旧的乌托邦理想主义价值的批判，也是它的复兴和承继，一种借助于语言和信仰获得的诗意，一种对外在世界的新的解释和理解。他有感于严肃文学的困境和第三世界知识分子的精神焦虑，特别是面对大众消费文化的冲击，认为"后乌托邦"可以维护文学的价值尊严，来对抗世俗情调对知识分子精神的亵渎，其中的理想主义的色彩不言而喻。

费振钟，兴化顾庄人，1958年生，著名文学评论家、散文家。1986年毕业于扬州师范学院中文系。曾做过乡村民办教师和中等师范学校中文教师，《雨花》杂志社理论编辑、江苏省作家协会创作研究室副主任。现为江苏省作家协会专业作家。费振钟1983年开始从事中国当代文学研究和批评，发表理论作品二百余万字。20世纪90年代后转入中国文化和思想史研究，兼写作随笔散文，作品被选入多种选本。主要著述有：专著《江南士风与江苏文学》，散文随笔集《堕落时代》《悬壶外谈》《黑白江南》《古典的阳光》《为什么需要狐狸》等，文学评论《杂找者恪守的田园》《民间的陷落》《生长着的思想与写作》《谁看护文学》等40余篇。《一个观念小说家的想象》获1990年江苏文学研究奖，其作品还获江苏省政府社科成果奖以及第一、二届紫金山文学奖等。2018年1月，费振钟的小说《兴化八镇记录：乡镇社会的解体与重建》在2017《收获》排行榜长篇非虚构榜（专家榜）排名第9。其近年来的散文创作"一直追寻着中国'文人'的生存价值，以及当下的文学写作的意义"。

费振钟对不同阶段的历史、人物与思潮进行了深入考察与体悟，以民间的历史观念，大胆挑战传统视角对历史理解的垄断，既忠于历史精神，又注重主体人格的张扬,以多个系列、极富创见的思想文化随笔,走出了一种新历史主义叙事的散文新范式。费振钟主张将文学与历史打通,用新历史主义的视角去审视文学作品,要努力回到历史语言,回到历史叙事,回到修辞,回到更大的中国式语境中,这样就能改变、突破语言上的匮乏、重构经验和想象力的匮乏。

《江南士风与江苏文学》可以算是费振钟文学评论的专著性代表作,从中可以了解评论家费振钟的"思想和精神状态",也被视为中国地域文学研究的典范性作品。这本书的研究对象是20世纪这一百年的江苏文学,上自曾朴、徐枕亚,中经叶圣陶、朱自清,又及汪曾祺,过渡以陆文夫和高晓声,直迄同时代的叶兆言与苏童,头尾遥距五代,可谓长矣。

把握这百年间的江苏文学是个不小的挑战。长期的江南生活的熏染,江南文化的浸濡,江南山水的陶冶,铸就了费振钟骨子里浓浓的江南文人气质。费振钟用江南士风作为贯穿这百年文学的一根线,无疑是一个最合适的背景和最佳的一个审视维度。但在将它楔入20世纪江苏作家的创作时,还需要具体的中介,费振钟在对"江南士风"作了通盘的历史性描述后,随即由面而点,笔锋直落"智性"。以智性作为江南士风与江苏文学的接轨点,《江南士风与江苏文学》是以士风为背景,智性作贯穿,串联起先后五代江苏作家的连理。"江南文人文化作为一种精神文化,或者作为一种'雅'文化,其质点显然就在于它的'智性'特征。"所谓智者乐水,江南多水的地理形胜造就了士子们那流美般的智慧,从而与北方那"以山体仁"的文明形态形成了极大的反差。费振钟认准了这个反差,紧紧扣住"智性"去探索江苏作家的文人心象,并且把他们纷繁各异的作品作为其智性的表现形态,因而书中论述的不论是作家还是作品,无不围绕"智性"而展开。"智性"一词,直接就是全书的"书眼",本书的写作就是一次"智性写作"。费振钟本人就是智性中人,他自有一种沉静的智性美,其表现是不急不躁、要言不烦。他用智性来概括江苏作家也是恰当的。平淡如水的汪曾祺是智性的,具名士风范的陆文夫、高晓声二位是智性的(甚至是狡黠的智性),甚而在智性的苏童、叶兆言之后,连书中来不及论及的20世纪90年代以后新问世的江苏作家群如韩东、鲁羊、毕飞宇、朱文等,依然是智性的。上自世纪头,下迄世纪尾,历代作家俱如此,共饮智性水。焦点找准之后,书就写成了一半。那另一半的智性特色则体现在成书的写作方式上。把世纪文学与地域特色结合起来，乃是文学史的一种新写法，即空间文学史的写法。当然这是一个特色空间，它就不一定按照史的顺序机械展开，而主要是服从论的需要。江南士风乃江南人文最显著的标志，故以此为坐标，就人文而先人后文，将全书分为士风的人本和文本两大板块来论述，从而使全书的整体结构空间化，这种史书逆时的写法正好表征了作者写作的智性自由。

第九节 "紫金山文学奖"作家群

在江苏当代文学的版图上，泰州文学占据着非常重要的位置，一批泰州籍作家不断斩获紫金山文学奖也从一个侧面证明了当代泰州文学创作的活跃与繁荣。紫金山文学奖是江苏省最具权威的文学大奖，也是在全国颇具影响力的省级文学奖之一，得到了国内文学界的认可，被称为"江苏的鲁迅文学奖和茅盾文学奖"。自1999年地级泰州市设立以来，先后有庞余亮、刘春龙、刘仁前、朱辉、陆秀荔、黄跃华、韩青辰、李明官、庞羽等多位泰州籍作家荣膺此奖。

一、朱辉

朱辉，兴化戴窑人，1963年出生。1985年毕业于河海大学，现为《雨花》杂志主编，一级作家，中国作家协会会员，江苏省作家协会首届签约作家。大学期间开始文学创作，以小说创作为主，主要作品有：长篇小说《我的表情》《牛角梳》《白驹》，小说集《红口白牙》《我离你一箭之遥》《视线有多长》，中短篇小说《七层宝塔》《绝对星等》《暗红与枯白》《和辛夷在一起的星期三》等。有多部作品被《新华文摘》《小说选刊》《小说月报》《长篇小说选刊》《读者》等刊物转载，多部作品被选入年度排行榜及其他选本。长篇小说《我的表情》《白驹》被收入"阅读中国——建国以来优秀长篇小说500部数字文库"。曾获第一、二、三、四、六、七届江苏省紫金山文学奖，第五届汪曾祺文学奖，第四届"金短篇"小说奖等。代表作品是《七层宝塔》，获得第七届鲁迅文学奖短篇小说奖。

朱辉的父亲在小镇中学做语文教师，严格地讲，朱辉并不是地道的农民的儿子,但他在小镇度过了他的童年和少年,过着与农家孩子一样的生活,有许多农村同学和朋友。对乡镇、对农民感情颇深,对乡镇的生活非常熟悉,乡镇的日常生活、家庭伦理、自然风景、生产劳动、道德观念等,深深地融化在他的生命和血液中。在朱辉的小说创作中,乡村题材比例不多,但却引人注目,如《暗红与枯白》《看蛇展去》《红花地》。

《暗红与枯白》是一篇充满"冷硬与荒寒"美学意味的小说,这篇小说围绕一个家族两代人在"宅基地"建造房屋引起的远亲近族的纠纷,发掘出人性深处的令人心悸和颤动的隐秘。为了一条夹在另一家族房屋主体建筑中央的"通向河边的道路",他们的堂兄天忠并不"忠",坚持以祖上分家时的一纸文书为准,以至于家族几代人不依不饶地、无情而冷寂地"锁定"那一线狭小的空间,永远地占有那条早已失去方位的"过道"。一直到小说的结尾,因田产而起的家族冲突也没有得到解决,具有悲悯情怀的朱辉对乡村文化中的残忍和凉薄表现出深刻的惶惑和无奈。谜一样的家族历史,断不清的家庭官司,血浓于水的人伦亲情,深厚驳杂的乡村文化,使这篇小说呈现出一种苍凉而凝重的色彩来。

《看蛇展去》写的是乡村小学二年级的两个小朋友金良、刘健,读了一本《谈蛇》的科普书,听说临镇有蛇展,就逃学前往,等他们到达时蛇展已经结束。不过他们并不失落,结果拾了一条漂亮的蛇蜕后高兴地回家了。目的虽没达到,但看蛇展的过程却推动他们成长,那条美丽的蛇蜕就是孩子成长的象征。

《红花地》《岁枯荣》写的都是城市中的游子,同故乡、同亲人的关系与感情。《红花地》是一篇带有散文笔调的作品,表现了里下河地区独特的人情风俗和世态。小说的主人公李钦是个典型的时代病的重症患者,他身体虚弱、精神萎顿,似乎一直处于亚健康状态,与临产的妻子一同回到故乡后,久居城市的他受到乡间淳朴风情的熏陶和母亲无微不至的关照,恢复了健康,妻子也顺利产下了一个男婴。

《七层宝塔》以熨帖亲切的精妙语言和七层宝塔般的精巧结构,叙写了进城后的唐老爹遭到孙辈忤逆和他所眷恋的宝塔终被拆掉而被气得几乎丧命的故事。唐老爹原来的房子建在风水宝地上,独门独院,与山水林田构成和谐的关系,还有寺庙和宝塔给予精神的安妥,是农耕文明典型的居住方式。自从唐老爹与阿虎搬进新村后就楼上楼下纠纷不断，唐老爹多年来形成的生活节律被搬迁所打乱，身心皆无法安顿，而唯一能让他保留乡村记忆的宝塔一步步遭人暗算，终至从土地上消失，致使他的精神支柱彻底坍塌。阿虎是现代化建设进程中长成的"农二代"，能够迅速适应新的生存环境，找到新的生存生长点。城市化给了他施展小聪明和胆气的舞台，他以不正当的手段与居委会主任搞了点小型的权钱交易，把公家的房子弄到手开起了店铺。新村建设让村民搬离世世代代居住的老宅，住进了现代化楼房的祖孙两代在日常生活中经常起摩擦，最后发展到晚辈竟然无视道德伦理，对长辈恶语相加。"新村"在某种意义上，不仅满足了阿虎对更好生活状态的渴求，而且提供给他新的机遇和可能性。所以说，唐老爹和阿虎的冲突，已经不是简单的邻里之间的琐屑纠纷，而是深层的文化对峙和碰撞。《七层宝塔》反映了两代人对待城镇化进程的不同态度，尤其是在唐老爹身上，老一辈人脱离土地后身心的无所适从，内心深处对传统伦理、宗族观念崩塌的恐惧，都在这部小说中得到入木三分的呈现。通过两代人不同的价值观念与行为方式的摩擦，书写了乡村变为城镇、农民成为新城市人之后，城镇社会出现的新现象和新问题，居民之间紧张的关系以及他们精神情感的震荡，凸显了时代转型中传统道德的节节后退和新兴经济价值取向的步步进逼，让我们看到乡村文明在现代化建设过程中被挤兑的悲剧命运。小说中的人物唐老爹和阿虎，形象生动，具有深刻的典型意义。唐老爹是乡村文明的化身，城市化的到来使得他在原有生活秩序中的精神地位突然悬空，而与孙子辈的年轻人阿虎的纠纷则直接造成他身心不适直至彻底失重。作者对乡村振兴中出现的价值冲突、国土治理和新型治理结构的调整，都有所思考。尤为可贵的是，小说不仅写了宝塔的倒下，也写到了浮屠的竖起，这是对人性光辉的信仰，使小说闪耀着温暖和希望的光芒。

朱辉青年时期走进城市，上大学、留校工作、在出版社当编辑，调江苏作协后，做专业作家、任杂志主编。他从乡镇走进城市，在城市这个宏大而繁杂的世界中，谨慎地、稳步地走过青年，走进中年，与各种各样的城市人、知识分子打交道，与乡村社会、普通农民已很遥远。朱辉从乡村题材小说转向城市题材创作，表现他谙熟的城市社会、城市人，以及身边形形色色的知识分子是水到渠成的事情。他从乡村题材自然地转换到城市题材，创作了大量的长、中、短篇小说。

长篇小说《我的表情》《白驹》《牛角梳》《天知道》，写法和内容都不同。《我的表情》写的是初恋和初恋的复辟。《白驹》写的是抗战和家族史，作品发表后引起了评论界的关注，获得紫金山文学奖长篇奖。《牛角梳》写的是阴谋与爱情。《天知道》最长，30万字，是一部带着侦探小说面具的社会小说。

中篇小说有《对方》《游刃》《我离你一箭之遥》，短篇小说有《变脸》《和辛夷在一起的星期三》《吞吐记》《郎情妾意》《运动手枪》《止痒》等，《要你好看》获"金短篇"小说奖，《绝对星等》获汪曾祺文学奖。

《和辛夷在一起的星期三》表现了现代都市中人的情感世界，写的是两个真诚相爱的男女青年，因种种原因，天各一方，难成眷属，甚至连见面都那样艰难。《郎情妾意》是一篇表现白领男女婚爱生活的优秀之作。大龄剩女苏丽工于心计，以狗为"媒"，找到了意中人宁凯，为了这样的婚姻，她用计谋击败了"情敌"，又诱惑宁凯使自己怀孕。这些作品专注于都市的隐秘情感，洞幽烛微地对男女间的微妙关系进行了描摹和刻画，展现了在社会急剧变动中，都市男女情感的"不稳定"状态。

《运动手枪》是一篇题材巧妙，描写精微的佳作。小说借助某大学出版社全体职工到省体工队射击场打靶的情节，揭示这一文化体制内部紧张而复杂的人际关系。社长和总编争权夺利，"末位淘汰制"的改革牵动着职工的心理，"靠边站"的老编辑周侃如怨恨爆发，把子弹射向了天空，给出版社捅了天大的"窟窿"。最出色的是《变脸》，充分显示出朱辉擅于"扭转"生活的天分和能力，他一反传统小说中"变色龙"式的原型叙事，以悲剧的眼光看待一个人在现代社会中的挣扎与无可奈何，揭露了中国式行政体制对人的压抑、异化，逼迫身在官场的人要有多副面孔，让人自然想到卡夫卡的《变形记》。著名评论家黄毓璜认为，"欲望释放"与"人性变异"是朱辉艺术临照的结穴点和生发点，作者的写作，是一个理想主义者心目中的"欲望表演"。他在这些作品中，多面、细腻、深入地表现了城市社会的"众生相"，特别是知识分子的日常生活和精神世界。在知识分子视角背后，我们又窥见了一双乡镇儿子的眼睛，他用潜在的乡村文化和观念，观察和评判着城市社会和现代人，使他的小说具有了某种"复调"的意味。

二、陆秀荔

陆秀荔，笔名陆兮兮，女，江苏兴化人，1981年出生，现居泰州，江苏省作家协会签约作家。在《小说界》《雨花》等刊物发表过小说及散文。作品有中短篇小说《犬子》《蟹爪兰》等多篇，长篇小说《秋水》《海棠汤》，散文集《此间的少年》《外婆的柏拉图》《仲夏六记》《市井人物速写》等多部。2020年凭《犬子》获紫金山文学奖。

中篇小说《犬子》刊发于2018年8月《钟山》第5期。犬子是人们对自家儿子的谦称，这是被普遍接受并被日常使用的，读者初看"犬子"这个标题以为是写一个不孝之子，或连猪狗都不如的、畜生一样的人之渣滓。可陆秀荔这篇《犬子》中的"犬子"不是人，而是一只狗，一只被当作"儿子"的狗。《犬子》中的谢春红原本是一个正常的、朴素的，也曾漂亮，也曾拥有美好爱情的女人，因为天灾人祸等因素，变成了一个精神失常，把狗当儿子的可怜女人。小说开头读者看见在上海打工的谢春红剪毛豆、发呆、与同事说话，好像一个正常人。直到作者用谢春红丈夫的一句话点透："你说你还是当初的谢春红吗？"哀莫大于心死，最深重的悲哀，外表看去便是一切如常，实际上只是一具行尸走肉了。"林花谢了春红，太匆匆"，这大概是她名字的由来，谢春红一生的欢乐、希望，她生而为人的精气神，都随着她孩子的早夭而去了。

命运从来不会因为一个人已经够惨而停止加害。谢春红因悲伤绝望而行为失序，这为她招来了一连串的灾难。她为此失去了丈夫、弟弟、父亲直接或间接因为她而死，失婚、破产、半疯的谢春红需要独自照顾痴呆的母亲。书中写道，"爱子溺亡，丈夫出轨，弟弟车祸，父亲服毒，谢春红的生活在短短半年里经历了天翻地覆的巨变，几经打击的她精神失常，从此只能待在老家与痴傻的母亲相依为命。"她原以为母亲是她必须活着的理由，但母亲却呢喃着说："你怎么不死呢？你才是祸头精呐。"真是一点余地都不给她留。这一笔，甚至比谢春红扒开儿子的棺材，看到腐烂到可怖的尸身那个场景还要更有力量。真正彻骨的凉薄，是骨肉间的凉薄。精神濒临崩溃的谢春红迫切需要一个支点。这时候一条狗出现了，这条狗就成了她生命的支点。"一天，她发现河里漂着一条小黑狗，似曾相识的眼睛让谢春红笃定这就是儿子李浩的转世，于是她给黑狗起了名字并当儿子一般悉心照料起来。"一个溺水的人会不顾一切地抓住一根稻草，在冷漠得令人窒息的人世间，狗成了那根稻草。有了精神寄托的谢春红慢慢恢复正常，做点小生意，日子眼看着一步步回到正轨，然而这天，谢春红一个不小心，发现小黑狗走丢了。谢春红将它当作儿子，为了救生病的"儿子"甚至不惜和人上床。当有一天她的"儿子"被人杀了，把小黑狗当作儿子一样存在的谢春红，肯定不会甘于接受小黑狗丢了这个事实，她不能再次失去这个"儿子"，一个在一定程度上比第一个儿子还要重要的"儿子"。第一个儿子溺水死了，谢春红虽然精神失常，但还能坚持活着。当第二个"儿子"小黑狗丢了，谢春红不是精神失常，而是失魂落魄了，如果找不到小黑狗，她也活不下去了。所以当她看到小黑狗被村上癞痢头剥了挂在墙上的皮毛，于是拿起了刀砍向了癞痢头。这令人想到张贤亮的小说——《邢老汉和狗的故事》，狗死了，邢老汉也死了。在《犬子》中，狗死了，谢春红复仇杀人了。两篇小说，对主人公实施命运挤压的主体不同，但人物生存空间的逼仄却是一样的，在人身上得不到温暖转而期待于动物的行为是一致的，连动物那点温暖都保不住之后精神世界的崩塌也是相同的。世界之大，深情的人却留不住一条狗，这是多么深重的悲哀。然而，这还不是陆秀荔提供给我们的《犬子》最后结局，否则，《犬子》带给我们的阅读思考，远达不到文本最后所呈现的深刻和震撼。

在这篇小说的结尾，看守所的女警察激动地告诉谢春红，她杀的人没有死；更重要的是，她怀孕了。"女警察把化验单递到谢春红面前，上面乱七八糟的各项指标她都看不懂，可是B超单上的影像却是明白的，那些层层叠叠、深深浅浅的阴影当中，有个像人又像狗的小影子悬浮其间，如同乌云中孕育出的饱满太阳，马上就要喷薄而出似的。"丧失生育能力的谢春红因由"报恩"而起的一场情事而怀孕，这真是十万分之一的概率，这真是一个《警察与赞美诗》式的结局。几处觅不得，有时还自来。可以想象，谢春红会是如何的悲喜交集。作家没有对女主人公表情、心态着笔，这就像书法中的留白，让读者自己去想象吧！听到自己怀孕这个消息，经历两次丧子之痛的谢春红会是怎样表情？会是怎样心态？她一定相信是她的儿子回来了，重新投生在她的肚子里，她要再一次把儿子生出来。这一次，不再是犬子，是真的孩子。对一个觉得自己活着没有任何作用，却充满强烈母爱欲望的女人来说，也许唯有孩子，是挽救她，使她能继续苟活下去的全部。给走投无路的人一条生路,这是小说家的特权,也是小说家的慈悲。然而,人生天地间,忽如远行客。飘飘何所似,天地一沙鸥。每一个普通人离谢春红的命运其实都并不遥远。命运对人的碾压是绝对的,而活着的出路、命运的好转却要依靠这偶然,依靠造物主或小说家的恩赐,这是怎样地令人怆然。凭借偶然因素反转成喜剧的悲剧,未必不是更深层次的悲剧,因为这意味着正常情况下摆脱悲剧的不可能。因为这个孩子,完全是一个意外,是命运的又一次恶搞。这个孩子,不是送给谢春红高寒贫瘠生命的一朵小花,寄予美好和希望,犹如鲁迅给坟头长出的那朵小花一样。相反,这个孩子将把谢春红再次推入命运的万劫不复的无底深渊。也许,这就是作家陆秀荔安排不能怀孕的谢春红最后又怀孕的用意吧。罗素说:人终究是孤独的。在谢春红陷入精神绝境的时候,她周遭的环境是失语的。与她同样经历丧子的丈夫浑若无事,他甚至因厌恶妻子的走不出伤痛而出轨了。这清晰地反映出一个孩子之于母亲与父亲截然不同的意义,反映出女性独有的情感困境。谢春红的亲人朋友、整个社会是麻木的,对于谢春红以狗为子等种种反常行为,他们简单地将之看作疯癫。没有人真正关心她内心的深渊有多深,没有人真正想拉她走出来。在海一样的悲伤中,她是孤立无援的。只有女性才能怜悯女性,只有做母亲的人才能觉察到别的母亲的痛苦。陆秀荔以女性作家对女性心理的洞幽烛微,以女性作家的悲悯和共情,展示了女性经历丧子这一毁灭性打击的心路历程,写出了命运的乖谬无常、人在命运之手拨弄下的脆弱无力,触及了"人终究是孤独的"这一沉重命题。

三、黄跃华

黄跃华,泰州姜堰人,1962 年生,中国作家协会会员,泰州市作家协会副主席。其创作起步于 20 世纪 80 年代,在文学的黄金时代,他迷上写作,悄悄地学写小说、诗歌,然而全是退稿。扬州市作家协会前主席杜海曾帮黄跃华统计过,他曾收到过二百六十多份退稿信,这还不包括丢失的。屡屡受到打击,黄跃华曾经有几次想过放弃,但最终还是挺过来了。有二十几年的时间,黄跃华曾中断写作。二十五年间,他先后担任过村主任,办过企业,担任过宣传部副部长、广播电视台台长、国企负责人,但文学始终在他心中占有重要位置。被当时的市长邹祥凤评价为:"文人中最懂经济的,懂经济的当中文化最高的。"先后在国家和省级刊物发表近 40 篇中短篇小说,有 6 篇被《小说选刊》《小说月报》等权威选刊选载，多篇小说获得《小说选刊》双年奖、《小说选刊》最受读者欢迎奖、泰州稻河文学奖、泰州市政府文艺奖、江苏省"五个一工程奖"。2020年11月7日，江苏省第七届紫金山文学奖正式揭晓，泰州市姜堰区作家黄跃华凭借其短篇小说《呼吸机》，从全省遴选出的47篇中短篇小说中脱颖而出，得到评委们的一致认可，成功获奖。

黄跃华中短篇小说集《诱变》由15个中短篇小说组成，近20万字，文笔质朴，叙事简洁，曾分别发表在《中国作家》《山花》《雨花》等刊物上，作者对小说题材的提炼和把握有着自己的独特理念。《古训》《信任》《家事》发表于20世纪80年代，书写了当时的社会变迁和人性动荡。《咤叫的乌鸦》《吊兰花语》等发表于2014年重新拾笔创作后。在基层和老百姓打交道，黄跃华摸透了基层人民的生活。他擅长写小人物、小故事。比如《咤叫的乌鸦》中的五爹，他一生帮人无数，却被放高利贷的胡二喇子逼上绝路。作品以真实的描写反映了民间非法借贷与黑恶势力恶意干扰民营企业、民营企业资金链断裂、民间资本难以为继等社会现实问题，深刻地揭露了人性中的恶和普通百姓面对恶的无力感。在《芝麻大的事》中，黄跃华把政治生态和寻常市井生活勾连在一起，通过王志明和焦世雄间的恩怨，再现了官员之间尔虞我诈的小把戏，勾勒出一幅妙趣横生、现实世俗的官场图景，指出了整个社会透入骨髓、难以治愈的病症。《牛毛在飞》中的胡一刀，因杀了一头牛，被电视台女主持人一番道德拷问后，吓得几乎精神失常。《桃花垛》中的丁来扣，原本与丁瓦匠是叔侄关系，也是丁瓦匠家的一个免费劳动力，想和寡妇李兰小组成家庭，却受到侄子丁瓦匠夫妻的百般阻扰。黄跃华的小说记录了普通小人物的生活场景，展示了活跃的现实生活和喧哗的心灵世界，呈现出极为独特的视角和视野，既充满人间味，却又穿透世相进入人心，富有浓郁的生活质感和人文情怀。

短篇小说《呼吸机》缘于作者儿时一个伙伴的故事，字数不多。小说探讨的是生死的权利问题，是对个体生命、亲情伦理、生命尊严的叙事，叙述很平淡，却潜伏着一股暗流。有利益与金钱，有责任和担当，更有生命的重量。对于一个只能依赖呼吸机的病人，是拔掉呼吸机，还是缴纳昂贵的医疗费继续无意义地生存？丈夫王卫东宁愿将医院的赔偿金用在妻子身上，并说：那钱是她的。但是旁观者清，"我"却深知，这个曾经对自己有恩的家庭中，父亲王元庆有病，儿子王小亮要买房，王卫东天天要去医院，全家只出不进，阴天驮稻草，越驮越重，最终肯定会压垮。因此开始劝退的过程，认为长痛不如短痛。虽然没有说破，但其实就是打算说服家人撤掉呼吸机。做出这个看上去冷酷无情的决定，"我"的出发点也许是好的，但是在说服家人的过程中却遭到了反对。故事结尾，"我"费力不讨好，王卫东气愤地找上门，说"全村都传开了，说我请你出面，不让医院救秀芳，省下赔偿款独吞，还说我和那个'狐狸眼'早好上了……""我只觉得眼前一黑……整个人都要爆炸了……"故事至此戛然而止，却带给我们很多的思考。决定病人生死的权利掌握在谁的手里？如果需要拔掉呼吸机，由谁来做，应该履行什么样的程序？谁来执行？谁来监督？黄跃华在小说中试图探讨生死的艰难，作者在故事中并没有给出答案，因为这个话题在生活中无人能够作答。

四、韩青辰

韩青辰，原名韩鸣凤，女，泰兴人，1972年生。1995年毕业于南京大学中文系，供职于江苏省公安厅宣传处。1992年开始发表作品，2004年加入中国作家协会，主要从事儿童文学创作。主要作品有长篇小说《因为爸爸》《小证人》《茉莉天使成长圣经》《戴着蝴蝶花的小女孩》《守口如瓶》等，中短篇小说集《我们之间》《水自无言》《在云端》《梅子青时雨》等，纪实文学集《飞翔，哪怕翅膀断了心》《蓝月亮、红太阳》《一尘不染》《碎锦》《像蝉一样疯狂》等，长篇散文《每天都在失去你》。曾获全国优秀儿童文学奖、陈伯吹国际儿童文学奖、金近儿童文学奖、冰心儿童文学新作奖、新世纪儿童文学奖、《少年文艺》好作品奖、《儿童文学》小说擂台赛奖、《儿童文学》"首届十大青年金作家奖"、全国侦探小说奖、金盾文学奖、紫金山文学奖、江苏省"五个一工程奖"、金陵文学奖大奖等奖项。2020年11月，作品《因为爸爸》获第七届紫金山文学奖荣誉奖。

从《飞翔吧，哪怕翅膀断了心》《水自无言》《我们之间》《小证人》至《因为爸爸》，韩青辰一路行来，选材上，都是紧贴青少年心灵的朴质用心之作，《因为爸爸》是韩青辰的一部扎实的现实主义长篇力作，作者聚焦捍卫社会秩序、护卫家国平安的英雄，和他们殉职之后留下的遗孤穿越苦难之门，最终破茧成蝶的故事。作品延续了韩青辰秉持的在扎实现实素材基础之上构筑作品的创作宗旨，同样延续了她力图形塑儿童灵魂的文学歌者的题旨与文风。小说真挚、轻盈而沉重的书写背后,是以多位英雄作为原型,其一是靖江市公安局张金文,另一位原型是南通市公安局尤建华,以及多位缺失亲人挚爱却承继榜样力量的英雄之子。身为警营记者,韩青辰在因公牺牲的民警张金文的葬礼上,认识了他的儿子,11岁的果果,并在此后见证了这名英雄后代从悲痛中走出,最后以报考警校、继承父亲遗志的方式来致敬爸爸的成长之旅,这个孩子正是小说中果果的主要形象来源。"每次出去采访我都拉着民警给我讲故事,为了解殉职警察张金龙的事迹,我的采访笔记写了满满三大本。"回忆起艰辛的创作历程,韩青辰百感交集。作品的沉痛与昂扬并行,作家以浓挚的爱,引导着奔涌的伤痛,以充满敬意的英雄讲述,激励每一个儿童读者,无论面对怎样的困境,都要重归生活的正轨,重拾逆流而上的勇气,重塑无畏前行的信念。

《因为爸爸》是一本以儿童视角书写时代英雄人物的少年成长小说。读小学四年级的金果的爸爸金秋是一位警察,他常年废寝忘食奋战在工作第一线,是金果同学们眼中的大英雄,凤城老百姓们的守护星。然而胆小内向的金果却因为对爸爸的不了解、不理解,竟然与爸爸结上了"仇"。弱小的孩子以笨拙的方式实施小小的报复,拒接爸爸的电话,雨中狂奔,企图以生病博得爸爸的关注。然而,血浓于水的父子亲情岂能割舍。深夜,信誓旦旦再不原谅爸爸的金果被爸爸拥入怀中时,他用尽全力往爸爸怀里钻,爸爸用力的拥抱他。爸爸实际陪伴的缺位,并没有令爸爸的爱缺位,一位挚爱儿子的父亲形象跃然而出。就是这样一对挚爱的父子,必须面对生离死别。爸爸在一次执行任务中,永远地倒在了心爱的工作岗位上。英雄的父亲在弥留之际环握儿子的小手,用尽最后的力气表达了对儿子的爱,在儿子唤醒父亲的期待中猝然撒手而去。殡仪馆告别的一幕深切,沉痛,而又纠缠。正是因为警营记者的职业身份让她无数次见证了战友与亲人的生离死别,才让她能够那么淋漓尽致地展现英烈,展现英烈的亲人们,让我们感受到所身处的"祥和"的来之不易,给予读者不同层面的、来自珍视感与崇敬感的冲击。

在作品的情节与人物上,韩青辰采取了叠加着色的手法。这个故事的讲述是极具难度的,因为它的背后,十来位英模的事迹以散在的形式进入作家的素材储备。这些散在的事迹素材,各个均熠熠生辉,因而是难以割舍的。因此,对于英雄爸爸的形象,作家不是直接切入英雄的离世,而是一点点摊开：警察爸爸日常井井有条的生活，过劳的前奏，全力的抢救，直至最终的离世。作家没有直接端出一个完满的英雄形象，而是在爸爸去世后，于顺叙之中不断穿插倒叙与插叙，让络绎不绝的悼念的人、痛哭的人、探望的人牵出金警官的事迹。几番集中回顾与中间短暂出场的人物的穿插，金警官的形象不断丰满，最终具象而立体。英雄的儿子——金果形象的塑造也是如此。对果果的成长，作家做了精心的铺垫：爸爸去校园做讲座，为儿子也为无数孩子树立了顶天立地的英雄榜样，除了父亲，柔弱而坚强的妈妈，从不服输的外婆，也都成为果果身边的榜样，潜移默化地影响着孩子。当父亲病危，果果被带到医院尝试叫醒昏迷的爸爸时，年仅 10 岁的果果显示出警察家庭孩子的冷静与坚定，开篇那个嗔怪父亲的小男孩一步步坚强起来。在体验了人生中最痛苦的丧父之痛后，金果的内心受到了巨大的触动，通过与许许多多爸爸生前帮助过的人接触，逐渐发现了爸爸的伟大。金果在社会各界的关爱下，最终走出自我狭小的天地，走向更加广阔的生活。作品细腻而耐心地展现了孩子从起初对于失去的懵懂，到逐渐被无法弥补的缺失感吞噬，再到终于寻回生活的轨道，复归一个孩子的成长过程。作品脱离了人为的戏剧冲突，过渡衔接真实而自然。与描写失去不同，作家描写获得时，是异常暖心的。作品讲述父亲无私的付出与真诚的回报，讲述人们对善事、好人的常念心间。父亲帮扶的人数不胜数，恰恰成为儿子前行路上无数个"温暖的伏笔"，为果果铺展了一路得人相助的坦途。

韩青辰的作品中，始终传递着一种形塑灵魂的意愿与力量。作家引用了这样一句话："你之所以看不见黑暗，是因为有人拼命把它挡在你看不见的地方。"英烈们是伟大的，英烈们的亲人更是伟大和值得人们去爱戴的。作品深入英雄的背后，描写那些让出父爱的儿子，那些默默支持的妻子，描写英雄的家人无穷无尽的付出与精神上承受的高压。"我们看得见那支全副武装的队伍，可是还有一支队伍我们根本看不见，他们是站在英雄身后终日担心牵挂、默默牺牲奉献的英烈亲人，特别是那些用幼小的双肩跟爸爸一起背负时代之痛、卫国之重的孩子们。"这支我们"看不见的队伍"，他们在失去亲人的日子里，在漫长的黑夜，在看到别人合家欢乐的时候，他们心中的痛又有哪一个局外之人能够想象得到？英烈们将他们的爱、青春和生命献给了人民，可他们的亲人又需要谁去安慰、关心与呵护呢？不言而喻。作家更想表达的是，即便付出了这么多,甚至最终失去亲人失去生命,英雄仍然是他们的骄傲与楷模。金警官的热忱感召了自己的儿子、自己的妻子和无数的人,成为家人、朋友、被救助人的精神引领者。金果模仿爸爸的严格自律,模仿爸爸的乐于助人,在生活的点点滴滴中找到与爸爸共存的感觉;妈妈进入爸爸曾经战斗的单位工作,像爸爸一样天天加班;几个其他类型的爸爸——不顾家的外地爸爸,除了钱还是钱的大款爸爸,不走正路的惯偷爸爸共同发起设立"好爸爸基金",资助贫困的孩子;弱小的孩子们也勇敢起来,在公交车上智斗小偷……正义的力量弥漫于纸间,照亮着儿童的未来之心。

五、李明官

李明官,兴化人,1966年出生,江苏省作家协会会员、江苏省评论家协会会员、泰州市作家协会副主席、泰州市评论家协会主席、《泰州日报》副刊部主任、《稻河》杂志执行主编。

李明官学生时代便对文学有着独特的依恋,曾在乡、村基层工作多年。先后在《人民日报》《文汇报》《光明日报》《解放军报》《散文》《读者》《美文》《安徽文学》《朔方》《雨花》等全国各类报刊发表文章。多篇文章入选《中国现代经典美文》《跟理想主义者喝茶》《江苏散文双年鉴》等各种选本。编辑出版《楚水》、个人散文集《里下河的雨季》《范家村手札》。

《范家村手札》出版于2015年,2017年10月,江苏省第六届紫金山文学奖揭晓,该书荣登散文奖榜首。《范家村手札》主要收录了李明官在2011年至2014年之间创作的关于范家村的文章,约15万字。全书分为六个篇章,由近三百篇短文组成,语言半文半白,行文多简练,言简意赅。文字是片段的,场景却是连贯和完美的。从乡土植物,到生态鸟虫,再到邻里人情,无一不透露出他内心深处那一份对乡土的眷恋,以及在远去的回忆中所留下的那份对大自然的守望与"期盼"。在体裁上不同于一般常见的散文,说是手札,实则更偏向于笔记。这种有意无意之间放弃的文体意识反而成就了《范家村手札》别致的文人况味。紫金山文学奖授奖词称赞《范家村手札》"以简约细微的笔触,摹写乡村自然之物,兼及岁时、人事,用心专一而出之以济世之情,见识朴素而著之以生存之义。其'为生民立命'的主题,既合符中国传统美学伦理,亦具鲜明的现代意识。而作者为文在追求'古风'之中颇有中国小品散文的语言神韵。"李明官传承古典散文的文化基因,从笔记散文中汲取丰富的营养，并加以接地气的内容，一草一木、一人一事、一颦一笑，举凡花鸟虫鱼、春夏秋冬、喜怒哀乐，尽在他那趣味盎然的笔下栩栩如生。李明官借着浑厚的古典文化功底，将各种历史琐闻、考据辩证、传说掌故轻巧地嵌在文字当中，譬如写蚯蚓，引入俚医方："蚯蚓咬人，形如大风，眉毛胡须尽落，以石灰水浸敷，效果最佳"；写丝瓜瓤，又用陆游《老学庵笔记》里的"丝瓜涤研磨洗，余渍皆尽，而不损研"来佐证，可以志博学、广见闻。李明官还借助《诗经》《尔雅》中丰富词汇，如"菡萏"对"荷花"、"红蓼"对"游龙"等，表达充实的内容和复杂的感情，无论是写景、抒情还是叙事，都有锦上添花的效果。

　　李明官在书的《后记》中写道，"村庄的历史是一笔财富，是需要接力的。昆虫学家说，世间少了一种昆虫，便少了一座基因库。而村庄，少了一个老人，又何尝不是少了一段记忆、一段历史啊。他们不仅见证了一个家庭的兴衰，更见证了一座村庄的荣辱、几代人的变迁。"

　　《范家村手札》就是一部平实鲜活的村庄杂记。范家村位于兴化张郭镇，它是里下河腹地的一座小村落，绿树拱围，秀水洄绕，暮云平处，炊烟四起。"一支支晚饭花灿然艳艳于夏日庭院；一簇簇芦稷微微动荡于寂寂秋光；一条条小船轻轻穿行于门前小河；一缕缕炊烟袅袅摇晃于瓦房屋顶，也摇晃出一幅幅色彩斑斓的里下河风景画。"古朴、闭塞、原生态的范家村哺育了李明官，赋予他生命的血肉和灵魂。他立足大地，恭敬乡梓，以幽微细致的笔触，呈现了里下河一个普通自然村落的春华秋实与人事更迭，摹写了一部村庄历史，表达了自己对故土的深情守望和殷切期盼。李明官做过范家村的村主任，对这里的一草一木都情深意长，情感从肺腑中自然流出："坝头河坎，沟沿渠畔，让人从心底生出无限暖意"；"阳光明艳柔媚，秋风翩翩袅袅，河水清明如鉴。在这样浩博的背景下，这些本质的植物，愈发富有诗意"。从《柳花》中可以看见，"灵巧的女孩子，还将柳枝揉搓成柳花，挨挤于梢端，别上胸襟"。从《晚饭花》中可以听见，"在漾动着的薄薄的暮霭里，晚饭花精致的小铃铛一齐摇响，那是一支支惟心可察，耳不能闻，只须意会，不可言传的天籁"。在《水瓜》中田园风光令人羡慕，"园地里也热闹，冬瓜披纱，茄子着袄，一白一紫，相映成趣"。在《布谷》中农耕之乐令人向往，"天是那样蓝，云是那样饱满，布谷鸟仿佛就在我们头顶欢鸣。父亲黝黑的脸上，充满了劳作的快感"。暖意、诗意和乡情，汇集成《范家村手札》的主旋律。

离开故乡多年之后的李明官，由于空间的转移，重新获得了一种观照故乡的新的眼光。正是这种空间迁移之后的目光，照亮了原本隐晦不明的故乡一隅，使《范家村手札》获取了与乡土启蒙批判或乡土牧歌之恋不同的文学景观。他用工笔画一般的细腻笔触，将过去乡村中的人和事，田野里的庄稼、庭院中的花草树木、屋前屋后的蔬菜藤蔓、飞鸟家禽，似一副"田园风光"呈现在读者眼前。绿树、秀水、暮云、炊烟，用蒙太奇镜头，由远而近播映出一幅水墨画，点染了典型而迷人的里下河风光。书中描绘的花啊草啊树啊虫啊畜啊是里下河地区田间地头的风物人情，毫不稀奇，可是在李明官笔下，拔花生、治蚜虫、种瓜点豆之类的稼穑活动仿佛一下子和指导农事的那些节气的名字——清明、谷雨、白露、霜降一般，带着一股子天然的美好。华先生、诨号"水獭猫"的会计寿根、铁匠怀珠在他的娓娓叙述中，也仿佛从书中缓缓走了出来，立在我们面前。李明官的散文中氤氲着缅怀往日时光的缕缕乡愁，字里行间飘动着一位游子与故乡难分难舍的悠悠情丝。这些小巧玲珑、清新俊逸的散文，串成了一串璀璨美丽的乡愁珠链。那一缕缕乡愁如烟如梦、美轮美奂，朦胧而又清晰，宛在眼前又袅袅飞散。但总有一种暖暖的东西温暖着我们的心灵，让我们体会到作者那浓浓的白云亲舍、桑梓情怀。随着人口的迁移和环境的变化，"现在的村庄已经没有往昔的热闹，一切正在逐渐归于沉静"。而今"这一切皆成为过往。村庄的嬗变、迷惘、阵痛，乃至湮没，我在手札里俱有记述。然而，万语千言，却再也唤不回一抹远逝的清波、一弯尘封的巷角。"

《范家村手札》一方面流露着李明官内心对乡土的眷恋，另一方面透露出他对逝去的乡村"风景"不能忘却的痛。从这个意义上来说，《范家村手札》既是李明官自己对乡村故土的一段记忆留存，也是为这座中国最普通、在城市化的风雨中嬗变的小小村落所作的脚注。

六、庞羽

庞羽，女，兴化人，1993年出生。毕业于南京大学文学院，江苏省作家协会会员，供职于江苏省作家协会《雨花》杂志社。从小对字词有着特殊敏感的庞羽，"2岁时就开始识字，5岁时就写下了第一首诗，初三的暑假写下第一篇小说"，但真正走上文学创作之路其实始于大二。在《人民文学》《收获》《十月》《小说月报》《花城》《天涯》《小说选刊》等刊物上先后发表小说40余万字，出版了《一只胳膊的拳击》《我们驰骋的悲伤》两本小说集，有小说翻译为英文和德文。作品先后入选了《中国青春小说》和21世纪文学之星，小说《一个苹果》入选中学生阅读文选，小说《葵花葵花不要和星星吵架》入选《少年文艺30年作品精选》，获得第二届华语大学生微电影节剧本奖、首届稻河文学奖、重唱诗歌奖、江苏省大学生法制文学征文奖、第四届"紫金人民文学之星"短篇小说奖主奖、江苏省第六届紫金山文学奖新人奖。

庞羽小说的故事是朴素的，一般皆有生活原型，这让她的作品自然带有一种比较纯正的现实主义品格，体现了她对生活、社会和时代的发现和思考。小说《福禄寿》的创作灵感源于在一个小饭馆里碰到的一位中年女子的打工经历，《我不是尹丽川》源于她的母亲童年的一件事。这种朴素不是故事线索清晰，相反它是复杂的、整全的，由于作家开掘之深，小说摆脱了世俗故事的浮华，向深刻复杂的优秀文学作品的品质接近。

如《佛罗伦萨的狗》真切地写出了人心的秘密，"我"在年少时爱慕大叔们是源于"我"的欲念还是男性的诱惑？"我"需要酒精走出阴影还是以酒精为借口而走向沉沦？情感源头没有确定的答案，生活的困惑难以厘清，一切都是那么混乱，毫无章法，如同生活本身一样。由于她对写作与自我、与现实、与世界的关系的理解是比较明晰的，并且能够坚定地将写作理念付诸文本实践，所以能够将读者带入故事内部，一起去感受人物心理，同情人物的焦虑，怀着悲悯之情去体察那些生活中的弱者与失意者的心灵温度。读过《步入风尘》的读者会感觉到，在这个世界上尽管谁都可以叫尹丽川，也许你曾向往过佛罗伦萨，追求过福禄寿，但只要你活在当下，就必定会像林佳月那样"步入风尘"。

庞羽对当下人们生存困境和精神难题的书写源于她对时代的精神判断，幻灭和荒诞构成了小说的主要故事情节。《步入风尘》是家庭崩溃后身体信仰的幻灭；《我不是尹丽川》是家庭神话的幻灭；《龙卷风》是纯情形象的幻灭；《银面松鼠》是欲念和时间的幻灭；《以孙的宝藏》是婚姻、生命的幻灭；《拍卖天使》是美丽和理想的幻灭；《佛罗伦萨的狗》是童真情愫的幻灭；《树洞》是贞洁和生命的幻灭；《一只胳膊的拳击》是父亲对女儿期待的幻灭；《福禄寿》是老教授的善意和奉献最终被辜负背叛的凄惨幻灭；《到马路对面去》是家庭理想的全面幻灭；《我是梦露》是人间普遍情爱理想的幻灭；《橘的粉》是童真淳朴世界的幻灭；《亲爱的雪塔》是爱情信件无人领收的希望的幻灭……庞羽的这些小说虽不一定是为表现幻灭而刻意所写，但这些无意间形成的故事图示，却有一种希望不能如愿的凄凉感和悲剧感，体现了她对世界和生活的潜意识认知，比起刻意的真实话语和场景呈现，则是一种更为根本的事实。在这欲望化的年代，每个人都有着膨胀的野心，追求着不切实际的欲望，谁又能确保你所有的野心和欲望都变现呢？生活的方式也许很丰富，生活路向也可能有多种，但对于个体来说显然无法把握自己未来生活的走向。

庞羽小说的语言极具个性又新鲜有趣，几乎将现时生活中的各种材料，如典籍、方言、外语、歌词、广告语、影视剧、流行语，乃至文化娱乐界的人名和作品，都纳入自己的叙述中。这种多样化的叙述语言看似漫无边际，实则细琢精雕、灵动活泼。

如《拍卖天使》这样描写裴佳佳，"身材颀长，骨骼轻盈，还有一双细柳般的眼睛，双唇轻薄，像是一合上就可以寄出去似的。她捏着腰，托着脸蛋儿，走起路来，顾盼生姿，丰盈水长。"让人想到的不是一个纯粹的小说人物，反而更像一个青年人眼里的明星形象。《喜相逢》的语言里杂糅着新闻报道、流行歌曲、心灵鸡汤与商业广告的马赛克拼贴。《步入风尘》汇聚了古文、白话、俚语、诗词、流行性词汇和网络语言等，形成一种超链接式的叙事风格。如写林佳月在得知父亲落马，回到家后的这段描写："整个房屋都矮了几寸。红木桌上，零散着几个二条、东风，水槽里，残留着碗盘，还有一只断掉的dior口红，珊瑚色的，编号053。卧室里的门虚掩着，顺着门缝看过去，王蓉正坐在窗前梳头。梳子拨来涌去，发丝簌簌地落。床上放着一盘香葱炒蛋，香葱焦了，炒蛋老了，筷子南北各一根……王蓉回头，好一个面色红润、眼大肤白、身材窈窕的少妇。林佳月捧着自己的心，直到春水东流，落花向阳，她那面若朱花的母亲，变成襁褓里呢喃的婴儿。"过去有多热闹，现在就有多落寞，"整个房屋都矮了几寸"写出了林佳月内心的哀感，母亲王蓉的美貌衬托着目下的颓败，桌上的各种物件表征着这个家庭的奢华。作者充分发挥着语言的表现力，不仅写出了林佳月的内心变化，也点破了母亲王蓉内心的落魄与茫然。

【阅读思考】

1. 朱辉《七层宝塔》对乡村文明的观照。
2. 高行健对当代中国话剧的贡献。

【拓展阅读】

1. 电视剧：《秋雪湖之恋》。
2. 电影：《香河》。
3. 在线视频：央视纪录频道 2015-10-27 播出《文化名家——毕飞宇》。

【阅读体验】

1. 排演话剧《绝对信号》。
2. 深入兴化范家村、泰州秋雪湖，感受泰州的民俗文化和优美自然风光。
3. 组织讲座：泰州本土作家谈创作系列活动。